CRITIQUES

ET

CROQUIS

—◆◇◆—

TYPOGRAPHIE

EDMOND MONNOYER

AU MANS (SARTHE)

—◆◇◆—

CRITIQUES

ET

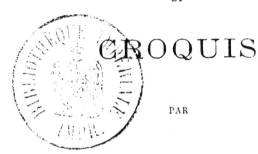

CROQUIS

PAR

M. EUGÈNE VEUILLOT

PARIS

LOUIS HERVÉ, LIBRAIRE-ÉDITEUR

Rue Grenelle-Saint-Germain, 66

—

MDCCCLXVI

Les Études qui forment ce volume ont été écrites aux bruits du moment et des idées régnantes. Cependant le choix n'en est pas arbitraire. Elles portent toutes sur des faits, des doctrines et des controverses qui se tiennent étroitement malgré leur diversité. Qu'elles traitent du *Christianisme romanesque*, du *Génie anglais dans l'Inde*, du *Mercantilisme littéraire*, des *Concours académiques*, des *Saints de la libre pensée* ou du *Mariage*, l'auteur y cherche l'expression des idées et des mœurs contemporaines. Toujours placé sur le même terrain, il poursuit une œuvre de redressement au profit de la vérité.

LE CHRISTIANISME ROMANESQUE

Faut-il des romans chrétiens ? Le roman peut-il être chrétien ?

Ces questions ont déjà soulevé bien des débats ; elles en soulèveront beaucoup encore. Comment se défendre d'un fond d'hostilité ou de défiance contre des ouvrages destinés à peindre les passions et pouvant si facilement les surexciter ! C'est un remède, disent ceux-ci, et ils reproduisent, en style moderne, les vieux arguments de Pierre Camus, cet évêque qui fut, au XVIIe siècle, le plus fécond de nos romanciers ; c'est un danger, répondent ceux-là, car le roman rend toute autre lecture insupportable, et des honnêtes récits du conteur chrétien l'on passe, tôt ou tard, aux livres épicés de *Lélia* ou d'*Olympio*.

Sans entrer dans le débat, sans poser une thèse, sans faire de théorie, nous voulons examiner d'assez près un roman que l'on a donné comme le modèle du roman chrétien *à l'usage des gens du monde*. C'est l'*Histoire de Sibylle*, par M. Octave Feuillet, l'un des quarante de l'Académie française, comme M. Doucet. Ce livre, qui compte aujourd'hui six ou sept éditions,

1

nous paraît avoir au moins le mérite de montrer en plein cette forme hasardée du christianisme particulièrement chère aux âmes sensibles et que l'on pourrait appeler le christianisme romanesque.

Le roman de M. Feuillet a obtenu, d'ailleurs, de notables adhésions et donné lieu à de vives controverses. J'ai là, sous les yeux, des jugements très-opposés émanés de plumes également catholiques. D'après M. Seigneur, l'*Histoire de Sybille* est « une carafe d'orgeat où il y a de l'arsenic ; » le personnage le plus noble du roman et le plus complétement vertueux, M. de Férias, est *bête*. L'auteur ne va pas au fond des questions, il n'entre « ni dans le vif de l'athéisme, ni dans le vif de la croyance en Dieu. » Malgré quelques mots heureux, quelques passages à peu près bons, quelques bonnes intentions, l'*Histoire de Sibylle* ne peut produire « qu'une impression mêlée de trouble. »

Voici un autre écrivain des plus respectables, un religieux dont l'avis est tout différent. L'*Histoire de Sibylle* ne répond pas tout à fait à son idéal, mais il s'en faut de peu. Les critiques qu'il mêle à ses compliments sont si courtoisement enguirlandées de toutes les fleurs de la rhétorique qu'elles donnent à l'éloge un charme de plus. Voici son avis sur le fond même du livre.

Après avoir parlé des romans « qui sont affaire de scandale, » et « de ceux qui sont faits moins en vue d'un succès d'estime que d'un succès d'argent, » il ajoute :

« Ces différentes catégories écartées, resteront les romans acceptables de tout point, c'est-à-dire ceux où la beauté littéraire de la forme s'unira, dans une suffisante harmonie, à l'élévation des idées et à la noblesse des sentiments. C'est à ce double titre que nous avons salué l'apparition de *Sibylle*...

« Afin de rester fidèle, dans une certaine mesure, à la poétique du genre ; afin de donner à son œuvre un assaisonnement déclaré indispensable, l'auteur a cru devoir mettre en jeu certaines passions favorites, toucher à certaines faiblesses du cœur ; mais avec quel tact, avec quel art il su se plier aux exigences du roman, sans déroger aux règles de la bienséance et du bon goût ! »

Le bienveillant critique reconnaît ensuite chez M. Feuillet « la souplesse merveilleuse, la dextérité circonspecte d'un esprit qui peut s'aventurer jusqu'aux extrêmes frontières, sans dépasser sensiblement les limites de l'honnête et du vrai ; » puis il le loue avec effusion d'avoir introduit la religion dans le roman. « C'est la gloire de M. Feuillet, dit-il, d'avoir rappelé cette noble exilée, de l'avoir couronnée de fleurs et solennellement introduite dans l'*Histoire de Sibylle*. Cette courageuse tentative donne à ce roman un caractère de singulier intérêt et de piquante nouveauté. » Il ajoute que « l'inspiration chrétienne souffle et circule partout dans cette œuvre ; » qu'elle y projette « un reflet si religieux et si pur » qu'il y a « de quoi contenter les plus exigeants, satisfaire les plus délicats. »

Nous avons dit qu'il y avait des réserves ; elles portent sur les détails et non sur le fond. Nous pourrons les noter au passage.

Si l'on s'arrête aux termes de ces jugements, le désaccord est absolu ; cependant il pourrait bien ne tenir qu'à la différence des points de vue. Le premier de nos critiques jugeant le roman de M. Feuillet en lui-même et d'après des idées absolues, a déclaré qu'il n'était pas chrétien. Le pieux écrivain que nous venons de citer s'est, je crois, placé sur un autre terrain. Il a lu l'œuvre de M. Feuillet en songeant à ces « romans orduriers et immondes » dont il parle au début de son article. Ce souvenir a été et devait être très-favorable à l'*Histoire de Sibylle*. Le « rayon qui se détache du front de l'héroïne » en est devenu plus lumineux et a répandu sur tout le roman un jour plus pur. La flamme d'un simple quinquet éblouit l'œil habitué aux ténèbres. C'est au même titre que la pensée chrétienne brille dans l'œuvre de M. Octave Feuillet. Faut-il y voir un moyen littéraire ou la pensée formelle de « signaler les heureuses influences de la religion, » de montrer « d'une part, la grandeur et l'élévation morale « de ceux qui suivent ses lumières « et ses saintes pratiques ; et de l'autre, l'abaisse-« ment et les hontes de ceux qui, s'isolant de Dieu, « sont réduits, pour le gouvernement de leur con-« duite, aux entraînements de la nature et aux con-« seils de l'humaine sagesse ? » Notre critique est convaincu que tel a été le but de M. Feuillet. Cette conviction explique son enthousiasme. Comment ne pas louer avec abondance de cœur et de phrases un auteur dont le *fond éclatant* offre encore *quelques taches*; mais qui fait espérer « une de ces œuvres « auxquelles peuvent applaudir, de concert, le goût « le plus pur, les convictions les plus sévères et la « conscience la plus délicate. »

Ces espérances échappent à la discussion. Il ne s'agit pas de ce que pourra faire M. Feuillet, mais de ce qu'il a fait. Il faut apprécier l'*Histoire de Sibylle* sans la sortir de son cadre, sans la comparer aux romans réalistes de MM. Feydeau et Flaubert. Parce que M. Feuillet prend notre pavillon en y ajoutant ses propres couleurs, devrons-nous lui laisser libre passage ? Non pas. C'est surtout en ces matières que le pavillon ne saurait couvrir la marchandise. Usons du droit de visite.

On soutient que *Sibylle* est, en somme, un roman honnête et chrétien. Malheureusement, les conditions de ces sortes d'ouvrages ne sont pas encore bien définies. Il me semble d'ailleurs que ces deux mots : *honnête*, *chrétien*, indiquent d'ordinaire des œuvres d'un caractère différent. Le roman honnête, tel qu'on le comprend aujourd'hui, peut, en effet, n'être pas chrétien, et il l'est rarement. La plupart de ses partisans se bornent à lui demander de ne froisser ni la morale, ni *les religions*. S'il ne contient rien qui soit ouvertement de nature à gâter l'imagination, si la mère peut le prêter à ses filles, s'il n'ouvre aucun jour direct sur les choses défendues, la poétique du genre est satisfaite.

Le roman chrétien n'est pas condamné à cet efface-
ment ; il n'est pas nécessairement une lecture à l'usage
de tout le monde ; il lui est permis de peindre les passions ; mais il doit le faire avec une grande retenue,
et, de plus, il doit donner un enseignement net et
ferme, un enseignement religieux. Autrement, de
quel droit le déclarer chrétien ?

Avant d'apprécier le roman de M. Feuillet, d'après
ces règles élémentaires, analysons sommairement
l'*Histoire de Sibylle*.

Orpheline en naissant, Sibylle est élevée à la campagne par ses aïeux paternels, le marquis et la marquise de Férias, deux vieillards pleins de sagesse, de
noblesse et de piété. L'enfant est capricieuse, poétique,
passionnée et même têtue. Il faut de bonne heure lutter
contre sa volonté et régler son imagination. Dès l'âge
de six ou sept ans, elle aime à s'égarer mélancolique-
ment dans les bois ; elle prend des allures de fée et
élève des autels de fleurs au dieu inconnu. Un jour,
Raoul de Chalys, jeune homme d'une vingtaine d'années, surprend Sibylle, couronnée de fleurs sauvages
et faisant avec une baguette des incantations sur le
bord d'une fontaine ; il lui demande de ne pas l'oublier, elle lui répond qu'elle ne l'oubliera jamais ; et,
en effet, cette parole sera pour elle un engagement
absolu.

Le curé de Férias commence l'éducation de Sibylle.
L'élève, très-rétive d'abord, devient tout à coup si
ardente, que l'abbé Renaud se déclare insuffisant. On
décide qu'une institutrice aura la partie temporelle de

cette éducation difficile ; le curé conservera la partie spirituelle. Le comte de Vergnes, grand-père maternel de Sibylle, envoie de Paris l'institutrice demandée, miss O'Neill, laquelle jouit de l'extérieur ridicule attribué à toute institutrice de roman ; néanmoins, elle plaît à tout le monde, et les choses iraient fort bien, si l'on n'apprenait pas qu'elle est protestante. M. de Férias veut la remercier, mais, sur les instances de Sibylle, il la garde. Sibylle fait toutes sortes de progrès et ne tarde pas à discuter contre son curé, elle l'embarrasse même très-fort. L'aimable enfant ne s'en tient pas là. Comme ce pauvre abbé a quelque chose de vulgaire et prend du ventre, comme quelques voisins de campagne que Sibylle voit à l'église et au château ont une dévotion mal entendue, notre héroïne, froissée dans ses sentiments les plus délicats, refuse de faire sa première communion, cesse d'aller à la messe, se met, en un mot, hors de l'Eglise, le tout avec l'assentiment du très-pieux et très-sage marquis de Férias.

Cette tolérance devait être récompensée. Le village de Férias est situé sur le bord de la mer. Une tempête éclate, un bâtiment est en perdition ; le curé se dévoue et sauve les naufragés. Sibylle est émue et se déclare « reconquise pour jamais à la foi de ses pères. » Miss O'Neill, l'institutrice, se convertit également. Le curé renonce, de son côté, aux habitudes qui choquaient Sibylle : il ne prendra plus de café, il ne jouera plus au billard, il maigrira.

Les années s'écoulent ; Sibylle devient une jeune

fille. M. de Férias songe à la marier ; mais, ne voyant
dans sa province personne qui puisse lui convenir, il
l'envoie à Paris, chez le comte et la comtesse de Vergnes. Ceux-ci sont mondains, chacun d'eux vit
de son côté, et Sibylle se trouve à peu près livrée
à elle-même. Comme elle est venue à Paris pour se
marier, elle s'occupe en conscience de son affaire.
Tous les jeunes gens qu'on lui présente, et même
ceux qu'on ne lui présente pas, sont, de sa part,
l'objet d'un examen attentif. Elle se montre très-difficile. Au fond, elle attend Raoul. Il paraît. On se
reconnaît, on s'aime, et tout promet une prompte conclusion. Mais Sibylle, redevenue chrétienne, veut un
mari qui partage ses croyances ; elle apprend, au
beau milieu d'un dîner, que Raoul a perdu la foi, elle
s'évanouit et refuse de l'épouser. Si son désespoir est
profond, sa résolution est ferme ; elle part pour Férias,
décidée à ne se marier jamais, puisque son cœur ne
lui appartient plus. Ce n'était pas un mari qu'elle
cherchait, c'était l'échange assuré d'un amour absolu.

Raoul de Chalys n'accepte pas ce dénouement. Il
vient à Férias en qualité d'artiste, pour décorer
l'église, sans trop se demander où cette entreprise le
conduira. Il veut se rapprocher de Sibylle. Celle-ci,
justement offensée, demande au curé de chasser cet
homme et prie son grand-père de la protéger. Raoul
se présente au château de Férias. Il plaide si bien sa
cause près du marquis et de la marquise, que ces
deux vénérables vieillards consentent à la prolonga-
tion de son séjour. Il promet, d'ailleurs, de partir dès

qu'on l'exigera. Sibylle, courroucée de l'indulgence
de ses grands parents, va relancer Raoul jusque dans
l'église ; elle le conjure de ne pas rester un jour de
plus, et lui signifie qu'elle le méprise. — « Retirez-
vous, s'écrie Raoul avec fureur, vous me feriez perdre
la raison, la patience et le respect. » Cette scène ora-
geuse se termine par un traité de paix. Raoul restera ;
il se contentera d'être regardé comme un ami. Sibylle
songe déjà à lui accorder quelque chose de plus. —
« Ah ! dit-elle, si je pouvais espérer qu'un jour, si
lointain qu'il puisse être, je vous verrai prier là ! »
Raoul ne promet rien, mais il ne dit pas non.

Le marquis et la marquise de Férias se montrent
fidèles à leur passé. De même qu'ils avaient laissé
près de Sibylle une institutrice protestante et permis
à leur enfant de ne pas aller à l'église, ils s'empres-
sent de recevoir Raoul dans leur intimité et trouvent
très-naturel qu'il conduise Sibylle, à la nuit tombante,
sous les avenues de châtaigniers, afin de causer lon-
guement, intimement, sans témoins.

Deux mois se passent. Raoul éprouve des émotions
religieuses, ou, tout au moins, spiritualistes ; Sibylle
« a le ciel dans le cœur. » Mais, tout à coup, Raoul
est appelé à Paris par son meilleur ami, le savant
Gandrax, matérialiste de la meilleure école, qui vient
d'avaler une forte dose de laudanum pour échapper
aux douleurs d'une déception amoureuse. Gandrax
meurt comme une brute. Le spectacle de cette mort
sèche et cynique replonge Raoul en plein matérialisme. Son premier mot, en revoyant Mlle de Férias,

1*

est de lui signifier que, ne pouvant croire en Dieu, il rompra un engagement sans espoir, i elle persiste dans ses résolutions. Une conversation pénible s'engage. Cette conversation a lieu le soir, dans le parc. Sibylle prend le bras de Raoul et le conduit, à travers les bois, à l'endroit de leur première rencontre. La nuit est sombre, froide, chargée de brouillards. Les promeneurs s'égarent. Ils marchent de longues heures sans retrouver leur chemin. Cette course vagabonde et mélodramatique les conduit près du presbytère. Sibylle, accablée de douleur et de fatigue, est saisie d'une fièvre violente ; on la transporte chez le curé, et le jour qui se lève la verra mourir. Raoul est vaincu. Le désespoir lui donne la foi ; il déclare à Sibylle qu'il partagera désormais sa croyance et ses espérances éternelles. Le curé les bénit, et notre héroïne meurt en pressant doucement la main de son fiancé.

Voilà le fond du roman. Les épisodes sont nombreux et dénotent un écrivain rompu aux choses du métier. Parmi les personnages secondaires, mais ayant néanmoins un rôle important, nous devons signaler Mme de Beauménil, dévote aimant les petits livres et les petites images de piété; Clotilde sa nièce, jeune fille passionnée et mal élevée qui devient une femme coupable ; le baron de Val-Chesnay, époux de Clotilde, jeune homme pieux, plein de sottise et sans l'ombre d'une vertu ; la duchesse Blanche de Sauves, charmante personne que Sibylle arrête sur les bords de l'abîme, mais dont l'avenir ne me paraît pas ga-

ranti ; Jacques Feray, un paysan idiot qui a plus d'esprit et de cœur que tous les autres personnages du
roman.

Comme on peut le comprendre, d'après cette brève
analyse, l'*Histoire de Sibylle* contient, au simple point
de vue des mœurs, quelques scènes fort accentuées.
L'expression paraîtra douce à quiconque ayant lu le
livre se rappellera : 1° l'entretien où Raoul expose à
Gandrax ses projets et même ses droits sur sa cousine, la duchesse de Sauves ; 2° les consolations que
le même Raoul veut, après le départ de Sibylle, chercher près de la baronne de Val-Chesnay, consolations
que celle-ci aspire à lui donner ; 3° la rupture de Clotilde avec Gandrax et l'équipée de cette malheureuse
disant à Raoul qui vient d'enterrer son ami, tué par
elle : « Vous êtes ma religion... je vous aime comme
je voudrais aimer Dieu. » Ces dernières scènes sont
de l'école réaliste. L'auteur de *Madame Bovary* et de
Salammbô ne les désavouerait point. Je me trompe : il
en désavouerait le style maigre et maniéré. Il y en a
d'autres qui, sans être d'un ton aussi cru, ne valent
pas mieux. Elles suffiraient à empêcher *Sibylle* d'être
classée parmi ces romans que l'on confie à toutes les
mains.

Mais, comme je l'ai déjà dit, un roman peut être
chrétien sans remplir rigoureusement les conditions
d'une lecture de famille. Passons donc l'éponge sur
les scènes que je viens d'indiquer et voyons si l'*Histoire de Sibylle* contient un enseignement assez net
pour pousser le lecteur dans les voies chrétiennes.

On loue M. Feuillet d'avoir « proclamé solennellement que l'idée de Dieu doit dominer l'éducation,
que le mariage chrétien est seul capable d'assurer le
bonheur des époux, et, par conséquent, que seul il
peut asseoir la famille sur ses bases véritables. » J'ai
lu attentivement l'*Histoire de Sibylle* sans y trouver,
je l'avoue, cette double et solennelle proclamation.

L'idée de Dieu signifie ici l'idée catholique. Or, que
fait M. de Férias? Catholique fervent, il veut que sa
petite-fille soit élevée dans ses principes et il est navré
lorsqu'il découvre que M. de Vergnes lui a expédié
une institutrice protestante ; néanmoins, il accepte
cette institutrice, et le curé lui-même déclare que l'on
peut *toujours essayer pendant quelque temps*. Conseil
détestable, comme on l'a fort bien dit, plus mauvais
qu'un conseil franchement mauvais.

M. de Férias prend, il est vrai, des précautions : il
recommande formellement à miss O'Neill « de ne
jamais traiter les questions religieuses avec son élève
qu'au point de vue de la morale générale. » Cette re-
commandation que la plupart des lecteurs de M. Feuillet ont, sans doute, trouvée très-sage, dénote une
ignorance absolue des nécessités de l'éducation et
des devoirs de la famille chrétienne. La question religieuse se pose partout dans l'enseignement. Elle sur-
git sous chaque fait et l'on ne saurait l'éviter en se
plaçant *au point de vue de la morale générale*, c'est-à-
dire en se jetant dans les banalités. On peut amuser
et égarer les hommes avec de grands mots; il
faut aux enfants des réponses précises et concluantes.

Sibylle interrogera miss O'Neill, elle la pressera, l'embarrassera, et la pauvre institutrice, forcée de renoncer aux équivoques, ou, si l'on veut, à la *morale générale*, devra répondre franchement ou garder un silence fâcheux, car il provoquera chez l'élève de redoutables réflexions. Ces difficultés sont inévitables, inextricables, invincibles. L'enseignement religieux dévolu au curé ne servira qu'à les faire éclater plus vite. Elles sont, en effet, le fruit naturel de l'enseignement mixte, cet enseignement que l'Eglise repousse partout et qu'aucun catholique ne voudra jamais introduire chez lui.

La Revue ecclésiastique, dont nous avons signalé la sympathie pour l'œuvre de M. Feuillet, est la première à reconnaître que sur ce point l'auteur de *Sibylle* a fait fausse route.

« Vainement, dit-elle, il sera convenu que miss O'Neill ne se mêlera pas d'enseignement religieux, qu'elle respectera le département de M. le curé ; ces deux religions mises en présence donneront trop à penser à cette enfant. Aux yeux de Sibylle, le protestantisme sera personnifié dans miss O'Neill ; elle verra de ce côté la supériorité de l'intelligence, la variété du savoir, les grâces de l'esprit, les séductions de la musique et de la peinture ; puis, pour peu que l'auteur jette le ridicule sur des pratiques exagérées, pour peu qu'il réduise à sa plus simple expression la valeur intellectuelle du curé, on comprend de quel côté va pencher un enthousiaste et poétique enfant, trop jeune encore pour raisonner ses croyances, et

qui, par conséquent, décidera de tout par l'entraînement de ses impressions. »

Ces observations sont fort justes, et la première
conclusion qu'on doive en tirer, c'est que M. Feuillet
ne proclame nullement la nécessité de faire dominer
l'idée chrétienne dans l'éducation ; son système aboutit, au contraire, à l'indifférence religieuse.

Sibylle, qui montrait dès sa plus tendre enfance
certaines dispositions au déisme, arrive très-vite à
douter des vérités de la religion. Elle discute contre
le curé et le bat ou, tout au moins, l'embarrasse très-
fort. L'excellent homme passe les nuits à étudier les
Pères de l'Eglise afin d'avoir raison de cette petite
fille ; mais ses veilles demeurent stériles et il y perd
vraiment son latin.

M. de Férias et l'abbé Renaud soupçonnent miss
O'Neill d'avoir manqué à ses engagements ; rejetant
alors de vains scrupules, ils s'arrangent de manière à
surprendre les entretiens intimes de l'institutrice avec
son élève. Ils se trompaient. Miss O'Neill est restée
dans les conditions du programme. Elle parle de
Dieu en termes élevés et vides. La *morale générale*
lui suffit. « Il y a, dit-elle à Sibylle, quelques grandes
« notions religieuses communes à tous les êtres pen-
« sants et au-dessus de toute controverse humaine,
« comme celle d'un Dieu créateur. Je puis vous
« parler de ces grandes notions ; mais entrer avec
« vous dans des questions de doctrine, dans la dis-
« cussion de points de foi particuliers, ce serait man-
« quer aux devoirs que m'imposent la reconnaissance

« et la délicatesse. » Et comme Sybille ne paraît pas
satisfaite, miss O'Neill ajoute : « Préoccupez-vous
moins de ces matières ; il est si facile et si naturel d'a-
dopter avec confiance la religion de ses parents, et
surtout de parents comme les vôtres. »

M. de Férias et le curé trouvent cet enseignement
parfait. Écoutez le langage que leur prête M. Feuillet,
bien convaincu pour son compte qu'il vient de se
montrer catholique sincère et sage :

« — Eh bien, l'abbé ? dit M. de Férias, se posant, les
bras croisés et non sans un certain air victorieux, en
face de son compagnon.

— Eh bien, monsieur le marquis, *il est clair* que
nos embarras ne nous viennent point de ce côté.

— Mais *au contraire*, l'abbé : vous voyez que miss
O'Neill nous *seconderait plutôt*. Quoi de plus *sain,
quoi de plus édifiant même* que le ton de son enseignement ? »

Et le curé de répondre : « C'est mon insuffisance
seule, je le vois trop, qui nous suscite ces difficultés. »

Voilà certes un des points les plus faux de ce roman
où le faux abonde. Comment ! Sibylle se détache des
pratiques religieuses. M. de Férias et le curé le
voient, ils s'en inquiètent, ils cherchent la cause du
mal et après avoir entendu l'institutrice, ils croient
avoir en elle une auxiliaire. Ils n'ont donc compris ni
l'un ni l'autre que miss O'Neill faisant si bon marché
des *points de foi particuliers*, mettant sur la même
ligne les *questions de doctrine*, déclarant *naturel* de
« s'en tenir à la religion de ses parents » professe le

scepticisme en matière de culte, ce qui doit conduire
son élève au déisme en matière de foi?

Sibylle, meilleure logicienne que son aïeul et son
curé, arrive nécessairement à se dire que du moment
où les pratiques sont affaire de convenance, d'habitude, de naissance, on peut s'en dispenser. Et elle
s'en dispense. « Les grandes notions religieuses,
communes à tous les êtres pensants et au-dessus de
toute controverse humaine, » suffiront désormais à
satisfaire les besoins de cette âme élevée.

Et que fait M. de Férias? Il déclare à la « chère
fillette qu'elle lui brise le cœur » ; mais celle-ci devient
livide, elle s'affaisse sur le parquet, elle a la fièvre ;
et tout aussitôt son grand-père lui dit : « Mon enfant,
« dans tout ce qui touche à la religion, je vous lais-
« serai une pleine liberté. » En conséquence, les leçons
du curé sont suspendues et Sibylle *est dispensée jusqu'à nouvel ordre de toute pratique religieuse.* « Le
dimanche suivant, dit M. Feuillet, ce fut, dans l'église
de Férias, une rumeur mêlée de blâme et de pitié,
quand on vit le marquis et la marquise prendre tris-
tement place dans leur banc à côté de la chaise vide
de leur petite-fille. »

Comme tout cela est à la foi mauvais, faux et ridicule? Quelle sentimentalité puérile, quel oubli des
droits et des devoirs de la paternité ! Quoi ! il suffira
qu'une péronnelle de dix ans demande à ne pas faire
sa première communion pour que son aïeul, un
homme intelligent et ferme, un fervent catholique,
s'empresse de lui dire : « Croyez ce que vous voudrez ;

je vous dispense d'aller à la messe, même le dimanche. » Voilà comment M. Feuillet s'entend à prouver
que l'idée chrétienne doit dominer l'éducation.

Vous oubliez le résultat, me dira-t-on, Sibylle
revient bientôt à la foi, et miss O'Neill elle-même se
convertit. Ce retour et cette conversion ne prouvent
absolument rien. Le romancier est maître de ses personnages et les fait tourner comme il l'entend. La
question qu'il convient d'examiner au point de vue
des principes est celle-ci : des parents qui agiraient
comme M. de Férias ne trahiraient-ils pas leurs plus
impérieux devoirs ? Je pose surtout cette question aux
catholiques de bon aloi, mais trop sensibles, qui
veulent voir dans l'*Histoire de Sibylle* un roman chrétien.

Du reste, « la rentrée de Sibylle dans le giron de
l'Église » n'est aucunement le fruit de la niaise tolérance de M. de Férias. Cette petite fille est reconquise à la foi par les nerfs. Une barque où se trouvent
quelques pêcheurs menace de sombrer. La tempête
est si terrible, le danger est si grand, que les marins
les plus hardis n'osent aller au secours des naufragés.
Le curé, qui assiste avec toute la population de Férias
à ce navrant spectacle, donne d'une voix tremblante
mais fortement accentuée sa bénédiction à ces hommes
qui vont mourir ; il les absout au nom du Père, du
Fils et du Saint-Esprit, puis il se met à genoux et il
prie. Sibylle est émue. Le curé commence à lui
paraître moins vulgaire. Elle le trouvera noble, lorsque, sautant dans une chaloupe, il décidera quatre de

ses paroissiens à le suivre et sauvera les malheureux que l'on croyait perdus.

L'abbé Renaud remplit ce programme et Sibylle reconnaît alors que le vrai Dieu et la vraie foi peuvent seuls inspirer ces grandes paroles et ces grands dévouements. Dès cet instant, ajoute M. Feuillet, *malgré les objections de détail qui pouvaient encore tourmenter sa pensée*, Sibylle s'était sentie reconquise *pour jamais* à la religion de ses pères. N'oubliez pas que l'héroïne à laquelle l'auteur prête de tels raisonnements et de telles résolutions entre dans sa douzième année. Il y a du ridicule et même du grotesque dans ce fameux roman.

Quant à miss O'Neill, sa conversion est un mystère que M. Feuillet n'entreprend pas d'expliquer. Est-ce le fruit du travail intime de l'âme? est-ce le contrecoup du changement de Sibylle et du zèle de l'abbé Renaud comme sauveteur? L'auteur nous le laisse ignorer. Il convertit l'institutrice pour s'en débarrasser et revient à son héroïne. Faisons comme lui.

La scène du naufrage est habilement racontée. Le lecteur est séduit, ému, enlevé. Il partage l'entraînement nerveux de Sibylle. Mais la réflexion vient et l'esprit proteste. Il n'est pas même nécessaire d'être chrétien pour reconnaître que le mélodrame est ici substitué au développement des caractères et des situations. S'il n'y avait pas eu de tempête ou si le curé avait eu la goutte, Sibylle s'enfonçait dans l'incrédulité ou passait au protestantisme. Il faut que l'abbé Renaud et quatre pauvres pêcheurs s'exposent à un mort presque certaine pour qu'elle comprenne que le Dieu de ses pères est le vrai Dieu. Encore une fois, je ne vois dans tout cela rien qui puisse faire reconnaître les avantages d'une éducation chrétienne. Il n'y a même là aucun enseignement d'aucune sorte. C'est une simple scène de pure fantaisie, plus digne d'un roman d'aventures que d'un roman de mœurs. Elle manque d'ailleurs de nouveauté. Quiconque a lu des romans l'a souvent rencontrée. Elle a ici le double tort d'être indispensable et impossible. Du reste, je le répète, elle est habilement présentée.

Trouverons-nous ailleurs la démonstration promise en faveur de l'éducation chrétienne ? Non, certes.

Raoul, Gandrax et le baron Roland de Val-Chesnay, représentent, dans l'*Histoire de Sibylle*, les hommes de la génération actuelle. Comment ont-ils été élevés et que doivent-ils à leur éducation ?

Le comte Raoul de Chalys, né dans un milieu où la religion est respectée sans être toujours bien comprise, a évidemment reçu un enseignement indécis ; c'est un élève de l'Université. Il a commencé par croire, mais, dès son adolescence, le culte n'a plus été pour lui qu'une affaire de forme et d'usage. L'idée religieuse n'a jamais eu de prise sur ses actions et il s'est de bonne heure proclamé incrédule. Cependant son incrédulité, entretenue par le désordre des mœurs, n'est pas absolument sûre d'elle-même ; il y a des moments où il lui serait assez agréable de croire en Dieu. Du reste, homme de cœur, d'une haute intelligence, plein de noblesse, d'une distinction exceptionnelle, né pour toutes les grandeurs, capable de toutes les vertus.

Gandrax, l'intime de Raoul, n'a pas de naissance ; il s'est formé lui-même. C'est un grand savant, un profond penseur, un homme vraiment fort ; il joint la distinction à la science et se fait remarquer dans les salons les plus aristocratiques comme à l'Institut. C'est M. Feuillet qui l'affirme ; cependant il lui prête sur certaines matières un langage que peu de salons toléreraient. A tous les avantages de la science et de la grande mine, « distinguée, hautaine et glaciale, » Gandrax ajoute le désintéressement, la noblesse, la dignité des mœurs ; sa vie est pure, et si Raoul est capable de toutes les vertus, son ami déjà les possède. Cet homme rare est et a toujours été paisiblement matérialiste. La pensée chrétienne n'a eu aucune part dans son éducation, n'a exercé aucune influence sur sa conduite. Sans doute, cette haute moralité succombera sous les séductions enragées de Clotilde, et Gandrax, humilié, non pas d'avoir été coupable mais d'avoir été joué, se tuera. Néanmoins, il reste l'homme supérieur du roman ; il dépasse tous les autres personnages par la fermeté du caractère, la vigueur de l'intelligence, les hautes qualités du cœur et même par la vertu, — sauf l'accident qui lui arrive à trente-cinq ans.

Le baron Roland de Val-Chesnay a reçu une éducation chrétienne. L'évêque de ***, dont il est le protégé, déclare qu'il a été élevé « dans les meilleurs principes, » « qu'il est bien, » ce qui s'appelle bien ;

il vit près de sa mère, une femme vraiment pieuse,
une sainte qui l'enveloppe de tendresse et serait heureuse de se sacrifier pour lui. Au moment où M. Feuillet nous le présente, il a vingt-quatre ans et reste
fidèle aux principes qu'il a reçus ; il appartient certainement aux conférences de Saint-Vincent de Paul.
C'est un sot ; il est plat, ridicule ; il n'a pas de cœur
et bientôt il n'aura plus de mœurs. L'éducation chrétienne ne lui a donné aucune force d'esprit, n'a développé chez lui aucun sentiment élevé, ne lui a fait
comprendre aucun devoir. Clotilde le séduit en un tour
de main et cette séduction est toute matérielle. Il
afflige sa mère sans l'ombre d'une hésitation et l'abandonne sans l'ombre d'un regret. Un peu plus tard,
ennuyé des froideurs de sa femme, il se livrera à de
coupables distractions sans se rappeler même qu'il
est chrétien. La moralité lui manque comme la foi ; il
n'a pas de conscience et vit paisiblement dans le mal.

Ainsi, de ces trois hommes le seul qui soit plat et
misérable, qui n'ait rien, absolument rien, ni dans la
tête ni dans le cœur, est celui dont l'éducation a été
chrétienne. Et, de plus, Gandrax, élevé en plein matérialisme, l'emporte sur Raoul qui a pu recevoir çà et
là de vagues notions de christianisme. L'auteur aurait
voulu prouver les avantages de l'athéisme, en matière
d'enseignement, qu'il n'aurait pu choisir autrement
ses personnages ; cependant on le loue d'avoir mis
l'influence de la religion dans un *jour lumineux*.

Voyons si cette lumière sera plus éclatante chez les
femmes que chez les hommes.

Nous en avons dit assez pour montrer que Sibylle n'a pas reçu une éducation vraiment chrétienne. Confiée à une protestante, libre dès l'âge de dix ans de renoncer à toute pratique religieuse, elle s'est convertie par accident et reste dans la droite voie par la force de sa volonté indépendamment de toute influence extérieure, de toute lecture, de tout enseignement.

A côté de Sibylle, M. Feuillet nous montre Clotilde, baronne de Val-Chesnay, et Blanche, duchesse de Sauves. Ces deux jeunes femmes appartiennent à des familles chrétiennes, et, après avoir eu chez elles l'exemple des habitudes religieuses, elles ont terminé leur éducation au couvent. Qu'y ont-elles gagné?

Blanche est une femmelette. Jeune fille, elle aimait son cousin Raoul et rêvait de l'épouser. Néanmoins, elle épousa tout de suite le premier prétendant qu'on lui présenta. C'était le duc de Sauves, plus âgé qu'elle de vingt-deux ou vingt-trois ans, « mais encore fort beau cavalier et très-aimable homme. » Cinq ans se passent; elle a deux enfants. Raoul revient, et tout de uite elle se jette à la tête de ce vainqueur qu'elle n'avait pas eu l'idée d'attendre lorsqu'elle était libre. Elle reconnut, dit l'auteur, qu'elle l'aimait *encore follement*. Pardon, il me semble qu'autrefois elle l'avait aimé très-sagement, puisqu'à peine parti elle s'était mariée. Un amour vrai et profond change moins vite d'objet; il ne se rend pas à la première sommation. Si Blanche avait eu pour Raoul une passion folle ou même réfléchie, elle l'eût attendu, — d'autant plus qu'elle ignorait ses sentiments et devait se croire

aimée. Ne se croit-on pas toujours aimé? Cette scène
où M. Feuillet s'est efforcé d'être délicat est, au fond,
révoltante. Comme Raoul, qui est occupé ailleurs, ne
pousse point sa petite cousine, celle-ci songe à s'arrêter. Et qui consulte-t-elle? sa mère, son confesseur,
quelque vieille amie d'un caractère sûr, d'une vertu
éprouvée? du tout : elle consulte Sibylle qu'elle connaît fort peu ; elle expose son cas, qui est grave, à
cette jeune fille de dix-huit ans, laquelle accepte très-
aisément le rôle de conseillère. Ce n'est pas seulement là un grand défaut d'observation et de vraisemblance, c'est aussi une chose odieuse. Quelle idée
Blanche a-t-elle donc de Sibylle pour recourir, en
pareille occurrence, à ses lumières? Au point de vue
des nécessités du roman, tout va pour le mieux.
Blanche immole son amour et ne songe plus qu'à
mettre en présence Raoul et Sibylle. Je ne suivrai pas
M. Feuillet sur ce terrain, je n'examine pas son livre
comme œuvre d'art et étude de mœurs, je cherche
seulement à voir quelle place il y fait à la pensée
chrétienne. Eh bien, ici encore cette pensée n'a rien
de *lumineux*. Blanche renonce à Raoul sans que l'auteur indique chez elle une lutte quelconque entre la
foi et la passion. Sibylle, il est vrai, la rencontre à
l'église où elle pleure dans un coin, et Blanche lui
dit : « J'étais tout près de me perdre tout à fait, quand
« Dieu m'a donné le courage de me jeter dans tes
« bras, mon pauvre ange. » Cette phrase, depuis
longtemps à l'usage des dramaturges et des romanciers, ne suffit pas à mettre en lumière les avantages

d'une éducation chrétienne. Cependant il n'y a rien
de plus. Toute idée religieuse est absente de la confession de Blanche et des conseils de Sibylle. Ce
serait là une faute, même dans un roman où la pensée chrétienne n'aurait aucune part. En effet, deux
jeunes femmes appartenant à la société de nos héroïnes et élevées comme elles, ne pourraient se faire
de telles confidences et chercher la bonne voie sans
songer non pas au Dieu indécis de M. Feuillet, mais
à la religion, aux sacrements.

Si l'éducation religieuse n'a développé aucune
vertu chez Blanche, elle n'a préservé Clotilde d'aucune corruption. On objectera peut-être que Clotilde
n'a pas, au fond, été élevée chrétiennement. Sa tante,
Mme de Beauménil, est une *plate dévote*, adon-
née aux choses extérieures de la religion, mais sans
véritable piété. De plus, elle a trouvé bon de gâter sa
nièce, sous le prétexte que les enfants tenus avec sévérité tournent mal. Assurément, ce n'est point là un
heureux début. Mais Clotilde a été mise au couvent
aussitôt après sa première communion, et elle y est
restée cinq ou six ans. Elle a donc reçu d'excellents
principes; et elle pouvait d'autant mieux en profiter
que la vulgarité de sa famille n'avait pas encore dû la
frapper beaucoup. Toutes les petites filles n'ont pas,
sous ce rapport, les susceptibilités de Sibylle. Si leurs
parents sont incrédules, elles le remarqueront et en
tireront peut-être de fâcheuses conséquences; mais
s'ils ont seulement le tort de mêler à leurs pratiques
pieuses du mauvais goût, du mauvais ton, des pas·

sions étroites, elles ne s'y arrêteront pas. Et plus
tard, après cinq ou six ans de séjour au couvent, leur
foi n'aura rien à redouter de ces petitesses. Sinon, il
faut nier l'influence de l'éducation religieuse. Or, on
nous assure que l'*Histoire de Sibylle* met cette influence en lumière.

Clotilde cependant agit du commencement jusqu'à
la fin comme si jamais aucune notion de christianisme ne lui avait été donnée. Elle sort du couvent
résolue à faire le mal toutes les fois qu'elle y pourra
trouver plaisir ou profit; elle n'a ni délicatesse, ni
cœur, ni conscience, ni pudeur ; tout sentiment élevé
ou seulement honnête lui est totalement étranger. Ne
croyez pas cependant que le couvent ait été sur elle
sans action. M. Feuillet fait remarquer avec son
ironie malingre, que « l'enfant terrible, turbulente,
« opiniâtre, maussade, était devenue une jeune per-
« sonne timide, modeste, parlant peu et à demi-voix,
« obligeante, prête à tout, même à faire une qua-
« trième au whist, bref une demoiselle exemplaire. »
De petits avantages extérieurs mêlés d'hypocrisie et
nulle qualité morale, nulle aspiration vers le bien, tels
ont donc été pour Clotilde les résultats de l'éducation
chrétienne.

Il y aurait beaucoup à dire sur tout cela au point de
vue de la simple logique et de l'étude des passions ;
mais, je le répète, il n'entre pas dans mon sujet de
rechercher si les personnages de M. Feuillet sont
vrais ou faux ; je constate seulement qu'aucun d'eux
ne met en relief, pour le développement de l'esprit et

la dignité du caractère, les avantages d'une éducation où l'on a fait entrer « l'idée de Dieu. » Tout au contraire, les personnages les plus vils et même au point de vue de l'auteur, les seuls personnages vils, Roland et Clotilde, sont ceux qui ont été le plus encouragés aux pratiques religieuses. On s'y est mal pris, dira-t-on ! Ce raisonnement mène loin et peut tout excuser. D'ailleurs, est-il de mise ? Roland a été élevé par un prêtre sous les yeux d'une mère pieuse ; Clotilde est sortie de sa famille pour entrer au couvent. Si l'idée de Dieu ne peut être rencontrée dans de telles conditions, où donc la trouver ?

M. Feuillet a, du reste, d'étranges renseignements sur la discipline « des grands couvents de Paris » voués à l'éducation des jeunes filles. Il nous montre Raoul, qui est venu voir sa cousine Blanche, faisant, en plein parloir, le portrait de Clotilde, puis celle-ci s'approchant de lui et laissant tomber ses gants qu'il ramasse et qu'il garde. Des gants de pensionnaires, quel trésor ! Plus tard, Clotilde, Blanche et leurs compagnes cherchent un jeu : « une de ces demoi-
« selles proposa que chacune de nous se mît à réflé-
« chir aux jeunes gens qui venaient le plus souvent
« au parloir, et écrivît ensuite sur un petit papier le
« nom de celui qu'elle aimerait le mieux épouser,
« après quoi une de nous lirait à haute voix tous les
« petits papiers. Le jeu fut accepté. Chacune écrivit en
« secret sur un carré de papier qu'elle mit ensuite dans
« une corbeille. Eh bien ! quand on vint à la lecture des
« bulletins, ils portaient tous le même nom : Raoul ! »

Voilà les seules vues que ce roman religieux ouvre sur l'éducation des couvents. Et quel petit style !

Passons au mariage. Voyons si l'idée chrétienne y est bien nette et bien ferme. D'abord, il n'en est pas question pour les personnages secondaires. Roland n'a songé qu'aux beaux yeux de Clotilde, laquelle n'a songé qu'à la fortune et au nom de Roland ; le duc de Sauves s'est résigné à faire une fin, et la petite duchesse Blanche s'est pressée de faire un commencement. Sibylle, au moins, nous dira-t-on, veut épouser un chrétien. C'est vrai ; malheureusement sa volonté n'est pas pure de tout alliage. Elle cherche un mari qui ait des convictions religieuses, parce qu'elle y voit pour elle une garantie de bonheur. Elle se dit qu'elle sera aimée plus longtemps, qu'elle le sera même toujours, si son mari partage ses croyances ; car « la fraternité des espérances éternelles peut seule donner aux faibles amours de ce monde quelque chose de la solidité et de la durée des amours divins. » Elle ne sort pas de là. Le calcul a du bon, et Sibylle n'a pas tort de le faire ; mais sa pensée devrait s'élever plus haut, elle devrait se représenter en chrétienne la douleur d'une femme dont le mari ne croit pas ; le supplice d'une mère dont les enfants pourront recevoir de leur père des exemples d'indifférence ou d'impiété. On voudrait aussi que sa résolution cherchât un appui dans les conseils et les prescriptions de l'Église ; on voudrait, enfin, que M. Feuillet, lorsqu'il prend la parole, prouvât que le mariage chrétien est quelque chose de plus qu'une bonne spéculation au point de vue de « la solidité des amours. » Loin de là, il évite d'aborder ces questions, et il en résulte que l'*idée* ou le *rêve* de Sibylle est une conséquence du caractère de cette jeune fille plutôt qu'une thèse de l'auteur. Il finira même par blâmer son héroïne et par dire, avec l'honnête et pieux M. de Férias, qu'elle est trop exigeante. Et son exigence, en effet, ou plutôt son entêtement, loin de la mener au but, la mènera aux catastrophes.

La cause du mariage chrétien n'est donc pas réellement défendue dans le roman de M. Feuillet. L'héroïne est seule de son avis, et cet avis, elle le soutient mal. Elle obéit à des préoccupations égoïstes, tandis qu'elle devrait s'appuyer sur le devoir. Mais la pauvre enfant a, sous ce rapport, fait son éducation près de M. Feuillet, et cette haute notion du devoir dans le mariage lui paraît inconnue. Au fond, il n'y a rien là qui puisse faire comprendre à des parents de principes douteux, qu'ils *doivent* marier chrétiennement leurs enfants. Quant aux jeunes filles qui auraient besoin de ce livre pour être converties, il conviendrait peut-être de ne pas se fier à leur conversion. Elles seraient trop disposées, j'imagine, à voir un Raoul suffisamment pieux, dans le premier valseur ou polkeur venu.

Ce chapitre contient, du reste, des observations qui, sans être nouvelles, peuvent frapper le lecteur et sont agréablement rendues. M. Feuillet note, par exemple, chez Sibylle un trait assez rare, mais dont on sent la justesse : « Elle voulait, dit-elle, que son

« mari lui fût égal par l'éducation, les goûts et les ha-
« bitudes de l'intelligence ; elle voulait même, sans
« s'en rendre compte, qu'il lui fût supérieur, et elle
« sentait qu'elle ne l'aimerait qu'à ce prix. »

Mais, à côté de cette observation vraie qui fait ressortir l'esprit délicat et le caractère élevé de notre héroïne,
que de choses manquées ! Comme l'auteur choppe
dès qu'il touche aux sentiments chrétiens ! Sibylle est-
elle chrétienne ? Cette jeune fille de dix-huit ans, dont
la piété sévère ne tolérait pas les excentricités de
Mme de Beauménil et le laisser-aller du curé, s'abandonne, dès son arrivée à Paris, à tous les plaisirs de
la vie mondaine. Elle hante, sans le moindre scrupule,
les musées, les concerts, les bals, les théâtres ; elle va
partout, elle lit tout. Aucune œuvre pieuse, aucune
œuvre même de charité ne prend place dans sa vie.
L'auteur n'a pas senti qu'il y avait là une fausse note ; ce
qui fait soupçonner chez lui peu de connaissances des
mœurs qu'il veut peindre, et surtout peu de tact. Et
comme il faut prendre ses personnages tels qu'il les
donne, il en résulte que les exigences de Sibylle paraissent inexplicables. Du moment où elle est tout
entière au monde, elle doit se montrer plus facile sur
le choix d'un mari, surtout lorsque l'amour se met de
la partie.

Du reste, dans ce roman, aucun caractère ne se
développe logiquement. Raoul, dont l'auteur a voulu
faire un type de distinction et d'honneur mondain,
entre en scène, d'une façon répugnante ; il livre les
secrets de Blanche à l'ami Gandrax. Cet acte n'est

1***

pas de l'homme chevaleresque qu'on prétend nous montrer. Et comme il est odieux lorsqu'il somme Sibylle de lui dire si *l'honneur d'obtenir sa main* lui sera interdit *tant qu'il n'aura pas reçu la grâce d'en haut*, et qu'il ajoute : S'il en était ainsi, je renoncerais sur l'heure *à un attachement sans espoir*.

Ce langage est impossible. Raoul ne l'a pas tenu. Comment ! il aime Sibylle, il est près d'elle, il l'accompagne dans ses promenades, il peut lui communiquer dans le charme du tête-à-tête toutes ses pensées, il vit de sa vie, il se sait aimé d'un amour complet, parfait, que rien ne pourra ébranler, qui résisterait à son absence, dût-elle être sans fin ; et cette situation lui paraît insupportable ; il reproche à Sibylle, qui jamais, quoi qu'il fasse, n'acceptera un autre époux, de le condamner à un attachement sans espoir ; il lui signifie la résolution de rompre ! Que cette parole lui échappe dans un de ces moments sombres où l'on éprouve je ne sais quel sauvage besoin de blesser un cœur dévoué, passe encore ; — mais il se hâtera de la retirer, de l'effacer, et cette souffrance deviendra aussitôt pour Sibylle une source de joie. Tout au contraire, sa résolution est formelle et il s'y tient. Cet homme n'aime pas ; il peut avoir des désirs, il n'a pas d'amour.

Et sous quelle impression agit-il de la sorte? Il vient de voir mourir Gandrax. Il a été le témoin de cette agonie brutale, il a pu sonder l'abjection du matérialisme, il en a ressenti les tristesses, et cette terrible leçon, loin de le pousser vers Dieu et d'achever

l'œuvre de Sibylle, met fin au mouvement de conversion qui s'opérait en lui. Que ce résultat échauffe les
dernières pages du roman, je le veux bien ; mais il est
contraire aux lois du cœur humain. L'aventure de
Gandrax, son point de départ, et ses suites devaient
produire un tout autre effet. L'auteur a donc sacrifié
la vérité au drame. Que voulez-vous, il fallait, pour
l'éclat du dénoûment, que la mort de Sybille convertît
Raoul : Sibylle meurt.

Cette mort est-elle chrétienne ? Non, elle est romanesque. Sibylle, apprenant que désormais Raoul partagera ses croyances, veut lui être unie à ses derniers
moments par la bénédiction nuptiale. C'est le seul sacrement qu'elle songe à recevoir. Le curé ne peut satisfaire ce désir ; mais il dit aux deux fiancés de se donner
la main, et il demande à Dieu que ces âmes, qu'il va séparer sur la terre, soient unies un jour dans l'éternité.

Que de choses j'aurais encore à relever au point de
vue chrétien ! Il y a bien du venin dans le portrait de
Mme de Beauménil, de son mari et de son frère. L'auteur charge ces pauvres gens plus que ne le voudrait
la vraisemblance. Sous le prétexte de montrer le
côté infime de pratiques religieuses tenant à des habitudes plutôt qu'à de fermes principes, il lance des
traits qui vont trop loin. Le curé est d'un bout à
l'autre du roman un personnage sacrifié. Au début, il
est trop ami de ses aises et se laisse opprimer, même
dans son église, par la Beauménil ; plus tard, il se met
sous la direction de Sibylle, alors âgée de dix à douze
ans, et devient, grâce à cette enfant, un prêtre modèle,

pâle et maigre. Il vit en anachorète. M. Feuillet tombe ici dans l'erreur ordinaire et vulgaire des beaux esprits sans foi ou sans jugement qui, sous prétexte d'idéaliser le prêtre, le mettent en dehors de la société.

Il faut s'arrêter. Je n'ai parlé ni de l'agencement du roman, ni des personnages dont le rôle ne rentrait pas dans mon sujet, ni du style. Je n'ai pas voulu faire une étude littéraire. Je me suis simplement proposé de voir si l'*Histoire de Sibylle* pouvait être acceptée comme roman chrétien. Je ne le crois pas. Et si l'on me donnait tort, si l'on prétendait que nous devons à M. Feuillet les règles et le modèle du genre, j'en conclurais qu'en fait de roman chrétien le meilleur ne vaut rien.

L'*Histoire de Sibylle* donne, d'ailleurs, la mesure du talent de M. Feuillet; de même que son succès met en lumière le christianisme de salon.

M. Feuillet est un agréable conteur qui veut satisfaire en même temps les croyants sans foi et les incrédules sans haine. Il s'avance tantôt vers le bien, tantôt vers le mal, avec la résolution de ne se livrer ni à l'un ni à l'autre. La société polie, c'est-à-dire mondaine sans être scandaleuse, voit dans cette négation douceâtre des droits de la vérité l'exacte mesure d'honnêteté et même de christianisme qui convient au roman.

Que « le monde » ait jugé de la sorte des livres sans accent; qu'il ait vu dans *Sibylle* un roman religieux, cela se conçoit. Mais que de vrais catholiques aient ratifié ce jugement, c'est l'un des signes du temps et des plus fâcheux.

SUR LE MARIAGE

Voici divers livres qui traitent du mariage. L'un d'eux date du dix-huitième siècle ; c'est un recueil de conférences ecclésiastiques imprimé en 1713 par ordre du cardinal de Noailles, archevêque de Paris (1) ; les autres sont récents et s'inspirent des mœurs contemporaines. Malgré cette différence d'origine et de date, ils contiennent plus d'une idée commune. Comme la question du mariage est et sera toujours, en dépit des *positivistes*, d'une grande actualité ; comme les romans à la mode sont plus que jamais remplis de théories matrimoniales, je consacrerai un chapitre à ces divers livres, moins pour les analyser que pour en examiner de près certains enseignements.

I.

Le mariage est un contrat permanent. Quiconque

(1) Cet ouvrage traite surtout de la discipline de l'Eglise et de prescriptions de la loi civile. Nous ne le suivrons pas sur ce terrain ; mais il contient, en outre, sur l'essence même du mariage, des considérations dont nous ferons notre profit.

lui refuse ce caractère va contre la loi divine et se
révolte contre sa propre conscience. Dieu, qui a institué le mariage et l'a élevé à la dignité de sacrement,
veut que la « première vue de l'homme et de la
« femme en se mariant soit de s'entre-secourir l'un
« l'autre, afin qu'ils puissent plus aisément supporter
« les incommodités de la vie. » Après avoir rappelé
ce principe fondamental et déclaré que le mariage
doit avoir également pour but de constituer des familles chrétiennes et de protéger les bonnes mœurs,
mon vieux livre pose cette question : « Quelles sont
les qualités chrétiennes qu'on doit désirer dans une
personne pour s'engager avec elle dans l'état du mariage ? » La réponse est longue et chargée de termes
un peu durs ; je la résumerai.

Il faut faire son choix avec prudence et selon Dieu ;
— considérer l'humeur de la personne à laquelle on
songe ; s'assurer qu'elle est douce, qu'elle n'est soumise ni à sa bouche, ni à ses passions ; — il importe
d'éviter les inégalités de naissance et les trop grandes
différences d'âge, car un défaut absolu de proportion
sur ce point met obstacle à la vie chrétienne des
époux ; — on doit défendre de tout son pouvoir à une
femme de prendre un mari dont la profession ou la
situation pourrait exposer sa foi ou ses mœurs ; — au
lieu de chercher la fortune, il convient de viser seulement sous ce rapport à une certaine égalité. « Avez-
vous une fille qui doit être mariée, dit le Saint-
Esprit, *Mariez-la et donnez-la à un homme sage et
prudent* ; il ne dit pas à un homme qui possède de

grands biens, à un homme de grande naissance, à un homme qui ait une grande charge, mais à un homme de *grand sens*, qualité inséparable de la crainte deDieu et de la solide piété.... Avez-vous un fils, dit le même Saint-Esprit, que vous vouliez établir dans le mariage? vous pouvez peut-être lui donner de grands biens, et lui trouver une fille aussi riche et d'une aussi grande naissance que lui ; et cependant ce ne seront ni les grands biens, ni les grands honneurs qui feront son bonheur, mais ce sera une femme prudente et sage, qui, marchant sur les traces de la femme forte, aimant le travail, craignant Dieu, réglant sa maison, le rendra véritablement heureux. »

Notre auteur, comme on a dû s'en apercevoir, ne parle pas d'après ses impressions particulières et ses propres raisonnements ; il s'appuie toujours sur l'Écriture, sur les Pères, sur les Saints ; il se borne à constater qu'il suffit de regarder autour de soi pour reconnaître que l'expérience vient confirmer chaque jour les enseignements de l'Église. Cent cinquante ans se sont écoulés depuis lors, mais, sous ce rapport, il n'y a rien de changé. Le cœur humain ne change pas ; il a toujours les mêmes faiblesses et il faut toujours lui rappeler les mêmes vérités. Voici, par exemple, des réflexions dont personne ne contestera l'actualité. Après avoir développé les règles que nous venons d'indiquer, le *conférencier* ajoute :

« On méprise aisément ces saintes règles, étant visible que le torrent du siècle emporte presque tous les hommes en des sentiments tout contraires; mais il est certain qu'en les méprisant, on méprise Dieu, et qu'on ne le méprise point impunément : car comme aujourd'hui on marie l'argent avec l'argent, et non la personne avec la personne, on ne voit aussi autre chose que des désordres, qui naissent de ces mariages plus dignes de païens que de chrétiens.

« De là vient que l'on voit si souvent des hommes, qui, ayant épousé une fille avec de grands biens, ont épousé en même temps des chagrins mortels et des maux sans ressource et sans remède, et se trouvent par là liés toute la vie à une personne hautaine et légère, qui, n'ayant nulle crainte de Dieu, tâche de prendre un empire sur celui à qui Dieu l'a soumise par une obligation indispensable, qui est idolâtre d'elle-même et croit au-dessous d'elle d'avoir le moindre soin ou de l'éducation de ses enfants ou du règlement de sa maison.

« De là vient encore que l'on voit, d'autre part, des filles asservies à un joug de fer, dont la seule mort les peut délivrer, qui sont obligées de détester la vie criminelle, et de souffrir les emportements et les mépris outrageux de celui à qui elles doivent un respect très-sincère, qui sont traitées comme des esclaves, qui souffrent dans leurs enfants par l'exemple et les discours insensés d'un père qui leur inspire le mal..., et ces personnes, si dignes de compassion, ne peuvent s'empêcher quelquefois d'accuser en secret un père ou une mère qui les ont sacrifiées à leur ambition ou à leur avarice, sans se mettre en peine de leur procurer un établissement solide et chrétien qui pût les rendre heureuses. »

Le *conférencier* ne se borne pas à condamner chez les parents les calculs que dictent l'amour des richesses et les entraînements de la vanité ; il condamne aussi tout ce qui compromet dans le mariage son caractère essentiel : *l'union*. Il n'est, certes, nullement disposé à céder aux illusions et aux caprices de l'imagination, mais il repousse tout mariage dont on ne peut attendre ni la satisfaction du cœur, ni celle de l'esprit. Et pourquoi ? parce que s'engager dans une telle voie, ce n'est pas seulement affronter une vie de souffrances, c'est aussi se mettre sur le seuil du mal et jouer son âme.

On dit souvent, et toujours avec raison, que le christianisme a émancipé la femme. Partout, en effet, où il ne règne pas, elle est esclave ; et là où son esclavage paraît le moins dur, il est aussi le plus avilissant. La femme du sauvage, condamnée aux plus rudes travaux, est assurément moins dégradée que la femme musulmane enfermée dans le harem. Partout aussi où le christianisme s'affaiblit, le rôle de la femme diminue. La galanterie ou, selon l'expression du P. Ventura, *les cajoleries* succèdent au respect. Déjà elle a moins d'autorité, bientôt elle aura moins de liberté, et l'idole deviendra servante. Cet affaiblissement de sa légitime et nécessaire influence peut se produire de diverses façons, selon les mœurs nationales, mais il est inévitable. Tous ceux qui ont vu et bien vu les États-Unis, où la moitié de la population n'est pas baptisée, déclarent que la femme y est déjà sans action. Le pur Américain, le Yankee, voit en elle un objet très-utile, ayant pour rôle de faire des enfants, de les élever, de tenir la maison ; mais il lui refuse la grande part que lui donne l'Église ; il ne semble pas lui reconnaître le droit à la vie intellectuelle dont il use modérément pour son propre compte. J'entends une objection. On me dit que l'Américain respecte beaucoup les femmes. Oui, il respecte *les femmes*, mais il ne respecte pas la femme. Il a pour elle des égards en quelque sorte matériels, il la protége à cause de son utilité et, sans doute, de sa faiblesse. C'est là une forme de l'autorité, ce n'est pas une marque de déférence chrétienne. Cette protection aboutit à en faire une servante, comme la galanterie, même lorsqu'elle garde encore des formes délicates, aboutit à en faire un jouet.

Ces sentiments opposés sont également en dehors de la règle. « Dieu, dit saint Thomas d'Aquin, n'a pas tiré la femme de la tête de l'homme, afin qu'il ne vînt pas à la femme la pensée de dominer l'homme ; il ne l'a pas tirée de ses pieds non plus, afin que l'homme ne fût pas tenté à son tour de la mépriser comme sa servante et son esclave : mais il l'a tirée de son côté et en quelque sorte de son cœur, afin que l'homme la regardât et la respectât comme sa compagne et son égale (1) ! »

L'Église n'a pas seulement relevé la femme, elle ne

(1) *I, Quœst.* 82, art. 29.

s'est pas bornée à établir ses droits ; elle veille constamment sur elle pour assurer son bonheur. Ces mariages où les lois primordiales de l'union sont méconn-
ues, où il n'y a rien pour le sentiment, rien pour les
joies intimes et permises de l'esprit, rien qui puisse
répandre un charme durable sur la vie commune ; ces
mariages que l'argent, la vanité et toutes les fausses
raisons de la fausse sagesse ont fait rechercher des
parents, que l'obéissance aidée souvent de l'inconséquence et quelquefois aussi de secrètes douleurs, ont
fait accepter des jeunes filles, l'Église les condamne.
Elle veut d'abord que les époux soient chrétiens ; mais
elle veut aussi qu'ils puissent se plaire, qu'ils se
plaisent. Et son but est toujours le même : le salut.
Elle sait bien que ces unions, il faudrait dire ces rencontres, nées de misérables calculs ou de malheureuses
impatiences, useront la vie et exposeront les âmes.
Or, en même temps qu'elle défend au chrétien de rejeter le fardeau, elle lui ordonne de prendre garde
avant de se charger. Mais qu'elle est peu écoutée sur
ce point, dans la plupart des familles ! Comme les
parents voient facilement, chez chaque conjoint, des
qualités qui arrangeront les choses ! Le mariage se
fait et les choses ne s'arrangent pas. On s'en consolera
en disant, selon l'occurrence, que le mari n'a pas su
prendre sa femme ou que la femme n'a pas su prendre
son mari. Et ce laisser-aller n'est pas rare. Combien,
parmi ceux qui parlent avec le plus d'autorité au nom
des principes, ratifient et quelquefois conseillent des
mariages où les conditions essentielles au bonheur

des époux n'existent point ! L'auteur d'un livre anonyme signale avec une sorte d'amertume cette « grave
inconséquence. » Nous n'acceptons pas tout ce qu'il
dit. D'abord il a le tort de généraliser des actes indi-
viduels, ensuite il ne fait pas assez large part aux difficultés du temps et se montre disposé à trop limiter
l'action de la famille. Néanmoins, il faut avouer qu'il
ne parle pas complétement à faux. Il se rencontre, en
effet, sur quelques points avec le P. Franco, qui, dans
son excellent ouvrage sur la direction morale et religieuse de l'enfance et de la jeunesse, consacre un
chapitre à l'examen des devoirs des parents et des enfants dans la question du mariage.

« Dans le choix des personnes auxquelles on s'allie,
pères et enfants, dit-il, commettent plus d'une faute.
Les jeunes gens se laissent souvent aveugler par la
passion. Ils ont besoin de vous, parents, de votre expérience du monde et des passions, expérience qui
deviendra leur lumière. L'erreur la plus ordinaire des
parents est d'écouter les raisons d'intérêt plus que les
conseils de la raison et de la foi. Les enfants s'embar-
quent à l'aventure dans des unions mal assorties ; ils
n'ont égard ni à la différence de condition, ni à la dis-
proportion du rang, qui ne devrait jamais être trop
grande entre les époux. De leur côté, les parents,
uniquement préoccupés de certaines convenances de
famille et de position, exercent quelquefois une sorte
de contrainte pour unir deux personnes d'un lien que
l'affection n'a pas formé. »

Il insiste sur les inconvénients, les dangers, les dé-

sordres, fruit de ces unions « que la raison désavouait, »
et reprend :

« Si je m'adressais à vos enfants, dit-il aux parents,
je leur représenterais l'obligation où ils sont de ne
point vous affliger dans une affaire aussi grave, par une
union inconvenante et une alliance blâmable ; le tort
qu'ils vous causent, qu'ils se causent à eux-mêmes ; le
châtiment que Dieu leur réserve ; car, si dans la sagesse
de ses plans, Dieu a voulu leur laisser la liberté de
contracter une alliance à leur gré, il ne les a pas dis-
pensés d'écouter la raison et la foi : voilà ce que je
leur dirais. Mais ici je ne m'adresse qu'aux pères et
aux mères, et voici mes observations : dans les conseils que vous donnez à vos enfants, mettez la vertu
de la personne avant les intérêts temporels. Toutes
les richesses du monde n'apporteront jamais le bonheur à une famille privée de l'inappréciable trésor de
la piété ; mais les principes chrétiens une fois sauve-
gardés, ne refusez pas d'accéder aux désirs légitimes
de ceux que doit unir ce grand sacrement. Si c'est une
folie évidente de préférer les entraînements d'une passion aux justes considérations de la raison et de la
vertu, c'est une étrange témérité de lier, par une indissoluble chaîne, deux personnes dont les cœurs ne
s'entendront jamais. Vous avez assurément le droit de
demander à vos enfants un sacrifice commandé par
la raison et par leur bonheur ; mais vous n'avez pas
celui d'exiger qu'ils entrent dans toutes vos vues,
même au prix de sacrifices excessifs. Bornez-vous à
écarter d'une union projetée les éléments périlleux,

mais n'imposez pas par voie d'autorité ce qui vous semble préférable (1). »

Notre anonyme ne trouverait certainement rien à reprendre dans ces conseils, car il admet, sans réserve, les bases chrétiennes du mariage et choisirait volontiers, pour épigraphe, ces paroles de Bossuet : « La principale chose qui doit déterminer une personne à en prendre une autre en mariage, c'est la vertu et la ressemblance des mœurs. » Mais sans s'écarter des doctrines de l'Église, « il étudie la question » au *point de vue rationnel*, et prétend que le mariage, du moment où il est traité comme une affaire où chacun cherche son profit, devient une affaire détestable où tout le monde perd. Ce jugement est très-acceptable. Malheureusement notre pessimiste en tire des conséquences trop absolues. Je le soupçonne de n'avoir étudié le mariage que chez ceux, d'ailleurs très-nombreux, qui ne le comprennent pas. Il semble ne connaître que des unions mal assorties par la double précipitation des parents et des enfants. Ses mères et ses filles existent, mais il y en a d'autres et il l'ignore ou l'oublie.

« La pensée du mariage occupe, dit-il, trop de place dans les préoccupations de la famille. Il est sage de l'avoir, mais il ne faudrait pas l'afficher. Tout au contraire, la mère ne songe qu'à marier sa fille et la fille ne songe qu'à se marier. Le père est moins pressé, mais il laisse faire. Or, du moment où l'idée du ma-

(1) Ouvrage traduit de l'italien par M. l'abbé Lafineur, un volume in-12, chez Bray.

riage comme *établissement* domine toutes les autres, le
mariage est préparé et accepté dans des conditions fâcheuses. On veut en finir. Aussi, dès que l'on peut
s'entendre sur la question d'argent, on coule facilement
sur le reste. Une honnêteté légale suffira aux gens du
monde, une ombre de christianisme suffira aux chrétiens. Cette charmante jeune fille, d'apparence si
distinguée, dont le regard doux, modeste et fier
annonce de l'intelligence, de la délicatesse et du
cœur, va épouser ce lourdaud ; elle le trouve laid,
déplaisant; elle est convaincue qu'il n'a pas d'esprit ;
mais c'est un mari, et elle le prend, sinon sans regret,
au moins sans hésitation. Si, par hasard, elle montrait quelque scrupule, sa mère la rassurerait et la
pousserait de telle sorte qu'elle se persuaderait faire
un acte de sagesse et de soumission. Au fond, elle
ferait simplement acte d'impatience matrimoniale. Du
reste, les raisons ne manqueront pas. On dira du sot
qu'il a l'esprit calme et ferme, du laid qu'il a l'air bon
et distingué, du vieux qu'on ne lui donnerait pas son
âge (néanmoins on aura soin de le rajeunir) ; on lui
trouvera bonne tournure et l'on ajoutera qu'il y a pour
une jeune femme une chance de bonheur trop méconnue à prendre un mari de vingt-cinq ou trente ans
plus âgé qu'elle. Et si le même homme réunissait
toutes ces qualités, évidemment ce serait le phénix
des époux. La fillette écoutera tout cela sans en rien
croire, mais elle se rendra, étant décidée d'avance à
se rendre. Eh bien! en dehors de l'idée chrétienne qui
est absolument méconnue, c'est là, au simple point de

vue de la raison humaine, entrer dans le mariage par une mauvaise porte. Aussi qu'arrive-t-il souvent? Comme on ne peut pas sortir du mariage, on sort du ménage. »

Plusieurs de ces traits sont vrais; mais s'ils s'appliquent à bon nombre de mariages, on n'a pas le droit de généraliser au point de dire : voilà les *mariages d'aujourd'hui*. La famille chrétienne est entamée sur cette question comme sur tant d'autres; néanmoins les principes supérieurs de l'union matrimoniale n'y sont pas encore méconnus à ce point. Il ne suffit pas toujours et partout au premier venu de se présenter en disant : « ma position est bonne, le monde n'a rien à me reprocher, je suis suffisamment religieux et j'ai résolu de me marier. » Ni toutes les mères, ni toutes les jeunes filles ne sont disposées à se rendre si facilement. Ce parti pris n'existe que chez ces *marieurs* et *marieuses* dont se moque notre contempteur. « Le marieur, dit-il, dès qu'il a sous la main deux individus de sexe différent, tous deux libres, songe à faire un mariage. Age, figure, caractère, principes, tout lui paraît secondaire. Il proposera le même jour, du même ton, pour la même personne, Apollon ou Vulcain, le croyant ou l'indifférent, le sot ou l'homme d'esprit, le jouvenceau ou le vieillard. Il lui suffit que l'on soit à peu près du même monde, pour qu'il cherche à opérer un rapprochement. Le *marieur* et la *marieuse* sont une plaie. Néanmoins, ils plaisent aux mères et ne déplaisent pas aux filles. Celles-là y voient d'utiles limiers, celles-ci leur pardonnent, en vue des résultats possibles, de les

traiter comme de pauvres créatures prètes à tout accepter, pourvu que ce tout s'appelle un mari. »

Pour réduire ces accusations à leur juste valeur, il
faut se reporter aux écrivains ecclésiastiques que nous
avons déjà cités. Leur langage suffit à prouver avec
quelle sollicitude, quelle anxiété les mères vraiment
chrétiennes se préoccupent du mariage de leurs enfants. La pensée des intérêts matériels peut, parfois,
peser un peu trop sur leur esprit; elles n'oublient pas,
cependant, que d'autres mobiles doivent les dominer.
Elles veulent l'accord des croyances ; elles recherchent
l'harmonie des esprits, cette harmonie qui peut tenir
lieu de toutes les autres et que toutes les autres ne
remplaceront jamais; elles savent enfin que l'on peut
dire d'un mariage où l'union intime fait défaut :
« C'est plus que l'esclavage, c'est ce martyre de
« l'âme dont parle saint Amboise, et qui, pour s'ac-
« complir tous les jours sans bruit et sans éclat, dans le
« secret des murs domestiques, n'en est pas moins un
« martyre, souvent bien plus affreux et bien plus dé-
« chirant que celui des corps (1). » Quant aux jeunes
filles, elles ne sont pas toutes disposées à subir le premier prétendant qui s'offre à leurs coups. Et, quoi
qu'en disent les pessimistes, il y a parfois, chez elles,
plus de soumission que d'entraînement. Le désir de
l'inconnu, le besoin de la liberté et même de plus
solides raisons ne leur font pas toujours dire : Oui.

Enfin, pourquoi l'âpre critique des *mariages d'au-*

(1) Le P. Ventura, *la Femme catholique*, t. I, p. vii.

2*

jourd'hui ne dit-il rien contre l'homme, dont le choix est presque toujours complétement libre, et qui use si rarement de sa liberté, même lorsqu'il est chrétien, pour agir avec sagesse et générosité. N'est-ce pas surtout lui qui a fait du mariage une spéculation. Notre critique raille la *fillette* qui se marie dans l'espoir trompeur d'être libre ; pourquoi ne blâme-t-il pas le célibataire fatigué qui se résigne au mariage pour *faire une fin ?*

La plupart de nos auteurs sont, du reste, généralement sévères pour la femme. Ils parlent volontiers de sa faiblesse, de ses entraînements et lui reprochent de « ne pas savoir vieillir. » Je ne discuterai pas le premier point ; seulement je ferai remarquer que l'amour de la pureté, poussé jusqu'au martyre, est beaucoup plus fréquent chez la femme que chez l'homme. Quant à savoir vieillir, c'est une science bien rare, et j'ignore vraiment quel sexe pourrait, sous ce rapport, donner à l'autre des leçons. Bien des femmes, dites-vous, poussent la coquetterie jusqu'à l'âge mûr ; d'accord ; mais combien d'hommes poussent la fatuité jusqu'au seuil de la vieillesse ? Voyez ce quinquagénaire qui prend du ventre et perd des cheveux ; il sangle sa taille obèse, rase de près sa barbe grise et se pose en vainqueur. Né sous l'Empire, il veut en pratiquer les ridicules refrains et voler « comme le papillon de fleur en fleur. » Lorsqu'on le regarde, il est convaincu qu'on l'admire, et le sourire narquois de « la beauté » lui semble un timide aveu ou tout au moins une gracieuse avance. Il se tient pour irrésistible. Même à vingt-cinq ans il manquait de charmes, cependant il croit encore charmer les yeux et enlever les cœurs rien qu'en se présentant. C'est César-Cupido ; lorsqu'il sort d'un salon il se répète : « Je suis venu, on m'a vu, j'ai vaincu. » Pourquoi ne pas opposer ce type à celui de la coquette ? Cependant il convient de noter une différence : la vieille coquette peut avoir de l'esprit, le vieux fat est toujours un sot. Cela tient à ce que la femme a plus d'abandon et l'homme plus de réflexion. Celui-ci emploie son esprit, quand il en a suffisante dose, à se garer du ridicule ; celle-là ne peut assez se dominer pour cacher ses illusions. De quel côté est l'avantage ? Est-il dans la prudence ou dans la franchise ? Je n'ose trancher cette grave question.

II

Le P. Ventura a fait tout un ouvrage très-savant, très-intéressant et plein d'une forte doctrine sur le rôle social de la femme. Empruntons-lui quelques lignes qui rentrent directement dans notre sujet.

« Lorsque Dieu, allant former la femme à l'origine du monde dit : « il n'est pas bien que l'homme soit seul, faisons-lui un aide qui lui ressemble ; » par cette grande parole, dont il voulut faire une loi de l'ordre social, il établit la femme comme *l'aide de l'homme*, non-seulement pour tout ce qui se rapporte à ses besoins matériels, mais aussi, et *avant tout*, pour tout ce qui se rapporte à ses besoins spirituels. »

Le P. Ventura indique la grandeur de ce rôle et ajoute :

« Ainsi, la femme a, dans les desseins de Dieu, une délégation, je dirais presque une consécration religieuse. C'est en quelque sorte le *prêtre de la famille*, comme l'homme en est le roi... » Ces mots : « faisons-lui un aide qui lui ressemble » signifient que Dieu a constitué la femme comme *l'aide de l'homme* dans tous les états, dans toutes les conditions où il peut se trouver, c'est-à-dire que la femme n'est pas seulement l'aide de l'homme à l'état domestique, mais aussi l'aide de 'homme à l'état politique et à l'état religieux; n'est pas seulement l'aide de l'Homme-Époux, mais aussi l'aide de l'Homme-Roi et de l'Homme-Prêtre; en un mot, qu'indépendamment de sa mission dans la famille, la femme a aussi une mission à exercer dans l'État et même dans l'Église (1). »

Certes, nous voilà loin de la femme-servante que l'Américain relègue respectueusement à l'office, et de la femme-poupée que la galanterie renvoie, avec force compliments, à ses chiffons. L'illustre religieux ne s'en tient pas là; il affirme que la femme est *plus forte que l'homme au moral.*

« Il est nécessaire, dit-il, que l'homme et la femme, êtres de la même nature et de la même espèce, mais si différents l'un de l'autre par leur qualité et leur condition, puissent s'équilibrer entre eux et s'harmoniser l'un avec l'autre. C'est ce qu'a fait la sagesse du Créateur, en formant la femme autant et plus puissante que l'homme par les attraits et par la grâce, que

(1) *La Femme catholique*, avant-propos.

l'homme est plus puissant que la femme par la force et par l'autorité.

« En effet, la femme, plus faible que l'homme en tant qu'être physique, est plus forte que l'homme en tant qu'être moral. En droit, c'est l'homme qui doit commander à la femme, mais, par le fait, c'est la femme qui finit presque toujours par attirer l'homme à ses volontés, voire même à ses caprices et par le dominer. »

Je rapprocherai de ce jugement quelques mots de M. de Bonald. Ce vrai philosophe chrétien, recherchant par quels côtés la femme est supérieure à l'homme, dit qu'elle doit à la prédominance du sentiment « un sens naturellement plus droit quoique moins raisonné, un goût plus sûr quoique plus prompt. » Ailleurs, à propos de l'éducation des jeunes personnes, il explique qu'on doit « parler beaucoup plus à leur cœur qu'à leur raison, parce que la raison chez les femmes est, pour ainsi dire, *instinct*, et que la nature leur a donné, en *sentiment*, ce qu'elle a donné à l'homme en réflexion. C'est ce qui fait qu'elles ont le goût si délicat, si juste, et les manières si aimables (1). »

Le P. Ventura ne se borne pas aux affirmations. Son livre est le développement des paroles que nous avons citées. Il indique tout ce que les femmes ont fait comme *prêtres de la famille*, il montre aussi leur rôle dans l'Église et dans la société. Nous ne le suivrons pas sur

_____

(1) *Théorie du pouvoir politique et religieux*, chap. XXIII.

ce terrain. Il a peint un beau tableau ; nous voulons crayonner une simple esquisse. Notre but est de rappeler, à propos de diverses théories émises dans des romans plus ou moins chrétiens, que le mariage a « pour but spécial et suprême » non pas la satisfaction des appétits et des intérêts, mais « le plus grand bien des époux et des enfants que Dieu doit leur donner ; » et que pour atteindre ce but il doit être absolument chrétien. Quiconque l'oublie, pourra sentir un jour le poids de cette sentence du Code divin :

« L'homme ayant une mauvaise femme, c'est l'homme ayant une plaie au cœur. » (*Eccl.*, XXVI.)

Mais aussi, quiconque se le rappelle et agit en conséquence, verra se vérifier cette autre parole de l'Écriture :

« C'est la bonté de la femme qui fait l'homme bon, et qui, par cela même, le rend heureux ; et redouble les jours de sa vie.

« Oh! le bel héritage que d'avoir une femme de bien ! C'est la plus riche récompense que l'homme puisse ici-bas recevoir pour ses actions vertueuses. » (*Eccl.*, XXVI.)

DE LA LIBERTÉ MATRIMONIALE

Dans son excellent traité sur la *Femme catholique*, le P. Ventura démontre avec une grande force que l'union de l'homme et de la femme, si elle n'est pas indissoluble, est *ignoble* ou conduit à l'ignominie. On pourrait croire que cette vérité ne rencontre plus de contradicteurs publics. Ce serait une illusion. Les déclamations en l'honneur de la femme libre, bien que moins nombreuses et moins ardentes qu'autrefois, n'ont pas cessé. Le feuilleton de la *Presse* a dernièrement encore soutenu cette thèse répugnante. Mme Sand, continuant ses *Mémoires* et surtout ses romans, a discuté en docteur les lois qui devraient présider à « la reproduction de l'espèce humaine. » Nous venons de lire ces feuilletons où l'auteur de *Jacques*, de *Lélia*, d'*Indiana*, se retrouve tout entier, sauf le style, qui a moins d'ampleur. Mme Sand s'abstient de conclure, mais il est facile de voir où elle veut aboutir. Sans l'union absolue et en Dieu « des cœurs et des intelligences, » il n'y a pas, dit-elle, « d'amour vrai, d'amour complet. » Très-bien ; mais voyons les conséquenses. Les voici : « Ce point admis, ajoute Mme Sand, il faut reconnaître que tout lien formé par l'homme et la femme, en dehors de l'union parfaite, constitue un *sacrilége*, un *péché mortel*. » Telle est « la loi de Dieu ; » le comprendre, c'est comprendre l'*idéal*. Mme Sand le proclame bien haut, car pour elle c'est affaire « de cœur, de conscience et de religion. »

Tout ceci n'est pas très-clair, et l'on ne voit guère ce que veut l'auteur Patience, la lumière va venir.

Le mariage, pour ne pas dégénérer en sacrilége, dit encore *Lélia*, ne devrait être qu'une sorte de sanction donnée à *l'amour complet* et éprouvé, autrement on s'expose fort à *tuer son âme*. Donc il faut s'éprouver avant de se marier. Une objection se présente : cette union si parfaite peut cesser ; on peut même n'y avoir cru que par une illusion de l'esprit ou des sens. Vous étiez, ou pensiez être dans la règle et nager en plein idéal ; vous vous trompiez. Que faire ? Rien de plus simple ; et c'est justement ici la clé de voûte du système. Il faut reconnaître, au moment opportun, que vous *transgresseriez le vœu de la Providence* en restant unis. Dès qu'on a acquis cette certitude, *l'amour n'est plus qu'un acte de servage*. En d'autres termes, du moment où *l'extase* a cessé, les devoirs cessent également et les liens du mariage doivent être rompus. On en est quitte pour faire de nouvelles expériences.

Le lecteur que cette conclusion effaroucherait prouverait tout au plus qu'il n'a pas le sens de *l'idéal* ou qu'il ne peut comprendre la « sainteté de la passion. » « Ces dernières paroles appartiennent à M. Cousin.

Nous avons le droit de les rapprocher de *l'idéal* de
Mme Sand, car il s'agit ici, pour le philosophe éclectique, de justifier les écarts de Mme de Longueville, en
établissant qu'ils venaient du cœur, « foyer sacré » où
« s'échauffe l'imagination » et où s'élaborent « toutes
les grandes choses. » L'auteur de *Lélia*, ayant moins
de philosophie, montre plus de logique et de netteté.
Nous ne saisissons pas d'autre différence.

Bien que Mme Sand se pique de dire les *choses sans
délicatesse*, elle recule devant le dernier mot de sa
théorie. Tant qu'il s'agit de disserter sur les dispositions où il faut être pour *procréer soit un corps, soit un
homme*, elle est d'une clarté si grande que nous nous
abstiendrons d'en fournir la preuve ; mais pour toucher au résultat social de ses leçons, elle s'enveloppe
de métaphysique et se laisse aller au *mysticisme ;* c'est
son expression. Néanmoins elle fait très-bien saisir la
conclusion que nous avons indiquée :

« Si vous faites intervenir (pour maintenir l'union
des époux) les considérations de pure utilité, ces intérêts de la famille, où l'égoïsme se pare quelquefois du
nom de morale, vous tournerez autour du vrai sans
l'entamer. Vous aurez beau dire que vous sacrifiez,
non à une tentation de la chair, mais à un principe de
vertu, vous ne ferez pas fléchir la loi de Dieu à ce
principe purement humain. L'homme commet à toute
heure, sur la terre, un sacrilége qu'il ne comprend pas
et dont la divine sagesse peut l'absoudre en vue de
son ignorance ; mais elle n'absoudra pas de même celui
qui a compris l'idéal et qui le foule aux pieds. Il n'y a

pas au pouvoir de l'homme de raison personnelle ou sociale assez forte pour l'autoriser à transgresser une loi divine, quand cette loi a été clairement révélée à sa raison, à son sentiment, à ses sens même. »

C'est, avec plus de littérature, plus de raffinement odieux et moins de franchise, la doctrine fouriériste de « la liberté amoureuse. » Cela revient à dire qu'il faut s'unir quand on s'aime et se séparer dès qu'on ne s'aime plus. Cette loi progressive règne à Otahiti. Les Mormons la trouvent trop large. L'*amour complet* a d'ailleurs l'avantage de renaître en changeant d'objet. Fourier l'a si bien compris qu'il a fait de la mobilité matrimoniale la base du phalanstère. Seulement, au lieu de parler des « cœurs et des intelligences » et d'en appeler aux saintes aspirations de l'esprit vers *l'idéal*, il a invoqué, sans nul apprêt comme sans nul embarras, les appétits de la matière. La plupart des adversaires du mariage indissoluble voient dans cette loyauté du sectaire harmonien une déplorable maladresse. Ils ont tort. Les mots emphatiques et une répugnante affectation de sentimentalité ne changent point la nature des choses. Fourier n'a livré aucun secret. Mme Sand, malgré la chasteté d'esprit, l'*austérité* dont elle se glorifie, n'ignore point ce que valent et ce que durent, d'ordinaire, les unions libres nées des impressions qu'elle veut transformer en loi. Le culte de *l'idéal* n'est guère moins prompt à les rompre qu'à les nouer. Elle en a certainement vu des exemples dans le monde dépourvu de préjugés où elle introduit le lecteur de ses mémoires; cela devrait suf-

fire à lui faire comprendre que sa thèse n'est pas précisément de celles qu'on a le droit de soutenir au nom
de la *morale,* de la *conscience,* de la *foi religieuse.* Serait-on plus fort en invoquant la liberté de la femme ?
Voici l'opinion du R. P. Ventura :

« Dans la condition que les néoplatoniciens, les
phalanstériens et les communistes veulent lui faire, la
femme, libre de ce qu'on appelle la *servitude d'un seul,*
devient ou la proie de tous, ou l'objet du dédain de
tous; elle est obligée de se prostituer à tous, de men-
dier à force de dégradation et d'ignobles artifices, non
pas un cœur, — dans une société fondée sur le matérialisme de la volupté, il n'y a pas de cœur, — mais
un regard; et par cela même elle devient l'esclave de
tous.... »

Après avoir montré l'avenir réservé à la femme libre,
lorsque beauté, jeunesse et santé ne sont plus que
d'irritants souvenirs, l'illustre religieux ajoute :

« L'indissolubilité du mariage est sans doute un
lien, une chaîne, mais, pour la femme en particulier,
c'est un lien précieux, c'est une chaîne d'or. C'est ce
lien, cette chaîne dont le prophète a dit : « Oh! que
mes liens sont beaux! ils me valent un riche et bel héritage : *Funes ceciderunt mihi in præclaris; etenim
hæreditas est mihi (Psal.).* » Car l'indissolubilité du
mariage assure à la femme une position honorable
pour toute sa vie, que la perte de sa jeunesse, de sa
santé, de sa beauté ne saurait lui enlever, et la fait à
perpétuité la compagne de son époux, la mère de ses
enfants, la maîtresse de sa maison. Cette prétendue

servitude vis-à-vis d'un seul homme l'affranchit de la
vraie servitude des hommes, et c'est la condition es-
sentielle de sa vraie grandeur, et le prix de sa liberté. »

Le R. P. Ventura conclut ainsi sur ce point :

« Tout ce qu'on a dit, tout ce qu'on pourra dire encore en faveur du divorce, n'a et ne peut avoir qu'un
intérêt personnel, particulier, privé, tandis que la loi
de l'indissolubilité des noces a une portée sociale, générale, publique... C'est du reste le propre de l'erreur
d'être individuelle, particulière, comme le propre de
la vérité est d'être sociale, catholique ou universelle (1). »

Nous devons constater que Mme Sand ne plaide pas
précisément, dans cette partie de *son œuvre*, la vieille
cause du divorce. Elle paraît avoir en tête quelque
chose de mieux. A ses yeux, « le lien conjugal est
rompu dès qu'il est devenu odieux à l'un des époux. »
C'est là, il nous semble, une simplification. En songeant aux développements dont ce système est suscep-
tible, on sera tenté de voir dans le divorce un leurre
de la tyrannie. L'espèce humaine régénérée ne s'arrêtera qu'à la liberté du phalanstère. Provisoirement
Mme Sand veut que la question soit mise à l'étude ; elle
déclare, pour faciliter les recherches, que le *mariage
doit être rendu aussi indissoluble que possible*, mais à
la condition que l'indissolubilité *sera volontaire*. Cette
manière de raisonner sent la *papillonne*, comme disent

(1) *La Femme catholique*, etc., t. II, p. 228.

les fouriéristes, ces véritables législateurs du mariage humanitaire.

Laissons là les thèses de Mme Sand et revenons au livre du savant théatin. La femme est une puissance chrétienne, dit le R. P. Ventura. Avant de la former, le Créateur avait dit : Il n'est pas bon que l'homme soit seul; donnons-lui un aide que lui ressemble.

« Cette grande parole, dont Dieu a fait une loi sociale, établit la femme comme l'aide de l'homme, non-seulement pour tout ce qui se rapporte à ses besoins matériels, mais aussi, et avant tout, pour tout ce qui se rapporte à ses besoins spirituels. C'est donc un devoir pour la femme de prendre soin de l'âme de l'homme, de l'édifier par ses exemples, de l'améliorer par ses saintes inspirations, de le sanctifier par ses vertus. *Aider* l'homme à faire son salut, c'est la fin principale de la femme, sa mission, son ministère, sa gloire, sa grandeur et sa dignité. »

Ce rôle peut paraître assez beau; il garantit suffisamment à la femme sa liberté et sa dignité. Cependant, les défenseurs de *l'idéal* ne sauraient l'accepter: Il exige des vertus et impose des devoirs. Ils ne tiendront la femme pour libre que le jour où la loi religieuse, la loi civile et les mœurs l'autoriseront, la pousseront à ne reconnaître aucun frein. Aussi les démocrates réunis dans la société secrète la *Marianne* ont-ils décidé que *l'émancipation de la femme* formerait l'une des bases de leur future constitution. Ce serait le retour au paganisme et à toutes ses conséquences. La femme libre devrait compter avec la force et retrouve-

rait l'esclavage. S'il était nécessaire de justifier cette
conclusion, nous renverrions non-seulement aux faits
que rapporte le R. P. Ventura, mais encore, d'après
son propre avis, au savant et solide ouvrage de Mgr
Gaume, l'*Histoire de la Famille*, que l'auteur très-com-
pétent de la *Femme catholique* regarde comme « un
des meilleurs livres de ce siècle. »

L'ouvrage du R. P. Ventura est remarquable par
l'élévation des idées et l'abondance des faits. Les témoignages historiques sont nombreux et concluants.
Néanmoins nous ferons une réserve. L'éloquent théatin indique très-bien, au début, la mission de la femme,
mais son sujet l'entraîne, et l'*aide* prend bientôt un rôle
que cette qualification, empruntée à l'Écriture, ne fait
guère pressentir. L'homme devient un personnage
hors rang et embarrassé, quelque chose comme un
roi constitutionnel ou le mari d'une reine.

Tout ce que dit le R. P. Ventura sur l'Église naissante et sur le grand rôle de la femme à l'époque
des persécutions, rappelle de trop sublimes exemples
pour que l'on se demande si la mesure est toujours
bien gardée. La difficulté apparaît dès que l'auteur,
quittant le terrain exclusivement catholique, aborde
l'histoire générale. Pour faire éclater la supériorité
de la femme, il prouve qu'elle peut en quelque sorte
cesser d'être femme, et tenir de loin en loin, avec
noblesse et succès, la place de l'homme. Est-ce
bien là un éloge? et, dans tous les cas, est-ce l'éloge
de la *femme catholique* étudiée au point de vue
de son rôle de tous les jours et de tous les temps?

Chaque sexe a ses devoirs particuliers ; il faut premièrement comprendre cette loi et s'y soumettre. Il y a des
exceptions, sans doute, et s'il se trouve partout « bon
nombre d'hommes qui sont femmes, » partout aussi
on peut retourner la proposition. La règle existe cependant, et elle est manifeste. Le R. P. Ventura nous
montre la femme législateur, soldat, docteur, politique ; il nomme, parmi beaucoup d'autres, l'impératrice Irène, la comtesse Mathilde, le seul *homme* de
son temps, la reine Blanche, Jeanne d'Arc, Isabelle
la Catholique, etc. Assurément ces noms-là rappellent
de grands souvenirs, mais ces femmes viriles ne sont
pas la *femme ;* elles aimaient ardemment l'Église, elles
l'ont glorieusement servie, et celle-ci leur a donné
une grande force. N'allons pas conclure de ces faits
exceptionnels à une aptitude générale. Si la femme était
naturellement appelée à exercer de telles fonctions, les
exemples seraient plus nombreux. La Providence lui a
confié le gouvernement intérieur de la famille ; c'est par
là qu'elle est forte, et il lui convient mieux de manier
l'aiguille que la plume ou l'épée. Cette tâche, qui est la
tâche commune, demande, lorsqu'elle est bien comprise et bien remplie, autant de force et assurément
plus de vertu que la tâche ordinaire de l'homme.

Qu'on ne nous reproche pas d'adopter à peu près la
thèse du bonhomme Chrysale, déclarant

> ...... Qu'une femme en sait toujours assez,
> Quand la capacité de son esprit se hausse
> A connaître un pourpoint d'avec un haut-de-chausse.

Il y a dans cette opinion un ressentiment des mal-

heurs conjugaux de Molière, époux d'une femme libre
et éclairée. Loin de suivre cet homme de progrès, nous
sommes avec Joseph de Maistre écrivant à sa fille :
« Faire des enfants, ce n'est que de la peine ; mais le
« grand honneur est de *faire des hommes*, et c'est ce
« que les femmes font mieux que nous. Crois-tu que
« j'aurais beaucoup d'obligations à ta mère, si elle
« avait composé un roman au lieu de faire ton frère ?
« Mais *faire ton frère*, ce n'est pas le mettre au monde
« et le poser dans un berceau ; c'est en faire un brave
« jeune homme qui croit en Dieu et qui n'a pas peur
« du canon. Le mérite de la femme est de régler sa
« maison, de rendre son mari heureux, de le consoler,
« de l'encourager, d'élever ses enfants, c'est-à-dire de
« *faire des hommes :* voilà le grand accouchement qui
« n'a pas été maudit comme l'autre. Au reste, ma
« chère enfant, il ne faut rien exagérer : je crois que
« les femmes, en général, ne doivent point se livrer à
« des connaissances qui contrarient leurs devoirs ; mais
« je suis fort éloigné de croire qu'elles doivent être
« parfaitement ignorantes (1). » M. de Maistre indique
ensuite la culture intellectuelle qui lui paraît convenir
aux femmes. Son programme, bien que sommaire, pa-
raîtrait trop chargé à la plupart des dames incomprises
et séparées de corps, qui protestent contre l'*organisation sociale*. Il ajoute : « La femme ne peut être supérieure que comme femme. » Au fond, c'est également
l'avis du R. P. Ventura.

(1) *Lettres et Opuscules inédits*, t. 1er, p. 146.

Le rôle que M. de Maistre définit si nettement est, à coup sûr, très-noble; cependant, nous le répétons, c'est le rôle ordinaire. L'espace demeure ouvert aux exceptions. Elles sont nombreuses, et les plus dignes d'admiration ne sont pas toujours celles que fournit l'histoire. En restant elle-même, la femme catholique peut atteindre à toutes les grandeurs, car elle peut donner l'exemple de tous les dévouements. L'homme d'État, le législateur, le docteur, qui passent leur vie à étudier les souffrances sociales et souvent à en vivre, sont très-inférieurs, quelles que soient leur puissance, leur illustration, leurs décorations, les broderies de leur uniforme et, même, leur bonne volonté, à la Petite Sœur des pauvres, vouant obscurément sa vie à des vieillards abandonnés et infirmes, pansant leurs plaies, mendiant leur pain. Si héroïque que soit le soldat qui monte à l'assaut, la Sœur de Charité qui l'attend à l'hôpital et à l'ambulance montre un héroïsme plus grand. L'homme ne sait pas se dévouer de la sorte : il y a mille sœurs hospitalières pour un frère de Saint-Jean-de-Dieu.

SUR LA TOILETTE

—◆◇◆—

Il est reçu que la toilette est la grande affaire des
femmes. Assurément, c'est là pour elles une question
importante. Qui pourrait en douter après avoir vu
Camille, ou toute autre, nouer les brides de son chapeau! Mais n'est-il pas sur ce point bien des hommes
qui sont femmes? Cette espèce, sans cesse renaissante,
que l'on a qualifiée de cent noms ridicules : mirliflors,
incroyables, dandys, gants jaunes, cocodès, ne prouve-
t-elle pas que la raideur masculine sait se plier à toutes
les recherches, toutes les petitesses, toutes les niaiseries, tous les mensonges de la parure et même de la
teinture? Et combien ces nigauds sont au-dessous des
femmes qui poussent le plus loin la coquetterie! Il
convient, en effet, d'établir une différence entre les
deux sexes : la femme peut s'occuper de sa toilette,
un peu plus que de raison, sans rien perdre du côté
de l'esprit; l'homme, au contraire, ne saurait rester
longtemps devant sa glace sans y voir la figure d'un
sot. C'est inévitable. Cherchez autour de vous, lecteur
ou lectrice, et vous reconnaîtrez cette vérité. Quel
homme sensé, par exemple, fera faire *sa raie* tous les
jours s'il n'y est pas tenu par sa profession, comme les

garçons de café de premier ordre, les maîtres d'hôtel,
les dentistes et les coiffeurs? La femme, au contraire,
possède incontestablement ce droit. Nul ne trouve
mauvais qu'elle soit aussi bien coiffée dans son salon
que la demoiselle de magasin dans son comptoir.
Cette différence d'appréciation n'est pas raisonnée,
elle est instinctive ; elle prouve donc que d'après l'ordre
même de la nature, la femme peut se permettre certains raffinements de toilette, certaines recherches de
coquetterie, tandis que l'homme doit s'en tenir à cette
élégance châtiée qui annonce le respect de soi-même
et forme le complément de la propreté. S'il va plus
loin, il n'est qu'un jeune cocodès ou un vieux fat : toujours un sot.

Le livre que nous allons examiner (1) ne distingue
guère entre les droits de l'homme et ceux de la femme
en matière de toilette ; c'est un livre savant et amusant, ce n'est pas une étude morale sur les mœurs.
L'auteur, M. le docteur Constantin James, s'occupe
cependant des mœurs, mais il le fait surtout au point
de vue de l'histoire ; ses critiques se tiennent dans la
région tempérée des épigrammes inoffensives et des
allusions. Il cherche à corriger les Parisiennes d'aujourd'hui en frappant sur les Romaines du temps d'Auguste. De la sorte, tout le monde recevra les conseils
de l'aimable docteur sans se fâcher,... et personne ne
se croira tenu de les suivre.

(1) *Toilette d'une Romaine au temps d'Auguste et cosmétiques
d'une parisienne au dix-neuvième siècle*, par le docteur Constantin James.

M. James, hâtons-nous de le dire, s'est proposé, sous une forme presque frivole, un but sérieux et digne de ses précédents travaux. Tandis que d'autres vantent les progrès et même les *prodiges* de la chimie dans leur application à la toilette, il a voulu en signaler les ravages.

« Parmi ces produits, dit-il, beaucoup représentent des poisons véritables, et, chose qu'on ne saurait trop déplorer, on les associe d'habitude aux substances qui devraient être, au contraire, les plus hygiéniques. Qu'y a-t-il, en effet, qui se rattache plus directement à l'hygiène que les cosmétiques destinés à nos usages de chaque jour ? Or ils renferment pour la plupart des agents vénéneux, cause première d'accidents d'autant plus redoutables qu'on est nécessairement plus porté à en méconnaître l'origine. »

La question est donc très-sérieuse. Après l'avoir dit et prouvé, M. Constantin James explique, pour justifier l'ensemble de son sujet, que si la Parisienne est aujourd'hui reine de la mode, cette souveraineté appartenait autrefois à la Romaine. Voilà pourquoi il a rattaché celle-ci à celle-là. Peut-être cette raison paraîtra-t-elle un peu tirée. Qu'importe, si l'auteur nous intéresse et nous instruit. Eh bien, nous pouvons affirmer qu'il atteint pleinement ce double but.

Nous ne suivrons point M. James pas à pas ou plutôt page à page ; nous lui emprunterons çà et là quelques faits en nous permettant d'y joindre de brèves observations.

Chez les Romains comme chez nous on vendait diverses eaux, huiles et pommades dont chacune, d'après

l'inventeur, avait la vertu de conserver éternellement
la fraîcheur et la souplesse de la peau. Parmi ces cosmétiques, l'*œsype d'Athènes*, qu'il ne faut pas confondre
avec notre eau athénienne, était des plus estimés. C'é-
tait un suc huileux extrait de la toison des brebis.
Nous connaissons ce produit, c'est le *suint;* il sent
très-mauvais. Il avait dès lors cet inconvénient. La
chose est prouvée dans Ovide ; mais la mode proté-
geait l'*œsype* et les élégantes s'en inondaient la poitrine :

> Et fluere in tepidos œsypa lapsa sinus.

Il y avait aussi des eaux ayant pour but de parfu-
mer l'haleine ou plutôt d'en corriger, le cas échéant,
les odeurs peu balsamiques. Les Romains connaissaient, en effet, cet inconvénient, et même ils nous
ont légué certaine image dont on use encore pour le
désigner : *Odor quem, ut aiunt, ne bestiolæ quidem
ferre possunt,* disait Cicéron ; ce qui signifie : l'haleine
de ce monsieur tue les mouches au vol.

Je doute que certain élixir très-goûté des Romains
et surtout des Romaines fût de nature à combattre
avec succès ce désagrément. Il se débitait dans des
vases d'albâtre et on ne l'estimait qu'autant qu'il venait d'Espagne. « Je ne comprends pas, par exemple,
dit M. James, la nécessité de recourir ainsi à un produit exotique, lequel se payait au prix de l'or. En effet,
c'était tout simplement de...... Prononçons le mot en
latin :

> ..... et dens hibera defricatus URINA.

2***.

« Du reste, si on en croit Catulle, les Espagnols étaient ici les premiers à prêcher d'exemple, car « à peine venaient-ils de se renouveler à eux-mêmes leur provision du matin, qu'ils n'avaient rien de plus pressé que de l'utiliser. »

Tous les élixirs n'étaient pas dans ce goût, et, pour chasser les mauvaises odeurs, on savait recourir aux parfums. Quelques élégants et élégantes en usaient même de manière à provoquer des remarques auxquelles n'échappent pas de nos jours les amateurs trop passionnés des senteurs pénétrantes. « Une chose m'est très-suspecte, ô Posthume, disait Martial, c'est que tu sentes toujours si bon; celui-là ne sent pas bon naturellement qui sent toujours trop bon. »

Après s'être occupé des huiles, pommades, eaux de Botot et autres eaux, M. Constantin James montre, dans l'exercice de leurs fonctions, les praticiens exerçant les trois professions-sœurs qui se rattachent essentiellement à la toilette : le pédicure, le dentiste, le coiffeur.

Les Romaines aimaient le bain, et elles avaient bien raison de l'aimer. Elles se baignaient donc souvent et mêlaient généralement des parfums à l'eau des baignoires. Au sortir du bain, elles s'enveloppaient dans un peignoir et le pédicure venait faire son office. Après le pédicure paraissait l'épileur ou l'épileuse. Ses soins s'étendaient à la poitrine, aux jambes et aux bras. Nous avons simplifié cette partie de la toilette et l'épileuse ne s'attaque plus guère qu'aux fils d'argent trop pressés de nuancer en gris une brune ou noire chevelure.

Le dentiste était consulté souvent. L'artiste en prothèse dentaire procédait absolument comme chez nous :
il visitait les dents, les nettoyait, les plombait ou les
aurifiait et, au besoin, les arrachait.

Les aurifiait-il ? Nous avons entendu dire que c'était
là un perfectionnement dû au génie des dentistes
américains. Pure affaire de charlatanisme ! On a *auri-
fié* à diverses époques; on aurifiait chez les Romains.
Écoutons M. le docteur James :

« Martial, cet enfant terrible des poëtes de son
temps, ne va pas seulement nous apprendre les ressources qu'offrait la science du dentiste; il va de plus
nous en dévoiler les secrets. C'est d'abord un certain
Cascellius qui se faisait fort d'arracher ou de conserver les dents malades, au choix des intéressés :

« Excimit aut reficit dentem Cascellius ægrum.

« Ne croirait-on pas lire une annonce de la quatrième
page de nos journaux? »

Les dentistes, sous des formes diverses, ont toujours
eu ce genre de savoir-faire qui consiste à berner le
client. Grâce d'état!

« Ce Cascellius, reprend M. James, était passé maître
également dans l'art de plomber les dents ; je me trompe,
de les aurifier, car on connaissait déjà ce perfectionnement, soi-disant moderne : *auro incluso reficit.* »

Ces trois mots : *auro incluso reficit,* sont de Martial,
et l'on ne peut guère croire qu'il les ait écrits il y a
dix-huit siècles pour désobliger les Cascellius du
Nouveau-Monde, exploitant la badauderie française.

Mais pour cet usage important, lequel vaut le mieux, de l'or ou du plomb? Cela dépend du point de vue. D'après quelques praticiens, le plomb, plus souple et plus moelleux, s'adapte mieux à la dent, ferme plus facilement et plus hermétiquement la carie; mais il colore l'émail dentaire d'une certaine teinte sombre dont la coquetterie peut difficilement s'accommoder. L'or n'a pas cet inconvénient; en revanche, comme il est plus dur et moins souple, on ne peut le placer solidement qu'à l'aide d'une pression de nature à fatiguer la dent malade, et malgré cela il ne tient pas toujours très-bien. Il en résulte qu'il faut recommencer plus souvent l'opération. Si le patient le trouve bon, le dentiste ne saurait le trouver mauvais. Plus il met d'or dans les dents creuses, plus aussi il en met dans ses poches.

Nous n'avons rien inventé. Les dentistes romains ne substituaient pas seulement aux dents qu'il fallait arracher des dents fausses, les unes en os, les autres en ivoire (dents osanores), les autres en mastics composés avec beaucoup d'art; ils dotaient au besoin leurs clients et clientes de râteliers complets, qui pouvaient être ôtés ou remis à volonté. Aussi Martial disait-il, de l'aimable Galla, *qu'elle quittait le soir ses dents avec autant de facilité que sa robe* :

Nec dentes alites quam serica nocte reponit.

M. Constantin James dénonce comme particulièrement dangereux pour les dents la plupart des dentifrices destinés, d'après les inventeurs, à les conserver.

Ces dentifrices donnent d'autant plus de brillant à l'émail qu'ils sont acides. Or, les acides détériorent les dents. Et parmi ces dentifrices, les plus dangereux peut-être sont ceux que recommandent spécialement certains dentistes.

« Cette anomalie, dit M. le docteur James, quelque étrange qu'elle paraisse tout d'abord, n'a cependant pas de quoi vous étonner. Songez donc que, tandis que nul ne peut exercer la pharmacie sans avoir préalablement subi des examens et justifié d'un diplôme, tout individu, au contraire, peut, de son propre chef, s'improviser dentiste : au besoin même il s'intitulera : « professeur de prothèse dentaire » ou « auteur de plusieurs manuels. » Or, trop souvent entre le dentiste à la mode qui occupe un appartement somptueux dans nos élégants quartiers, et le simple arracheur de dents qui exerce en plein vent et en cabriolet découvert sa bruyante industrie, il n'y a eu originairement d'autre différence que la mise en scène et les moyens de réclame. Mais si chez tous les deux le savoir est resté nul, le premier y a suppléé par le savoir-faire. »

Comme conclusion sur ce point, M. James conseille les dentifrices neutres ou à base alcaline. En fait de poudre il admet le mélange de charbon et de quinquina, à la condition que ce mélange représentera une poudre impalpable.

Les Romains ne tenaient pas moins aux cheveux qu'aux dents. Une solide organisation dentaire et une chevelure abondante étaient, à leurs yeux, les éléments essentiels de la beauté comme les indices d'une bonne constitution. Devenir chauve, surtout avant l'âge, était une sorte d'ignominie : « Honteux, dit Ovide, est le troupeau mutilé, honteux le champ sans verdure, honteuse la futaie sans feuillage et la tête sans cheveux. » De cet amour des cheveux, devait naître la passion des huiles réparatrices, pommades régénératrices et autres produits analogues. Aussi les préparations de ce genre étaient-elles nombreuses et variées. Des huiles, des graisses et des aromates mêlés à diverses doses, en faisaient naturellement le fond. Cléopâtre, si digne d'être une Romaine du temps d'Auguste, avait inventé une pommade dont Galien parle avec de grands éloges et dans laquelle entrait surtout de la graisse d'ours. Malheureusement cette recette a été perdue. Pline nous en a conservé plusieurs autres; leur efficacité fût-elle prouvée, qu'il faudrait réellement, dit notre auteur, plus que du courage pour y avoir recours. Voici l'une de ses recettes : « Prenez des têtes de rat, du fiel et de la fiente du même animal, de l'ellébore et du poivre, puis mêlez le tout. » Cela fait, on devait se frotter consciencieusement le cuir chevelu et attendre le résultat. Si les cheveux ne repoussaient pas, c'est que l'on ne persévérait pas assez longtemps.

Et quand tous les philocomes avaient échoué, que faisait-on? Les artistes en cheveux se mettaient à l'œuvre et fabriquaient des perruques. Écoutez Martial : « Lélia, comment n'as-tu pas honte de te servir de fausses dents et de faux cheveux? » — « Fabula jure que les cheveux qu'elle a achetés sont bien à elle.

Fait-elle donc un mensonge ? nullement. » — « Il n'y a rien de pire, Cœcilius, qu'un chauve qui veut paraître chevelu, » Mais ces épigrammes, alors comme aujourd'hui, amusaient les chevelus sans décourager les chauves.

Les perruques masculines laissèrent longtemps à désirer ; les premières consistèrent en une simple peau de bouc dont les hommes se couvraient le chef. Cela devait difficilement faire illusion. Les femmes, toujours plus entendues, plus exigeantes en matière de toilette, savaient dès lors se faire fabriquer de fausses nattes, de faux *repentirs*, de fausses queues ; et, de plus, elles les appliquaient de manière à tromper l'œil. Ovide lui-même y fut pris. Il avoue qu'un jour, entrant à l'improviste chez une dame dont l'épaisse chevelure le charmait, il la trouva son *tour* à la main. Et la belle, dans son trouble, mit ses bandeaux ou ses tire-bouchons à l'envers :

Turbida perversas induit illa comas.

C'est sans doute en souvenir de cette aventure que le poëte écrivit : « Toute femme qui a peu de cheveux doit fermer sa porte au verrou. »

Les chrétiennes des premiers siècles ne résistaient pas toujours au désir, si général parmi les chrétiennes d'aujourd'hui, de montrer au public une *forêt de cheveux*. Tertullien leur disait : « Rougissez au moins de « mettre sur votre tête, sanctifiée par le baptême, les « dépouilles de quelque misérable qui a croupi honteu- « sement dans les bagnes ou expié ses crimes sur

« l'échafaud. » Les dames romaines ne prenaient pas tous leurs cheveux dans ces mauvais lieux. Les pauvres filles des campagnes éloignées et les esclaves en fournissaient la plus grande partie. C'est encore ainsi que les choses se passent. Nos artistes capillaires font ouvertement acheter des cheveux en Alsace, en Bretagne, etc.; mais il paraît en outre qu'ils ne négligent pas d'opérer dans les hôpitaux et les maisons de correction.—Quoi ! cette belle tresse, — ma tresse ! — aurait traîné sur un lit d'hôpital ? elle aurait tenu à un cadavre ? — Oui, ma charmante.

Mais pour éviter pareille chose, n'avons-nous pas quelque pommade, huile ou eau, qui puisse prévenir la calvitie ? — « Mes cheveux tombent, je veux des cheveux, que la science me donne le moyen de conserver mes cheveux. » M. le docteur James n'est pas tout à fait désespérant, sur cet article. Il *croit avoir vu*, parfaitement vu, « l'emploi de certains topiques ralentir la « chute des cheveux ou même la suspendre ; » enfin il a « vu quelquefois, sous l'influence d'une médication « appropriée, le crâne se regarnir. » Voilà un avis de nature à faire dresser les cheveux de toutes les têtes chauves... Et que l'on ne conteste pas l'exactitude de cette image, elle est exacte au fond, elle rend l'idée.

Malheureusement cette *médication appropriée* ne peut être qu'une médication individuelle, « en rapport avec le principe même qui a produit ou qui entretient la calvitie. » D'où il suit qu'il ne peut pas y avoir de recette s'appliquant à tous les cas. M. James entre à ce sujet dans quelques considérations très-concluantes.

Donc si vous perdez vos cheveux, consultez un médecin au lieu d'étudier les annonces des charlatans et d'y chercher un remède; prenez surtout des soins assidus de propreté: combattez les pellicules à l'aide d'une eau ne contenant aucun principe nuisible, servez-vous préférablement de la pommade au quinquina dite *pommade titrée*. Et si vos cheveux continuent de tomber comme je le crains, vous n'aurez pas au moins activé leur chute en voulant la retarder.

Les cheveux n'ont pas seulement le tort de tomber : ils blanchissent. Ce désagrément, quoique moins grave que le premier, déplaisait à Rome comme il déplaît à Paris. De là une multitude de teintures. L'une des plus estimées était tirée de l'écorce verte de la noix. Ovide cependant lui préférait certaine composition faite avec le suc des herbes de la Germanie. Martial parle d'une eau qui opérait des miracles : « Telle femme, dit-il, devient corbeau, qui tout à l'heure était cygne. »

On ne se servait pas seulement de la teinture pour dissimuler des ans l'irréparable outrage; on lui demandait une nouvelle nuance, une nouvelle couleur de cheveux. Nous voyons reparaître cette sottise. « Bien que la couleur la plus usitée fût la noire, dit M. James, certaines femmes se plaisaient à donner à leur chevelure des nuances de fantaisie. »

Ces teintures avaient malheureusement, comme les nôtres, l'inconvénient de salir la tête. Aussi Properce dit-il tout crûment à un vieillard qui veut faire le jeune avec ses cheveux teints : « ce n'est pas un perruquier qu'il te faut, mais une éponge. »

3

« Un autre inconvénient bien autrement grave de ces teintures, c'est qu'elles brûlaient les cheveux et les faisaient tomber. Voyez dans quels termes Ovide gourmande une jeune fille qui, malgré ses avis, a voulu changer la couleur naturelle de sa magnifique chevelure : « Je te le disais bien, cesse de droguer ainsi tes cheveux; tu as si bien fait qu'il ne t'en reste plus un seul à teindre. Cependant ils n'offraient ni la nuance de l'ébène, **ni** celle de l'or : leur couleur était un heureux mélange de toutes les deux. Vainement je m'écriais : « C'est un crime de brûler des cheveux si beaux! Ne t'en prends donc qu'à toi; c'est toi-même qui appliquais sur ta tête ces mixtures empoisonnées. »

Les progrès et prodiges de la chimie ont-ils écarté ces dangers? Hélas! non. Le mercure et le plomb qui forment la base à peu près constante de toutes les teintures ne peuvent être employés à la légère. La science, répétant le mot d'Ovide, nous dit que ce sont là des mixtures empoisonnées. Si elles ne tuent pas, elles portent néanmoins atteinte à la santé et provoquent assez souvent des accidents graves. « Le voisinage du cerveau donnera même à ces accidents un degré plus grand de gravité, par la facilité avec laquelle l'agent vénéneux pourra passer de l'extérieur à l'intérieur du crâne, à l'aide des milliers de petites ouvertures dont la boîte osseuse est criblée. »

M. James reconnaît, d'ailleurs, que, grâce aux développements de l'art tinctorial, les cas d'empoisonnements deviennent de plus en plus rares. « Ainsi,

dit-il, je connais des personnes qui depuis nombre
d'années font usage de quelques-unes de ces préparations (je ne dis pas de toutes), sans que nul puisse s'en
douter, et sans que leur santé ait paru en avoir aucunement souffert. Mais qui sait ce que l'avenir leur réserve ! Mlle Mars, elle aussi, se teignait les cheveux,
dans l'espoir d'une éternelle jeunesse, lorsqu'une nouvelle application détermina, sans aucuns motifs ap-
préciables, de tels désordres cérébraux qu'elle succomba
en une nuit. »

M. James cite un autre fait de nature à inquiéter
tout particulièrement les officiers entre deux âges qui
se teignent les moustaches, et conclut en déclarant
que quiconque se teint *joue toujours très-gros jeu.*

Des teintures aux fards, petite est la distance, et
quiconque use de l'un de ces procédés usera bientôt de l'autre. Il en était ainsi à Rome. Le *maquillage*
y florissait. La profession *d'émailleuse* pour épaules et
poitrines jusqu'à la ceinture, s'y exerçait en grand, —
comme elle s'exerce maintenant à Paris. La mode un jour
voulait le teint pâle, et le lendemain elle exigeait des
tons chauds. On passait de la couche de craie ou de
céruse au vermillon. Telle, disait Ovide, dont la peau
est plus noire qu'une mûre qui se détache de l'arbre,
mettra tout en œuvre pour qu'on puisse dire d'elle :

> Son teint a la blancheur du marbre le plus beau.

Le même poëte nous dira : « Le léger vermillon que
le sang a refusé c'est l'art qui le donne. » Et cette
autre mode se maintiendra en dépit de Tibulle, s'é-

criant : « A quoi bon enluminer ses joues d'un fard
étincelant ? » Enfin l'auteur de *l'Art d'aimer* nous apprend que toute femme bien éprise ou voulant se faire
passer pour telle, avait soin de se rendre pâle : « Il
faut qu'en la voyant chacun soit tenté de s'écrier : *Elle
aime !* »

Hanc ut qui videat dicere possit : *Amat !*

Horace conseillait une infusion de carmin à toute
belle cherchant la pâleur. Aujourd'hui on préfère le
vinaigre, ce qui est beaucoup moins hygiénique, dit
M. James.

Martial a fait maintes épigrammes sur les excès que
se permettaient les Romaines en matière de fard.
Juvénal a dit aussi son mot sur ces visages chargés de
couleurs : « Cette face empâtée que recouvrent tant de
drogues (*tot medicamina*), et où s'agglutinent les lèvres
des infortunés maris, est-ce un visage ou une plaie
(*facies dicetur aut ulcus*) ?

Parmi les fards en vogue au temps d'Auguste, Horace cite *certain résidu* du crocodile. Voilà où les
Romaines allaient chercher la beauté. Comme on irait
l'y chercher encore si l'on était sûr de la trouver !

M. James nous parle aussi des principaux fards à
l'usage des Parisiennes et dénonce les plus usités
comme très-dangereux. « Ainsi, dit-il, la pâte onctueuse que nous apercevons dans cette fiole doit sa
blancheur éblouissante à la présence du plomb. Comment ! du plomb ! mais l'étiquette porte *blanc d'argent*.
Cela est vrai. Seulement, vous n'avez pas oublié qu'il

est de règle de ne point effrayer l'acheteur et que,
quand certains noms sonnent mal, on a grand soin de
leur en substituer d'autres plus euphoniques. Jamais on
ne trouverait le placement d'un fard au *blanc de plomb*,
tandis que personne ne se défie d'un fard au *blanc
d'argent*, au *blanc de perles*, au *blanc de krems*, au
blanc d'albâtre, ou au *blanc superfin de vinaigre*. Or,
tous ces blancs sont autant de synonymes de la céruse,
par conséquent du plomb. »

Voici maintenant quels sont les inconvénients de ce
fard :

« Le plomb, sous quelque forme qu'il soit appliqué
sur la peau, est absorbé par elle avec une facilité merveilleuse. Une fois passé dans le sang, il constitue un
hôte d'autant plus redoutable qu'au lieu de manifester
spontanément sa présence par quelque crise qui donnerait l'éveil, il opère sourdement et avec lenteur, mi-
nant chaque organe avant de se fixer spécialement
sur aucun. C'est du côté du système nerveux que se
manifestent d'habitude ses premières atteintes. Ainsi
les forces se dépriment et, en même temps, la sensibi-
lité se pervertit ou s'exalte ; puis les symptômes s'ac-
centuant davantage, il survient des contractures, des
spasmes, des mouvements automatiques, voire même
des convulsions épileptiformes. Heureux encore si la
scène ne se termine pas par quelque catastrophe, telle
que, par exemple, le ramollissement de la moelle ou
du cerveau. »

C'est payer bien cher le plaisir d'être ridicule.... et
sale.

M. James, craignant d'en avoir trop dit, a soin d'ajouter que ces résultats naissent de l'usage immodéré du fard, et que la femme du monde qui se peint rarement peut y échapper. Néanmoins il cite un fait de nature à prouver qu'il n'est pas nécessaire d'aller jusqu'à l'abus pour trouver le danger :

« Le docteur Wars Cousins a publié dernièrement l'observation d'une jeune fille de vingt ans qui fut prise d'une paralysie des poignets et des avant-bras, pour avoir fait usage du carbonate de plomb qu'un parfumeur lui délivrait en guise de poudre de riz, sous le nom de *blanc de perles*. Le traitement fut long ; on désespéra même un instant de la guérison. »

Enfin, si l'on évite les atteintes irréparables, on n'évite jamais les névralgies et les maux de tête.

Nous venons de nommer la poudre de riz. Constatons que cet ingrédient, qui n'est pas tout à fait du fard, n'est pas non plus du riz. C'est un mélange où le riz n'entre qu'à titre d'appoint.... quand il y entre. Du reste, et c'est là l'essentiel, cette poudre bien préparée, de bonne qualité, a quelques avantages et n'offre aucun inconvénient.

Signalons, à côté de la poudre de riz et d'après M. James, deux cosmétiques qu'il qualifie d'agréables, toujours, bien entendu, à la condition qu'ils ne seront pas sophistiqués : l'eau de Cologne et le vinaigre de toilette. La glycérine ne lui déplaît pas. Il dit qu'à l'état naturel elle ne fera certainement aucun mal. Enfin il recommande le savon *à chaud* de préférence au savon *à froid*. Voici à quels signes vous reconnaîtrez le premier :

« Sa pâte est d'une homogénéité parfaite. Mis dans
l'eau, la dissolution ne pénètre pas au delà de la sur-
face. La mousse qu'il forme est onctueuse ; elle persiste
assez longtemps et fond sans laisser de résidu gru-
meleux sur la peau. Exposé à l'air, il sèche un peu
lentement mais bien, et conserve jusqu'à la fin la sua-
vité de son parfum. »

Le fard rose n'est pas aussi dangereux que les différentes compositions à base de plomb, destinées à
transformer en albâtre les peaux trop brunes ou trop
rouges ou trop jaunes ; mais comme il y entre généralement du mercure, il peut aussi provoquer d'assez
graves accidents, surtout si on l'étend sur les lèvres.

Et toutes ces eaux de beauté reconnues *souveraines*
pour entretenir la *fraîcheur du teint*, prévenir ou effacer *les rides, les taches*, etc., que valent-elles ? Elles
ne valent rien. Nous y retrouvons le plomb. M. Constantin James raconte, à ce sujet, l'anecdote suivante :

« Une dame arrivant à l'un des derniers bals de
l'Hôtel de Ville s'aperçut que son visage, son cou, ses
épaules avaient perdu leur teint d'albâtre pour prendre
un teint d'ébène. Elle ne fit, je puis le dire, qu'un bond
du vestiaire à sa voiture. C'est que voici ce qui était
advenu. Ce teint d'albâtre, elle le devait, en grande
partie, à une « eau souveraine quelconque, » laquelle,
de même que toutes les eaux de ce genre, contenait
nécessairement du plomb. Or, comme il lui avait fallu,
pour se rendre à l'Hôtel de Ville, traverser une rue où
se faisait l'une de ces opérations de nuit qui répandent
dans l'air de l'hydrogène sulfuré, le plomb resté ad-

hérent à sa peau s'était maladroitement (pourquoi *maladroitement ?*) combiné avec le soufre de l'atmosphère pour produire cette transformation subite en Éthiopienne. »

Notez qu'outre le plomb on trouve souvent dans ces eaux d'autres agents vénéneux, notamment le sublimé corrosif. Obtient-on au moins, en compensation de ces périls, la disparition des taches et des rides ? Hélas ! non. Les taches, un instant cachées sous la composition qui les couvre, ne tardent pas à reparaître ; et quant aux rides, l'eau de la fontaine de Jouvence peut seule en avoir raison. Malheureusement cette fontaine est jusqu'ici restée introuvable, et le jour on la découvrira, elle sera tarie.

De tout ce qui précède, il résulte : qu'il faut se défier des dentifrices, se tenir en garde contre les parfums, proscrire la teinture, proscrire les fards ; qu'aucune pommade, huile ou autre composition n'empêche les cheveux de blanchir et les rides de se former. Bref, la meilleure des eaux de toilette pourrait bien être l'eau claire ; et le meilleur moyen de lutter contre la vieillesse est incontestablement de se résigner à vieillir.

LE ROMAN-FEUILLETON

La presse parisienne avait autrefois une grande importance, un peu de fierté et beaucoup de morgue ; elle a toujours de la morgue. Sa déchéance, qui date de loin, tient à diverses causes, mais surtout au roman-feuilleton. Cette innovation a changé le caractère même du journalisme. D'une œuvre politique elle a fait une entreprise industrielle conduite à chercher le succès dans la corruption des mœurs.

M. Émile de Girardin est cité comme l'inventeur du roman-feuilleton. Il a seulement droit au brevet de perfectionnement. M. le docteur Véron le premier a eu l'idée d'attirer le public en lui servant des romans fractionnés en plusieurs *parties*. L'essai eut lieu dans la *Revue de Paris*, recueil hebdomadaire, et réussit pleinement. M. Émile de Girardin, qui est né copiste, bien qu'il prétende avoir *une idée par jour*, résolut d'appliquer aux feuilles quotidiennes le procédé du docteur. Celui-ci divisait les romans en douze ou quinze parties ; M. de Girardin les divisa en cent feuilletons. Le journal la *Presse* inaugura ce perfectionnement avec un grand tapage de réclames et obtint le même succès que la *Revue de Paris*.

3*

Depuis lors, le roman-feuilleton a tout envahi. On l'a vu partout, même dans les journaux religieux, même dans l'*Univers*, où il ne fit, d'ailleurs, qu'une courte apparition. Son triomphe cependant ne fut pas immédiat. Sauf le *Siècle*, dont tout le génie fut d'imiter platement la *Presse*, de lui prendre son format, ses prix au rabais et ses feuilletons, les journaux firent d'abord mauvaise mine à ce nouveau venu. Ils comprenaient que le roman n'accroîtrait leur clientèle qu'aux dépens de leur considération. Des préoccupations personnelles fortifiaient ce sentiment. Les écrivains politiques ne voyaient pas sans dépit l'invasion des romanciers dans le journalisme. Faire appel à des pasquins pour retenir le public, n'était-ce pas déclarer l'*article de fonds* ennuyeux? Le *National* soutint de vives polémiques pour établir que le feuilleton serait nécessairement immoral; il démontra, par surcroît, que les journaux à prix réduits ne vivraient point.... Vains efforts! il fallut se rendre : les abonnés allaient à la *Presse* et au *Siècle*. Le *National* baissa ses prix et donna des romans. Le *Constitutionnel*, le *Journal des Débats*, la *Gazette de France*, l'*Union* et d'autres journaux, partis pour le pays des feuilles mortes, subirent également le joug du feuilleton. L'engouement s'en mêla et des spéculateurs crurent un instant qu'il suffirait de promettre beaucoup de feuilletons pour avoir beaucoup d'abonnés. Tel journal lança un prospectus où il annonçait des feuilletons *très-longs*, tel autre promit d'en donner *deux à la fois*. Un troisième (il s'appelait le *Mouvement*) fit mieux encore; il offrit à qui-

conque voudrait s'abonner, *sept cent soixante-cinq
francs* de marchandise littéraire pour 48 fr., bénéfice
net pour l'abonné 717 fr. Il n'était pas défendu de
prendre plusieurs abonnements. Voici comment le
prospectus exposait cette superbe affaire : « Le *Mou-*
« *vement* a adopté un mode de pagination qui permet-
« tra de couper et de faire relier en volumes tous les
« romans qu'il publiera ; dès qu'un roman sera ter-
« miné, il en fera tirer le titre à part et l'expédiera à
« tous ses abonnés. Or, le roman ordinaire de 22 feuilles
« se calcule sur 250,000 lettres. D'après cette *base*
« *exacte,* nous offrirons annuellement à nos abonnés
« la valeur de *cent cinquante-trois volumes* qui, à 5 fr.
« *seulement* chacun, représentent une somme de 765 fr.,
« et notre abonnement n'est que de 48 fr. ! » Rien de
plus clair : un abonnement au *Mouvement* représentait
717 fr. de rentes... payés en romans de MM. Rabou et
Babou, — valeurs de convention. Peu de gens répon-
dirent à cet appel.

Les débuts du roman-feuilleton furent éclatants.
Tous les romanciers en renom se précipitèrent dans
cette voie, qui promettait à la fois le bruit et l'argent.
Balzac, Frédéric Soulié, Delphine Gay (Mme de Girardin), MM. Karr, Eugène Sue, Méry, Émile Souvestre,
Paul de Kock, Alexandre Dumas, Théophile Gautier,
Léon Gozlan, Scribe, Jules Sandeau donnèrent leur
concours au *Siècle* et à la *Presse*. Le succès ne fut
pas en raison du talent. Balzac et Mme Sand, quoique recherchés, ne réussirent jamais à passionner
la masse des lecteurs. Leur feuilleton du jour était lu

sans précipitation et l'on attendait sans vive impatience celui du lendemain. MM. Soulié, Sue et Dumas obtinrent, au contraire, de retentissants triomphes. Les *Mémoires du Diable*, les *Mystères de Paris*, le *Juif-Errant*, les *Trois Mousquetaires*, *Monte-Christo* furent presque des événements. Les *Mystères de Paris* rendirent le *Journal des Débats* populaire, le *Juif-Errant* ressuscita le *Constitutionnel* et le porta de 3,000 abonnés à 20,000, les *Trois Mousquetaires* protégèrent le *Siècle* contre des crises intérieures, des concurrences et des évolutions qui devaient le perdre.

L'immense succès de ces ouvrages informes détermina la voie du roman-feuilleton. Les faiseurs trouvèrent leur compte à flatter le goût de la foule. Remplir dix volumes d'événements impossibles est, en effet, chose plus facile que de peindre un caractère; c'est aussi bien plus avantageux. M. Dumas comprit mieux que personne ce côté de la question. Reniant tout amour de l'art, tout sentiment littéraire, il improvisa au jour le jour des contes sans pensées, sans style et sans fin. Comme il conservait une certaine verve et qu'il était en grand renom, le public allait à lui de confiance. Ne pouvant suffire à la vente, il établit une fabrique de romans dont il prit la gérance et les gros bénéfices. Il retouchait en grande hâte le travail de ses ouvriers, le signait et passait à la caisse. Le lecteur, voyant la signature *Alexandre Dumas*, croyait avoir du vrai Dumas, du Dumas sans mélange et n'osait point bâiller. Cette industrie fut assez longtemps florissante. M. Dumas se vantait, en 1844, d'avoir *écrit*,

depuis un an, *trente-six volumes* et gagné 164,000 fr.
Il y eut des années plus abondantes encore. Mais le public se lassa ; les journaux, voyant que l'article Dumas
était moins demandé, se prirent à concevoir des doutes
sur l'authenticité des produits portant cette marque de
fabrique ; puis, certains collaborateurs parlèrent trop ;
on plaida, et M. Dumas dut fermer boutique. Réduit à
ses seules forces, il ne donne plus guère que vingt-
cinq volumes par an. D'autres soins, il est vrai, le réclament : il a pris rang parmi les régénérateurs de
l'Italie. Palerme l'a vu au nombre de ses *libérateurs*
huit jours, tout au plus, après le combat ; et Naples
lui doit une charcuterie modèle desservie par des de-
moiselles en jupons courts.

La décadence de M. Dumas, la mort de Balzac, de
Frédéric Soulié, d'Eugène Sue et de quelques autres
qui croient vivre encore, ont livré le roman-feuilleton
aux minimes. Ceux-ci imitent les maîtres sans réussir
à les remplacer. Il y avait du feu, de la gaieté et souvent une certaine grâce chez le Dumas des anciens
jours ; Frédéric Soulié mêlait quelques observations
vraies aux créations brutales de son imagination dé-
vergondée ; il avait, d'ailleurs, ses moments de
verve ; Balzac était un maître ; s'il confondait le faux
et le vrai, il n'avait pas l'horreur du vrai ; il suivait
le développement des caractères, il aimait son art,
et, bien que très-âpre au gain, travaillait avec soin,
avec peine, préférant la qualité à la quantité. Eugène
Sue, s'inspirant de Mercier et de Restif de la Bre-
tonne, avait inventé *un genre*. Après s'être essayé,

sans le moindre succès, dans le roman historique et dans le roman intime, il fit ces œuvres répugnantes que M. Jules Janin, alors son collaborateur et son ami, comparaît à l'*arlequin*. Qu'est-ce que l'*arlequin?* Écoutez : « L'arlequin est servi devant vous tout fu-
« mant, pattes de poulets, têtes de faisans dorés, bœuf
« et perdrix, choux et petits pois, salade et fraises, le
« sel et la crème, la pêche au vin à côté d'une chique
« de tabac ; arrosez-moi tout cela d'une goutte d'huile,
« d'un verre d'eau-de-vie et de clous de girofle ; après
« quoi vous m'en direz de bonnes nouvelles. L'arle-
« quin est un plat littéraire de l'invention de M. Eu-
« gène Sue ; sa découverte culinaire, il l'a appliquée à
« la littérature. C'est à s'en *lécher les doigts...* et l'es-
« prit (1). » Craignant que cette définition ne parût pas assez nette, M. Janin montrait en M. Sue le peintre de toutes les élégances et de toutes les purulences. Son livre, disait-il, est « moitié Callot et moitié Greuze,
« moitié fange et moitié diamant : — Des cris obcènes,
« de chastes baisers, — des plaies hideuses, une peau
« fraîche et veloutée, — des borgnesses et de beaux
« yeux limpides et bleus comme le ciel, — des perles
« et des dents moisies, des savetiers et des héros.... »
Bref, il finissait en comparant les romans de M. Sue à ces tonneaux nocturnes qui enlèvent les immondices de la ville, et il fuyait en se *léchant les doigts*. L'arlequin littéraire est toujours cultivé. Les élèves ont même soin de mêler, comme le maître, des idées humanitaires

(1) *Journal des Débats,* septembre 1842.

à leurs grossiers tableaux, mais leur tonneau roule sans bruit.

Pour compléter et justifier ce résumé, nous jetterons un coup d'œil sur les romans en cours de publication. Nous prenons tous les journaux à la même date (du 15 au 25 septembre), afin d'éviter même l'apparence d'un choix arbitraire et de mieux établir que c'est bien là l'état actuel du roman-feuilleton (1).

Les Drames de Londres, tel est le titre d'une prétendue étude des mœurs anglaises publiée par le *Pays*, journal toujours prêt à faire des *articles de fonds* en l'honneur de la morale publique et privée. Trois escrocs, dont deux sont de parfaits gentilshommes, aidés d'une fille perdue, veulent dépouiller un jeune homme riche, naïf, philanthrope, penseur. — Scènes de police, scènes de maison de jeu, scènes de débauche.—L'honnête jeune homme est condamné comme fripon sans cesser d'être parfaitement honnête. Cela nous vaut plus tard des scènes de chantage, l'innocent ayant eu la faiblesse d'acheter le silence d'un affreux bandit, son ancien camarade de prison. Nous voyons ensuite des scélérats de toutes sortes, au salon et à la taverne. On fait des faux et on fait le mouchoir, on assassine sous diverses formes, on viole des tombes, on outrage des cadavres, etc., etc. Tous les vices, tous les crimes, toutes les monstruosités passent ainsi sous les yeux du

(1) Nous écrivions ceci au mois d'octobre 1861; que l'on prenne tous les feuilletons publiés du 15 au 25 du mois dernier et l'on y trouvera des histoires exactement semblables à celles que nous allons analyser; les titres seuls ne seront pas les mêmes.

lecteur. Quel profit la morale peut-elle tirer de ces tableaux hideux où s'étalent la boue et le sang? Et quel
style morne! Je présume qu'au dénouement la vertu
sera récompensée; elle l'aura bien gagné. Néanmoins,
il me semble que le *Pays* oublie en cette circonstance
l'excellente et très-nécessaire circulaire de M. le ministre Billaut contre les audaces et les dangers du roman-feuilleton. Il dira sans doute qu'il peint le vice
pour le rendre odieux. On abuse depuis trop longtemps
de ce lieu commun. Nous le signalons sans croire nécessaire de le réfuter. Nous rappellerons seulement au
Pays que M. Sue l'employait volontiers. Ce moraliste
soutenait en effet qu'il fallait salir les imaginations
pour les préserver de la fange.

Le *Constitutionnel* pratiqua sans vergogne autrefois
la thèse de M. Sue; mais plus tard, en 1848, il eut de
fortes émotions qui lui donnèrent des remords; il fut
catholique, il fut pieux, il fut même ultramontain, —
bel exemple de la nécessité et de l'efficacité du châtiment. On le vit pousser le repentir, le zèle ou la peur
jusqu'à la confession publique. Rappelant ses anciens
feuilletons humanitaires, matérialistes, socialistes, par
conséquent licencieux, il disait d'un ton contrit :

« La société souffre, elle est inquiète. Outre qu'elle
est atteinte dans le bien-être auquel elle était habituée,
les doctrines subversives, appuyées sur le matérialisme, l'épouvantent dans son avenir. Et bien! la société, plus malheureuse sur la terre, est plus disposée
à tourner ses regards vers le ciel. C'est une des faiblesses de l'homme que de songer plus dans sa dé-

tresse à son avenir au delà de ce monde qu'il n'y songe
dans sa joie. »

Après cet exorde, le *Constitutionnel* arrivait aux
feuilletons humanitaires et décolletés, source de sa
fortune, et s'écriait :

« La fiction littéraire ne viendra plus dans nos colonnes, risquer de porter une assistance imprudente à
ce qui est devenu une faction. La société protégée,
blindée, comme elle l'était ou *comme elle était censée
l'être*, pouvait supporter des *jeux de doctrine* auxquels
il serait téméraire de l'exposer actuellement. A *l'heure
qu'il est,* tout est sérieux, il faut que l'écrivain y songe,
même dans ce qu'il invente pour la distraction de l'esprit (1). »

Depuis quelques années le *Constitutionnel* a plus
d'une fois dévié de ce programme. Cependant peut-
être se tient-il pour irréprochable, d'abord parce que
l'*heure qu'il est* le rassure, ensuite parce que son
feuilleton ne se livre pas doctoralement aux *jeux de
doctrine* qu'il a condamnés en un jour de piété et d'ef-
froi. Cette absence de parti pris dans le mal et même
ce vague désir de l'éviter doivent être reconnus. Mais
une pareille amélioration est, au fond, sans portée. On
sert le mal par cela seul qu'on n'a pas le parti pris du
bien. Et même pour faire le bien il ne suffit pas de le
vouloir, il faut encore s'appuyer sur la vérité. Or, le
Constitutionnel se borne à protéger l'ordre social contre
toute attaque brutale et directe. Quant aux jeux de

(1) *Constitutionnel,* septembre 1848.

doctrine, aux fictions littéraires qui sapent sans tapage la religion et la famille, il les tient pour d'agréables et licites récréations. Je suis convaincu, par exemple, qu'il n'a rien vu de mauvais dans son dernier roman, *le Premier amour d'une jeune fille*. L'héroïne, péronnelle de dix-sept ans, âme pure et céleste, cœur noble et fort, n'ayant rien de mieux sous la main, se prend à aimer d'amour vif un chef de bataillon en retraite, vieux camarade de son papa. Cette poétique jeune fille soupire d'abord discrètement, puis elle arrive à l'état incandescent et éprouve le besoin de déclarer sa flamme au grognard ; elle veut qu'il s'explique. Mais tout ce beau feu change d'objet lorsqu'on présente à l'aimable enfant un jeune homme qui promet de l'aimer pour elle-même ; elle tient beaucoup à ce dernier point, et tant qu'elle a des doutes elle reste fidèle au retraité. Jusqu'ici ce roman peut sembler une critique et une charge. L'auteur n'a rien voulu de semblable ; sa Reine n'est nullement une sorte de Don Quichotte, allant en guerre contre les moulins à vent de l'amour ; c'est une jeune fille modèle. Il n'a pas seulement le tort de prendre son héroïne au sérieux, il a encore celui d'introduire dans son histoire un personnage plat, vulgaire, désagréable, presque vil, et ce personnage c'est la mère de Reine. Il y a lutte constante entre ces deux femmes. La fille dédaigne ouvertement la mère, et celle-ci a constamment le vilain rôle. Bref, ce feuilleton établit, non pas en thèse, mais en fait, que les filles sentimentales, qui éprouvent le besoin de se marier et d'être aimées pour elles-mêmes, ont le droit de mépriser la volonté maternelle. Cet enseignement me paraît se rapprocher très-fort des *jeux de doctrine* que le *Constitutionnel* condamnait en 1848.

L'*Opinion nationale* arrive, par une voie différente, au même but. *Une Femme de cœur*, tel est le titre de son feuilleton. Armande est femme de cœur parce qu'elle s'est mariée contre la volonté paternelle. Ici, le père est assez bon homme, mais c'est aussi un homme médiocre, incapable de comprendre les exigences du sentiment et assez perdu de préjugés pour soutenir qu'une fille de vingt ans ou même une fille majeure, ne doit pas être complétement libre en matière de mariage ; qu'elle peut refuser le mari qu'on lui présente, mais non se marier toute seule. Selon la règle des moralistes du feuilleton, la fille a raison contre le père, et il est démontré, pour toute âme sensible, qu'elle devait obéir à son cœur. Il y a cependant des parents, de bons bourgeois, craignant « les abus de la confession, » qui laissent lire ces études morales à leurs filles, et plus tard ils s'étonnent si leurs gendres plaident en séparation de corps. Ne soyons pas trop surpris de ces écarts. Le mauvais livre, pour peu qu'il soit déguisé, entre encore dans bien des familles chrétiennes. N'y rencontre-t-on pas assez souvent *Paul et Virginie*, — livre faux par les sentiments et par les mœurs comme par le style, livre niais et impie, car la vérité religieuse y est niée au profit d'un déisme paterne, livre merveilleusement propre à fausser le jugement et à troubler l'âme vierge de toute lecture passionnée. Mais parce que tout y est dit sur un ton

pleurard, on tient ce roman pour innocent. Sans
doute, il est innocent entre les mains d'un sous-lieu-
tenant ou d'une balérine ; l'est-il entre les mains d'une
jeune fille ? On s'inquiéterait très-fort si la lectrice,
prenant Virginie pour modèle, donnait à quelque jeune
ami toutes les privautés dont Paul est en jouissance.
Pourquoi faire lire, comme chose aimable et bonne, ce
que l'on redouterait de voir imiter ?

Revenons à nos feuilletons, qui ont, au moins, le
mérite d'être ouvertement mauvais.

Nous retrouvons le mépris de la famille dans le
feuilleton du *Siècle*, *Regina*. L'auteur met en scène un
mari qui veut imposer à sa femme et à sa mère l'intimité d'une gourgandine, dans l'espoir de satisfaire
plus facilement, non pas sa passion, mais son caprice
pour cette malheureuse. Il y a un autre mari dans le
roman, car *Regina*, malgré les aventures les plus
notables, a pu se faire épouser. Celui-ci étant le
mari trompé, doit être aussi le mari sacrifié. Le premier est, en somme, un aimable garçon, instruit, spirituel et même bon ; l'auteur a pour lui une indulgence qu'il doit communiquer aux lecteurs ; le second
est un sot des plus vaniteux, des plus grotesques,
des plus insupportables ; bref, ce M. de Sottenville
mérite son sort. Cette conclusion n'est point exceptionnelle ; on la retrouve plus ou moins explicitement dans
tous les romans dont l'héroïne est une femme mariée
douée d'une âme poétique. Les moralistes du feuilleton
ne comprennent point la poésie sans le désordre ; c'est
en partant de ce principe que l'un de leurs maîtres,

poussé par la logique, est allé chercher la vertu au bagne.

Le feuilleton du *Temps* nous montre un père, homme du monde et honnête homme, exposant sa fille aux entreprises d'un drôle de bas étage et songeant à la lui donner pour femme, afin d'être plus libre dans ses équipées amoureuses. La dame que poursuit cet excellent père s'entend avec le poursuivant de la fille, — qui la veille encore régnait sur son cœur, — mais tous deux veulent se ranger et visent au mariage. Leurs plans sont chavirés par l'arrivée du héros, homme de sens, de cœur et de poésie, qui vient demander pour son fils la main d'Antoinette. Cet excellent père est veuf, et comme il s'était marié très-jeune on ne peut pas dire qu'il soit précisément vieux ; puis il a certainement la jeunesse de cœur. L'héroïne, jeune fille idéale, emprisonnée dans un milieu bas et vulgaire, lui inspire tout de suite une passion violente ; il est aimé et je présume que c'est lui qui sera le *mari* d'*Antoinette*.

Ce roman, d'un écrivain qui vise à la succession toujours vacante de Balzac, contient des détails assez bien observés, des scènes heureuses, et beaucoup de choses fausses mêlées de choses franchement mauvaises. L'auteur, voulant montrer qu'il *pense*, invente un christianisme commode et progressif modelé sur la religion du *Siècle*. S'il se bornait à faire plaider cette thèse par son héros, la chose serait acceptable, car il est positif que le *Siècle* a des disciples, mais il transforme son héroïne elle-même en adepte de M. Jourdan. Oui, cette enfant élevée dans un couvent arrive toute seule et très-vite à penser, sans bien s'en rendre compte, comme les saints-simoniens fourbus qui forment le camp des Béni-Havin! Voilà où se montre l'absence absolue d'observation. Tenez-vous pour philosophe et ayez de telles doctrines; ne les prêtez pas, comme romancier, à des personnages qui doivent être vrais. Votre Antoinette ne peut arriver à la religion du *Siècle* qu'en cessant d'être pure. Si vous ne comprenez pas cela, le sens artistique vous manque à l'égal du sens chrétien.

La *Patrie* ne se lance pas dans la métaphysique des passions ; elle publie un de ces romans chargés d'aventures, qui conviennent particulièrement au feuilleton. Chaque numéro raconte un événement extraordinaire et laisse le lecteur sur une situation palpitante. Les principaux personnages sont toujours en danger de mort. Quoi de plus propre à faire acheter le numéro du lendemain et à provoquer le réabonnement? Ce genre comprend deux branches d'exploitation : le prétendu roman de mœurs, mis en vogue par Eugène Sue, et le véritable roman d'aventures. Cette dernière branche, greffée sur la littérature française par la Calprenède et Mlle Scudéry, doit sa renaissance victorieuse à Gabriel Ferry, dont le vrai nom était, je crois, Duplessis. Le procédé est simple. On fait du fantastique en le donnant comme chose naturelle. Dans les contes de fées, la baguette enchantée ou quelque talisman triomphe des obstacles que l'homme ne pourrait vaincre. Cette intervention surhumaine nuisait à l'intérêt près des lecteurs et lectrices d'un âge mûr. Les braves gens voués à la lecture quotidienne du roman-feuilleton, ne tiennent ni au style, ni à la logique des sentiments, ni aux développements des caractères, ni à l'étude des mœurs, mais ils veulent prendre au sérieux ce qu'ils lisent. L'enchanteur les désillusionne. On a vaincu cette difficulté. Le héros du roman d'aventures trouve en lui-même d'abord, puis dans son cheval, ses armes ou son chien, le moyen de faire vingt fois par jour de véritables miracles. C'est ce qu'on appelle sauver la vraisemblance. Je connais un de ces omans où unr Anglais centenaire et un Espagnol de 75 ans défient un cheval à la course, marchent cinq ou six jours sans manger, ne dorment jamais, bousculent des rochers, sautent des rivières, se promènent dans les précipices et battent des troupes entières d'ennemis; ils ont des fusils et des pistolets qui portent partout, des dagues qui coupent un homme, ou deux, ou trois, comme un bon rasoir coupe un fil ; des chevaux dont la force sans égale est le moindre mérite, car leur intelligence dépasse de beaucoup l'intelligence humaine. Le lecteur accepte tout cela, et l'auteur, libre de toute gêne, n'ayant pas plus à s'occuper de la vraisemblance que de la littérature, donne pleine carrière à la stérile abondance de son imagination.

Le feuilleton de la *Patrie* est de cette école, mais il manque un peu de hardiesse. L'auteur songe, par fois, à renfermer son héros dans des proportions humaines. C'est une faute : dès que le Petit-Poucet a chaussé les bottes de l'ogre, il ne les quitte plus. N'oubliez pas cet exemple. Le *Mangeur de Tartares* révèle, d'ailleurs, de nombreuses lectures. L'auteur a lu des voyages en Sibérie, en Chine, chez les Mogols, au Thibet, etc.; il transporte ses principaux personnages dans tous ces pays, et mêle assez habilement la description des mœurs aax exploits incessants du *Mangeur de Tartares*. Cela peut intéresser les abonnés de la *Patrie*; pour ma part j'aimerais autant un conte de fées en dix volumes. Certaines scènes sont déplacées. La *Patrie*, qui se pique de morale, aurait dû voiler Théodora, la courtisane diabolique. Ce personnage, que l'auteur veut faire terrible, est tout à la fois répugnant et grotesque; c'est là d'ailleurs un type des plus rebattus, et le reprendre dénote un manque de goût.

Le roman-feuilleton de la *Patrie* mériterait le prix Montyon si on le comparait à celui de la *Presse*. Cette feuille poursuit depuis *plus de deux ans* la publication d'un arlequin littéraire intitulé *les Puritains de Paris*. C'est simplement une nouvelle édition des *Mystères de Paris*. Rien n'est copié, tout est imité. L'auteur veut que l'on puisse lui appliquer le mot de M. Jules Janin *louant* M. Sue : « Cet homme s'amuse à provo-« quer toutes les nausées, et vous force à flairer dans « ses deux mains toutes sortes de purulences ramas-« sées dans tous les cloaques. » J'ai sous les yeux huit de ces feuilletons, j'y trouve : deux enlèvements, un adultère, une séquestration, un vol avec effraction, plusieurs menaces d'assassinat, une profession d'athéisme, le tout avec les plus répugnants détails.

L'auteur doit s'étonner que M. Janin n'ait pas encore
dit de lui comme de son modèle : « Il sent à la fois
« l'ambre et l'odeur des halles, il parle l'argot à mer-
« veille. » Poussant l'imitation jusqu'au bout, le feuilletoniste de la *Presse* affiche, ainsi que M. Sue, des
visées philosophiques et humanitaires ; il demande des
réformes pénitentiaires et formule un code religieux.
Tout cela constitue, grâce au ciel, un gâchis illisible.
Il y avait déjà deux ans que les *Puritains de Paris*
étaient en cours de publication lorsque l'auteur, répondant à des demandes, qui, dit-il naïvement, lui venaient *de tous les côtés*, a consacré un feuilleton à expliquer le titre de son ouvrage dont personne encore
ne comprenait *au juste le sens* (1). Ce roman est bien
l'ouvrage le plus infime et le plus salissant qui ait paru
dans un journal depuis les iniques succès de M. Sue.
Les preuves sont trop fortes pour que je veuille les
donner; je me borne à indiquer le feuilleton du
14 août.

Si je ne puis montrer le peintre de mœurs chantant
« l'ange des voluptés, » je puis laisser entrevoir le philosophe.

« Les devoirs de l'homme, dit doctoralement cet
apprenti, n'étant pas autre chose que la détermination
rationnelle de ses rapports avec les êtres qui l'entou-
rent, ne peuvent reposer sur aucune autre base que ces
rapports eux-mêmes.

« D'où il résulte que l'homme n'a de devoirs à rem-

(1) *Presse* du 13 août 1861.

plir qu'envers les êtres avec lesquels il soutient des rapports constatés, et que tout devoir qui lui serait imposé au nom d'une autorité quelconque, envers des entités chimériques dont il lui serait impossible de reconnaître authentiquement l'existence, doit être négligé et relégué au rang des contes et des rêves !

« La raison moderne a fait justice des fantasmagories qui étaient, dans les temps anciens, l'accompagnement nécessaire, obligé, de toute législation nouvelle.

« Pour nous, Moïse vaut Numa Pompilius. »

Vous le voyez, il est né copiste, et tout son talent se hausse à mêler le Proudhon à l'Eugène Sue. Son originalité c'est de réussir à les gâter tous deux. M. Proudhon, personnage très-surfait, a une verve brutale et des mouvements subits révélant un talent prime-sautier ; M. Sue possédait une certaine habileté d'arrangement et rencontrait de temps à autre un caractère. Ici rien de supportable. Tout est faux. Le disciple veut, comme le maître, mêler le velours aux loques, la fange au diamant, les perles aux dents moisies ; mais il ne montre qu'un salmigondis sans nom où tout se suit, où rien ne se tient. Son roman n'est pas même un arlequin littéraire. Quant au style, il est épais, avachi, prétentieux, somnifère ; s'il coule, c'est comme l'eau d'un canal envasé par un éboulement de guano.

Le *Journal des Débats*, qui a fait, il y a quinze ans, le succès de ce genre, n'y est pas encore revenu. Peut-être que l'occasion lui a manqué, car ses principes sont restés fort larges en matière de roman-feuilleton. Si je voulais faire des recherches, j'aurais beaucoup à dire; mais, comme je m'occupe exclusivement des publications du mois de septembre, je dois me borner à constater que la *Famille Germandre* est, comme roman, une œuvre décente.

Bornons-nous à mentionner l'*Histoire d'un Diamant*, publiée par le *Moniteur*. C'est une fantaisie de M. Léon Gozlan, qui paraît avoir voulu mettre à profit de récentes lectures sur l'Inde. Visiblement, il s'imagine qu'on ne connaît pas ce pays, parce qu'il vient, pour sa part, d'apprendre à le connaître. Son roman n'est certes pas irréprochable, mais, certain portrait d'un ministre protestant, faisant des sermons contre l'amour du lucre et vendant de l'opium, nous dispose à l'indulgence.

M. Léon Gozlan doit nous arrêter à un autre titre. Il n'est point de ces *faiseurs* qui dans le roman-feuilleton n'ont vu qu'une industrie. C'est un homme de lettres; il aborde son sujet avec une sorte de respect, il l'étudie, il le creuse; il soigne son style, et, sans offrir beaucoup de relief, il a une personnalité. Malgré cela, ou plutôt à cause de cela, il attend encore un vrai succès sur le terrain du feuilleton. Il l'attendra toujours. Le roman-feuilleton ne peut s'accorder avec la littérature. Les romanciers préoccupés du style ont presque tous fait de vains efforts pour se plier aux exigences de ce genre bâtard. MM. Jules Sandeau, Méry, Barbey d'Aurevilly, Théophile Gautier, qui font des romans et non des feuilletons, qui sont à différents titres et à différentes doses des écrivains, plairont toujours moins à la masse que MM. Élie Berthet, Ponson du Terrail, Paul Féval et Citrouillard. Si Mme Sand et Balzac ont soutenu la lutte sans trop de désavantage, ils n'ont cependant point gardé leur véritable rang. Frédéric Soulié les primait, Eugène Sue les a écrasés. Notons aussi que leurs œuvres les plus remarquables ou les plus remarquées, — abstraction faite de leur valeur morale, — eussent complétement échoué si elles avaient paru par chapitre dans un journal. Elles contiennent des descriptions, des études de caractères, des développements qui, donnés au jour le jour, verseraient l'ennui à plein encrier. Or, si le lecteur abandonne un feuilleton sans le finir, le roman tout entier est condamné, et le spectre du désabonnement apparaît. Il faut que l'attention soit toujours tendue, que les personnages soient toujours en scène, que l'imprévu succède sans relâche à l'imprévu. Dans de telles conditions, il n'y a place ni pour la pensée ni pour l'art. Aussi ne pourrait-on citer un seul roman digne d'être lu et ayant marqué dans l'histoire littéraire qui satisfasse aux lois du roman-feuilleton. Si quelques ouvrages d'une véritable valeur ont supporté ce mode de publication, c'est grâce à des circonstances exceptionnelles. Notons encore que le succès s'est toujours attaché non-seulement à l'infériorité de la forme, mais aussi à la licence du fond. La palme qui avait longtemps appartenu à Frédéric Soulié pour les *Mémoires du Diable*, est restée à M. Sue pour les *Mystères de Paris* et le *Juif-Errant*. De tels faits prouvent que le

roman-feuilleton est foncièrement hostile aux lettres et
à la morale. Son influence dénote et développe l'affaiblissement des esprits et des consciences.

―――――――――

LE MERCANTILISME LITTÉRAIRE

I.

Le mercantilisme littéraire a plusieurs formes. M. de Lamartine et M. Alexandre Dumas, les deux maîtres du genre, opèrent différemment. Un procès très-digne d'attention nous a montré celui-ci achetant de la *copie* au rabais, lui donnant un certain vernis et la livrant au commerce avec sa marque de fabrique; celui-là prend le public par les sentiments; il lui dit qu'il a trois ou quatre cents paysans à nourrir, les chenets de son père à sauver, qu'on le voue à la mort, si on ne souscrit pas largement au *Cours familier de littérature* ou à la nouvelle édition de ses œuvres complètes; il ajoute que ses souscripteurs sont des amis, qu'il les porte dans son cœur comme sur ses livres de recette; il leur promet son portrait et leur donne des autographes... lithographiés à cent mille exemplaires.

Si les points de départ et les bases d'opération diffèrent, les deux maîtres du mercantilisme littéraire se rencontrent souvent dans les procédés d'exécution. De M. de Lamartine ou de M. Dumas, lequel s'est le premier mis en scène dans ses écrits? On ne le sait plus, tant le fait remonte loin. Au début, cette *pose* personnelle n'était encore qu'une forme littéraire ; mais la spéculation a bientôt vu qu'il y avait là une mine à exploiter : M. Dumas a raconté sa vie et celle de ses amis ; M. de Lamartine, drapé en don Juan mélancolique, a publié ses *Confidences* et *Rafaël* et *Graziella* ; nous avons eu le *Journal de M. Dumas seul* et les *Revues de M. de Lamartine seul* ; tous deux ont fait annoncer, non-seulement qu'ils rédigeaient, sans aucun auxiliaire, leurs publications, mais qu'ils en étaient les administrateurs, et que l'on s'abonnait directement chez eux. Signent-ils les quittances ?

Tout comparé, M. Dumas semble surtout trafiquant ; il achète pour revendre ; il y a du commis-voyageur dans ses allures comme dans son style ; s'il ne fait pas toujours le feuilleton, il *fait l'article*, et nul ne place mieux sa marchandise. M. de Lamartine, homme de sentiment et poëte, dissimule un peu le marchand sous le frère quêteur ; il demande des abonnements avec des larmes dans la voix. Tous deux tirent, bon an mal an, 100,000 francs de leur industrie. Il y a longtemps que cela dure ; néanmoins M. de Lamartine crie misère, et M. Dumas, mis en faillite comme directeur du *Théâtre-Historique*, a donné 25 pour 100 à ses créanciers.

Le procès qui nous a fourni ce renseignement jette une vive lumière sur le genre d'industrie longtemps pratiqué par M. Dumas, et que tant d'hommes de lettres voudraient pratiquer comme lui. La *Gazette des Tribunaux* a consacré une vingtaine de colonnes (petit texte) à reproduire ou plutôt à résumer les débats ; c'est un précieux document sur les mœurs littéraires du temps présent.

Le conflit a été soulevé par M. Maquet, demandant à se faire déclarer *co-auteur de dix-huit romans* publiés sous le nom de M. Alexandre Dumas. M. Maquet devait, par conséquent, établir qu'il était au moins pour moitié, comme invention, style et abondance de *copie,* dans soixante volumes dont M. Dumas avait eu et voulait conserver toute la gloire, sans compter les profits, qui comptent beaucoup dans cette affaire.

II.

En 1842, d'après Mᵉ Marie, en 1841, d'après Mᵉ Duverdy, un jeune professeur de l'Université, portant le nom de Mac-Queat, remit à M. Dumas, en le priant d'en faire quelque chose, une nouvelle que le directeur de la *Revue des Deux-Mondes* avait refusée. M. Dumas lut le manuscrit, trouva qu'on pouvait le développer et en tirer de bonnes recettes. Bientôt une association fut formée entre M. Maquet et M. Dumas, sous la raison sociale Dumas seul.

Dès ces premiers détails nous nous heurtons à des démentis. M. Dumas et M. Maquet ont tous deux une mémoire étonnante ; à vingt ans de distance ils se rappellent d'une façon précise des faits minutieux ; seulement ils ne se les rappellent pas de la même façon. Ainsi, lorsque Mᵉ Marie expose l'affaire, il est établi que le premier manuscrit remis à M. Dumas par M. Maquet formait un *volume;* mais lorsque nous entendons Mᵉ Duverdy, le volume se réduit à un canevas de *soixante ou soixante-dix pages*. Ces détails ne sont pas insignifiants, la question étant de savoir quel a été l'apport de chacun des associés. Volume ou ébauche, le travail de M. Maquet prit sous la plume de M. Dumas de grandes proportions; il devint le *Chevalier d'Harmental*, roman en quatre volumes. Pour être exact, il faut ajouter que dans ces volumes on compte par centaines les lignes de trois ou quatre mots ou *bouts de lignes*. Exemple :

« — Ah! Monsieur, fuyez, fuyez vite !

« — Fuir? et pourquoi ?

« — Monsieur, la maison est pleine de gardes des États.

« — Que démandent-ils ?

« — Ils vous cherchent.

« — Pourquoi faire ?

« — Pour vous arrêter.

« — Pour m'arrêter, moi ?

« — Oui, Monsieur, etc. »

Ce genre explique pourquoi M. Dumas, lorsqu'il est payé à la ligne, stipule que les *bouts de lignes* seront tarifés comme *lignes pleines*. Mais cette clause est-elle née du genre, ou le genre est-il né de la clause ?

Si la collaboration de M. Maquet avait toujours été aussi restreinte que pour le *Chevalier d'Harmental*, il lui eût été difficile de réclamer le titre glorieux de *co-auteur*. Celui qui d'une nouvelle tire quatre volumes, a fait l'ouvrage, bien qu'il n'en ait pas eu l'idée pre-

mière. Ce développement annonce même, malgré l'industrie des *bouts de lignes*, une refonte du plan primitif. Naturellement, M. Dumas prétend que les choses
se passaient toujours ainsi. M. Maquet soutient, au
contraire, que son rôle devint chaque jour plus important, et que dans bien des circonstances M. Dumas se
bornait à légitimer des produits sur lesquels il ne
pouvait nourrir la moindre illusion de paternité. Pour
le prouver, il cite des lettres, il en cite beaucoup, et
en voyant avec quel soin il conservait les moindres
billets de son patron, on est tenté de croire qu'il a
toujours jugé nécessaire de prendre ses sûretés.
M. Dumas, quoique moins prudent, avait su garder
aussi quelques papiers, dont son avocat a tiré bon
parti. De part et d'autre, en somme, on était sur ses
gardes ; c'est ce qu'on appelle la fraternité littéraire.

III.

Le *Chevalier d'Harmental* eut du succès. M. Maquet
reçut 1,200 fr. pour un travail dont il avait demandé,
sans les obtenir, 100 fr. à la *Revue des Deux-Mondes*.
C'était une excellente affaire et il avait hâte de continuer. Il apporta bientôt à son collaborateur une seconde
nouvelle, *Sylvandire*, dont M. Dumas fit trois volumes. Cette fois M. Maquet reçut 1,500 fr. Quant à
M. Dumas, il tira des deux ouvrages une trentaine de
mille francs. Plus tard, la rétribution de M. Maquet
fut élevée à 1,000 fr. et même à 1,500 fr. par volume.
Me Duverdy conclut de ce fait que M. Dumas était généreux ; Me Marie répond que le chiffre grossissait parce

que M. Maquet était devenu *co-auteur*. — Nous recevions ces sommes, dit-il encore, à titre d'*indemnités* provisoires ; — vous les receviez comme *paiement* définitif, répond M. Dumas.

Le mode de collaboration adopté au début fut bientôt abandonné. « Si vous voulez travailler avec moi, « dit M. Dumas à M. Maquet, au lieu de me donner à « refaire une œuvre déjà faite, je vous communiquerai « une idée de roman ; je vous indiquerai le plan, vous « ferez une exécution provisoire, je ferai, moi, l'exé- « cution définitive. » C'est ce qui eut lieu, ajoute l'avocat de M. Dumas. Sans démentir absolument cette version, M. Maquet y introduit quelques amendements. « Dans une conversation amicale, dit Me Marie, le « plan d'un roman était jeté ; ce plan, médité par « chacun, était corrigé et arrêté dans d'autres entre- « tiens. Le cadre était fait, les dessins tracés, il ne « s'agissait plus que de donner des couleurs au ta- « bleau. On se mettait à l'œuvre alors. » Et voilà pourquoi M. Maquet veut être reconnu co-auteur.

Les détails du procès entament un peu ces assertions ; ils prouvent qu'au lieu de travailler sur un plan bien arrêté, on allait volontiers au hasard. M. Dumas écrivait à M. Maquet : « *Que va-t-il arriver* de Mau_ « reuil et de Demouy ? J'ai besoin de le savoir pour ne « pas marcher *tout à fait en aveugle.* » Même langage à propos d'un autre feuilleton : « Vous m'avez envoyé « du *Maison-Rouge* : à merveille ! d'autant plus que la « scène est superbe ; mais dites-moi, en deux mots, « *où elle nous mènera.* » En somme M. Maquet écri-

vait au jour le jour des scènes que M. Dumas dévelop-
pait sans perdre une minute, et que le *Siècle,* ou la
Presse, ou le *Journal des Débats* publiait immédiatement. Les auteurs ne connaissaient les faits et gestes
de leurs personnages que vingt-quatre heures avant le
public.

Cependant, de part et d'autre, on voudrait établir,
par un reste de pudeur littéraire, que l'art était le
principal mobile des deux associés. On nous montre
M. Maquet, jeune, nourri de fortes études, aimant les
lettres, rêvant la gloire, décidé à conquérir un nom,
poëte enfin, et préférant à l'argent l'honneur, ou, tout
au moins, le bruit. Quant à M. Dumas, « il aimait
l'art pour l'art, il voulait conserver sa gloire, » et « jaloux de ses lauriers, » demandait « des ressources à
son génie seul. » En conséquence, il s'empressa d'accepter la collaboration de M. Maquet...... et de quelques autres.

Avocats et clients font ici de vains efforts pour donner le change au public. M. Maquet et M. Dumas ont
sacrifié de parti pris les droits de l'art le jour où ils
ont fondé leur fabrique. La collaboration est possible
pour une œuvre de science, elle se conçoit pour une
œuvre d'histoire : l'art ne l'admet point. Le roman
exige, en dehors du style, le développement des caractères, l'étude approfondie d'une situation morale,
l'unité de pensée dans des positions diverses et avec
des personnages opposés. Aucune de ces conditions
essentielles ne peut être remplie par des écrivains
produisant à la hâte, chacun de son côté, des mor-

ceaux que le plus habile se charge d'unir par des
rallonges afin d'accroître la recette. Aussi a-t-on substitué le roman d'aventures au roman de mœurs et au
roman historique. Chaque feuilleton contient la moitié
d'une scène à effet.... *La suite au prochain numéro.* Et
remarquez que sur vingt de ces incidents, plus ou
moins saisissants et *formant tableau*, dix-neuf au moins
sont en dehors de toutes les limites du possible. Ce n'est
pas de l'invention, c'est du dérèglement. L'invention
consiste à mettre dans un roman des faits que l'esprit
puisse accepter, de telle sorte que le lecteur, identifié
au personnage, soit autorisé à désirer ou à redouter
pareilles aventures. Mais si vos héros trouvent dans une
force physique contraire à toutes les lois de la nature,
ou dans les illuminations d'une science inconnue,
d'une chimie fantastique, les ressources que les vieux
conteurs demandaient modestement à la baguette des
fées, vos inventions manquent d'intérêt comme de vérité;
elles dénotent l'épuisement. La *Mare au Diable* et le *Médecin de Campagne,* où les événements sont si rares,
montrent une imagination plus riche, une conception
plus vigoureuse que les mille scènes *palpitantes d'intérêt* entassées dans le *Comte de Monte-Cristo.* Et le
style, c'est-à-dire la force et la personnalité de l'écrivain, sa chance de gloire durable, que devient-il avec
votre système de collaboration? Vous renoncez au
style et vous prétendez avoir le culte des lettres !

L'art tenait si peu de place dans les préoccupations
des deux auteurs qu'ils passaient d'un sujet à l'autre,
selon les exigences des journaux pour lesquels ils tra-

4

vaillaient. On publiait à la fois *Monte-Cristo* dans le *Journal des Débats*, *Maison-Rouge* dans le *Siècle*, et la *Dame de Montsoreau* dans le *Constitutionnel*. Celui-ci allait manquer de pâture, et M. Dumas écrivait à M. Maquet :

« Plus de Chicot (personnage de la *Dame de Mont-soreau*). Je n'ai plus une ligne. Montjoie et saint Denis à la rescousse. Véron (le *Constitutionnel*) est au courant et n'a rien pour demain. Vous n'auriez pas le temps de m'envoyer le Chicot et moi de le faire. Envoyez directement au *Constitutionnel*. Écrivez sur mon grand papier, si vous en avez, six pages au moins. »

Ce jour-là, le *Constitutionnel* eut du *Maquet seul*.

La Dame de Montsoreau était, d'ailleurs, d'une venue difficile. « Mais le Chicot, mon ami, disait encore « M. Dumas, le Chicot de ce soir, cet important Chi- « cot, la scène principale, comment vais-je l'avoir ? » Et ailleurs : « Il n'y a pas de quoi faire du feuilleton aujourd'hui pour Chicot. » Un jour même, il fut sur le point d'abandonner la partie : « Je vous assure qu'avec « la meilleure volonté du monde je ne saurais me « tirer de la *Dame de Montsoreau ;* je ne sais où donner « de la tête. » Il écrivait encore : « Cher ami, du « Chicot trente ou quarante pages ; puis, si vous pou- « viez, demain, faire un chapitre de *Maison-Rouge*. « Puis, si vous pouviez, après-demain, venir déjeuner « avec moi et prendre 500 fr., nous ferions du *Monte-* « *Cristo*. » M. Maquet reconfortait le maître en lui envoyant quelques feuillets d'écriture qui, convenable-

ment développés, devenaient un feuilleton de *M. Dumas
seul*. Ces détails donnent peut-être à M. Maquet le droit
de se proclamer *co-auteur* de plusieurs des romans de
son célèbre collaborateur, mais ils le condamnent
comme écrivain. Jamais homme ayant véritablement
le goût des lettres n'eût consenti à faire quinze ans de
suite pareil métier.

IV.

Que M. Maquet ait songé à l'art et rêvé la gloire en
écrivant cette première nouvelle, qu'il offrit en vain
pour cent francs à M. Buloz, et dont il tira douze cents
francs, grâce aux rallonges de M. Dumas, nous le
croyons sans peine. Mais ce succès financier le décida
pour le mercantilisme littéraire. Sacrifiant ses goûts,
son nom, ses rêves, il se mit aux gages de M. Dumas.
Quel avantage trouvait-il à surmener son imagination
pour produire des romans qu'un autre finissait ou
corrigeait et signait? Un seul : il gagnait plus d'argent. Revue par M. Dumas et décorée de ce nom en
hausse sur la place, *la copie* dont M. Maquet eût difficilement peut-être trouvé vingt-cinq francs, était payée
quatre ou cinq fois plus cher. Il profitait de cette
plus-value, malgré la forte prime que s'adjugeait le
signataire.

M. Marie s'est d'ailleurs expliqué sur ce point avec
une franchise un peu crue :

« Me demandera-t-on pourquoi mon client avait
consenti à ce que le nom de M. Dumas parût seul sur
les ouvrages communs? Eh! mon Dieu, il obéissait à

une raison *commerciale* facile à saisir. Le nom de
M. Dumas avait de la notoriété, de l'éclat; il faisait à
merveille au bas d'un feuilleton ou en tête d'un livre.
Il *fallait* s'effacer derrière ce nom. »

Cette raison « commerciale, » si bonne quand il s'a-
gissait de faire payer le public, devient très-fâcheuse
aujourd'hui, M. Maquet ayant grand intérêt à ne pas
être traité en commerçant.

Les chiffres précis nous manquent, mais d'après les
données éparses dans le procès, on peut résumer ainsi
l'opération. Grâce à M. Maquet, M. Dumas faisait
double besogne. Il produisait cinquante feuilletons au
lieu de vingt-cinq. Mettons le feuilleton à 120 fr. et
portons à 40 fr. la part de M. Maquet, il en résultera
que M. Dumas, faisant deux feuilletons au lieu d'un,
gagnait 160 fr. au lieu de 120 fr. Or l'association publiait deux ou trois cents feuilletons par an, lesquels
devenaient des volumes pour les cabinets de lecture et
des livraisons illustrées pour le colportage. Naturellement M. Dumas avait là encore la part du lion. Il prétend même qu'il avait tout et que c'était juste. M. Marie assure que M. Maquet, « jusqu'en 1847, a reçu en
« diverses sommes 49,000 fr., alors que M. Dumas a
« reçu 5 ou 600,000 fr., et bien plus encore, si on
« voulait abuser de ses propres révélations. » Il me
semble qu'ici *révélations*, dans la bouche de l'avocat,
signifie vanteries.

Mais les journaux où paraissaient ces produits,
quels avantages pouvaient-ils trouver à payer comme
pur de tout alliage un Dumas si fortement mélangé

de Maquet? D'abord, le Dumas était demandé, et du moment où le public ne devinait pas la mixture, tout allait pour le mieux. D'autre part, les hommes d'affaires préposés à l'achat des feuilletons prenaient quelques garanties. L'abondance des produits de M. Dumas dénonçait une collaboration. On donnait même au fécond écrivain une quantité ridicule de collaborateurs impossibles. Ce fut au point que M. Jacquot, armé d'un manuscrit, essaya de se glisser dans la foule. Il a dit plus tard que c'était par vertu : il voulait acquérir la confiance de M. Dumas, afin d'en abuser en dénonçant un trafic contraire à la dignité des lettres, dont il songeait déjà à se constituer le gardien. Telle fut l'explication de M. Jacquot lorsque M. Dumas eut repoussé ses offres sans lui donner même à déjeuner.

Chaque acheteur voulait avoir du vrai Dumas. On exigeait donc que le manuscrit fût tout entier de la main du vendeur. Cette condition était scrupuleusement remplie, et M Duverdy l'a constaté avec l'accent d'une fierté bien légitime. « M. Maquet, a-t-il dit, fai- « sait le travail provisoire que j'ai indiqué et le re- « mettait à M. Dumas. Celui-ci le révisait et écrivait « tout de sa main. Il est de notoriété, parmi les gens « de lettres, dans les imprimeries, que jamais roman « signé par Dumas n'a été imprimé sur une copie qui « ne fût pas de sa main, écrite sur ce grand papier « bleu que tout le monde connaît. » Nul doute, par conséquent, que M. Dumas n'ait *écrit* tous ses romans; mais son rôle n'a-t-il pas été parfois celui du simple

copiste? Souvent, répond Me Marie; jamais, réplique
Me Duverdy indigné. Ici quelques témoignages sont
invoqués. Il y a d'abord ce billet de M. Dumas à
M. Maquet : — Faites seul aujourd'hui le Chicot du
Constitutionnel. — Mais si ce billet prouve que M. Maquet travaillait seul en cas d'urgence, il ne nous
montre pas le *maréchal de France* du feuilleton copiant à la hâte et servilement sur « le grand papier
bleu que tout le monde connaît, » les feuillets de son
auxiliaire. M. Maquet produit d'autres pièces. Voici
d'abord une lettre de M. Desnoyers, directeur littéraire du *Siècle.* Il intervient pour commander, d'accord avec M. Perrée, l'homme de la caisse, des développements que les auteurs n'ont pas crus nécessaires.
A qui s'adresse-t-il? A M. Maquet :

« Perrée est allé chez vous pour vous prier de faire
encore un feuilleton sur la mort d'Artagnan. Il pense
qu'il est impossible de ne consacrer que quelques lignes à ce personnage qui, en définitive, est le plus important de l'ouvrage et même de la trilogie. Je suis de
son avis. Dans la confiance où nous sommes que vous
penserez de même, Perrée arrête le chapitre de ce soir
par ces mots : « Ils s'embrassèrent encore et deux
« heures après ils étaient séparés. » (*La fin à demain*)...
Soyez donc assez bon pour envoyer ce chapitre demain,
aussitôt que possible, à Dumas. »

Cette intervention de M. Perrée, fort de la puissance du capital, donnant des avis à M. Dumas
et lui imposant un feuilleton, c'est un trait de
mœurs.

La dernière ligne du billet constate que M. Dumas
attendait l'improvisation de M. Maquet : elle ne
prouve pas qu'il lui arrivait de rendre à peu près telle
quelle la copie de son collaborateur. Il peut donc soutenir qu'il y faisait toujours des modifications importantes. Il le soutient. Autre billet. M. Matharel de
Fiennes, suppléant de M. Desnoyers, certifie qu'en
1849 il apprit, à six heures du soir, que le feuilleton
de M. Dumas avait été perdu. Il fallait le refaire.
M. Dumas habitait Saint-Germain. M. Maquet était à
Paris. On s'adressa à M. Maquet. Il se mit à l'œuvre
dans les bureaux mêmes du *Siècle*.

« De sept heures à minuit, les feuillets se succé-
dèrent ; je les faisais passer de quart d'heure en quart
d'heure aux compositeurs. A une heure du matin, le
journal était tiré avec son *Bragelonne*.

« Le lendemain, on m'apporta le feuilleton de
Saint-Germain, qui avait été retrouvé sur la route.
Entre le texte Maquet et le texte Dumas, il y avait une
trentaine de mots qui n'étaient pas absolument les
mêmes sur cinq cents lignes qui composaient le feuilleton.

« Voilà la vérité. Faites de cette déclaration ce que
vous voudrez. »

Trente mots sur cinq cents lignes ! Le fait paraît
grave ; mais ce n'est là, selon Me Duverdy, qu'un détail sans portée, et il cite une lettre de M. Desnoyers,
où celui-ci relègue M. Maquet à l'arrière-plan. Au
fond, chaque associé avait ses bons et ses mauvais
jours, mais jamais l'usine ne chômait.

V.

Mᵉ Marie a particulièrement insisté sur la grande part qu'aurait eue son client à la confection du *Comte de Monte-Cristo*. Voici un passage de sa plaidoirie :

» Un jour, le feuilleton de M. Maquet se perd en route. M. Dumas devait envoyer un feuilleton aux *Débats*. Le voilà bien embarrassé; il écrit à mon client.

« On a perdu votre rouleau ; c'est infâme, ma pa-
« role d'honneur.

« Refaites, cher ami....

« Passez la nuit et faites prévenir les *Débats*, par un
« commissionnaire, que le feuilleton est perdu et qu'il
« faut que je le refasse ; puis, donnez ou faites donner
« un galop solide aux gens du chemin de fer. »

« Entendez-vous bien, Messieurs : « Refaites-le et
« faites prévenir......... qu'il faut que je le refasse. »
C'est grave, cela ; car il s'agit de savoir quels sont les
auteurs de *Monte-Cristo*, et nous surprenons un des
auteurs seul à l'œuvre ; cet auteur, c'est M. Maquet,
et M. Dumas n'exerce même pas de révision. »

M. Dumas, faible sur d'autres points, a rectifié assez heureusement cette dernière assertion. Mᵉ Marie, par une distraction un peu forte, avait passé deux lignes indiquant que la copie devait être rapportée à M. Dumas. Il est donc bien établi que ce dernier, sauf quelques circonstances exceptionnelles, se livrait à un travail de direction et de révision, travail indispensable

d'ailleurs, puisque le manuscrit devait être écrit tout
entier de sa main. Quelle était la mesure de ce travail?
On ne peut le savoir. Le but même de l'association indique seulement que M. Dumas devait, autant que
possible, mettre vingt lignes où M. Maquet en avait
mis sept ou huit. Me Marie, oubliant que plus les
lignes étaient nombreuses, plus les recettes de
son client grossissaient, s'est écrié avec dédain, au
sujet d'une scène citée par Me Duverdy : « Je n'ai
« trouvé de plus chez M. Dumas que des développe-
« ments qui n'avaient pas de valeur littéraire, mais
« qui avaient une valeur financière. M. Maquet an-
« nonce qu'un domestique se précipite dans un sé-
« choir. Il fait une ligne de ce détail assez insigni-
« fiant ; M. Dumas le répète cinq ou six fois et en fait
« cinq ou six lignes.» Me Marie soutient même que les
développements ou corrections de M. Dumas prêtaient
quelquefois à rire. M. Maquet, dans un roman du
temps de Louis XIV, avait mis un paysan à l'affût
dans un champ ; M. Dumas ajoute un mot et remplit
ce champ de *pommes de terre*. Observation de M. Maquet, rappelant que la pomme de terre a été introduite
en France sous Louis XV ; M. Dumas efface et écrit
pommes d'amour. Littéralement, ce mot de plus n'a-
vait certes aucune valeur, mais commercialement il
donnait, sans doute, *un bout de ligne;* bénéfice, 50 c.

Pour être reconnu légalement co-auteur, et surtout
co-propriétaire de quinze ou vingt romans publiés
sous le nom de M. Dumas, M. Maquet ne devait pas
seulement justifier d'une collaboration active et impor-

4*

tante, il devait prouver qu'il n'avait pas vendu sa copie comme d'autres fournisseurs vendaient à M. Dumas de l'encre et du papier.

Nous n'entrerons pas dans les détails de cette question, au sujet de laquelle de part et d'autre on a produit des pièces, sans négliger de se donner des démentis. En somme, M. Maquet, armé d'un traité daté de 1848, demandait qu'on le reconnût co-auteur et, par suite, co-propriétaire de divers ouvrages signés du seul Dumas. L'amour de la vaine gloire ne dictait pas cette réclamation. Non, il s'agissait pour M. Maquet d'échapper aux conséquences de la faillite de M. Dumas comme directeur du *Théâtre-Historique*, et de conserver sur l'œuvre commune ses droits d'auteur, droits cédés d'après le traité de 1848 pour la somme assez rondelette de 145,000 f.., sur laquelle 25,000 seulement avaient été versés.

Les créanciers de M. Dumas ont combattu cette prétention très-vivement, aussi vivement que M. Dumas lui-même. Nous voulons, ont-ils dit, toucher au moins et le plus tôt possible, nos 25 p. 100. Or, si la propriété de notre débiteur est entamée, on verra diminuer les produits et le payement sera retardé. Nous contestons à M. Maquet, fournisseur de copie, le droit d'être plus favorisé que les autres industriels admis à compter parmi leurs débiteurs « le plus fécond et le plus charmant des conteurs, l'*Homère*, le *Raphaël* et le *Rubens* du feuilleton. »

Voilà d'aimables créanciers, et près d'eux M. Dimanche semble farouche. Du reste, M. Dumas se dit à

lui-même des choses non moins gracieuses. Compli-
mentant M. Maquet, il lui écrivait : « Allons, Jules
« Romain, si vous avez fait la *Transfiguration* avec
« Raphaël, vous avez fait seul la bataille de Constan-
« tin. » *Raphaël*, c'est M. Dumas, et le *Chevalier
d'Harmental* vaut comme œuvre d'art la *Transfiguration.*

La bonne grâce des *co-créanciers* de M. Maquet ne
s'est pas étendue jusqu'à cet écrivain. Vainement on leur
a objecté qu'il était surtout affamé de gloire. « Ce
« n'est pas ici une question de nom et de renommée, a
« répondu M⁰ Paillard de Villeneuve, mais une ques-
« tion d'argent ; et si M. Maquet avait reçu 145,000 fr.,
« il ne réclamerait absolument rien, pas plus son droit
« aux produits de la vente, que la gloire de voir son
« nom au front des ouvrages de M. Dumas. »

L'avocat impérial, M. Sallentin, a parlé dans le
même sens ; puis il a infligé un blâme sévère aux deux
plaideurs. N'invoquez pas le droit et l'honneur des
lettres, leur a-t-il dit, vous êtes des marchands. Voici
sa conclusion :

« Faut-il que M. Dumas donne à M. Maquet
145,000 francs ? Non, M. Maquet ne tient pas compte
de la faillite qui est venue changer la position de son
débiteur. Je sais qu'il dit : « La faillite ne peut m'atteindre ; mon droit de propriété est imprescriptible. »
C'est là une erreur. Votre propriété, vous l'avez ven-
due ; vous en avez fait une marchandise que vous avez
aliénée avec garantie de tous troubles, revendication
et autres empêchements. Est-ce clair ? Vous n'êtes

qu'un simple créancier, vous n'êtes même pas un créancier gagiste ; ce qui vous reste, c'est une créance réduite à 25 pour 100 par un concordat qui vous oblige comme les autres créanciers.

« Mais, dites-vous, la conscience publique serait blessée par une semblable solution ? Ce qui blesse la conscience publique, répondrons-nous, ce n'est pas la conséquence du marché que vous avez passé, c'est le marché lui-même ; c'est cette association où l'art disparaît pour faire place au métier. »

Le tribunal a ratifié ces fermes paroles. Tenant le traité de 1848 pour sincère, il a jugé que M. Dumas devait 125,000 fr. à M. Maquet, dont la *collaboration*, très-importante *intellectuellement*, avait *pécuniairement* été très-*profitable* à son associé ; mais les réclamations de M. Maquet en qualité de co-auteur et de co-propriétaire ont été repoussées. Il est donc resté simple créancier de M. Dumas pour une somme de 125,000 fr., payable à raison de 25 p. 100. Il a fait du mercantilisme, on l'a traité en marchand. Qu'il ne se plaigne pas. M. Dumas devra, de son côté, subir l'atteinte portée à sa fécondité et à sa gloire. Cela lui sera pénible, car il aime à faire parade du nombre de ses volumes. Le reste lui importe peu, et depuis longtemps il entend répéter sans embarras les vers de Boileau sur ces auteurs qui, *d'argent affamés*, exploitent *leur Apollon*

Et font d'un art divin un métier mercenaire.

VI.

Le procès que nous venons de résumer offre des

détails particuliers, mais il n'a pas un caractère vraiment exceptionnel. Parce que nous savons comment
opéraient M. Maquet et M. Dumas, nous ne connaissons pas tous les secrets de la collaboration. D'autres
paraissent seuls devant le public, qui ne se présentent
pas seuls à la caisse. D'ailleurs, il n'est pas nécessaire
d'exploiter des collaborateurs relégués derrière le rideau pour faire du mercantilisme. Il est marchand,
l'homme de lettres qui, sacrifiant l'art au gain, livre,
au jour le jour, des pages écrites à la hâte, sans savoir où il va. Or, ce mode est aujourd'hui généralement appliqué par les faiseurs de romans-feuillons.
Les procédés de fabrication étant à la portée de tous,
le succès n'est plus une affaire de travail et de talent,
c'est une question de chance. Aussi remarque-t-on un
air de famille entre toutes ces productions chargées
d'aventures impossibles et où manquent absolument la
pensée, l'observation, le style. Grâce à la complicité
des journaux et à la pauvreté intellectuelle de la
masse lisante, le métier est bon ; mais c'est un métier,
et quiconque l'exerce tombe dans le mercantilisme.

LES MÉMOIRES D'UN POËTE

—•◇•—

Le titre de ce chapitre n'est pas précisément celui du livre que nous voulons examiner. Le livre est intitulé : *Victor Hugo raconté par un témoin de sa vie*. Ce témoin de la vie de M. Hugo n'est pas très-sûr : c'est M. Hugo lui-même. Du reste, l'auteur ne songe guère à se cacher. S'il se met en scène à la troisième personne, c'est affaire de goût et non pour dissimuler l'identité du héros et de son panégyriste (1). Il ne donne pas seulement des détails intimes sur sa vie, il nous fait assister au développement de sa pensée dès l'âge le plus tendre ; il raconte ses plus lointains souvenirs, notamment qu'il commença ses études à trois ans, dans une école où il y avait un puits et où il regardait Mademoiselle Rose mettre ses bas ; il répète ses premiers bons mots, révèle ses plus secrètes aspirations, note ses impressions les plus personnelles comme les plus fugitives, et travaille avec un soin pieux à mon-

(1) Il est convenu dans la presse d'attribuer ces deux volumes à Mme Victor Hugo. Je ne vois pas pourquoi je me prêterais à cette fiction, qui, d'ailleurs, n'enlèverait au véritable auteur aucune responsabilité. Si M. Hugo n'a pas tout écrit, il a tout fourni et tout revu.

trer que s'il a porté toutes les cocardes, il n'a jamais eu au fond, — bien au fond, — qu'une seule opinion. Nous ne chicanerons pas le poëte sur ce détail. Nous sommes même très-sincèrement disposés à reconnaître une certaine unité de pensée sous la diversité de ses actes. Il y a toujours eu, en effet, chez M. Victor Hugo, un sentiment de haine contre la société. Cependant il est de ceux pour lesquels la vie a été brillante et facile ; mais s'il a beaucoup reçu, il a toujours trouvé qu'il ne recevait pas assez. Ses succès n'ont pu répondre à ses prétentions et son orgueil a été blessé jusque dans ses triomphes. Ce livre, composé sur ses notes et avec des extraits du journal où il *se raconte* pour la postérité, révèle à chaque page l'égoïsme intellectuel le plus absolu et, par conséquent, le plus irritable. C'est la maladie du *moi*.

I.

En qualité de penseur égalitaire, M. Victor Hugo tient à prouver qu'il est de souche aristocratique. Le titre de comte donné à son père par Joseph Bonaparte, alors roi de Naples ou d'Espagne, lui paraissant de trop fraîche date, il a soin de remonter plus haut. Les *Mémoires* débutent ainsi :

« Le premier Hugo qui ait laissé trace, *parce que les « documents antérieurs ont disparu...,* est un Pierre-« Antoine Hugo, né en 1532, conseiller privé du grand-« duc de Lorraine et qui épousa la fille du seigneur « de Bioncourt. » Suivent des renseignements sur toute la descendance.

Évidemment, M. Hugo déplore l'apparence roturière de son nom et veut établir que la particule ne fait pas le noble ; il a raison, elle n'est même pas toujours un signe de noblesse. Autrefois les articles *de, du, le, de la,* s'attachaient au nom du bourgeois, du vilain, du plus humble artisan comme à celui du gentilhomme. On n'était pas noble ni regardé comme tel, parce que le *de* ou le *du* précédait votre nom. D'autre part, des familles d'une très-ancienne noblesse, les Molé, les Séguier, les Pasquier, les Colbert et beaucoup d'autres signaient simplement ou Molé, ou Colbert, ou Séguier. Les anoblis, obéissant à la règle, ne prenaient pas la particule. La noblesse donnait des priviléges ; elle ne pouvait ni allonger ni raccourcir le nom patronymique. Le matelot Jean Bart, devenu chef d'escadre et noble, ne signait pas Jean de Bart. Donc, la revendication de M. Victor Hugo n'a rien en elle-même d'impossible ni d'invraisemblable. Seulement, elle nous étonne, d'abord à cause des opinions présentes de l'auteur, ensuite parce qu'il s'est d'ailleurs proclamé roturier :

> . . . . Mes jours
> Dans une humble roture ont commencé leur cours.

M. Victor Hugo ne parle pas seulement de ses ancêtres, parmi lesquels il compte un évêque ; il entre dans de longs développements sur son « père vieux soldat » et sa « mère Vendéenne (1). » Il le fait avec

---

(1) Mme Hugo n'était pas Vendéenne ; elle était de Nantes, et Nantes n'appartient pas à la Vendée.

plus d'affection que certains auteurs de Mémoires, nos contemporains; mais il manque, comme eux, de tact et de convenance. Je ne comprends pas, par exemple, qu'un fils, même libre penseur, vienne dire au public que sa mère était parfaitement incrédule et faisait fi du mariage religieux.

Voici de quel ton dégagé M. Hugo raconte l'union de ses parents :

« Les deux jeunes gens se marièrent civilement à l'Hôtel de Ville même. Il n'y eut pas de mariage religieux. Les églises étaient fermées dans ce moment, les prêtres enfuis ou cachés. *Les jeunes gens ne se donnèrent pas la peine d'en trouver un. La mariée tenait médiocrement à la bénédiction* du curé, et le marié n'y tenait pas du tout. »

Notons qu'à cette époque, — 1797 ou 1798, — bien que les églises ne fussent pas encore rendues au culte, il était facile de trouver un prêtre, mais les *jeunes gens n'y tenaient pas.* Il paraît, du reste, qu'ils n'y tinrent jamais. L'auteur, qui entre dans les détails les plus minutieux, ne dit nulle part que son père et sa mère reconnurent un jour le devoir de joindre à leur union civile le sacrement de mariage.

La religion, restée étrangère à l'union des parents, fut écartée de l'éducation des enfants. Le général Hugo, attaché à la personne de Joseph Bonaparte passé roi d'Espagne, devint en 1811 gouverneur de Madrid. Il appela auprès de lui sa femme et ses trois fils restés à Paris. L'aîné, Abel, fut mis dans les pages du roi; les deux autres, Eugène et Victor, entrèrent au collége des nobles. La règle du collége portait que chaque élève devait à son tour servir la messe. M. Hugo rapporte comment sa mère les déchargea de cet assujettissement.

« Mme Hugo, dit-il, avait sa croyance à elle, qu'elle avait prise moitié dans la religion et moitié dans la philosophie. Elle voulait que ses fils eussent aussi leur religion telle que la leur feraient la vie et la pensée. Elle aimait mieux les confier à la conscience qu'au catéchisme. Aussi, lorsque don Bazile (le directeur du collége) lui avait parlé de leur faire servir la messe, elle s'y était vivement opposée. Don Bazile ayant répliqué que c'était une règle absolue pour tous les élèves catholiques, elle avait coupé court à toute discussion en disant que ses fils étaient protestants.

« Eugène et Victor ne servirent donc pas la messe, mais ils l'entendaient; ils se levaient quand les autres se levaient, mais ne faisaient *aucun autre simulacre* et ne répondaient pas aux prières. Ils n'allaient pas à confesse et ne communiaient pas. »

Il y aurait beaucoup à dire et même à rire, — si le sujet admettait la gaieté,—sur cette croyance prise *moitié dans la religion, moitié dans la philosophie*, et de ces deux moitiés faisant le néant. Ce trait montre bien M. Hugo. On le reconnaît encore lorsqu'il dit de sa mère qu'elle voulait pour ses fils la religion que leur *feraient la vie et la pensée*. Elle n'en cherchait pas aussi long : elle était incrédule et trouvait à propos d'élever ses enfants dans l'incrédulité. Il faut noter que cette incrédulité n'était pas le fruit de l'ignorance. Mme Hugo

sortait d'une famille chrétienne. Au moment où
elle se *mariait civilement*, disent les Mémoires,
« ses sœurs, à force de dévotion, se faisaient Ursulines. »

Le lecteur se demande peut-être si M. Hugo, qui
passait pour protestant au collége de Madrid, appartenait à un culte quelconque. Oui, il appartenait au
culte catholique. Sa mère, oubliant ses principes, lui
avait fait, dès sa naissance, une religion. M. Hugo
nous raconte qu'il a été baptisé à Besançon et a eu
pour parrain le général Lahorie, ancien aide-de-camp
de Moreau. Lahorie fut plus tard compromis dans la
conspiration Mallet et fusillé.

Lorsqu'il fallut quitter l'Espagne, Mme Hugo revint
à Paris et donna pour professeur à ses fils un ancien
prêtre de l'Oratoire, « un brave homme, » dit M. Hugo.
« La révolution l'avait épouvanté, et il s'était vu guil-
« lotiné s'il ne se mariait pas ; il avait mieux aimé
« donner sa main que sa tête. Dans sa précipitation,
« il n'était pas allé chercher sa femme bien loin ; il
« avait pris la première qu'il avait trouvée auprès de
« lui, sa servante. » Ce *brave homme* paraissait très-
heureux d'être en ménage et, par conséquent, ne
troublait pas la conscience de ses élèves. Si ceux-ci
croyaient à quelque chose, c'est qu'ils le voulaient bien.
Il paraît que M. Hugo continua d'attendre que *la vie
et la pensée* lui *fissent une religion*. Il attendit longtemps et l'on ne voit pas dans ses *Mémoires* qu'il ait
fait sa première communion. Ces détails expliquent
bien des choses : ils jettent sur toute la vie de M. Hugo,

sur toute son œuvre, des lumières dont il n'a pas lui-
même la perception.

Voici, quant à l'éducation de notre auteur, encore
un trait qu'il faut rapporter.

Il rappelle avec complaisance que Mme Hugo n'avait
« pas voulu violenter l'âme de ses fils et leur faire une
religion; » puis il ajoute : « elle ne gênait pas plus
leur intelligence que leur conscience. » Cela signifie
qu'elle autorisait et même provoquait les plus mauvaises lectures. Aimant elle-même beaucoup à lire, elle
faisait *essayer ses livres par ses enfants* afin de ne pas
s'embarquer dans une lecture ennuyeuse. Le reste ne
l'inquiétait guère. Elle eut bientôt épuisé tous les livres
avouables du cabinet littéraire où elle se fournissait.
Écoutons maintenant M. Hugo :

« Le libraire avait bien encore un entre-sol, mais il
ne se souciait guère d'y introduire des enfants : c'était
là qu'il reléguait les ouvrages d'une philosophie trop
hardie ou d'une moralité trop libre pour être exposés
à tous les yeux. Il fit l'objection à la mère, qui lui répondit que les livres n'avaient jamais fait de mal, et
les deux frères eurent la clef de l'entre-sol.

« L'entre-sol était un pêle-mêle. Les rayons n'avaient
pas suffi aux livres et le plancher en était couvert.
Pour n'avoir pas la peine de se baisser et de se relever
à tout moment, les enfants se couchaient à plat-ventre
et dégustaient ce qui leur tombait sous la main. Quand
l'intérêt les empoignait, ils restaient quelquefois là
des heures entières. Tout était bon à ces jeunes appétits, prose, vers, mémoires, voyages, science. Ils

lurent ainsi Rousseau, Voltaire, Diderot, ils lurent *Faublas* et d'autres romans de même nature. »

Qu'une mère *fasse essayer* de tels livres par ses fils, à des enfants de douze à treize ans, pour ne pas s'exposer à une *lecture ennuyeuse,* c'est un aveuglement qui consterne ; mais que le fils vienne cinquante ans plus tard conter le fait au public, c'est inexplicable. M. Hugo éprouve cependant, en rapportant cet exemple de laisser-aller, une sorte d'embarras dont il ne se rend pas compte ; il sent vaguement que Mme Hugo accordait trop de liberté à *l'intelligence,* laquelle n'a certes rien à voir dans *Faublas et autres romans de même nature,* proscrits par la police. Il ajoute : « *Avec* « *cela,* Mme Hugo était, pour tout ce qui touchait à la « vie positive et matérielle, une mère très-ferme et « presque sévère. »

Et le père, que disait-il ? Le père ! il paraît peu. Sous l'empire, il faisait son métier en brave soldat et ne pouvait guère s'occuper de ses enfants ; quand il fut libre, il ne s'en occupa pas du tout. L'auteur dit à ce sujet : « Victor voyait moins que jamais son père, « qui, deux ou trois fois l'an, tout au plus, venait pas- « ser un jour ou deux à Paris. Dans ces rapides pas- « sages, le général ne logeait même pas chez sa femme. « Ces perpétuelles séparations n'avaient pas été, on « le devine, sans relâcher l'union du ménage ; le mari « et la femme s'étaient habitués à vivre l'un sans « l'autre, et c'était maintenant la volonté qui les sé- « parait autant que la nécessité. » *On devine,* en effet, que le lien du ménage était très-relâché ; mais on ne

devine pas pourquoi M. Hugo éprouve le besoin de
dire toutes ces choses au public. Il pouvait *se raconter*
sans méconnaître ainsi la loi fondamentale du respect :
Tes père et mère honoreras. Il ne sent pas, il est vrai,
le triste caractère de cette confession.

J'ai dit en commençant et je tiens à répéter que si
M. Victor Hugo montre son père et sa mère sous un
jour qui ne fait pas briller son tact, il ne songe nullement à les critiquer. Tout au contraire, il veut les
peindre en beau. Quiconque, par exemple, le croira
sur parole, devra regarder le général Hugo comme
l'un des plus grands hommes de guerre de l'épopée
napoléonienne. Je ne le chicanerai pas sur ce point.
Je tiens même à reconnaître qu'il plaide très-bien la
cause paternelle. Il y met de la vanité sans doute, mais
il y met aussi du cœur. Du reste, le général Hugo a
réellement fait preuve, en maintes circonstances,
d'habileté, de courage et de vraie dignité. Le caractère de cette rapide étude ne me permet pas de résumer ses campagnes, qui remplissent une bonne partie
du premier volume. J'y puiserai cependant deux ou
trois traits.

Le général Hugo prit part, étant capitaine, aux
guerres de la Vendée. Il put, dès le début, sauver
« un enfant de neuf à dix ans, » qu'on se préparait à
fusiller comme ayant été pris « les armes à la main. »
Cinq ou six semaines plus tard, un escadron, qui se
rendait à Nantes, reçut quelques coups de fusil en passant devant Bouquenay. Les soldats irrités se ruèrent
sur ce village et en ramenèrent *deux cent quatre-vingt-*

douze prisonniers dont vingt-deux femmes. Une commission spéciale fit immédiatement exécuter les deux cent soixante-dix hommes. Le capitaine Hugo avait demandé, — et c'était vraiment un acte de courage, — qu'au lieu de fusiller ces hommes, on les envoyât travailler aux mines dans l'intérieur de la France. On jugea ensuite les femmes. Le jeune capitaine présidait la commission ; il insinua que ces malheureuses étaient déjà sévèrement punies par la mort de leurs pères, de leurs frères, de leurs maris et de leurs enfants. Elles furent acquittées. Cette décision était très-exceptionnelle. Que de Vendéennes ont été exécutées sans qu'un seul coup de fusil fût parti du village où on les avait saisies !

Le général Hugo n'a jamais fait la grande guerre. Attaché à Joseph Bonaparte, il fut chargé de mettre fin au *brigandage* napolitain de ce temps-là et eut le mérite de prendre Fra-Diavolo. Il suivit le roi Joseph en Espagne et lutta avec une heureuse énergie contre les guérillas espagnoles. M. Victor Hugo, tout en racontant avec amour les exploits de son père, a été saisi d'un scrupule. Il a reconnu que ce brave soldat avait médiocrement tenu compte des nationalités. Et craignant de se compromettre aux yeux des démocrates par une telle origine, il s'est appliqué, sans succès, à établir qu'en 1810, un homme, habitué à voir le vrai « dans les plis de ce morceau d'étoffe » qu'on appelle drapeau, pouvait chercher à l'étranger une revanche de la France envahie la première par l'Europe. C'est là, dit-il, une *circonstance atténuante*. Il oublie que le général Hugo, devenu comte espagnol et songeant à faire souche en Espagne, guerroyait non pour la France, mais pour Joseph Bonaparte et pour lui-même.

Le désir de mettre son passé et celui de sa famille en harmonie avec ses idées, ses visées et ses billevesées actuelles, entraîne M. Victor Hugo dans plusieurs écarts de ce genre. L'ancien pensionné de la Restauration, l'ancien pair de France de la dynastie de Juillet, l'ancien candidat des conservateurs de 1848 veut absolument mettre de l'unité dans son passé. Il ne s'aperçoit pas que s'il établissait son unité, il nierait sa sincérité.

M. Hugo donne, d'ailleurs, d'intéressants et instructifs détails sur la résistance des Espagnols. Il laisse de côté l'ensemble des événements, mais il rapporte différents faits qui éclairent toute la situation. Lorsque sa mère voulut se rendre de Bayonne à Madrid, où le général l'appelait, elle dut attendre le départ d'un convoi, car il était impossible à des Français de voyager en Espagne sans une escorte militaire. « L'escorte, dit M. Hugo, était formée de quinze cents fantassins, de cinq cents chevaux et de quatre canons. Deux canons étaient à l'avant-garde et deux autres derrière le trésor. » Voilà à quelle condition les amis et les fonctionnaires de Joseph pouvaient traverser ses États. Voici comment ils y étaient reçus :

« Le convoi logeait chez les habitants, quand il y avait des habitants. Leur accueil était sombre comme la défaite et froid comme le ressentiment... Vous frap-

piez, personne, vous frappiez encore, rien. Un nouveau coup, la maison était sourde. Enfin, à la dixième
retombée du marteau, et plus souvent à la vingtième,
un guichet s'entrouvrait et une figure de servante ap-
paraissait sèche, lèvres serrées, regard glacé. Cette
servante ne vous parlait pas, vous laissait dire ce que
vous vouliez, disparaissait sans répondre, et, quelque
temps après, ouvrait et entrebâillait la porte. Celle qui
vous ouvrait n'était pas l'hospitalité, c'était la haine.
Vous étiez introduit dans des pièces meublées du
strict nécessaire. Pas un objet de commodité ou d'a-
grément ; l'aisance était absente, le luxe proscrit.
L'ameublement même était hostile, les chaises vous
recevaient mal et les murs vous disaient : Va-t'en ! La
servante vous montrait les chambres, la cuisine, les
provisions, s'en allait, et vous ne la voyiez plus. Vous
ne voyiez jamais les maîtres. Ils avaient su qu'ils
auraient à loger des Français, ils avaient fait préparer
les chambres et la nourriture ; ils ne devaient rien de
plus. Au premier coup de marteau, ils se retiraient,
avec leurs enfants et leurs domestiques, dans leur
pièce la plus reculée, s'y enfermaient et attendaient,
emprisonnés chez eux, que les Français fussent re-
partis. Vous n'entendiez ni un pas, ni une voix. »

Mme Hugo reçut une fois cependant un accueil tout
différent. La maison était meublée avec luxe, et le pro-
priétaire se mit de très-bonne grâce aux ordres des
voyageurs. Le jour du départ, Mme Hugo exprima le
désir d'acquérir un vase qu'elle avait remarqué.
L'Espagnol le lui donna immédiatement. — Combien ?

4**

lui dit-elle. Il affecta de ne pas comprendre. Elle insista. Alors son hôte lui répondit, avec un sourire amer, qu'il y avait un malentendu entre eux, que madame la générale était chez elle et non chez lui ; que tout était aux Français, l'Espagne et les Espagnols ; que son pays étant en esclavage, il s'était, lui, conduit en esclave, mais qu'il n'était pas marchand de pots, et qu'il était surpris, d'ailleurs, que les Français eussent tant de scrupule à prendre un pot, quand ils en avaient si peu à prendre les villes.

Ces sentiments éclataient partout, en toute occasion, sous toutes les formes. M. Hugo se complaît à les retracer, et il y réussit bien, car l'emphase est ici chose supportable et, d'ailleurs, elle n'est pas prodiguée.

II

Revenons à la biographie intime de l'auteur.

En dépit de son éducation, M. Victor Hugo entrevit un instant les lueurs de la foi. Il avait vingt-un ans, sa mère était morte et l'isolement lui paraissait rude. L'abbé duc de Rohan lui parla de Dieu. — Mais je suis religieux, reprit le jeune poëte. — Avez-vous un confesseur ? — Non. — Il vous en faut un, je m'en charge. L'auteur ajoute: « Victor était dans une de « ces heures de désespoir où l'on renonce à soi et où « l'on se laisse faire. Il lui était, d'ailleurs, indifférent « de confesser une vie qui n'avait rien à cacher. Le duc « n'eut pas beaucoup de peine à le décider, et, pour « qu'il ne se ravisât pas, vint le prendre dès le « lendemain. »

L'abbé de Rohan conduisit son jeune ami chez l'abbé Frayssinous, qui se montra trop conciliant. « Cette religion mondaine et commode n'était pas, « dit notre auteur, celle que voulait Victor. L'abbé « acheva de l'éloigner en lui disant du bien des Jé-« suites et du mal de M. de Chateaubriand. » M. de Rohan accepta les scrupules du sévère néophyte et lui offrit de s'adresser à Lamennais. Il y consentit, s'avouant sans peine, d'après les observations de son guide, que, *s'il prenait un bon curé vulgaire, il le diri-gerait* au lieu d'en être dirigé, et qu'il *lui fallait une intelligence*. Le lendemain on était chez Lamennais.

—Mon cher abbé, dit le duc, je vous amène un pénitent.

Il nomma Victor, auquel M. de Lamennais tendit la main.

« Victor se confessa très-sérieusement et avec tous les scrupules des examens de conscience. Son gros péché fut les agaceries que lui avaient faites Mesdemoi-selles Duchenois et Leverd (1). M. de Lamennais, voyant que c'était là ses grands crimes, remplaça désormais la confession par une causerie : »

J'ai analysé très-exactement tout ce passage des *Mémoires*, et, ne voulant pas mettre en doute la bonne foi de M. Hugo, je dois me borner à croire que ses souvenirs ne sont pas toujours très-sûrs. Il y a là, en effet, des invraisemblances et même des impos-sibilités.

_____

(1) Deux actrices célèbres de ce temps-là.

M. Victor Hugo déjà connu, presque célèbre et doué d'une confiance illimitée en lui-même, ne s'est pas *laissé faire* aussi facilement qu'il le dit. Ou il a résisté, hésité, contesté, ou il était dans les dispositions d'esprit qui le portaient sérieusement vers les pratiques religieuses. Dans tous les cas, cet acte si grave n'a pu être accompli avec la froide indifférence qu'il affecte aujourd'hui. Un jeune homme de vingt ans, qui a déjà vécu, et dont l'intelligence supérieure aime à tout approfondir, n'entre pas pour la première fois dans le confessionnal sans avoir subi une forte secousse. Mais M. Hugo craindrait, sans doute, de se compromettre vis-à-vis de ses amis du jour, en rapportant les angoisses et les joies qui durent alors assaillir son cœur et son esprit. Il trouve piquant de dire que Lamennais a été son confesseur, mais il a soin d'établir que la confession a été pour lui un acte sans importance, sans signification, un abandon de jeune homme, une curiosité de bel esprit mélancolique.

C'est probablement aussi pour se mettre en règle avec la Révolution et le socialisme, qu'il se pose comme ayant été dès cette époque hostile aux Jésuites.

D'autre part, il est très-difficile d'admettre que l'abbé Frayssinous ait effarouché, par une morale trop mondaine le puritanisme du jeune Victor. Néanmoins, cela n'est pas impossible, car les gens qui ne veulent rien donner, trouvent volontiers qu'on ne leur demande pas assez.

Mais ce qu'aucun lecteur chrétien n'acceptera, c'est la conduite que M. Hugo prête à l'abbé de Lamennais.

Il le montre confessant une première fois son nouveau
pénitent, puis le trouvant trop pur pour le confesser
encore et remplaçant *désormais la confession par la
causerie.* C'est là une idée de libre penseur. M. de
Lamenais était en 1823 un prêtre rigide, plein de foi
et plein de feu. Il a certainement fait son devoir, et,
par conséquent, il a trouvé que M. Hugo, nourri des
plus mauvaises lectures, imprégné de doctrine sus-
pectes, en proie à toutes sortes d'aspirations ambi-
tieuses, vivant dans un milieu très-fourni d'écueils, et,
manquant absolument d'instruction religieuse, avait
besoin de recourir souvent à la confession. Il lui a dit
de revenir, il lui a conseillé des lectures, des études
et donné une règle de vie. Voilà incontestablement
comment les choses se sont passées. M. Hugo se
trompe en disant le contraire. — Mais j'étais si pur !
reprend notre auteur. Eh bien ! même en admettant
cette pureté que plusieurs de vos aveux démentent
étrangement, l'abbé de Lamennais, comme tout autre
prêtre, vous eût dit : Revenez vous confesser ; vous en
avez grand besoin.

Nous ne trouvons plus rien dans les *Mémoires* de
M. Hugo qui ait trait aux choses religieuses. Il est
probable cependant qu'il essaya de la vie chrétienne ;
mais il tait ce détail afin de conserver son rang dans
l'armée des libres penseurs. Les frères et amis ne lui
pardonneraient pas de s'être confessé plusieurs fois.
Et comme ils sont peu clairvoyants en ces matières,
ils ne comprendront rien aux aveux indirects et invo-
lontaires des *Mémoires*. Il est certain, par exemple,

4***

que M. de Lamennais, dont on nous cite trois ou quatre lettres, écrivait à M. Hugo comme on écrit à un chrétien. Son jeune ami lui ayant parlé de ses projets d'avenir, il l'approuvait ; puis, faisant un retour sur lui-même, il ajoutait :

« Au reste, j'éprouve une grande douceur à m'abandonner à la providence ; elle est si bonne pour ses enfants et pourtant nous nous inquiétons comme si nous étions orphelins. Un de mes amis dans l'émigration avait épuisé toutes ses ressources ; il ne lui restait qu'une petite pièce de monnaie ; il la regarde ; il y lit ces mots : *Deus providebit ;* à l'instant sa confiance renaît, et, quoiqu'il ait dans la suite éprouvé bien des traverses, jamais le nécessaire ne lui a manqué.

« Vous me demandez, mon cher ami, où j'en suis de mon troisième volume (1) ; il est fini, mais l'ouvrage ne l'est pas, à beaucoup près. Mon dessein n'était d'abord d'offrir que des résultats ; mais ces résultats, quoique incontestables, auraient été contestés, attendu la disposition des esprits à mon égard. Je me suis donc décidé à présenter les preuves de tout ce que j'avance, c'est-à-dire le tableau de la tradition du genre humain sur les grandes vérités de la religion. Je sens fort bien que ces longs développements doivent jeter de la langueur dans la troisième partie de l'*Essai,* mais que faire à cela ; l'auteur y perdra peut-être, mais la vérité

---

(1) Il s'agit de l'*Essai sur l'indifférence.* Le 1er volume parut en 1817. Le troisième en 1823.

y gagnera, je crois; et c'est tout ce que je désire, le reste est trop vain pour s'en occuper... Ce qui me peine le plus, c'est d'être si longtemps séparé de mes amis. Il faut que je me redise de temps en temps que Dieu le veut, et il est vrai que ce mot répond à tout et console de tout. Priez pour moi, mon cher Victor. Je ne vous oublie point à l'autel et votre souvenir est partout un des plus doux de mon cœur. »

Voici maintenaut la réponse de M. de Lamennais à la lettre où M. Hugo lui annonçait son prochain mariage. On nous permettra de la citer tout au long, car elle nous reporte au Lamennais fidèle à l'Eglise, le cœur brûlant de foi, l'esprit chargé de nobles projets et donnant, avec un véritable accent de tendresse, les plus nobles conseils :

« Un événement qui fixe votre destinée, mon cher Victor, ne peut que m'intéresser bien vivement. Vous allez devenir l'époux d'une personne que vous avez aimée dès l'enfance, et qui est digne de vous comme vous êtes digne d'elle. Dieu, je l'espère de tout mon cœur, bénira cette heureuse union qu'il semble avoir préparée lui-même par un long et invariable attachement, par une tendresse mutuelle aussi pure que douce. Mais, en goûtant le bonheur d'être lié pour toujours à celle que votre cœur avait choisie, et qui vous a gardé, dans le secret du sien, une foi si constante, sanctifiez ce bonheur même par des réflexions sérieuses sur les devoirs qui vous sont imposés. Ce n'est plus un amour de jeune homme qui convient à votre état présent, mais un sentiment plus solide et plus profond.

.quoique moins impétueux. Vous êtes époux, vous serez père ; songez, songez souvent à tout ce que ces deux tires exigent de vous. Vous ne l'oublierez jamais, si vous vous souvenez que vous êtes chrétien, si vous cherchez dans la religion la règle nécessaire de votre vie, la force de supporter les peines dont nul n'est exempt et celle même d'être heureux. La joie que vous ressentez est légitime, elle est dans l'ordre de Dieu, si vous la lui rapportez, et je me plais à en trouver dans votre lettre l'expression naïve et touchante. Mais en'endez aussi que c'est une joie du temps et fugitive comme lui. Il y a une autre joie dans l'éternité, et c'est celle-là qui doit être l'objet de tous les désirs de vôtre âme. Que le ciel cependant, cher ami, répande sur vous et sur celle dont le sort ne sera plus désormais séparé du vôtre tout ce qu'il y a de plus doux dans les grâces qu'il accorde aux jeunes époux. Qu'il daigne écarter de votre route, à travers ce monde, ce qui pourrait affliger votre vie et en troubler l'aimable paix. Voilà les vœux que forme pour vous le plus sincère et le plus tendre de vos amis. »

M. Hugo était-il alors digne d'entendre ce langage et capable de le comprendre? On pourrait en douter, car voici les lignes qui, dans les *Mémoires*, suivent la lettre de M. de Lamennais :

« Bientôt après cette lettre, M. de Lamennais revint à Paris, et ce fut lui qui donna à Victor le billet de confession dont il eut besoin pour se marier. »

Cette phrase est louche; elle semble indiquer, — surtout d'après le ton général du livre, — que M. Hugo

demanda un billet de confession comme on demande
un acte quelconque de l'état civil, et que M. de Lamennais, ne voyant là qu'une simple formalité matérielle, lui donna sans condition ce papier, dont il
avait besoin. Ces insinuations manquent de vérité.
M. de Lamennais n'a certainement donné le billet qu'a-
près avoir entendu la confession. Si M. Hugo recule
devant cet aveu, crainte de perdre l'estime de ses
amis, il lui reste une ressource : c'est de dire qu'il ne
s'est pas confessé sincèrement. Les gens auxquels il
veut plaire ne lui pardonneraient pas un acte de foi,
mais ils accepteront sans peine un acte d'hypocrisie.
Quant à moi, je crois qu'il fut sincère ; et si j'insiste
sur les misérables efforts qu'il fait aujourd'hui pour
antidater son incrédulité, c'est parce que ses efforts
contiennent un précieux enseignement. Et puis le
souvenir du Lamennais révolutionnaire ne doit pas
nous empêcher de défendre le Lamennais qui défendit
l'Eglise.

Nous ferons une autre observation sur les confidences
du poëte au sujet de son mariage. Les Mémoires nous
donnent divers extraits des lettres que M. Hugo écrivait à celle qui allait être sa femme. Il y parlait naturellement de poésie et d'amour ; il le faisait, d'ailleurs,
avec retenue et aussi avec une certaine grandeur.

« Lorsque deux âmes, disait-il, qui se sont cher-
chées plus ou moins longtemps dans la foule, se sont
enfin trouvées, lorsqu'elles ont vu qu'elles se conve-
naient, qu'elles s'entendaient, en un mot qu'elles
étaient pareilles l'une à l'autre, alors il s'établit entre

elles une union ardente et pure comme elles, union
qui commence sur la terre pour ne pas finir dans le
ciel. Cette union est l'*amour*, l'amour véritable, tel à
la vérité que le conçoivent bien peu d'hommes, cet
amour qui est une religion qui divinise l'être aimé,
qui vit de dévouement et d'enthousiasme, et pour qui
les plus grands sacrifices sont les plaisirs les plus
doux. »

L'amour de M. Hugo était certainement très-profond
et très-dévoué ; néanmoins il nous permettra de n'y
pas voir *une religion*. Du reste, ce sont là licences de
poëte et d'amoureux sur lesquelles on peut passer, surtout lorsque le ton général est élevé, et que la pensée
est pure. Ce que nous voulons signaler ici, c'est le
fait même de la publication. M. Hugo ne se borne
plus à s'écrier comme le poëte des *Feuilles d'automne* :

> Oh ! mes lettres d'amour, de vertu, de jeunesse !
> C'est donc vous ! je m'enivre encore à votre ivresse.
> Je vous lis à genoux !

il va plus loin, il livre cette correspondance au public,
il bat monnaie avec des souvenirs que l'on outrage en
les divulguant. Que l'écrivain, lorsqu'il étudie les
choses de la vie, laisse passer dans ses œuvres un
écho de ses douleurs et de ses joies, qu'il y montre
comme un reflet de son âme et de son cœur, c'est inévitable. Mais il n'y a là rien de personnel ; ce sont des
appréciations générales et non des confidences. Dira-
t-on que M. Hugo donnant ses *Mémoires* devait aller
plus loin ? Nous ne le contestons pas. Il pouvait parler

de son mariage, il pouvait même indiquer discrètement que ses espérances étaient grandes et avaient
été remplies. Nous n'admettons pas qu'il pût fouiller
dans ses tiroirs et nous donner, même par extrait,
les lettres d'amour qu'il écrivait à sa fiancée. Il y a des
épanchements dont on ne doit pas trahir le mystère.
La tendresse la plus légitime est tenue à la réserve
devant le public; si elle l'oublie, doutez de sa délicatesse et de sa profondeur.

Voici un dernier extrait des lettres de M. l'abbé de
Lamennais à M. Hugo. Celui-ci venait de visiter un coin
de la Suisse et de la Savoie; il avait parlé de Genève
à son illustre ami; M. de Lamennais lui parlait de
Rome :

« ,.. J'ai connu des gens qui ne pouvaient souffrir
cette belle campagne de Rome, modèle de grandeur
et même de grâce dans son apparente désolation.
Quand le soir on passe devant le tombeau de Métella
et les catacombes de Saint-Sébastien, et qu'à travers
les ombres des vieux Romains et des souvenirs de vingt
siècles, seuls habitants de cette solitude, on arrive au
Mont-Sacré, tout ce qui se remue dans l'âme est inex-
primable. Pas une chaumière, pas un arbre, quelques
aigles qui planent sur ce sol désert où une multitude
de petites collines, semblables aux flots de la mer,
forment d'immenses ondulations, une lumière douce
et moelleuse qui s'épaissit pour devenir la nuit; voilà
tout; mais c'est Rome encore avec sa puissance, avec
son empire, et vous êtes subjugué par son fantôme
même... »

A propos de Genève, que M. Hugo louerait aujourd'hui, mais qu'il traitait rudement en 1825, M. de Lamennais disait :

« Genève au bord de son lac, triste, froide, pesante, élevant de temps en temps un cri aigre et discordant, ressemble à un cormoran sur un rocher. Ce serait l'honorer beaucoup trop que de l'offrir en sacrifice à la ville Éternelle. Quand l'industrie sera tout à fait divinisée, on pourra tout au plus la traîner à son autel. »

III.

M. Victor Hugo, qui comptait déjà dans les lettres, ne tarda pas à prendre la tête du mouvement romantique. Il publia en 1826 la seconde édition de ses *Odes* et arbora résolument, dans sa préface, le drapeau de la liberté littéraire.

Rien, dans les premiers ouvrages de M. Hugo, n'indiquait une pensée chrétienne ; mais, comme les romantiques aimaient à parler du moyen âge, faisaient profession d'admirer les églises gothiques et méprisaient le dix-huitième siècle, il fut convenu que la nouvelle école avait des tendances catholiques. De plus, les feuilles voltairiennes attaquaient très-vivement et très-pauvrement les doctrines littéraires de M. Hugo ; ces attaques contribuèrent à lui conserver longtemps de chauds amis parmi les hommes dévoués à l'Église. Aussi, dès 1830, M. de Montalembert, alors âgé de vingt ans, mais déjà prêt pour le combat, voulut-il lui être présenté. Voici comment M. Hugo raconte cette première entrevue :

« Un jour que M. Victor Hugo accrochait dans son cabinet une bibliothèque composée de quatre planches reliées entre elles par des cordes, et qu'il s'en tirait assez mal, le prince de Craon lui amena un jeune homme blond, d'un visage agréable, où l'on ne voyait d'abord que de la douceur et ensuite que de la finesse. Ce jeune homme était allé à *Hernani* et avait voulu complimenter l'auteur. Il était ravi de voir le théâtre s'affranchir ; il voulait la liberté partout. Il s'appelait M. de Montalembert. »

On sent sous ces lignes, d'une indifférence calculée, un assez vif souvenir de certaines rencontres de tribune, où vingt ans plus tard le *jeune homme blond* malmena rudement l'auteur d'*Hernani*. Et notez que M. de Montalembert, qui a fait subir de si rudes échecs oratoires à M. Hugo, a le premier peut-être jeté dans l'esprit de cet homme de lettres l'ambition d'être orateur politique. M. Hugo raconte un procès qu'il eut à propos de son drame, *le Roi s'amuse*, et rappelle avec orgueil qu'il fut son propre avocat : « Quand M. Victor « Hugo, dit-il, eut fini de parler, il fut entouré et « complimenté. M. de Montalembert lui dit qu'il était « un orateur autant qu'un écrivain, et que, si on lui « fermait le théâtre, il lui resterait la tribune. » Assurément, M. de Montalembert s'est trompé dans cette circonstance... comme dans quelques autres ; mais quel avantage M. Hugo trouve-t-il à le rappeler ?

Nous ne savons si M. de Montalembert attendait encore quelque chose de l'auteur du *Roi s'amuse ;* il est certain, au moins, qu'il eut de singulières illusions

sur l'auteur de *Notre-Dame de Paris*. M. Hugo le constate; il dit que *l'un des journaux les plus bienveillants*
pour ce détestable roman, « fut l'*Avenir*, rédigé par
« MM. de Lamennais, de Montalembert et Lacordaire,
« qui fit trois articles. » L'auteur de ces articles était
M. de Montalembert. Évidemment, le *jeune homme
blond* voyait encore une pensée religieuse sous la religiosité archéologique de M. Hugo. D'autres, plus mûrs,
entretenaient les mêmes erreurs. Bientôt il fallut se
rendre, car le caractère antisocial, antichrétien des
aspirations de M. Victor Hugo devenait évident. Les
catholiques les plus sensibles à la sonorité des grands
mots reconnurent enfin un ennemi de race dans cet
écrivain qu'ils avaient pris pour un allié.

IV.

Nous n'avons examiné qu'un côté de ce livre, — le
côté qui pouvait le mieux montrer le fond de l'homme
en nous apprenant comment il a été formé. Que résulte-
t-il de cette sorte d'enquête? Il en résulte que M. Victor Hugo a été élevé en dehors de tout principe solide; que rien de ferme n'a fécondé son esprit. Il a eu
des tendances, mais pas de croyances, des aspirations,
mais pas de résolutions. Par suite même de ces facul-
tés, qui se résument dans l'imagination, il avait particulièrement besoin d'une direction vigoureuse, calme
et suivie; toute direction lui a fait défaut. La base
chrétienne qui avait manqué à l'union de ses parents
a manqué également à son enfance et à son éducation.
Un instant il s'est approché de la vérité; mais son es-

prit n'a pas su la reconnaître, ou son cœur n'a pas
trouvé la force de s'y dévouer. Il s'est cru tour à tour
légitimiste, orléaniste, conservateur, libéral, démocrate; il s'est même cru catholique; maintenant il se
croit socialiste. Au fond, en politique comme en religion, il n'a jamais eu que des opinions d'amateur
dictées par son orgueil ou ses intérêts.

UN CONCOURS ACADÉMIQUE

LE CARDINAL DE RETZ

ET SES RÉCENTS BIOGRAPHES

L'Académie française avait proposé pour le prix d'éloquence de 1863 une *Étude littéraire sur le génie et les écrits du cardinal de Retz*. Les concurrents ont été assez nombreux, mais aucun des morceaux présentés n'ayant précisément mérité le prix, l'Académie en a donné deux. Il y a donc eu deux lauréats à défaut d'un bon discours. Si cette conclusion paraissait forcée, je renverrais, d'abord, au rapport de M. Villemain, lequel indique assez clairement la médiocrité générale du concours; ensuite, aux études qui ont obtenu le demi-prix. Je défie le lecteur le plus accessible à l'éclat des couronnes académiques de ne pas s'incliner devant cette dernière preuve.

Le sujet offrait cependant de grandes ressources : il prêtait à une belle étude littéraire, historique et morale. Les lauréats, poussés par les exigences de leur sujet, ont effleuré ces trois points ; ils n'en ont traité aucun. Un autre écrivain, resté en dehors du concours, M. Léonce Curnier, a mieux jugé le cardinal de Retz et les événements auxquels il a pris une si grande part. Il est vrai que M. Curnier est entré en lice avec deux volumes. Mais ce développement, qui porte sur les faits, n'était nullement nécessaire pour montrer Retz et son époque sous leur vrai jour. Ce n'est pas la place qui a manqué aux co-partageants du prix d'éloquence, MM. Topin et Michon ; ils ont certainement dit tout ce qu'ils avaient à dire. Puisque le solide travail de M. Curnier nous a rappelé leurs ébauches, nous parlerons de ces trois ouvrages ; et du même coup nous essayerons d'apprécier le caractère de Retz et les doctrines de l'Académie, du moins celles qu'elle peut couronner, car pour son compte elle n'en a point ; elle cherche le juste milieu, trouve le vide et s'en tient là.

Le prix d'éloquence a cependant été institué dans un tout autre but. Guez de Balzac, son fondateur, avait stipulé que le sujet proposé aux concurrents serait toujours religieux et que l'orateur terminerait son discours par une prière à Jésus-Christ. Il voulait aussi que la doctrine en fût soumise au jugement de la faculté de théologie. Ces prescriptions sont bien oubliées. Peut-être Mgr Dupanloup, MM. de Montalembert, de Broglie, de Falloux, de Carné voudront-ils les faire revivre ? Qu'il nous soit au moins permis de recommander à leur zèle cette restauration. Le concours de 1863 en montre incontestablement l'utilité.

I.

Après avoir dit que le cardinal de Retz offrait matière à une étude des plus intéressantes et même des plus importantes, il faut ajouter, à la décharge des lauréats, que cette étude n'était pas complétement libre. l'Académie, même quand elle propose un discours, impose à peu près un éloge. Elle veut que les réserves, — si des réserves sont absolument indispensables, — soient toujours discrètes, et que toujours aussi des louanges viennent faire contrepoids. Le jugement net lui déplaît plus encore que la phrase simple. Il y a du convenu dans ses opinions comme dans son style. Quiconque vise à la palme académique (palme d'or) sait cela et s'y soumet. Il était donc difficile que Retz fût bien apprécié.

Comment juger académiquement cet homme dont la duplicité fit toute l'unité, qui fut mauvais évêque et défendit très-bien en certaines circonstances les droits de l'Eglise, qui conspira contre la cour et sut plus d'une fois se montrer courtisan, qui se posa en réformateur politique, en défenseur des droits du peuple afin de s'imposer au pouvoir royal dont il eût fait volontiers un pouvoir despotique? Pour conquérir sur ce sol mouvant les lauriers littéraires et aurifères de l'Académie, il fallait naviguer entre les principes et se tenir toujours à une sage distance de la vérité, si féconde en écueils.

Les faits dominants de la vie de Retz sont bien connus; néanmoins nous devons les rappeler afin

d'éclairer ce que nous avons à dire. Nous le ferons
avec la brièveté d'un dictionnaire.

Paul de Gondi, archevêque *in partibus* de Corinthe,
coadjuteur, puis archevêque de Paris, cardinal de
Retz, naquit à Montmirail en 1614. Cadet de famille,
il fut destiné à l'état ecclésiastique et protesta dès son
adolescence contre les intentions de ses parents ; mais
les libertés gallicanes ne tenaient pas compte de ces
sortes de protestations. Il eut des duels à l'âge où l'on
est encore au collége et afficha une conduite déréglée
afin d'éviter la soutane. Son père, quoique bon chrétien,
persista dans ses premières vues, et Paul de Gondi
devint prêtre malgré lui. Il faut le dire, non pas à la
décharge de sa vie, mais pour montrer au moins qu'il
ne débuta point par d'odieux calculs. On put croire
un instant qu'il se résignerait aux devoirs de sa profession, car il se mit avec zèle à l'étude des sciences
religieuses ; malheureusement « son âme resta la moins
ecclésiastique qu'il y eut jamais. » S'il travaillait, c'était
dans une pensée d'orgueil ; il voulait se distinguer de
« ceux de son ordre. » En même temps qu'il étudiait la
théologie, il méditait l'histoire des grands conspira-
teurs. Conspirer, lui avait paru dès son enfance et
devait lui paraître toujours l'acte le plus digne d'un
esprit vigoureux. A dix-huit ans, il publia son premier
ouvrage, la *Conjuration de Fiesque.* Il y mit les idées
qui l'occupaient sans cesse. Richelieu ne se méprit
point sur le caractère du jeune homme qui débutait
ainsi. « Voilà, dit-il, un dangereux esprit. » Gondi
connut ce propos, il en fut flatté, mais sa haine pour le

cardinal s'en accrut, et quelques années plus tard il entrait dans une conspiration qui devait débuter par l'assassinat du grand ministre. Il eut d'abord quelques scrupules ; il aurait préféré que Richelieu ne fût pas prêtre et prince de l'Eglise. Cette hésitation fut de courte durée. Bientôt, a-t-il dit, « j'embrassai le crime qui me parut consacré par de grands exemples, justifié et honoré par un grand péril. » Une circonstance fortuite empêcha les conjurés d'exécuter leur dessein, et Retz perdit l'occasion « de se couvrir de gloire. » Le mot est de lui et il l'écrivit en pleine maturité.

Après la mort de Richelieu et de Louis XIII, Retz fut nommé coadjuteur de François de Gondi, son oncle, archevêque de Paris. Il s'occupa avec activité des intérêts du diocèse ; il sut plaire aux chanoines, aux curés, au peuple ; il fit d'abondantes aumônes. Bref, il voulut devenir populaire afin de se créer un parti. Mazarin pénétra bien vite la pensée du Coadjuteur ; il le surveilla, il le tint à l'écart, mais il ne put l'empêcher d'atteindre son but. Lorsque le parlement se crut assez fort pour mater l'autorité royale, Retz était l'homme le plus influent de Paris. Aussi devint-il, sinon le chef de la Fronde, qui n'eut jamais de chef bien reconnu, au moins, son principal meneur.

Il se mêla avec beaucoup d'audace et de duplicité aux mille intrigues de cette époque. Vaincu enfin par Mazarin, qui lui était, au fond, très-supérieur, il fut emprisonné à Vincennes, puis au château de Nantes d'où il réussit à s'évader. Il était alors archevêque de Paris par la mort de son oncle, et cardinal. Anne d'Autriche lui avait promis le chapeau dans un moment où il la servait et avait loyalement tenu parole. Aucune opposition n'était venue de Rome, où les débordements de Retz étaient ignorés. Il se réfugia d'abord en Espagne ; il passa ensuite dans les Etats de l'Eglise et sut y tenir une conduite régulière. — L'homme d'aventures, l'homme de désordre n'était pas mort cependant ; Retz le montra dans d'autres voyages. Des négociations engagées à l'époque même où il était à Vincennes l'amenèrent à se démettre du siége de Paris. Ce résultat ne fut pas obtenu sans peine. Retz, pour revendiquer ses droits, sut se montrer archevêque. Il obtint des compensations qui lui assuraient une large existence. Rentré en France, il eut enfin une vie régulière, et bientôt il put croire qu'il obtiendrait la faveur royale. Louis XIV le consulta dans ses différents avec Rome et le chargea de le représenter dans deux conclaves. Il justifia la confiance du roi par un zèle où l'homme politique paraissait beaucoup plus que le cardinal. Néanmoins il fut tenu à distance et dut reconnaître que son rôle était fini. Il mourut à Paris en 1679. On savait alors qu'il avait commis de grandes fautes ; cependant il ne fut bien connu que par ses Mémoires, publiés en 1717.

Voilà, en deux mots, quelle fut la vie de Retz. Notons que l'appui des jansénistes ne manqua jamais au Coadjuteur. Ces sectaires, aux allures puritaines, s'entendaient fort bien avec les libertins. Il leur suffisait d'y avoir intérêt.

5*

Entrons maintenant dans quelques détails à la suite des lauréats de l'Académie, et examinons du même coup la littérature, l'histoire et les doctrines que ce « corps illustre » peut couronner.

II.

L'étude de M. Michon n'est pas sans mérite. Elle a du mouvement et de la chaleur. On y rencontre aussi quelques traits bien venus à côté de traits cherchés et manqués. Mais s'il est une qualité qui lui manque presque toujours, c'est la qualité académique. Nous n'en ferons pas un crime à l'auteur. Cependant chaque genre a ses exigences, et lorsque l'on écrit un *discours* en vue du prix d'éloquence, il conviendrait de ne pas tomber dans le vaudeville. Or, M. Michon imite souvent M. Siraudin. Il rappelle la lutte de son héros, encore étudiant, contre un parent de Richelieu et ajoute : « Son triomphe faillit *mettre l'Université à la belle étoile.* » A propos des continuelles hésitations du duc d'Orléans, il dit « Le duc avait toujours sa santé pour prétexte et la colique pour excuse. » L'Académie tient aux comparaisons ; M. Michon lui en donne, mais il en risque de singulières. « Comme certains marquis, dit-il, qui conservent une forme de carrosse passée de mode, Saint-Simon affecte aussi parfois une diction presque archaïque. » Nous ne savions pas qu'il y eût encore des marquis si originaux ; et de plus, nous devons avouer que la vue de leurs *carrosses* ne nous eût pas rappelé le style de Saint-Simon. On voit, du reste, que M. Michon n'oublie pas toujours les con-

venances académiques: il dit *carrosse* et non pas
voiture. Autre image: l'œuvre de Retz (les mémoires)
« paraît interrompue plutôt que finie. Mais c'est là
« encore une image de sa vie, et ce grand ouvrage
« non terminé est comme une de ces colonnes brisées
« qui *surmontent un monument.* » Où l'auteur a-t-il vu
des colonnes sur les monuments? Les négligences
abondent, et, malgré le visa académique, bien des
phrases paraîtront d'un petit français. M. Michon
nous montre « le parlement transformé *en les États*
de 89. » Enfin il y a aussi du phébus. Exemple :
« Mazarin dont la nuit fut la guerre civile, le songe
« l'établissement de la monarchie et le dernier réveil
« le traité des Pyrénées. »

Dans sa trop brève appréciation des Mémoires de
Retz comme œuvre littéraire, le critique chez M. Michon ne fait pas honneur au lauréat : « Il y a *peut-être,*
dit-il, dans ses Mémoires, *quelquefois* un peu de né-
gligence, ailleurs un peu d'affectation. » Ce *peut-être*
et ce *quelquefois* font sourire à propos d'un ouvrage où
fourmillent les négligences.

M. Michon me paraît mieux inspiré dans son paral-
lèle entre Retz, La Rochefoucauld et Saint-Simon. Cependant, je ne voudrais pas souscrire à toutes ses
appréciations. Est-il bien certain, en effet, que « La
« Rochefoucauld soit plus un penseur, Saint-Simon un
peintre, Retz un historien. » Cette distribution donne
à la phrase de la mesure et du poids ; elle est conforme
aux règles de la rhétorique ; mais on peut y trouver
justement à redire. Les pensées abondent dans les

écrits du Coadjuteur ; elles y ont même souvent cette
forme sentencieuse qui impose à la foule. Un des
maîtres de la critique littéraire, M. Frédéric Godefroy, dit à ce propos dans le deuxième volume de sa
belle *Histoire de la littérature française* : « Les pensées
hautes et solides sont assez nombreuses dans les *Mémoires* pour que trois écrivains, lord Chesterfield,
Adrien Lezay et Musset-Pathay, aient pu, en les dé-
tachant, en faire des recueils de *maximes* aussi intéressants qu'utiles. » Intéressants, oui, *utiles*, la chose
nous paraît douteuse (1).

Quant aux portraits, Retz était vraiment peintre. Il
le prouve partout dans ses *Mémoires*. Voici, par exemple, le portrait de madame de Longueville :

« Madame de Longueville a naturellement du feu
d'esprit ; mais elle en a encore le fin et le tour. Sa capacité, qui n'a pas été aidée par sa paresse, n'est pas allée
jusqu'aux affaires dans lesquelles la haine contre M. le
prince l'a portée, et dans lesquelles la galanterie l'a
maintenue. Elle avait une langueur dans ses manières
qui touchait plus que le brillant de celles mêmes qui
étaient plus belles. Elle en avait une, même dans l'es-

---

(1) Notons au passage une malheureuse remarque de M. Topin.
Il célèbre le mérite des maximes semées dans les Mémoires de
Retz et ajoute : « Si elles avaient été séparées des mémoires dans
lesquelles elles se trouvent, et publiées isolément comme celles
de La Rochefoucauld, la gloire de pénétrant moraliste se serait
ajoutée pour de Retz à celle de grand narrateur. » M. Topin
ne connaît donc pas les recueils dont parle M. Godefroy ?
Cela dénote une étude légère du sujet et peu d'érudition littéraire.

prit, qui avait ses charmes, parce qu'elle avait des ré-
veils lumineux et surprenants. Elle eût eu peu de défauts si la galanterie ne lui en eût donné beaucoup.
Comme sa passion l'obligea de ne mettre sa politique
qu'en second dans sa conduite, héroïne d'un grand
parti, elle en devint l'aventurière. La grâce a rétabli
ce que le monde ne lui pouvait rendre. »

N'est-ce pas charmant, et ne sent-on pas que c'est
exact?

Que de personnages peints en deux lignes! Le duc
de Beaufort : « cet esprit court et lourd, dont le jargon
formait une langue qui aurait déparé le bon sens de
Caton ; » le prince de Conti : « ce zéro qui ne multi-
pliait que parce qu'il était prince du sang; » La Rochefoucauld, « qui n'a jamais été guerrier, quoiqu'il
fût très-bon soldat, qui n'a jamais été bon courtisan,
quoiqu'il ait toujours eu bonne intention de l'être, qui
a toujours eu du je ne sais quoi en tout. » Le maréchal de la Milleraye, « tout pétri de bile et de contre-
temps. »

Mais si Retz est peintre autant que Saint-Simon,
est-il meilleur historien que ce duc enragé aimant, il
l'a dit, à *nager dans sa vengeance?* C'est fort contesta-
ble. Il est moins haineux, moins étroit que Saint-
Simon et se montre plus occupé de la *chose publique.*
Au fond cependant, qu'il rapporte ses actes de courage et d'habileté ou ses infamies, il n'a qu'un but :
Se dresser un piédestal. Il *pose* devant la postérité. Il
n'est juste et exact que s'il y trouve profit pour son
rôle ou, tout au moins, pour sa vanité. D'ailleurs, sa

verve l'emporte souvent et s'il ne peut placer une
bonne épigramme qu'aux dépens de la vérité, il
sacrifie bien vite la vérité. Cela lui paraît si naturel
qu'il le fait sans efforts, et même sans y songer.

Revenons à M. Michon.

Les erreurs en matière d'appréciation littéraire et
les fautes de style peuvent être une question de goût ;
les erreurs de fait prouvent une étude insuffisante. Il
y a aussi de ces erreurs dans le travail de M. Michon.

Il dit que le jour où les Frondeurs et les royalistes
se livrèrent bataille au faubourg Saint-Antoine, le duc
d'Orléans fit tirer le canon de la Bastille sur les troupes
royales. Or, pendant que les deux armées étaient aux
prises, le duc d'Orléans ne sortit pas du Luxembourg,
ne se mêla de rien, ne donna aucun ordre ; ce fut sa
fille, la duchesse de Montpensier, qui prit l'initiative
de ce coup décisif, et « tua ainsi son mari, » selon
l'expression de Mazarin, faisant allusion aux visées de
la jeune princesse sur la main de Louis XIV.

Et ailleurs : « M. le prince ne supportait pas d'être
« contredit, Retz en avait appris quelque chose entre
« les deux portes du palais. » M. Michon fait allusion
au danger que courut Retz quand il fut serré, non pas
entre les deux portes du palais (ce qui ne l'eût guère
exposé), mais entre les deux battants de la porte de la
grand'chambre. Il oublie que c'est La Rochefoucauld
et non Condé qui voulut se débarrasser ainsi du Coadjuteur.

Ailleurs encore : « Peut-être Corneille emprunta-
« t-il quelques-uns de ses grands caractères au sou-

« venir du Frondeur, qui avait vu de près tant de
« héros et surtout tant d'héroïnes. » A l'époque où
Retz voyait Corneille dans l'intimité, celui-ci était bien
loin d'*Horace*, de *Cinna*, du *Cid*, de *Polyeucte* ; il faisait *Pulchérie*. C'est un anachronisme d'une trentaine
d'années. En pareille matière la chose est piquante,
surtout quand on s'adresse à l'Académie.

Un des actes qui relèvent un peu le caractère de
Retz, c'est le soin qu'il prit de désintéresser ses créanciers ; il s'imposa dans ce but de durs sacrifices. M. Michon lui ôte ce mérite. « Il laissa, dit-il, le roi acquit-
« ter ses dettes. »

Ces erreurs sont assez graves, et l'on est d'autant
plus porté à les relever que le ton de M. Michon est
plus tranchant. Jamais écrivain n'a moins reculé devant une affirmation. C'est ainsi qu'il attribue à Retz
certaine *apologie des Frondeurs* dont rien ne prouve
qu'il fût l'auteur. En revanche, il est vrai, il ne men-
tionne pas le curieux écrit du cardinal, intitulé : *Réflexions du cardinal de Retz sur la distillerie de Descartes par dom Robert*. Cet écrit est très-favorable à la
philosophie cartésienne. Aussi M. Cousin l'a-t-il loué
dans ses *Fragments philosophiques* ; il y voit « le bon
sens et l'esprit naturel aux prises avec la subtilité et la
témérité d'une fausse science. » Qu'on ne s'y trompe
pas, les subtils et les téméraires sont les adversaires
du cartésianisme. Nous ne reprocherons nullement à
M. Michon de n'avoir pas adopté ce jugement ; mais
il devait au moins apprécier sur l'écrit qui l'a dicté.
Il constate, d'ailleurs, que Retz s'adonna à l'é-

tude du cartésianisme, puis il ajoute avec une irrévé-
rence dont nous ne pouvons le blâmer : « Je ne sais si
ce fut par esprit de pénitence. »

A ces critiques de détail nous devrons ajouter quelques observations sur le fond des choses ; mais avant
de dire comment M. Michon juge Retz et les événements auxquels il prit part, occupons-nous du discours de M. Topin.

III.

Les amis de M. Michon doivent le féliciter de n'avoir
eu qu'une demi-couronne. Lorsqu'on le quitte, la justice commande de le critiquer ; après avoir lu son co-
lauréat, il faut le louer. M. Michon a de la verve, des
velléités de style, un certain coloris ; son discours se
tient, il est ordonné et vivant. M. Topin est terne, encore terne, toujours terne. Si M. Michon gâte quelquefois l'esprit qu'il a par celui qu'il veut avoir, M. Topin ne s'expose pas assez à ce péril. Les phrases
lourdes, longues, embarrassées, succèdent sans relâche aux phrases embarrassées, lourdes et longues.
Il est impossible d'être moins littéraire. Et cependant
il y a de la recherche, une recherche constante sous
toutes ses pesanteurs. M. Topin, bien qu'il n'ait aucune idée du style, vise toujours au style. Il a lu les
modèles et ne désespère pas de les rencontrer, mais il
marche à tâtons et le hasard ne le porte jamais du bon
côté. Sans doute on reconnaît çà et là, dans son pénible travail, une tournure empruntée aux maîtres ;
seulement il lui manque ce quelque chose qui est l'élé-

gance, ou la saveur, ou la force, ou l'éclat. Figurez-
vous quelque fille rustique, épaisse, rougeaude et mal
bâtie, habillée en femme du monde et copiant les allures d'une grande dame entrevue au passage, vous
aurez une idée assez exacte des grâces littéraires de
M. Topin. On prétend que la nature livre ses secrets à
ses adorateurs. Retz n'est pas d'aussi facile composition.
M. Topin qui l'a beaucoup adoré n'en a rien obtenu.

Citons deux phrases de M. Topin prises dans les
passages *réussis*. Il demande la permission *de faire
dans la Fronde une distinction qui lui paraît importante*, et il la fait :

« D'un côté, dit-il, on pourrait placer le peuple, non
pas la populace que soulevait tour à tour l'or de tel ou
tel parti, mais le peuple qui paye, le peuple épuisé par
les longues guerres précédentes et par l'augmentation
des impôts, leur conséquence inévitable, le peuple qui,
irrité du désordre apporté dans les finances et du long
despotisme de Richelieu, voyait avec répugnance un
prêtre remplacer un prêtre au pouvoir, et, dans ce
prêtre, retrouvait un étranger dont l'influence sur la
reine rappelait celle du maréchal d'Ancre, dont les
manières, les habitudes, le langage n'étaient pas français, et qui, capable de continuer l'œuvre de son pré-
décesseur à l'extérieur, était bien au-dessous de sa
tâche pour l'organisation intérieure. »

M. Topin est-il bien assuré que le cardinal Mazarin,
ce prêtre qui remplaçait un prêtre, fût un prêtre?

Voici la seconde phrase et la suite de la *distinction*
qui paraît *importante* à M. Topin :

« D'un autre côté, on placerait Anne d'Autriche, que la mort de Louis XIII et l'extrême jeunesse de Louis XIV appelaient pour longtemps au pouvoir, après un isolement et presque un exil de vingt années, et qui puisa dans son amour maternel l'admirable inspiration et la force d'immoler ses anciennes affections aux véritables intérêts de son fils, de se séparer de ses amis de la veille et de choisir pour premier ministre Mazarin, qu'elle n'aimait pas encore, Mazarin, présenté par Richelieu dont elle a été victime, Mazarin, le continuateur de la politique acharnée de son maître contre la maison d'Espagne, et, en considérant les grandes choses que la puissance de l'une, unie au génie de l'autre, vont obtenir au dehors, en considérant les immenses obstacles qu'ils vont rencontrer au dedans, et qui ne les arrêteront pas, on est en quelque sorte tenté d'oublier leurs fautes ; les défauts mêmes de Mazarin, ces artifices continuels, cette ruse italienne, le peu de solidité de ses promesses, la duplicité de sa conduite se transforment presque en qualités, tant on se réjouit qu'il les possède au moment où ils vont lui être indispensables pour le salut de la France. »

Il faut que l'Académie ait la passion des phrases à périodes pour les couronner, même quand elles sont aussi longues, aussi tirées, aussi empêtrées. Balzac disait qu'en lisant Eugène Sue, il croyait entendre un avocat parlant la bouche pleine : il y a de l'Eugène Sue dans M. Topin. Et quelle abondance de tournures vicieuses, d'expressions impropres ! Il blâme la morale de Retz, « cette singulière morale au *moyen de laquelle*

la prétendue grandeur du but poursuivi justifie à ses
yeux les crimes mêmes commis pour l'atteindre. » —
« On voit ensuite *survenir* les conséquences de sa conduite. » — « Sa plume impétueuse se *précipite sans
s'arrêter* à la suite de sa pensée qui court et vole...
trouvant l'expression sans beaucoup la chercher. » —
« De Retz *exerce* un attrait particulier. » — « De Retz
fait de chacun de ses lecteurs son complice involontaire pour se défigurer. » — « Ce serait nous condamner *sûrement* à un défaut *presque* certain. » — « Mazarin cherche à brouiller le coadjuteur avec le clergé
de la province. *Retz se baisse et se contente de parer le
coup.* »

Une phrase encore et nous en aurons fini avec le
style de M. Topin, style académique et éloquent (ne
l'oublions pas), puisque l'Académie lui a décerné le
prix d'éloquence :

« Il eût fallu dans la Fronde, pour arriver à une
heureuse réforme, un *intérêt général plus distinct.* Il
entrait, d'ailleurs, dans l'admirable économie de notre
histoire *de faire* auparavant aboutir l'anarchie du
temps de la Fronde à un pouvoir absolu qui, par la
force fatale des choses, abusera de sa puissance, et
d'excès en excès, de faute en faute, en viendra au point
de *produire une tendance* universelle vers la liberté,
qui seule pourra engendrer une révolution irrésistible
et féconde. »

M. Topin a su éviter les grosses erreurs de fait, mais
visiblement il connaît peu l'époque dont il parle. Son
travail est très-superficiel. Rien de net, rien de précis

dans l'appréciation des hommes et des événements ;
et bien qu'il soit beaucoup plus long que M. Michon,
il est plus incomplet. Il parle à peu près uniquement
de la *Conjuration de Fiesque* et des *Mémoires*. Ces deux
œuvres, la dernière surtout, ont assurément une grande
importance dans la vie de Retz ; néanmoins un *discours éloquent* sur *ses écrits et son génie* ne devait pas
négliger tout le reste. Le rapprochement que fait
M. Topin entre le travail de Retz et celui de Mascardi
sur la conjuration de Fiesque est à peu près la seule
chose que M. Villemain ait cru pouvoir louer sans réserve. A son avis, en montrant que Retz ne s'était pas
borné à suivre l'auteur italien, M. Topin a fait une *découverte*. Ce mot prouve que si M. le Secrétaire perpétuel de l'Académie est toujours prêt à parler de tout,
il peut cependant lui arriver d'ignorer quelque chose.
M. Topin n'a rien découvert. L'auteur de l'*Histoire du
mouvement intellectuel dans la première moitié du
XVIIe siècle, M. Jolly, avait déjà signalé cette particula-
rité. Et il ne prétendait pas avoir fait une découverte.
La prétention eût été très-déplacée, puisqu'une con-
temporaine de Retz, la duchesse de Nemours, constate dans ses *Mémoires* (année 1649) que Retz ne *fit
que feindre* de traduire l'auteur italien, et osa *même
entreprendre de justifier* ce que celui-ci avait *si fortement et si sagement condamné*. Faut-il d'autres témoignages ? Voici celui de M. Frédéric Godefroy, disant
en quelques lignes tout ce que M. Topin explique en
plusieurs pages.

« Rien de plus opposé que l'esprit de l'auteur origi-

« nal à celui de son prétendu traducteur. Mascardi est
« un homme d'ordre, un ennemi déclaré des factions. Il
« peint le comte de Fiesque sous les couleurs les plus
« défavorables; il déclare que ce jeune homme avait été
« mal élevé, et que les gens sages répétaient souvent
« qu'il croissait *pour le malheur de sa patrie.* L'abbé de
« Gondy fait au contraire du comte le portrait le plus
« brillant : il lui reconnaît toutes les qualités d'un chef
« de parti; il essaye de tout glorifier dans son audacieuse
« entreprise; et pour le justifier d'avoir longtemps caché
« ses desseins, il appuie sur cette circonstance qu'il
« n'avait pas craint de témoigner hautement sa haine
« pour les Doria (1). »

Sur ce point, que M. Villemain trouve capital, tout
le mérite de M. Topin consiste donc dans la reproduction du texte italien, en note du texte français. Pour
obtenir ce grand résultat, que d'autres avaient indiqué,
il suffisait de se procurer Mascardi. La chose était
facile; il n'y a pas de bouquiniste qui n'y eût réussi.

IV.

Voyons maintenant comment nos deux demi-lauréats
apprécient Retz lui-même, l'époque où il a vécu et les
événements auxquels il a pris part.

M. Michon divise la Fronde en trois actes, où « elle
eut successivement pour acteurs le peuple, les bourgeois et les princes. » Ainsi le peuple la commença,

(1) *Histoire de la littérature française,* T. II, chez Gaume
frères et Duprey, Paris, 1860.

les bourgeois la continuèrent, les princes la finirent.
C'est là une division toute de fantaisie ; elle sonne
agréablement à l'oreille, elle peut séduire l'esprit,
l'histoire la repousse. Le peuple, comme l'entend
M. Michon, le peuple de la rue ne fut jamais qu'un
instrument tantôt entre les mains de la bourgeoisie,
tantôt au service des princes ; et s'il montra plus de
zèle pour celle-là que pour ceux-ci, ce fut par suite de
causes purement accidentelles. « La Fronde, dit plus loin
« M. Michon, est une prodigieuse alliance entre une
« noblesse qui veut reculer dans le passé et un *peuple*
« *qui veut tout d'un coup avancer de deux siècles.* » Où
M. Michon a-t-il vu cela ? Le peuple de Paris se pas-
sionna pendant la Fronde pour et contre des individus ;
il n'eut jamais une idée politique bien arrêtée. Notre
auteur l'avoue sans y songer par cette phrase sentencieuse : « La révolte échoue toujours lorsqu'il n'y a
pas *d'idées derrière les barricades.* » Or, la Fronde a
échoué. Il est vrai qu'à la suite de cet axiome contes-
table, M. Michon tombe dans une nouvelle contradiction en s'écriant à propos du règne de Louis XIV :
« Ce n'est plus *pour la liberté qu'on combat,* c'est pour
une place devant le soleil. » Comme il n'y avait pas
d'idées derrière les barricades et comme le *peuple* n'eut
jamais la pensée d'entrer à la cour de Louis XIV et
d'y prendre place *devant le soleil,* il en résulte que c'é-
tait la noblesse qui, pendant la Fronde, combattait pour
la liberté. Mais, *combattre pour la liberté,* ne serait-ce
pas combattre pour une *idée ?* C'est donc là, tout au
moins, une nouvelle évolution de la pensée de M. Mi-

chon. Du reste, de celle-ci comme des autres, il n'a pas conscience.

Est-il plus exact quand il parle du Coadjuteur ? Il attribue à son héros « qui, dit-il, songea, *je crois*, à la création d'un tiers-parti, » la pensée « d'établir un « corps politique entre le pouvoir et la nation, de faire « sortir des malheurs de la guerre civile, pour les « peuples des garanties de liberté, pour la royauté un « salutaire contrôle qui l'eût empêchée de se perdre. » Les données de l'histoire et les aveux mêmes de Retz condamnent cette conjecture. Retz a de grandes vues dans les Mémoires qu'il écrivit longtemps après les événements ; mais ses actes, comme l'un des chefs de la Fronde, ne montrent pas un homme de principe voulant établir le gouvernement sur des bases nouvelles. C'est un ambitieux doublé d'un intrigant habile et résolu cherchant à profiter des circonstances, et sans autre mobile que sa propre satisfaction. On peut même douter qu'il fut réellement ambitieux. Son ambition avait, du moins, un caractère particulier. D'autres visent à obtenir le pouvoir ; il visait, lui, à l'emporter d'assaut. Il ne voulait pas être choisi par la volonté souveraine comme l'avaient été Richelieu et Mazarin, il voulait s'imposer. Devenir cardinal-ministre par suite d'une conspiration bien ourdie, rehaussée d'une guerre civile bien conduite, voilà quel était son but. Autrement le pouvoir lui eût paru sans saveur. N'est-ce pas là ce qu'il dit au fond, en vingt endroits de ses *Mémoires* ? On conçoit de telles idées chez un collégien ; mais l'homme mûr qui les nourrit avec complai-

sance, qui en fait la règle de sa vie, est fortement
entaché de fatuité et même de faquinisme. Chez un
prêtre, chez un archevêque, elles sont particulièrement odieuses et méprisables.

Après avoir prêté à Retz le noble dessein de sauver
tout à la fois le peuple et la royauté, M. Michon, auquel les contradictions ne coûtent rien, nous le montre,
« ne laissant échapper aucune occasion de tout enve-
nimer; » il n'éprouve, non plus, nul embarras à dire
que ses idées politiques servaient de masque à son
ambition et que le désir de « succéder à Mazarin dans
le ministère et dans le cœur d'Anne d'Autriche, » fut
« ce qui le fit Frondeur. » Il y a loin de là au projet
d'établir un pouvoir modérateur entre la royauté et la
nation.

Les appréciations de M. Topin sur la Fronde ont
plus d'un point de ressemblance avec celles de M. Michon; il y voit une grande cause; mais cependant il
ne lui est pas bien démontré que cette cause fût grande.
D'un côté il y a ceci qui le séduit, de l'autre côté il y a
cela qui lui répugne. Bref, le sage M. Topin voudrait
faire *une juste distribution des éloges et des blâmes*. En
conséquence, il ne conclut pas et laisse le lecteur devant
un point d'interrogation.

Grâce à cette réserve, M. Topin ne s'égare pas jusqu'à prendre au sérieux les hautes visées politiques
dont Retz, écrivant ses Mémoires, jugea bon de se
gratifier; il dit même que *cet inimitable maître n'a pas
tenu compte dans la pratique des grands côtés qui, dans
sa retraite, lui ont apparu brillants et lumineux.*

Mais puisque ni l'un ni l'autre des lauréats n'exprime une pensée nette sur la Fronde, cherchons ailleurs une opinion que nous puissions accepter. Ici encore nous devons donner un rapide résumé des faits les plus saillants.

V.

Le parlement, tenu en respect par Richelieu, supportait avec peine l'autorité de Mazarin. Il voulait profiter de la minorité de Louis XIV pour acquérir et affermir une prépondérance que la royauté ne pourrait plus lui disputer. On prévoyait cette lutte. Le prince de Guéméné repoussant, peu de temps avant la mort de Louis XIII, les plaintes des parlementaires, leur avait dit : « Messieurs, vous prendrez bien votre revanche dans la minorité. » La question des impôts, qui donne toujours tant de prise sur l'opinion, fournit au parlement l'occasion de se rendre populaire. Il refusa d'enregistrer des édits fiscaux présentés par la reine régente. Son opposition devint plus vive à mesure qu'il gagna plus de popularité. Deux édits nés de la détresse du trésor ou de l'*Epargne*, comme on disait alors, lui donnèrent de nombreux et importants auxiliaires. Le premier augmentait le nombre des maîtres des requêtes ; le second supprimait pour quatre ans les émoluments de tous les membres des compagnies souveraines, mais, en même temps, il faisait disparaître la taxe appelée *paulette*. Le parlement seul était excepté de cette mesure ; il épousa néanmoins la querelle des autres compagnies et tint

5**

avec elles une assemblée générale où fut rendu le décret d'union. Les coalisés entreprirent immédiatement de réformer l'État, sans oublier leurs propres intérêts. Ils commencèrent par dire : l'État c'est nous, en attendant que Lous XIV vînt les annuler en leur disant : l'*État c'est moi.* Autre excès que le premier fit trop facilement accepter (1).

Le conseil du roi cassa l'arrêt d'union. Le parlement et les compagnies refusèrent d'obéir et prirent, en protestant de leur dévouement au trône, des résolutions qui détruisaient l'autorité royale. La cour offrit de transiger ; ses offres furent repoussées.

Pour soutenir de tels empiétements comme pour les réprimer, il fallait recourir à la force. Mazarin comptait sur Condé ; le parlement s'appuyait sur la population parisienne soumise absolument à son influence et à celle du Coadjuteur. Or, celui-ci s'était jeté dès le principe dans le mouvement ; il l'avait même préparé. Tandis que les magistrats rendaient des arrêts contre les lois, Retz travaillait le peuple. Que rêvait-il ? Il rêvait tout. « Je voyais, a-t-il dit, la carrière ouverte pour la pratique des « grandes choses « dont la spéculation m'avait beaucoup touché dans « mon enfance. *Mon imagination me fournissait toutes* « *les idées du possible ; mon esprit ne les désavouait* « *pas.* » Comme il tenait à conspirer dans les règles,

(1) Les compagnies *unies* dans cette entreprise, étaient le Parlement, la Cour des comptes, la Cour des aides, le Grand conseil. On les appelait *souveraines* parce qu'elles jugeaient en dernier ressort.

il n'avait pas tout de suite rompu avec la cour. Loin de là, en même temps qu'il aiguillonnait les parlementaires, il faisait bon visage à la Régente et se posait en conciliateur. D'autre part, il ouvrait des négociations avec les grands seigneurs mécontents, afin que les Parisiens eussent au moment du combat des chefs militaires capables de les guider et assez connus pour donner à la lutte une véritable importance. Le calcul était sage. Les bourgeois et les ouvriers de Paris, livrés à eux-mêmes, pouvaient faire une émeute ; mais pour que l'entreprise devînt sérieuse, s'étendît aux provinces, et réduisît la cour à d'irrévocables concessions, il fallait à sa tête des personnages intéressés à jouer la partie jusqu'au bout et dont le nom fût une force. Retz s'occupa donc de trouver des alliés au parlement (1).

La Journée des barricades (août 1648) mit la cour dans l'obligation de céder. Les vainqueurs, enivrés de leur victoire, doutant avec raison de la parfaite bonne foi de Mazarin, et poussés par le Coadjuteur qui n'entendait pas s'arrêter si vite, voulurent assurer leur succès par de nouveaux empiétements. Ils persistèrent dans leur opposition et continuèrent d'exciter les esprits non-seulement contre Mazarin mais aussi contre

(1) Nous ne contestons pas que, durant toute la Fronde, il y eût dans le parlement des hommes réellement dévoués à la nation et au roi. Mathieu Molé et de Mesmes, cherchèrent incontestablement de bonne foi un *sage milieu.* Cependant ils ne furent pas étrangers aux entraînements de l'esprit de corps. Du reste la Fronde les compta bientôt parmi ses adversaires.

la reine-régente. Elle ne pouvait paraître en public
sans être outragée ; « on ne l'appelait que dame Anne ;
et si l'on y ajoutait quelque titre c'était un opprobre.
Le peuple lui reprochait avec fureur de sacrifier l'État
à son amitié pour Mazarin ; et, ce qu'il y avait de plus
insupportable, elle entendait de tous côtés ces chan-
sons et ces vaudevilles, monuments de plaisanterie et
de malignité qui semblaient devoir éterniser le doute
où l'on affectait d'être de sa vertu (1). » Madame de
Motteville dit à ce sujet dans ses Mémoires que « ces
insolences faisaient horreur à la reine, et que les Parisiens trompés lui faisaient pitié. »

La cour quitta Paris sous la protection de Condé et
suivie du duc d'Orléans, oncle du roi. Cette fois, la
question ne pouvait plus être tranchée ou plutôt ajour-
née par une émeute ; la guerre civile allait commencer.
Condé prit le commandement des troupes royales. Les
complices du Coadjuteur, le prince de Conti, les ducs
de Bouillon, de Longueville, de Beaufort, etc., vinrent
se mettre à la tête des Parisiens. Un peu plus tard,
Turenne promit son concours. Depuis longtemps déjà,
Retz songeait à s'appuyer sur l'Espagne. Il n'hésita pas
à suivre ce projet auquel les chefs militaires de la
Fronde s'associèrent sans hésitation et qui rencontra
de nombreux appuis dans le parlement. La politique
de Mazarin et les armes de Condé, secondées par
quelques parlementaires opposés aux mesures extrêmes, firent enfin tomber les résistances. La Fronde

(1) Voltaire, *Siècle de Louis XIV*, t. I, p. 53, édit. de 1845.

ne fut pas précisément vaincue : elle traita avec la
royauté. Le parlement obtint pour lui-même et pour
le *bien public* des garanties qui devaient lui suffire ;
les généraux furent comblés de promesses ; Mazarin,
on le sait, était, sous ce rapport, de très-facile composition. Retz ne demanda rien. Aucune faveur ne pouvait le séduire, car il voulait arriver à dispenser lui-
même les faveurs. En se montrant désintéressé, il se
réservait l'avenir.

Telle fut la première période de la Fronde. La seconde nous montre Condé devenant le chef nominal
du parti qu'il venait de combattre. Condé avait moins
songé à sauver l'autorité royale qu'à dominer la Régente et son ministre. Aussi se livra-t-il « au plaisir
de mépriser la cour après l'avoir défendue ; » il arriva
par cette mauvaise pente à provoquer de nouveaux
troubles. Au début de cette période, Retz est l'allié de
la cour, tout en visant toujours à supplanter Mazarin ;
puis il finit par s'entendre avec Condé ; c'est ce que
l'on a appelé l'union des deux Frondes. Cette union
force Mazarin à s'exiler ; mais son exil n'abat pas sa
puissance, car la reine continue de suivre ses conseils.
Une troisième Fronde se forme, et bientôt Condé
prend de nouveau les armes. Cette fois il a Turenne
contre lui. Retz, qui fait mouvoir le duc d'Orléans à sa
fantaisie, essaye de constituer un tiers-parti entre
Condé et Mazarin. Le parlement passe de plus en plus
au second plan, sans cesser de s'engager dans de fâcheuses entreprises ; les modérés cependant y gagnent
du terrain. Toutes sortes d'intrigues s'entrecroisent ;

personne ne suit une voie droite, et, sauf la reine et Mazarin qui veulent maintenir autorité royale, personne non plus n'a en tête l'ombre d'une idée politique. **M.** le duc de Broglie, voulant coractériser la conduite des grands seigneurs engagés dans cet imbroglio, a dit qu'on ne pouvait les suivre « à travers leurs transforma- « tions coup sur coup, leurs tristes palinodies, leurs « changements à vue, de parti, de principe et de langage.»

Si les derniers frondeurs sont abandonnés, on trouve encore, en revanche, de grands mérites aux organisateurs du mouvement. Plusieurs écrivains de ce temps-ci, se fondant sur certaines apparences et, aimant d'ailleurs à chercher dans le passé les traces du régime parlementaire, ont absolument voulu voir dans la Fronde un mouvement politique ayant pour but, à son origine, d'établir une juste pondération, un *sage milieu*, comme dit Retz, entre la représentation nationale et la royauté. Pour ces écrivains, les premiers frondeurs avaient réellement l'amour du bien public. L'un des tenants de cette thèse, **M.** le duc de Broglie, les a montrés poussant la France « vers un ordre de choses à la fois antique et nouveau, antique de droit, nouveau de fait, et qui, s'il eût duré plus d'un jour, aurait changé la face de notre pays et le courant de sa destinée. » Et que nous promettait pour l'avenir cet âge d'or de la Fronde ? Il nous promettait: « Le progrès dans l'ordre, la réforme sans révolution, la liberté réglée mais réelle, loyale, sérieuse » sous « un gouvernement libre et régulier (1). »

(1) Discours de réception à l'Académie.

Le développement régulier de la Fronde n'eût pu
produire ce résultat, car la Fronde n'a jamais été
qu'une intrigue. C'est soixante-dix ans plus tôt, c'est
au temps de la Ligue que le courant des destinées de
notre pays pouvait être changé. La Ligue obéissait à de
grands principes; elle était catholique, monarchique
et nationale ; son triomphe, sur les bases où elle s'était
formée, eût très-probablement donné à la France cet
ordre de choses antique et nouveau, si bien défini par
M. le duc de Broglie. La Ligue eût, en effet, arrêté la
prépondérance du gouvernement déjà si menaçante ;
elle eût empêché la royauté d'arriver à l'absolutisme et
de s'y abîmer.

M. Nisard, répondant à M. de Broglie, contestait
les vertus des frondeurs; il ne niait pas la justice de
certains griefs et la candeur apparente des premiers
mouvements pour le bien public ; mais il hésitait à reconnaître une pensée vraiment grande et bien arrêtée
chez les chefs de la rébellion. M. Nisard peut paraître
suspect. Écoutons un écrivain dont les doctrines sont
très-différentes, M. Henri Martin. Voici comment il
juge Retz, principal acteur de la Fronde :

« On s'est fait, de nos jours, beaucoup d'illusions
sur la portée de ses vues ; s'il est profond dans ses observations, c'est à la manière des poëtes comiques et
des auteurs de maximes, et non point à la manière des
hommes d'État. Quelques généralités éloquemment
banales sur les despotismes nouveaux, et les vieilles
libertés perdues ne sont pas une théorie constitution-
nelle. Que voulait-il ? La monarchie contrôlée par le

parlement? Le parlement n'était qu'un instrument pour lui. La monarchie des états généraux? En aucune façon : lorsque l'on réclama les états généraux, il ne s'associa pas à cette réclamation. En réalité, il n'eut jamais de système et ne voulut le mouvement que pour le mouvement même (1). »

Il ne m'est pas très-agréable d'être de l'avis de M. Martin; mais je dois reconnaître que, sur ce point, l'étude des faits lui donne complétement raison.

M. Léonce Curnier, qui s'est livré sur toute cette phase de notre histoire à de patientes investigations faites dans un grand esprit d'impartialité, se prononce aussi contre la Fronde, il la condamne à son début comme à son déclin; il dit, avec M. Cousin, qu'elle fut toujours menteuse et étourdie. Après une appréciation vigoureuse et juste dans son ensemble, mais où nous aurions cependant quelques points à discuter, il démontre que les Mémoires de Retz ont beaucoup contribué à égarer l'opinion sur les tendances des premiers frondeurs. Retz a soin d'établir, en effet, qu'il s'agissait de détruire « la plus scandaleuse et la plus dangereuse des tyrannies introduite par Richelieu dans la plus légitime des monarchies; » il rappelle qu'il « y a plus de douze cents ans que la France a des rois; mais que ces rois n'ont pas toujours été absolus au point qu'ils le sont; » il invoque les coutumes « reçues et mises en dépôt, d'abord dans les états généraux, puis dans les parlements; » il li

(1) *Histoire de France*, t. iv, p. 868.

montre que « nos pères avaient trouvé un sage milieu entre la licence des rois et le libertinage des peuples, » et ajoute :

« Il n'y a que Dieu qui puisse subsister par lui seul. Les monarchies les mieux établies et les monarques les plus autorisés ne se soutiennent que par l'assemblage des armes et des lois, et cet assemblage est si essentiel que les unes ne peuvent se maintenir longtemps sans les autres. Les lois désarmées tombent dans le mépris ; les armes qui ne sont pas modérées par les lois tombent bientôt dans l'anarchie. »

Ce sont là de beaux axiomes formulés en très-bon style ; mais si de la théorie, découverte après coup, nous passons aux faits, que voyons-nous dans la Fronde ?

Nous voyons le parlement se faire une arme d'abus réels et de difficultés passagères pour accroître son autorité, s'assurer des priviléges et tenter une sorte de révolution à son profit. M. Curnier refuse à bon droit de reconnaître un véritable esprit politique et des tendances généreuses « dans ce parlement qui se donne sans aucun titre, sans aucun mandat, comme le seul représentant du pays, comme le seul interprète de sa volonté ; dans ce parlement qui, institué pour rendre la justice, veut à tout prix se mêler de la paix et de la guerre, établir entre le roi et la nation une corporation indépendante de l'une et de l'autre, les dominant même tous les deux ; dans ce parlement qui ameute le peuple contre la cour, sous prétexte de réformer l'État, et s'oppose en même temps à la convocation des états généraux, ces vrais mandataires de la France ! »

Et parmi ces parlementaires, quel était celui qui
avait le plus d'action sur le peuple et que les membres
les plus ardents de la compagnie reconnaissaient pour
chef? C'était une nullité, le *bonhomme Broussel*, dit
Retz, « qui avait blanchi entre les sacs, dans la poudre
de la grand'chambre avec plus de réputation d'intégrité que de capacité. » Intégrité relative, car le *bonhomme* avait beaucoup de vanité et ne pardonnait pas
à la reine d'avoir refusé à son fils le brevet de capitaine aux gardes.

Les admirateurs du premier acte de la Fronde condamnent volontiers les deux autres en disant que les
grands personnages, chefs du mouvement, ne son-
geaient qu'à leurs intérêts. N'en a-t-il pas toujours été
ainsi ? Les parlementaires revendiquaient pour leur
corporation des priviléges et une extension de pouvoir
qui devaient se traduire en avantages positifs et immé-
diats pour les individus. Quant aux grands seigneurs
associés à cette lutte, ils eurent dès la première heure
les mêmes mobiles qu'au dénoûment. Le prince de
Conti, le duc de Bouillon, le duc de Beaufort, le duc
d'Elbœuf avaient-ils le moindre désir de travailler au
bien public lorsqu'ils entrèrent dans la fronde parlementaire? Le prince de Conti voulait jouer un rôle et
se venger de son frère le grand Condé, trop disposé à
lui faire sentir le droit d'aînesse ; le duc et la duchesse
de Bouillon espéraient obtenir la restitution de Sedan ;
le duc de Beaufort, *le roi des halles*, esprit borné comme
la plupart des favoris de la populace, détestait Mazarin,
aimait le bruit et rêvait d'être quelque chose dans

l'État ; le duc d'Elbœuf, prince lorrain, avait porté les armes contre la France et cherchait à relever sa fortune. Il était au plus offrant. Quand il arriva à Paris pour s'enrôler sous la bannière du parlement, l'un de ses parents, le duc de Brissac, dit à Retz : « Il n'a pas trouvé à dîner à Saint-Germain (où se tenait la cour), et il vient voir s'il trouvera à souper à Paris. » La Rochefoucauld, la duchesse de Longueville, la duchesse de Chevreuse et leurs clients n'obéissaient-ils pas également à des passions très-étrangères aux intérêts de la patrie ?

Quant à Retz, le simple exposé des faits suffit à démontrer que l'amour du bien public n'entrait pour rien dans ses actions. Voici, du reste, d'après lui-même, à quelles pensées il céda lorsqu'il résolut de se jeter dans la révolte :

« Je permis à mes sens de se laisser chatouiller par le titre de chef de parti que j'avais toujours honoré dans les *Vies* de Plutarque. Mais ce qui acheva d'étouffer tous mes scrupules, fut l'avantage que je trouvai à me distinguer de ceux de ma profession par un état de vie qui les confond toutes. Je me soutenais, malgré mes déréglements, par la Sorbonne, par des sermons, par la faveur du peuple ; mais enfin cet appui n'a qu'un temps, et ce temps même ne saurait être fort long par mille accidents qui peuvent arriver dans le désordre. Les affaires brouillent les espèces ; elles honorent même ce qu'elles ne justifient pas, et les vices d'un archevêque peuvent être dans une infinité de cas les vertus d'un chef de parti (1). »

(1) *Mémoires*, t. I, p. 170-171.

Devant de tels aveux il faut tout l'aveuglement du parti pris pour voir dans le Coadjuteur autre chose qu'un faquin. Les événements ne le changèrent pas. Après avoir conspiré pour devenir cardinal-ministre, il conspire encore lorsqu'il lui est impossible de conserver cette illusion. Il se mêle au tumulte en artiste, parce que le jeu lui plaît, et aussi dans l'espoir d'être reconnu plus audacieux et plus fourbe que ses ennemis et ses alliés, qui pour lui sont également des rivaux.

De même qu'ils ont jugé trop favorablement la Fronde, les lauréats de l'Académie ont été trop indulgents pour le cardinal de Retz. M. Michon parle des honteux désordres de ce prélat comme il parlerait des légèretés d'un étudiant. M. Topin, sans être aussi coulant que M. Michon, n'est pas suffisamment sévère. Aucune indignation ne relève son blâme. Il dit même, afin de faire une phrase, qu'« on est presque tenté de pardonner les actes de Retz puisqu'il les a racontés lui-même. » Cela dénote un esprit accommodant; — c'est l'esprit académique.

M. Léonce Curnier, sur ce point encore, est très-supérieur aux deux lauréats. Il flétrit la conduite de Retz avec l'énergie d'un cœur chrétien. Cependant n'a-t-il pas été, lui-même, un peu trop accessible à l'indulgence en acceptant sans réserve les témoignages des amis du cardinal sur les sentiments où il se trouvait lorsqu'il écrivit ses Mémoires? Cet ouvrage est empreint partout de la plus tranquille immoralité. Retz veut que l'on sache qu'il a été infâme; il veut étonner le lecteur par le caractère particulièrement honteux de ses débordements et le scandale de ses confessions. Il se complaît visiblement dans les plus indignes souvenirs, et l'on peut croire qu'il a exagéré ses crimes. Cet homme, en effet, fut un grand criminel. Il fit une retraite avant d'être sacré évêque, et voici quelle règle de vie il se traça :

« Je pris après six jours de réflexion le parti de faire le mal par dessein, ce qui est sans comparaison le plus criminel devant Dieu, mais ce qui est le plus sage devant le monde, parce qu'en le faisant ainsi on y met toujours des préalables qui en couvrent une partie, et parce que l'on évite par ce moyen le plus dangereux ridicule qui se puisse rencontrer dans notre profession, qui est celui de mêler à contre-temps le péché dans la dévotion. (1) »

Cette règle de conduite, Retz lui fut très-fidèle. Qu'il ait pu se la tracer dans le secret de sa pensée au moment de son sacre, c'est une chose qui terrifie ; qu'il se soit vanté vingt-cinq ans plus tard de l'avoir prise, c'est inexplicable. « Conçoit-on, disait le président Hénault, qu'un homme ait eu le courage ou plutôt la folie de dire de lui-même plus de mal que n'en eût pu dire son plus cruel ennemi ? » Du courage, il n'en faut pas chercher dans les *Mémoires* de Retz ; il n'y faut voir qu'une aberration de la vanité. Oui, c'est pour *poser* devant la postérité qu'il a écrit sur lui-même ce livre dont aucun autre n'égale le cynisme. N'oublions pas, en effet, qu'il était prêtre, archevêque, cardinal, lors-

(1) *Mémoires*, t. I, p. 86.

qu'il fit les infamies dont il se vante, et qu'il avait
près de soixante ans lorsqu'il les raconta.

Retz passa les dernières années de sa vie dans une
demi-solitude ; il avait toujours été généreux, il se
montra charitable ; ses amis déclarèrent même qu'il
était édifiant. Je veux bien le croire. Néanmoins, les
Mémoires me donnent des doutes sur la profondeur de
cette conversion. Je sais bien qu'il ne les a pas termi-
nés ; je sais aussi qu'il ne les a pas brûlés. L'homme
politique, le Frondeur pouvait tenir à laisser son témoignage sur les événements où il avait joué un rôle
si important et si suspect. Quel besoin le cardinal
avait-il de montrer un archevêque scandaleux ? N'eût-
il pas dû détruire, au moins, les nombreux passages
où il parle de ses désordres avec une complaisance
chargée d'impudence et d'impudeur ?

« Disons-le à l'honneur de notre temps, s'écrie
M. Curnier, un cardinal de Retz serait impossible aujourd'hui. » L'observation est très-juste. Malheureusement, l'habile historien du Coadjuteur entre trop avant
dans cette voie, où il se rencontrerait certainement
avec MM. Michon et Topin. Il n'est pas de ceux qui
jugent toute une époque sur une phrase de La Bruyère,
il a l'esprit trop droit pour commettre de telles erreurs ;
mais il est très-accessible aux idées modernes et très-
amoureux du temps présent. De là des appréciations
que nous ne saurions accepter. Prendre les choses et
les hommes de la Fronde pour les opposer à la société
actuelle, n'est-ce pas rendre la contradiction trop
difficile ? tout alors était désorganisé, c'était une

époque de lutte ; et puis nous avons sur les acteurs
de ces scènes si variées les témoignages de l'histoire,
les révélations des correspondances intimes, les aveux
et même les calomnies des mémoires secrets. Nos neveux comparant ces révélations à celles que laisseront
nos contemporains, pourront rendre en connaissance de cause un verdict dont le moment n'est pas
venu.

N'oublions pas, M. Curnier le dit lui-même, que les
héros de la Fronde ont presque tous demandé solennellement pardon de leurs fautes et vécu d'une vie
vraiment chrétienne. Mme de Longueville fit une pénitence admirable ; la duchesse de Chevreuse, selon l'expression de M. Cousin, fut soumise à l'action de la
grâce et sut tourner vers le ciel ses yeux fatigués de la
mobilité des choses de la terre ; le prince de Conti
passa ses dernières années dans l'exercice de la piété ;
La Rochefoucauld , malgré sa misanthropie un peu
forcée, devint bon chrétien ; on l'a nié, mais un ouvrage récent de M. de Barthélemy ne permet plus le
doute ; Turenne, qui était protestant à l'époque de la
Fronde, se convertit et fut signalé pour sa ferveur ;
Condé, le grand Condé, si fougueux, si intraitable, si
orgueilleux même, trouva dans l'accomplissement des
devoirs religieux la force de dompter son caractère,
et Bossuet put célébrer ses rares vertus.

De pareils exemples prouvent à quel point la société
était encore chrétienne. Si l'on commettait de grandes
fautes, la foi subsistait dans les âmes et le feu des
passions ne tardait presque jamais à s'apaiser sous le

sentiment du devoir. Aussi quels retours magnifiques, non pas à la fin de la vie et lorsque le monde vous fuyait, mais dans toute la vigueur de l'âge et au milieu même des plus éclatants succès ou des plus grands désordres. Je souhaite que la société actuelle où M. Curnier signale une *épuration* constante des *hautes régions sociales*, fournisse de telles pièces à ceux qui pourront légitimement instruire son procès.

On oublie trop volontiers, d'ailleurs, — je ne dis pas cela pour M. Curnier, — que le *temps de Retz* fut aussi le temps de saint Vincent de Paul, de M. Olier, du P. de Gondren, de Mlle de Melun, de Mme de Miramion, de sainte Chantal et de tant d'autres saints personnages qui ont laissé une trace lumineuse dans l'histoire. Cette époque, dont on ne se lasse pas d'exposer les scandales, fut féconde en œuvres religieuses de toutes sortes, et quelques-unes de ces œuvres nous protègent encore.

M. Curnier qui, sans méconnaître ces faits, ne s'y arrête pas assez, se montre, en outre, un peu trop touché de l'esprit du jour dans ses vues sur l'œuvre de concentration préparée par Richelieu et Mazarin, accomplie par Louis XIV et toujours maintenue depuis lors sous des formes différentes. Je doute que ce système fût nécessaire à l'établissement définitif de l'unité nationale ; mais comment douter qu'il dût détruire la liberté et en obscurcir pour longtemps la notion elle-même ?

N'est-ce pas aussi par suite de son penchant pour les idées modernes que M. Curnier fait bonne mine au cartésianisme et au gallicanisme? Il ne se déclare pas cartésien et se défendrait, je crois, d'être gallican; mais il est bien tendre pour Descartes et semble approuver les conseils que Retz donna à Louis XIV contre Rome à propos du conflit suscité par le duc de Créqui. Ce n'était pas là, sans doute, une question de doctrine; néanmoins, en examinant les choses dans leur ensemble, on y reconnaît l'une des plus brutales manifestations de l'esprit gallican.

J'indique ces points; je ne veux pas les discuter. Mon seul but est de montrer par de brèves réserves que, tout en louant le solide et intéressant travail de M. Curnier, je ne l'accepte pas tout entier. Les faits y sont bien exposés, les hommes y sont bien jugés; mais l'auteur est trop disposé à sacrifier le passé au présent.

D'autres reproches, que je suis loin d'admettre, ont été adressés à M. Curnier. On a dit, par exemple, que son livre manquait de nouveauté et déplaçait les rôles en *faisant de Retz* et non de Mazarin le *centre de la Fronde.*

Si pour donner un livre nouveau, il faut produire des documents inédits, M. Curnier n'est pas en règle; mais il est certain que nous lui devons sur *Retz et son temps* un travail historique largement conçu, embrassant toute la vie et tous les écrits du bruyant coadjuteur. Or, ce travail n'avait pas encore été entrepris.

Quant à Mazarin, M. Curnier ne méconnaît nullement la grandeur de ses services. S'il ne lui donne pas la première place dans son livre, il montre qu'elle lui

est due dans l'histoire. On voudrait qu'il en eût fait le
centre de la Fronde. Comment être le centre d'une
force qui veut vous détruire et que l'on combat? L'important était de bien définir le rôle politique du ministre, du confident, de l'ami d'Anne d'Autriche.
M. Curnier n'y a pas manqué. En revanche, tout entier
au ministre et à son rival, peut-être n'a-t-il pas assez
fait ressortir la part de la reine dans cette longue mêlée? De tous les personnages du temps, aucun, à mon
avis, ne montre un caractère plus généreux, et plus
attachant. Anne d'Autriche ne dédaigne pas d'être
habile, — elle a su jouer le cardinal de Retz; — elle
négocie, elle se résigne à plier: mais elle ne le fait pas
sans effort et sans regrets; livrée à elle-même, elle est
impétueuse, courageuse, elle serait volontiers téméraire; et toujours elle conserve une dignité qui manque
à ses soutiens comme à ses ennemis; elle reste reine
enfin, même lorsqu'elle doit sacrifier quelque chose de
la majesté royale; et jamais elle ne cesse d'être femme.
Sa confiance dans Mazarin, cette confiance que ni les
échecs, ni les désastres, ni l'absence ne purent diminuer, prouve chez elle tout à la fois un cœur fidèle et
un grand sens politique. Cette princesse espagnole,
devenue si complétement française, comprit que l'Italien Mazarin était le défenseur le plus dévoué des
droits de la royauté et des intérêts de la France. On a
prétendu qu'il fallait faire honneur de cette clairvoyance non pas à l'esprit droit et pénétrant de la
reine, mais aux faiblesses de la femme. On a débité
à ce sujet diverses histoires, les unes simplement

odieuses, les autres odieuses et ridicules. La Palatine
a dit, par exemple, que la reine et le cardinal étaient
secrètement mariés, et divers écrivains ont accepté
cette version sous prétexte de couper court au
scandale.

M. Curnier touche ce point en passant. Nous regret-
tons qu'il ne l'ait pas abordé de front. Il n'y a rien eu
de scandaleux dans les rapports d'Anne d'Autriche et
de Mazarin. La reine régente n'a jamais donné prise à
la calomnie. Même en admettant les doutes élevés sur
certaine phase de sa vie, il faut reconnaître que, depuis son veuvage, elle fut édifiante. Quant à Mazarin
(je parle du cardinal, non du jeune officier et du di-
plomate), il fut toujours d'une parfaite régularité de
mœurs. Bussy-Rabutin, qui ne l'aimait pas (il n'aimait
personne), lui a, sous ce rapport, rendu un hommage
qui fait loi.

On invoque, il est vrai, contre la reine et le cardinal
leur propre correspondance et les agendas de Mazarin.
Y trouve-t-on des preuves? Non pas; mais on prétend
y trouver des présomptions. N'est-ce pas assez contre
l'honneur d'une reine, surtout d'une reine dévote, et
d'un prince de l'Église? On signale dans les lettres des
expressions intimes et même tendres; on dénonce sur
l'agenda l'indice de préoccupations jalouses. D'abord
la Régente et le Cardinal eussent-ils écrit ces lettres et
ces notes s'ils avaient dû cacher leurs sentiments; et
s'ils les avaient écrites, les eussent-ils conservées?
C'est assurément fort invraisemblable. En nous laissant ces pièces, ils en ont établi l'innocence. Du reste,

il faut presser extrêmement les phrases incriminées
pour y trouver autre chose qu'une solide amitié. Anne
d'Autriche et Mazarin avaient subi ensemble de
longues épreuves et chacun d'eux avait appris à compter sur l'autre ; ils s'estimaient, ils portaient un amour
très-vif au jeune roi ; ils eurent ensemble les joies du
triomphe. Une telle communauté de sentiments et d'intérêts, formée en présence du péril, cimentée par tant
de confiance d'un côté et de l'autre, tant de services,
ne se comprend pas sans une profonde affection. Mazarin était l'ami de la reine, un ami trop éprouvé pour
ne pas avoir le droit de parler avec quelque vivacité,
trop écouté pour ne pas user de son droit. Or, l'amitié
entre l'homme et la femme s'empreint naturellement
de douceur et d'abandon. Le ton des lettres et des
agendas ne dépasse point cette note.

Pourquoi réclamer ? disent des écrivains bien inten-
tionnés. Mazarin n'était pas prêtre et un mariage
secret l'unissait à la Régente. Donc tout était en règle
et le plus sage est d'accepter ce roman. Oui, si Mazarin était cardinal laïque, il pouvait se marier ; mais
comment, étant marié, pouvait-il rester cardinal ?
Voilà ce qu'il faudrait établir. La fable de la princesse
Palatine n'arrange rien. Il y faut renoncer et se résigner à reconnaître que les seuls liens qui unirent Anne
d'Autriche et Mazarin furent ceux d'une étroite amitié,
fondée sur un même dévouement au roi.

Un dernier mot : Anne d'Autriche et Mazarin dominent tous les personnages de la Fronde. Mazarin,
dont nous ne prétendons pas justifier tous les actes,

fut seul véritablement habile, et seule, Anne d'Autriche eut de la grandeur. C'est de leur côté aussi que se trouvent la dignité des mœurs, la suite dans les vues, la générosité, le sentiment du devoir. Leurs adversaires s'agitent dans le faux. Ceux-ci cherchent le bruit, ceux-là cherchent les priviléges, les positions, les honneurs; beaucoup cherchent l'argent. Princes du sang, grands seigneurs, parlementaires et bourgeois trahissent les principes qu'ils devraient représenter et provoquent la ruine définitive des libertés qu'ils devraient défendre. Ils font triompher l'absolutisme, qui fera triompher la Révolution.

6*

LE PÈRE LACORDAIRE ET L'ACADÉMIE

La réception de M. le prince Albert de Broglie à l'Académie française a offert un attrait particulier. Le nouvel académicien remplaçait le R. P. Lacordaire et était reçu par M. Saint-Marc Girardin. La séance promettait donc un double plaisir, un double triomphe aux amis de l'illustre religieux. Ils ne devaient pas craindre que le grand orateur de Notre-Dame fût loué de travers comme il l'eût été infailliblement par quelque libre penseur décent orné des palmes vertes. En effet, M. de Broglie et M. Saint-Marc Girardin sont catholiques. Le premier l'a quelquefois prouvé, le second l'a toujours dit.

Les promesses du programme n'ont pas été très-bien remplies. M. de Broglie a donné trop de part, chez le P. Lacordaire, à l'homme politique, et M. Saint-Marc Girardin a méconnu le religieux pour glorifier le *dominicain libéral*, tenant du *démocrate* et du *tribun populaire*. L'idée de transformer le P. Lacordaire en homme politique n'est pas nouvelle; elle n'a, d'ailleurs, aucun fondement. Si, comme tout le monde, dans les temps actuels, le P. Lacordaire a touché à la poli-

tique, il l'a fait sans suite, sans fermeté et sans succès.
C'est le rapetisser étrangement que d'insister sur cet
épisode de son œuvre. Là n'était pas sa voie et il ne
s'y est pas obstiné. On peut trouver dans ses écrits
bien des phrases sonores sur la liberté, bien des
aspirations démocratiques ou plutôt égalitaires; mais
on n'y trouvera rien de net, rien de défini, rien
de ce qui constitue un esprit politique. Le P. Lacordaire comprenait mieux que personne l'effet du mot
liberté; je doute qu'il ait jamais approfondi la chose.
S'il n'avait pas été chrétien, il eût préféré le libéralisme
à la liberté. Je soupçonne, du reste, plus de calcul que
d'erreur chez ses derniers panégyristes. Pour produire
convenablement leurs propres vues sur le temps présent, il leur fallait un P. Lacordaire, homme politique.
Ils l'ont peint tel qu'ils le voulaient et non tel qu'il
était.

Cette fausse note est moins sensible chez M. le prince
de Broglie que chez M. Saint-Marc Girardin. M. de
Broglie a trop vu dans le P. Lacordaire, le libéral de
1830 et l'académicien de 1860; cependant, il n'a pas
oublié que le disciple de saint Dominique avait conquis ses titres académiques dans la chaire et non à la
tribune ou dans les clubs. Son discours est tout à la
fois plus habile et plus vrai que celui de M. Saint-
Marc Girardin, mais il est aussi beaucoup plus long;
et, chose inattendue, il fait plus large part à la critique.
Tout en restant pour la forme dans le ton académique,
c'est-à-dire en ne sortant pas de l'éloge, M. de Broglie
a discrètement semé çà et là d'assez grandes réserves.

Il a multiplié les sous-entendus, les chausses-trapes. On serait tenté de croire qu'il n'a écrit ce brillant et laborieux morceau qu'après avoir étudié avec fruit son confrère, M. Sainte-Beuve. D'innocents auditeurs ont applaudi chez lui diverses appréciations qu'ils eussent condamnées chez un juge impartial, dédaignant, — qu'on nous passe cette vieille formule, — de cacher le serpent sous les fleurs. Nous descendrons dans ces cryptes, mais avant tout nous voulons relever les premières paroles de M. de Broglie.

Le nouvel académicien a félicité sa corporation d'avoir uni « les noms de Lacordaire et de Tocqueville » et consacré ainsi « pour jamais l'alliance de ces deux renommées, » lesquelles porteront « ensemble à l'avenir un symbole complet de dignité chrétienne et d'honneur politique. » Cette phrase contient un rapprochement forcé et presque blessant. M. de Tocqueville était certainement un homme distingué, mais il n'aurait rien eu de commun avec le P. Lacordaire si celui-ci n'avait pas occupé son fauteuil académique. Il voyait assez juste, il ne voyait pas loin ; son regard s'éteignait devant un horizon étendu. Le livre, qui lui a ouvert toutes les portes et sur lequel il a vécu trente ans, pourrait en fournir d'éclatantes preuves. Il est mort chrétiennement, mais il avait écrit en dehors de toute conviction religieuse ferme et précise ; c'était un idéologue discret, cherchant la vérité et doutant qu'on pût la trouver, respectant l'Eglise sans se rendre compte de sa mission, sans être disposé à s'incliner devant ses droits. Les catholiques l'ont vu quelquefois sur leurs frontières ; jamais ils n'ont pu compter sur lui. Il appartenait à la vieille opposition libérale. La dignité de sa vie, la délicatesse de ses sentiments et la pente de son esprit lui faisaient, sans doute, regretter les fureurs anti-*cléricales* de ses amis politiques ; néanmoins il restait dans leurs rangs. Il préférait le *Siècle* à l'*Univers*, même lorsque l'*Univers* vivait en bon accord avec MM. de Falloux et Dupanloup, que M. de Montalembert y écrivait des articles qui ne sont pas tous dans ses œuvres complètes, et que le P. Lacordaire y publiait ses Conférences.

Il y a, je le sais, des jugements que le convenu académique ne permet pas de porter; mais il ne va pas jusqu'à imposer la nature de l'éloge. M. de Broglie n'était nullement forcé de faire une sorte de fusion entre M. de Tocqueville et le P. Lacordaire afin d'en composer un *symbole*. Il pouvait parler de la *renommée* du premier sans appliquer le même mot dans la même mesure au second. La renommée n'est souvent que le synonyme du bruit; ses racines, lorsqu'elle en a, sont rarement vivaces. M. de Tocqueville a eu de la *renommée*; le Père Lacordaire s'est élevé plus haut, et son successeur pouvait lui accorder la *gloire*.

Je n'entreprendrai pas d'analyser le discours de M. de Broglie, j'en marquerai seulement quelques traits. La conversion du Père Lacordaire est racontée brièvement et en bons termes. M. de Broglie montre que nulle influence humaine ne détermina le tour nouveau des sentiments de ce jeune avocat « passionné pour tous les résultats de la Révolution française » et

dont la fierté indocile ne le portait certes pas à « s'enrôler dans les milices d'une Religion engagée dans
les liens d'une intimité très-apparente » avec le Trône.
Après ce résumé très-net des doctrines et des tendances du jeune Lacordaire, M. de Broglie se complaît à démontrer combien est excellente l'alliance de
ces deux mots : catholique-libéral. « Cette alliance,
s'écrie-t-il, n'était alors familière à aucune oreille. »
Depuis lors les oreilles s'y sont habituées, mais il n'est
pas prouvé que l'accouplement des mots ait produit
l'accord entre les idées.

Plus loin, M. de Broglie parle des *préjugés tradi-*
tionnels qui gênaient le P. Lacordaire. Et par préjugés,
il entend non pas les vieilles doctrines gallicanes, mais
les convictions fermes, et les sages appréciations qui
refusaient de croire à la possibilité d'une alliance entre le libéralisme, essentiellement voltairien, et l'Eglise.
Il montre l'abbé Lacordaire triste, agité, plus surveillé
qu'encouragé par ses supérieurs, et, sans insister, il
s'arrange de telle sorte que le lecteur doit donner raison au séminariste qui « peut-être ne voyait pas clair
au fond de lui-même, » et qui certainement se laissait
bercer de vagues rêveries. Mais ces rêveries, reprend
le récipiendaire, partaient d'une *idée généreuse,* en
voie de se réaliser. Cela n'est pas bien sûr. L'entente
que cherchait le P. Lacordaire ne s'est point faite. Les
amis et les maîtres de M. Albert de Broglie ont été
dix-huit ans au pouvoir sans rien tenter de ce côté.
Doctrinaires et libéraux s'entendaient alors contre les
catholiques. Le P. Lacordaire leur paraissait un esprit

inconsistant et turbulent dont il fallait se défier. Ils l'accusaient même de bonapartisme. Voici sur ce point quelques lignes assez curieuses, extraites du *Constitutionnel*.

« Le R. P. Lacordaire, disait ce journal, voyant la Lorraine peu disposée à prendre pour patron et pour modèle le bienheureux saint Dominique, n'a rien avisé de mieux pour vivifier ses sermons, que de parler à un auditoire patriote de la grande armée, du général Bonaparte, de guerres et de lauriers français, etc., etc. Le dominicain s'est retrempé dans le *chauvinisme* pour attirer la foule, et il appelle les curieux au son des clairons et de la grosse caisse de nos armées. A Nancy, il fait respirer l'odeur de la poudre ; ailleurs, il évoquait les souvenirs de 93, et partout il fait valoir la beauté de son organe et l'élégance de ses gestes (1). »

Même à cette époque, M. Albert de Broglie n'eût point parlé avec cette inconvenance de l'illustre prédicateur ; mais au fond, il pensait comme le *Constitutionnel*. Peut-être lui en reste-t-il quelque chose, car il signale avec insistance chez le P. Lacordaire une disposition très-accusée à se conformer aux idées de son auditoire. Il constate, d'ailleurs, qu'en agissant ainsi le P. Lacordaire obéissait, en même temps à sa propre nature et au désir d'avoir plus de prise sur les esprits. Assurément un tel calcul n'est pas blâmable, mais je doute qu'il y eût calcul. Le P. Lacordaire aimait à parler de gloire et de lauriers comme de liberté. Les mots

(1) Avril 1845.

qui ont du prestige sur la masse séduisaient cet esprit
si brillant, et, s'il se défendait toujours de la vulgarité
dans l'expression, il y touchait quelquefois par les
idées. Ce côté de son talent n'a pas nui à ses succès.

Nous avons dit plus haut qu'il y avait des sous-entendus dans le discours de M. Albert de Broglie. Le
morceau suivant justifiera notre assertion. Après avoir
exposé que le plan du P. Lacordaire consistait à montrer que l'Eglise étant impérissable est toujours moderne, et que la société moderne étant née de l'Eglise
est plus chrétienne qu'elle ne pense, M. le prince de
Broglie ajoute :

« Tout cela, cependant, plutôt indiqué que défini
dans un programme *assez vague* qui laissait place à
tous les *caprices oratoires*. Des *généralités* hardies,
plus propres à ouvrir de grandes perspectives que
susceptibles de démonstrations rigoureuses ; le dogme
exposé, non pas dans ses mystères intimes, mais dans
ses rapports avec les besoins de l'histoire de l'humanité, *dessiné pour ainsi dire du dehors* par ses arêtes
extérieures ; et çà et là *pourtant*, de grands jours mé-
nagés pour que le regard pût plonger dans ses profon-
deurs ; des assimilations *parfois forcées,* toujours sai-
sissantes ; *peu de textes* de l'Ecriture sainte, mais d'une
application lumineuse et inattendue ; beaucoup d'allusions aux souvenirs de la vie ou de l'éducation communes, depuis ceux de l'antiquité classique jusqu'à
ceux de la France *révolutionnaire et impériale.* »

Nous ne sommes pas au bout de la période. M. de
Broglie assure que le P. Lacordaire se préservait de

l'emphase par une expression dont le *naturel* n'était pas *exempt d'un peu de calcul.* Un *naturel calculé* ressemble fort à de la recherche. M. de Broglie accentue plus nettement une autre réserve ; il dit que le P. Lacordaire avait des appels du cœur *plus perçants pourtant que tendres.* Cette dernière observation aura particulièrement froissé les amis du P. Lacordaire, car ils parlent volontiers de sa douceur et de sa tendresse ; il est vrai qu'ils parlent aussi de modération de M. de Montalembert.

Je ferai remarquer en passant que M. de Broglie a, dans ce morceau, reproduit une appréciation très-reprochée à M. Ernest Hello. Celui-ci avait dit avant le nouvel académicien que le P. Lacordaire dessinait la vérité *du dehors*, ce qui parut alors une énormité.

M. de Broglie a d'autres traits. L'un d'eux révèle le vieil homme chez le jeune immortel. Il résume d'un ton fort dégagé les luttes contre l'Université. « *L'épo-* « *pée* de cette lutte avec l'État eut même, dit-il, ses in- « cidents *héroï-comiques ;* » et il raille doucement le P. Lacordaire d'avoir voulu défendre, comme avocat et maître d'école, la cause du libre enseignement. M. de Montalembert a dû goûter médiocrement ce passage. J'imagine qu'il a éprouvé également quelque désir de protester, lorsque M. de Broglie, voulant complimenter d'un seul coup M. Cousin, M. de Rémusat et M. de Montalembert lui-même, a loué du même ton, dans la même phrase, leurs études *sur les couvents* et sur les personnages dont ils se sont constitués les *champions.* « Depuis saint Benoît, a-t-il dit, jusqu'à saint Anselme, et depuis Abailard jusqu'à la mère Angélique Arnault, combien de noms, diversement célèbres dans les fastes monastiques, ont ici un champion attitré qui défendrait leur honneur comme une cause personnelle. »

Le caractère de cette étude ne me permet pas d'insister sur d'autres points que j'avais cependant notés. Je tiens, d'ailleurs, à dire que le discours de M. Albert de Broglie renferme de nombreux passages dignes d'un chrétien. Cependant on y sent partout les préventions de ce prétendu parti conservateur, foncièrement étranger à tout principe de conservation, qui méconnut pendant dix-huit ans les droits de l'Eglise, et l'on s'y heurte sans cesse à l'étroit esprit de la petite école qui espère se populariser en s'attisant de libéralisme. Déjà elle a obtenu un brillant résultat : les annexionistes italiens lui ont emprunté le fameux et creux axiome : l'Église libre dans l'Etat libre.

M. Saint-Marc Girardin a une telle réputation d'esprit; il est si bien noté près des catholiques modérés qu'on éprouve quelque embarras à dire que son discours commence par une maladresse où l'on voit l'oubli du sens chrétien. Il rappelle que *monsieur* Lacordaire fut reçu à l'Académie par M. Guizot, et il affirme d'un ton triomphant que l'on vit alors une chose des plus heureuses : la conformité des *sentiments libéraux effaçant la différence des cultes.* Il ajoute dans l'élan de sa joie : « Quel signe plus manifeste de notre temps et « quel témoignage plus expressif de l'esprit de notre

« société! Le spectacle était encore *plus grand* qu'il
« n'était singulier. »

Tout le discours répond à cet exorde. M. Saint-Marc
Girardin veut absolument que les *sentiments libéraux*
prennent le pas sur tous les autres, qu'ils dominent
toutes les convictions. Il est douloureux de voir abri-
ter de telles doctrines sous le nom et sous les œuvres
du P. Lacordaire. M. Saint-Marc Girardin a, du reste,
plus d'enthousiasme que de clarté; il constate avec
surprise « que l'Eglise de nos jours a nié souvent la
« Révolution, au moment même où elle prêchait l'éga-
« lité par l'Evangile. » Que veut-il dire? Croirait-il
donc que l'égalité telle que l'entend l'Evangile est
identique à l'égalité révolutionnaire? C'est une thèse
de *Giboyer*. Et s'il n'a pas commis cette étrange erreur
que signifie son étonnement? Du reste, tout le discours
est plein d'observations de cette nature et de cette
force.

Le R. P. Dom Guéranger a dit et prouvé que
M. Albert de Broglie dans son *Histoire de l'Eglise
chrétienne et de l'Empire romain au IVe siècle* n'avait
pas assez tenu compte du surnaturel. M. Saint-
Marc Girardin fortifie ce reproche. Il refuse au surnaturel une part quelconque dans la conversion de
Constantin et dans le triomphe du christianisme.
Il nie positivement tout miracle. La croix de feu et
la devise *In hoc signo vinces*, sont évidemment,
à ses yeux, de puériles inventions ou de pieuses
fraudes. « Constantin, dit-il, devint un empereur chré-
« tien sans calcul et sans miracle, suivant un peu le

« grand nombre, mais comme font les princes qui
« marchent à la tête de ceux qui les poussent. » Il dit
que Constantin ne fut même pas un politique. C'était
un barbare *avisé, croyant, saperstitieux, souvent incon-
séquent, souvent incertain;* « mais ses incertitudes ont
« pu passer pour des habiletés et ses contradictions
« l'ont sauvé des excès. » Plus loin il accorde l'*esprit
politique* et même le *génie politique* à ce barbare qui ne
fut pas un *politique*, et dont le grand mérite était d'aller comme on le poussait. Il conclut en disant au récipiendaire : Voilà l'homme que vous nous avez montré.
Dom Guéranger n'avait pas caractérisé si sévèrement
l'œuvre de M. de Broglie, et cependant tous les catholiques modérés réclamèrent très-haut contre ces appréciations; ce qui n'empêcha point M. Albert de Broglie
d'en faire tout bas son profit.

A propos de Julien l'Apostat, auquel il épargne cette
épithète et qu'il juge avec complaisance, M. Saint-
Marc Girardin revient en quelques mots sur la lutte du
paganisme et du christianisme ; il dit que la tentative
de Julien acheva de tuer le paganisme, mais il présente
cette chute définitive comme le résultat naturel et inévitable du progrès de l'esprit humain. Il évite même de
prononcer le mot afin de mieux faire accepter la chose.
La main de Dieu n'apparaît nulle part. M. Saint-Marc
Girardin l'exclut si complétement qu'il ne s'arrête pas
à justifier sa négation. En revanche, fidèle à certaines
théories modernes sur les avantages de la persécution, il a soin d'expliquer qu'en facilitant l'œuvre de
l'Église, Constantin lui rendit un fort mauvais service.

« Triomphante, dit-il, sous Constantin, l'Eglise chrétienne prend, *pendant sa puissance*, les deux défauts qui préparent sa défaite sous Julien. Elle se divise par l'hérésie, elle *s'abaisse par la servilité*. Elle a des hérésiarques et des courtisans, et ce sont *souvent* les mêmes personnes. »

Ce passage provoque de nombreux commentaires. Bornons-nous à deux observations. Premièrement, M. Saint-Marc Girardin n'attribue pas *l'abaissement de l'Eglise chrétienne* aux seuls hérétiques ; ils furent *souvent* parmi les *serviles*, mais, d'après son texte, qui n'a pas trahi sa pensée, la servilité s'étendait partout, et, d'ailleurs, elle avait son principe dans l'acte même de Constantin reconnaissant à l'Eglise le droit de vivre et lui accordant sa protection. Deuxièmement, M. Saint-Marc Girardin prend encore trop de liberté avec l'histoire quand il dit que l'Eglise triomphante se se divisa par l'hérésie, et que ce *défaut* fut l'un des résultats naturels de son triomphe. C'est en 313 que Constantin promulgua l'édit de Milan qui accordait la tolérance aux chrétiens. Or, M. Saint-Marc Girardin sait très-bien que déjà de nombreuses et redoutables hérésies avaient désolé l'Eglise. Il a entendu parler du gnosticisme, qui, prenant sa source dans le paganisme, fut si puissant dès le 1er siècle ; il sait quelque chose du montanisme, cette hérésie du IIe siècle qui put entraîner Tertullien ; il doit avoir quelques notions sur le rôle des origénistes, des sabelliens et des manichéens au IIIe siècle. Il serait facile de prolonger, pour chacun des trois premiers siècles, cette énumé-

ration, qui n'apprendrait rien à personne. Si
M. Saint-Marc Girardin a présenté *l'hérésie*, particulièrement l'arianisme et ses développements, comme
une conséquence des droits reconnus à l'Eglise par
Constantin, c'est pure fantaisie de bel esprit libéral. Il
cède encore à cette fantaisie en s'écriant que sous
Julien « l'Eglise trahie alla se réfugier avec Athanase
« dans le désert, qu'elle y emporta la foi et la liberté
« et s'y fortifia dans les austérités de la Thébaïde. »
La phrase est sonore, mais ce n'est qu'une phrase.
Cette disparition totale de l'Eglise quittant le monde
pour se fortifier dans la Thébaïde dépasse les droits de
la rhétorique. Le grand Athanase dut subir l'exil pour
la quatrième fois et se retirer au désert ; mais l'Eglise
ne s'y retira pas tout entière avec lui ; elle soutint partout la lutte ; et la foi, que M. Saint-Marc Girardin
confine au désert, continua d'être représentée, là
même où triomphaient les Ariens et où Julien l'Apostat relevait, *par patriotisme*, le culte des faux dieux.

Nous le répétons, la fantaisie est pour beaucoup
dans ces écarts historiques, mais il y faut voir également le calcul. M. Saint-Marc Girardin est du nombre
de ces déroutés du régime de 1830, qui, après avoir été,
selon le langage du temps, *conservateurs bornés*, uni-
versitaires passionnés et ennemis de la liberté religieuse, ont, depuis leur chute, affiché un grand zèle
pour l'indépendance et la dignité de l'Eglise. Ils sont
si susceptibles, si farouches à cet égard qu'ils s'inquiètent et s'irritent dès que nos guides légitimes se
permettent de dire, au point de vue même des prin-

cipes, que l'Autel ne doit pas repousser l'appui du
Trône. A les entendre, toute alliance avec les pouvoirs
humains est toujours en danger ; et pour justifier leur
thèse du jour, si différente de leur pratique de la veille,
ils entreprennent d'établir que l'histoire leur donne
constamment raison. Cette théorie de circonstance a
nécessairement sa part dans la découverte de M. Saint-
Marc Girardin sur *l'abaissement* de l'Eglise dès
qu'il y eut un empereur chrétien. S'il a été plus loin
que ses alliés, cela tient à son goût particulier pour
le paradoxe.

Je doute, en effet, que les catholiques tempérés qui
sont, en même temps, catholiques de la veille, aient,
cette fois, été contents de M. Saint-Marc Girardin. Il
me semble qu'il a donné au catholicisme libéral, —
dont les doctrines sont encore indéfinies, — une extension qu'ils ne peuvent accepter. Ils doivent regretter
tout particulièrement que cet homme d'esprit, arrière-
cousin des Précieuses, qui a toujours eu la singularité
de se croire homme d'Etat, ait ainsi abusé du grand
nom du P. Lacordaire. Sans attribuer toutes ses visées
au *dominicain libéral*, il les a placées sous son patronage. Le prêtre illustre et pieux, le puissant orateur
chrétien, le fervent religieux qui a restauré en France
l'ordre de saint Dominique, prend sous cette plume
insidieuse, un aspect faux et fâcheux. M. Saint-Marc
Girardin veut absolument que *monsieur* Lacordaire
se soit proposé d'être *médiateur entre* 89 *et l'Eglise*. Et
pour établir que le *prêtre démocrate*, mêlé de *tribun*,
cherchait ce rôle, il le montre préoccupé, outre mesure,

des choses du temps, amoureux de son siècle jusque
dans ses défauts et visant trop à séduire ceux qu'il
voulait éclairer. Je suis convaincu qu'après avoir tracé
ce portrait, où l'on ne voit aucun reflet de l'âme,
M. Saint-Marc Girardin s'est modestement avoué
qu'entraîné par son talent, il avait flatté le P. Lacordaire. Du reste, il a eu le tort commun des biographes
de l'illustre religieux; ils ont tous jusqu'ici beaucoup
plus songé à l'exploiter qu'à le faire connaître. Chacun
d'eux, s'accrochant à quelques détails, a prétendu
trouver dans le P. Lacordaire un appui pour ses théories, un auxiliaire pour ses calculs, un complice de
ses passions. Selon une expression de M. Ernest Hello
reprise par M. Albert de Broglie, ils l'ont *dessiné du
dehors par ses arêtes extérieures.*

Si l'on veut se payer des mots, tout n'est pas à
blâmer et à rejeter dans le discours de M. Saint-Marc
Girardin. On pourrait en détacher de très-justes éloges.
Mais par le ton général, par l'ensemble et surtout par
l'aboutissement des idées, cette apologie est une trahi-
son. Le P. Lacordaire n'eût certes pas accepté les doctrines de son panégyriste : et s'il fallait les ratifier
pour devenir académicien, on ne verrait plus de catholiques aspirer à l'Académie.

UN SAINT DE LA LIBRE PENSÉE

Dans chacun de ses numéros, la *Revue des Deux-Mondes* propose et impose au culte de ses lecteurs quelque personnage ancien ou moderne, connu ou inconnu. Les grands hommes du paganisme occupent naturellement une place d'honneur dans cette galerie. Marc-Aurèle, qui devait y figurer à tant de titres, y a été solennellement introduit au mois d'avril 1864. Depuis lors, le public nombreux, soumis à la direction spirituelle de M. Buloz, sait que cet empereur romain a été le modèle parfait des plus grandes vertus. Aussi la *Revue des Deux-Mondes* ne veut-elle pas douter que cette *âme païenne* ait reçu *la récompense des justes*.

« Quel espoir, dit-elle, resterait-il aux vulgaires humains, si Marc-Aurèle n'avait pas trouvé grâce, et si vous n'aviez pas été recueillie avec amour par le suprême juge de nos *incertaines doctrines*, ô vous, de toutes les âmes virilement actives la plus douce, la plus détachée de la terre et la plus pleine de Dieu? »

L'Académie française a ratifié ce jugement en cou-

6**

ronnant, en 1865, un recueil d'articles où le morceau que nous examinons a trouvé place.

Le collaborateur de M. Buloz, devenu lauréat de
l'Académie, M. Martha, ne se borne pas à canoniser
Marc-Aurèle ; il représente ses vertus comme un fruit
naturel du paganisme. Il a soin, il est vrai, de substituer à ce gros mot ceux de *vertu antique* et de
doctrines profanes. Néanmoins sa pensée est claire ;
qu'on en juge :

« Il faut s'arrêter devant cette âme si haute et si pure,
pour contempler dans son dernier et dans son plus
doux éclat la vertu antique, pour voir à quelle délicatesse morale ont abouti les doctrines profanes, comment elles se sont dépouillées de leur orgueil, et quelle
grâce pénétrante elles ont trouvée dans leur simplicité
nouvelle. »

Une première observation est ici nécessaire. D'abord
Marc-Aurèle par ses maximes, surtout par celles que
cite M. Martha, ne fut nullement l'expression des
doctrines profanes ; en revanche, il le fut souvent
par ses actes. L'écrivain de la *Revue des Deux-Mondes*
doit avoir saisi cette dissonance, car s'il parle beaucoup du penseur, du sage — qu'il surfait toujours, —
il parle peu de l'homme, et moins encore du souverain.
Il cite même quelques beaux traits pour mieux voiler
l'ensemble. Aussi, tout en ne disant que des choses
vraies, il nous montre un Marc-Aurèle sans vérité. On
pourrait facilement, à l'aide de son procédé, faire de
son héros un personnage absolument ridicule et odieux.

Nous voulons éviter cet excès. Marc-Aurèle eut, assurément, de grandes qualités. Il fut pur, sage, humain sur ce trône qui avait porté Tibère et Néron, qui allait porter Commode. Mais au lieu de montrer dans les qualités de ce César le fruit des *doctrines profanes*, il y faut voir une exception, et reconnaître que le paganisme, qui toujours les obscurcit, les fit parfois disparaître complétement.

M. Martha constate que Marc-Aurèle aimait, comme Sénèque, à faire son examen de conscience. Sans doute aussi qu'il le terminait également comme Sénèque, en se disant, lorsqu'il n'était pas content de lui-même : « Prends garde de recommencer ; pour aujourd'hui, je te pardonne ! » Dans tous les cas, cet examen ne l'a jamais conduit à se dire : « Je devrais étudier le christianisme avant de faire tuer les chrétiens. »

M. Martha se plaît à répéter que Marc-Aurèle aimait à *s'entretenir avec Dieu*. Ce n'est pas tout à fait exact. Il parle souvent des *dieux* : mais il paraît n'y pas croire beaucoup. Voici en substance les questions qu'il se pose sans cesse : « Les dieux peuvent-ils quelque chose ? Ne peuvent-ils rien ? Y a-t-il une providence bienfaisante et exorable ou un destin aveugle ? ou enfin rien que le hasard et le chaos ? » Qui doute de Dieu et même des dieux ne peut guère être fixé sur l'âme. Aussi, ce penseur, que M. Martha nous montre constamment préoccupé de son âme, ne croyait-il pas à l'immortalité de l'âme, c'est-à-dire à l'âme elle-même, qui n'est rien, si elle n'est pas immortelle. « Les peines de l'autre vie, les récompenses, la félicité après la mort ne sont jamais indiquées, même comme hypo-

thèse, par Marc-Aurèle. Il ne parle que du repos en
Dieu ; et ce repos, c'est celui de la parcelle détachée
qui rentre et s'absorbe dans le tout, de la goutte d'eau
qui se perd dans l'Océan, de l'âme un instant séparée
qui retourne dans la grande âme de Dieu, y abdique
sa vie, son nom, son être. C'est l'absorption panthéis-
tique, la félicité suprême des fakirs indiens (1). »

Marc-Aurèle, que la *Revue des Deux-Mondes* représente comme un esprit ferme, n'avait sur aucun point
des idées arrêtées. C'était un esprit chercheur et irré-
solu, se complaisant dans ses incertitudes. Il condamnait et approuvait le suicide ; il doutait de l'existence
de Dieu, mais il priait par superstition devant toutes
les idoles. Ce grand philosophe, ce profond penseur,
cet esprit élevé, consultait les devins, et, pour s'assurer
le gain d'une bataille, faisait jeter dans le Danube deux
lions, des aromates et des objets précieux. M. Martha
dit que son saint aimait à tel point la vérité, qu'on l'a-
vait surnommé *vérissime ;* il n'ajoute pas qu'il lui
arriva de se prêter au mensonge, soit dans un intérêt
d'État, soit même dans le seul intérêt de sa tranquillité ou de son amour-propre.

Comme les philosophes qui l'avaient précédé et
comme ceux qui l'ont suivi, Marc-Aurèle refusait au
peuple « au bas-peuple, » ces « yeux différents de ceux
du corps avec lesquels on voit ce qu'il faut pour bien
vivre. » Le mépris du grand nombre a toujours été, et
restera le caractère fondamental de toute philosophie
séparée de l'Eglise.

(1) *Les Antonins,* par le comte de Champagny, t. III, p. 24.

Il était clément et généreux; mais que de faiblesse
se mêlait à sa clémence. S'il faut l'admirer quand il
refuse de punir les complices de Cassius, ce qui était,
d'ailleurs, d'une bonne politique, ne faut-il pas le blâmer quand son indulgence ou plutôt son laisser-aller
débonnaire compromet les lois et les mœurs?

Marc-Aurèle eut, à ce même point de vue, d'autres
torts encore : il permit le désordre et le scandale
dans sa propre maison. Peut-être l'impératrice Faustine n'a-t-elle pas commis toutes les fautes, tous les
crimes dont l'histoire l'a chargée. Qu'on en rabatte
beaucoup, et il en restera beaucoup encore. Si Marc-
Aurèle ne savait rien, comme on pourrait l'induire de
ses lettres à Fronton, il était bien aveugle, bien ridicule; s'il savait quelque chose comme en témoigne l'histoire, il fut tant que Faustine vécut, bien tolérant, et
lorsqu'elle mourut bien impudent. Il avait dit un jour
à des amis qui le pressaient de purifier son palais « en
renvoyant l'épouse qui lui avait apporté la pourpre : »
— « si je rends la femme, je dois rendre la dot. » Ce
scrupule mêlé de cynisme lui dicta sans doute la conduite qu'il tint après la mort de l'Impératrice. « Il
prononça lui-même son panégyrique. Il demanda au
sénat de la déclarer déesse. Les villes d'Asie figurè-
rent à l'envi sur leurs monnaies Faustine Diane, Faustine placée sur le char des dieux, Faustine portée au
ciel par un aigle, Faustine au milieu de ses enfants
sous les traits de la lune au milieu des planètes. Elle
eut un temple à Rome et probablement dans d'autres
villes. » N'y avait-il pas une bonne part de mensonge

6***

dans tous ces regrets du *vérissime* Marc-Aurèle ? Ajoutons que, malgré son âge mûr et sa mauvaise santé, il
se remaria promptement. Ce fut, d'ailleurs, « une de
ces unions de la main gauche que la loi permettait, que
l'opinion tenait en défaveur (1). »

De tels traits ne jettent-ils pas un peu d'ombre sur
« ce règne *sans exemple* d'un souverain qui, d'après
M. Martha, se conduisit *toujours en sage ?* »

Marc-Aurèle avait un fils qui fut l'empereur Commode. L'adolescent annonçait tous les vices que
l'homme devait montrer. Il aimait la mauvaise compagnie, il s'entourait de *ce qu'il y avait de pire* dans
cette Rome impériale et païenne dont la corruption
dépassait tout ce qu'on avait vu jusqu'alors, et tout ce
que l'on pourrait voir, même si la mormonisme, le
fouriérisme et le positivisme triomphaient. Marc-
Aurèle voulut réformer ce redoutable entourage, mais
Commode pleura, il fit le malade et l'empereur céda.
Il permit que son fils, dont il connaissait les mauvais
instincts, se pervertît complétement. Il y a mieux : il
s'occupa d'assurer la pourpre des Césars, l'empire du
monde à cet enfant dépravé. Il savait cependant quel
monstre pouvait être un empereur romain comme
celui que promettait Commode. Et n'oublions pas que
l'hérédité du trône n'était à Rome ni une nécessité ni
une loi. Marc-Aurèle pouvait, à l'exemple de Claude,
préférer un fils adoptif à son fils légitime. Tout au
contraire, il ne recula devant aucun abus d'influence,

(1) M. le comte de Champagny. Les *Antonins*, t. III,
p. 168.

aucun excès de favoritisme pour que Commode fût son successeur.

Les illusions et les ambitions de l'amour paternel peuvent, dira-t-on, expliquer cette faute. Nous le voulons bien ; mais alors il faut reconnaître que ce sage manquait de sagesse, et que cette *âme pure, recueillie en face d'elle-même*, était très-accessible aux préoccupations mondaines.

La *Revue des Deux-Mondes* glisse sur ces détails : mais elle croit triompher en faisant de Marc-Aurèle un penseur élevé, généreux, tolérant, un esprit large, si large que l'on a pu douter qu'il eut une doctrine, tant il laissa de liberté à tous les systèmes. Il est certain que Marc-Aurèle salaria beaucoup de philosophes, et ne prit parti d'une façon tranchée pour aucune école, bien qu'il fût à peu près stoïcien. Néanmoins sa tolérance ne s'étendit pas jusqu'aux chrétiens. Il y eut deux persécutions sous le règne de Marc-Aurèle. La *Revue des Deux-Mondes* n'en dit rien. Et que pourrait-elle en dire, sans déranger sa thèse ? Ce prince philosophe, qui accueillait avec la même bienveillance les stoïciens, les platoniciens, les épicuriens, les péripatéticiens, les cyniques ; qui leur donnait même à tous des chaires où ils se combattaient aux frais de l'État ; ce prince clément, ce penseur généreux, fit verser le sang des chrétiens. Il avait le dilettantisme de la philosophie, il n'avait pas l'amour de la vérité. On ne voit même pas qu'il ait pris la peine d'étudier le christianisme, qui cependant était déjà, au simple point de vue humain, une grande force, et dont la philosophie devait dès lors arrêter l'attention d'un vrai philosophe. Marc-Aurèle n'était qu'un amateur.

Il n'étudia pas le christianisme et il le condamna. Livré à lui-même, Marc-Aurèle n'eût peut-être point fait de martyrs ; mais ce sage si humain, qui sut déployer une certaine fermeté au profit des gladiateurs, n'en montra aucune pour maintenir aux chrétiens la liberté de la prière. Les apologies de saint Justin et de Méliton ne touchèrent ni son intelligence, ni son cœur ; elles n'éveillèrent même pas en lui la notion de la justice. Le philosophe, dont on nous dit qu'il cherchait « la lumière à tous les coins du ciel, » ne comprit rien à des paroles comme celles-ci :

« Connais-toi donc toi-même et connais Dieu. Comprends quel rôle joue en toi ce qu'on appelle ton âme. Par elle l'œil voit, l'oreille entend, la bouche parle ; le corps tout entier est à son service. Et quand Dieu retire l'âme du corps, le corps tombe et se corrompt. Que ce moteur invisible de ton être te fasse comprendre le Dieu, moteur invisible du monde. Quand lui aussi retirera du monde sa puissance vivifiante, le monde tombera et périra comme nous voyons périr le corps de l'homme... lève-toi donc du milieu de ces dormants ; ne sois plus de ceux qui baisent des pierres, qui jettent en offrande au feu le pain dont ils vivent, qui revêtent les idoles de leurs propres vêtements ; qui adorent, eux doués de sens et de raison, l'irrationnel et l'insensible : oui, lève-toi, pour ton âme impérissable, et alors la liberté te sera rendue... »

La première persécution que subirent les chrétiens,

sous Marc-Aurèle, n'eut pas lieu loin de l'empereur ; c'est à Rome même, et sous les yeux de ce sage, avec son plein assentiment, que les exécutions commencèrent. Les martyrs furent nombreux. Il y en eut en Asie comme à Rome. Et que leur demandait-on ? une seule chose : de sacrifier aux dieux. L'éclectique Marc-Aurèle, qui payait toutes les philosophies et priait à tous les autels, ne comprenait pas que l'on refusât de s'incliner devant les idoles, et trouvait naturel que cette désobéissance fût punie de mort. Néanmoins, la *Revue des Deux-Mondes* assure qu'on n'a pu reprocher à ce prince que *l'excès de la vertu dont le monde avait alors le plus besoin : la clémence.*

De 169 à 177, les chrétiens furent laissés à peu près libres. Mais alors une nouvelle persécution vint donner à l'Eglise de nouveaux martyrs. Le sang des chrétiens coula presque partout. On cite des martyrs à Rome, à Pérouse, dans le Pont, la Phrygie, l'Egypte et dans la Gaule. Les Églises de Lyon et de Vienne furent particulièrement éprouvées. Le légat impérial, déjà las de frapper, ayant consulté Marc-Aurèle sur ce qu'il devait faire, ce philosophe *trop clément* « amoureux de perfection inférieure » répondit que la marche à suivre était toute tracée par « les circulaires de ses prédécesseurs. » Avait-il besoin d'examiner sérieusement une affaire où il s'agissait tout au plus, comme le remarque M. de Champagny, de la vie d'une centaine de fanatiques ? En conséquence, « il fit expédier, ou ses affranchis expédièrent en son nom, un ordre de mettre en liberté les *citoyens romains qui auraient renié le chris-*

tianisme, et de condamner à mort ceux qui persistaient à se déclarer chrétiens. Les non citoyens restaient, comme de droit, abandonnés au bon plaisir du légat. »

La *Revue des Deux-Mondes* ne s'explique pas très-bien sur le caractère de la mort de son saint; elle dit seulement, en phrases étudiées, que cette mort fut belle, sage, pieuse. M. Martha aime surtout à croire que Marc-Aurèle a dit au moment de mourir des choses sublimes. Il se persuade même que « dans la crainte de demeurer trop longtemps dans un monde corrupteur, et de se *laisser aller à quelque faiblesse,* » Marc-Aurèle a répété, en mourant, ce mot qu'il écrivait un jour dans le recueil de ses pensées : « Viens au plus vite, ô mort! de peur qu'à la fin je ne m'oublie moi-même! » — « Exclamation singulière et touchante, reprend la *Revue des Deux-Mondes,* qui montre qu'à cette conscience délicate, la mort causait moins d'horreur qu'une faute contre les lois ou les *bienséances morales.* »

Et que dit l'histoire? Elle dit que Marc-Aurèle, malade et sans espoir de guérison, triste d'ailleurs et ulcéré, refusa de prendre toute nourriture pour en finir plus vite. Le suicide couronna donc la vie de ce sage. Voilà ce que les Bulozophes appellent sortir du monde par crainte *de se laisser aller à quelque faiblesse,* et de manquer aux *bienséances morales.*

Et maintenant, nous n'hésitons pas à reconnaître que Marc-Aurèle fut le païen le plus vertueux de son siècle. Il eut, dans leur plus complète expression, toutes les qualités que comportaient les *doctrines profanes* dépouillées de leur orgueil. C'est assez pour mériter au temps présent le culte de la *Revue des Deux-Mondes* et les éloges de l'Académie; mais en dehors du camp bulozophique et académique, tout le monde ratifiera ce jugement de M. de Champagny, dans le beau livre que nous avons déjà plusieurs fois cité :

« Marc-Aurèle ne sut se mettre ni au-dessus de la multitude, ni au-dessus de ses courtisans, ni au-dessus de ses dieux... L'esprit droit et la volonté ferme lui manquèrent; philosophe, il plia devant les folies du paganisme; pur dans sa vie, il garda pour des cultes impurs une craintive vénération; Romain par son origine, plus que par son éducation, il livra et lui-même et l'empire à toutes les mauvaises tendances de l'Orient; ennemi du sang, parfois jusqu'à la faiblesse, il fit ou laissa proscrire les plus grands hommes de bien de son empire; adversaire obligé et officiel de Néron et de Domitien, il rentra vis-à-vis de l'Eglise dans les voies de Domitien et de Néron. »

Ajoutons que les saints de la *Revue des Deux-Mondes* et de l'Académie française ne sont pas toujours aussi bien choisis.

UN PROCÈS CRIMINEL

ET LA PUBLICITÉ JUDICIAIRE

14 *Novembre* 1849 (1).

Nous plaignons beaucoup en France, et de la meilleure foi du monde, les pays qui ne possèdent pas
certaines de nos institutions, surtout celles que l'on
s'accorde à déclarer fondamentales. La rapidité avec laquelle nous marchons à toutes les décadences ne peut
rien contre cet orgueil. Chacun voit où nous en sommes
et pressent où nous allons; cependant, trouvant
étrange, incroyable, insensé que le monde entier ne
veuille pas se modeler sur nous, les feuilles libérales,
et même d'honnêtes gens, parlent sans cesse de faire
le bonheur des peuples en leur imposant nos idées et
nos lois. Au nombre des bienfaits dont nous prétendons, à titre de *nation initiatrice*, doter, bon gré mal
gré, l'humanité entière, figurent le jury et la publicité

(1) Nous laissons à ce travail sa date, afin de conserver aux
faits qu'il rapporte toute leur autorité. Cependant nous effacerons
dans le cours du récit le nom de l'accusé et celui de sa victime.
Celle-ci pourrait souffrir de cette publicité, et l'on doit penser
que celui-là n'a plus besoin d'une telle leçon.

absolue des débats judiciaires en matière civile et criminelle.

La publicité donnée par la voie de la presse à tous
les délits, à tous les crimes et à toutes les plaidoiries
est-elle donc un si grand avantage? N'y a-t-il vraiment ni inconvénient pour les familles, ni danger pour
les mœurs publiques, dans l'exposé devant la foule
et la reproduction par les journaux des scandaleux et
navrants détails sur lesquels s'appuient les demandes
en séparation de corps, en désaveu de paternité; les
accusations d'assassinat, de séduction, d'adultère,
d'infanticide, etc.? Est-ce bien là un spectacle propre
à tourner vers le bien la foule curieuse et déjà peut-
être à moitié corrompue qui semble s'entasser dans le
prétoire pour y savourer gratuitement l'écho des
émotions qu'elle payerait dans les mauvais lieux? Est-
on bien sûr que la littérature de la *Gazette des Tribunaux* ne soit pas plus dangereuse que celle des politiques et des romanciers du socialisme? La publicité
est-elle sans inconvénient, même pour les procès uniquement fondés sur des questions d'argent, mais où
les avocats savent si bien poursuivre la *partie adverse*
dans sa vie privée, ses alliances, ses amitiés et
cela sans aucun profit pour la cause elle-même? N'arrive-t-il pas, en dépit de la sentence des juges, que
le témoin qui dépose selon sa conscience, et le plai-
gnant dont le droit a été reconnu sortent du Tribunal
ou de la Cour plus frappés que l'accusé; car ce dernier
avait un *bon avocat*, c'est-à-dire un de ces héros de
palais si habiles à poser des questions insidieuses, à

7

faire des insinuations perfides, calomnieuses, dont le public s'amuse à l'audience, et que les journaux reproproduisent le lendemain en les soulignant? Est-il bien réellement d'une suprême sagesse de confier à douze individus *tirés au sort*, et dont souvent quelques-uns savent à peine lire, le droit de prononcer sur la fortune, la vie et l'honneur des citoyens? Enfin la publicité des audiences et le jury ne dénoncent-ils pas une pensée de défiance contre la magistrature? S'il en est ainsi, proclamer ces *garanties* indispensables, n'est-ce pas mettre en doute l'impartialité des juges?

Nous posons ces questions; nous nous garderons bien d'y répondre par l'affirmative; ce serait nier le progrès et encourir le reproche d'obscurantisme. Mais qu'on nous permette au moins de résumer une affaire jugée le 23 octobre 1849 par le jury du Loiret, et dont la *Gazette des Tribunaux* a publié le compte rendu.

Voici le titre : *Assassinat — Jalousie — Suicide*. Cet énoncé, si plein d'attrait pour les amateurs d'émotions judiciaires, ne promet rien de trop.

Un nommé D... marchand fleuriste à Orléans, que l'acte d'accusation représente comme ayant le goût des *lectures romanesques*, s'éprend pour une jeune ouvrière qui passait devant sa porte en allant à son atelier. Bientôt il l'accoste, lui déclare *sa passion* et lui fait des propositions de mariage; il attend huit jours, puis il écrit. La jeune fille remet à son père la lettre de D... et déclare à ce dernier que si ses intentions sont honnêtes, au lieu de l'arrêter dans la rue, il devra se présenter dans sa famille, que c'est à ses parents et non à elle qu'il faut s'adresser. D... obéit à cette injonction et il est reçu par le père d'Estelle ; mais bientôt celle-ci déclare qu'elle ne veut pas se marier, et le poursuivant est poliment éconduit. Interrogée par le Président sur les motifs de son refus, la jeune fille répond : « M. D... avait une mère, c'était à elle à venir chez nous. Je n'avais pas confiance au jeune homme tant que je ne voyais pas sa mère. »

D... trouva, sans doute, que pour un liseur de romans, sa campagne n'avait pas été brillante ; il craignait, en effet, ainsi que le constate l'acte d'accusation *d'être exposé à la critique des autres jeunes gens.* S'entendre dire dans les estaminets que l'on n'a pu séduire une simple couturière, que l'on a été repoussé malgré des propositions de mariage, n'est-ce pas une *critique* qu'il faut éviter à tout prix ? Ici, nous allons reconnaître des inspirations qui semblent directement puisées dans les comptes rendus des procès criminels.

Le lendemain du refus définitif d'Estelle, refus ratifié par la famille de la jeune fille, D... se rend chez un armurier et achète quatre pistolets, non sans en débattre le prix ; il demande à l'armurier de les charger, et se munit, en homme précautionné, de capsules de rechange. On n'a pas plus de sang-froid. Ainsi armé, D... se présente chez le père d'Estelle ; il y apprend que cette jeune fille est partie pour son atelier, il l'y suit Nous citons l'acte d'accusation :

« En entrant dans l'atelier où se trouvaient plusieurs ouvrières, D... jette son chapeau sur un meuble, demande si Estelle H... est présente. A peine l'a-t-il vue, qu'il retourne sur ses pas, va du côté de la porte d'entrée, qu'il ferme, et met la clef dans sa poche. Il revient, et s'adressant à la demoiselle H... : « Voulez-vous, « dit-il, me rendre la lettre que je vous ai donnée « l'autre jour? » Sur la réponse de la jeune fille qu'elle n'avait pas la lettre sur elle, qu'elle était restée chez ses parents et qu'on la lui ferait parvenir dans la journée, D... s'écrie : « Ce n'est pas cela, nous avons un « compte à régler ensemble. On ne se joue pas ainsi « de l'amour d'un homme. Il faut mourir. »

« Puis, tirant des pistolets de ses poches, il vise la la demoiselle H... Celle-ci, effrayée, se cache la figure et se détourne. Au même moment, une détonation a lieu et elle sent une blessure au cou. D... s'approche alors, la saisit par la tête, qu'il fait pencher sur l'appui de la fenêtre, et lui décharge derrière la tête un second coup de pistolet. Quelques secondes après, deux nouvelles détonations se faisaient entendre : c'était D... qui tentait de se suicider.

« Aux cris poussés par les témoins de cette scène, les voisins accoururent et essayèrent d'enfoncer la porte d'entrée. C'est alors que D... retirant la clef de sa poche, la remit à la demoiselle T... On l'arrêta. »

Que voyons-nous jusqu'ici dans cette affaire? Une tentative de séduction, un assassinat, un suicide. M. D... a voulu, comme tant d'autres, mettre en prati-

que cette phrase d'un héros de M. Alexandre Dumas :
« Elle me résistait, je l'ai assassinée! »

Très-bien! Mais si ces phrases-là sont applaudies
au théâtre, leur mise en pratique a, sans doute, d'autres conséquences devant la justice? Il n'est pas de
règle encore qu'une jeune fille doive accepter *l'amour
d'un homme* sous peine de mort. Voyons.

D... est au banc des accusés. Il cherche à établir
que son crime n'était pas prémédité. Tout au plus
songeait-il à se *détruire seul*. Mais les quatre pistolets
chargés, les capsules de rechange, la recherche d'Estelle jusque dans la maison de son père, les paroles
qui ont précédé l'assassinat? Tout cela ne signifie
rien. D... a cru apercevoir un *sourire railleur sur les
lèvres d'Estelle,* et voilà pourquoi il lui a tiré deux
coups de pistolet à bout portant. Acceptons cette singulière excuse. L'accusé prétend, en outre, n'avoir eu
que des intentions honnêtes; si Estelle a pensé le
contraire, elle s'est trompée. Acceptons encore.

Le président demande à la victime s'il y a eu entre
elle et son assassin des familiarités qui aient encouragé
les espérances de ce dernier.

Pardon ; mais il nous semble que même un fait semblable n'atténuerait en rien le crime. Est-ce que le
tort de ne pas détruire assez vite certaines espérances
peut autoriser les gens à vous dire : « On ne se joue
« pas ainsi de l'amour d'un homme. Il faut mourir? »

L'assassinat est avoué ; l'absence de préméditation
peut diminuer la gravité du crime ; n'est-ce pas là le
point qu'il s'agit d'éclaircir? Songe-t-on que cette

jeune fille, aux dépens de laquelle M. le Président a déjà fait rire le public par une observation égrillarde, a été assassinée, et pourquoi ? Parce qu'elle a su rester honnête. Quoi que puisse dire aujourd'hui l'accusé, il est permis de croire qu'une séduction lui eût autant convenu qu'un mariage ; car, selon ses expressions, ce résultat ne l'eût pas *exposé à la critique des autres jeunes gens.* Nos mœurs veulent, et cela se comprend, que l'on garde une sorte de réserve envers les accusés ; mais, dans cette affaire, quelqu'un méritait plus d'égards que l'accusé, c'était sa victime.

Du reste, Estelle n'avait donné sous aucun rapport à D... le droit de la tuer. Ce dernier prétend qu'elle lui permettait de l'embrasser quand il allait chez son père ; et le malheureux, jugeant sans doute cette assertion favorable à sa défense, ne craint pas d'y revenir en présence de la jeune fille ; celle-ci répond : « Je jure devant Dieu que M. D... ne m'a jamais « embrassée, pas même une fois. »

Comme contraste à l'attitude de ce liseur de romans, nous avons hâte de reproduire ici la réponse du père d'Estelle, un honnête ouvrier, qui n'a pas lu *Antony*, à cette question du président : « La maladie de votre fille vous a-t-elle coûté quelque chose ? »

« — Je ne veux rien gagner sur le sang de mon enfant. »

Dans cette affaire si claire, où l'accusé ne peut pas même être tenté de nier le crime, on va entendre des témoins absolument étrangers au fait soumis à la justice. L'avocat de D..., Me Genteur, juge utile de décrier la victime de son client. — Estelle ne s'est pas laissée séduire, elle n'a pas voulu nous épouser ; nous l'avons assassinée, mais elle n'est pas morte ; essayons de la déshonorer.

Les maîtresses d'Estelle déclarent que sa conduite a toujours été irréprochable ; c'est l'avis de toutes les personnes qui travaillent avec elle. Qu'importe ! Me Genteur a trouvé des témoins qui ne la connaissent pas, qu'il veut faire entendre dans *l'intérêt de l'accusé*.

Voici d'abord une dame C... qui rapporte que son mari lui a dit avoir vu, il y a *un an*, vers une heure du matin, Estelle causer avec un Monsieur près d'un puits.

« M. le Président.—C'était, dites-vous, à une heure du matin, près d'un puits ? — R. Oui.

« Une voix, dans le public. — Le puits d'amour !

« M. D... père, s'avançant, et avec émotion. — Je déclare que c'est faux. Ma fille n'a jamais découché de chez moi. (*Rires au fond de la salle.*) »

Ici, le président intervient.

« M. le Président. — Ces rires sont inconvenants et grossiers. Alors que, pour des nécessités judiciaires, nous sommes obligé de permettre qu'on débatte ici, en public, l'honneur d'une jeune fille, il n'y a pas de quoi rire. J'en appelle à tous les bons sentiments. »

Ce sont là de bonnes paroles. Mais que pensez-vous de cette *nécessité judiciaire* qui autorise votre assassin à vous diffamer ?

Me Genteur, n'ayant pas beaucoup à compter sur ce

témoin qui dépose *par ouï-dire*, veut en faire entendre un autre. L'avocat général lui reproche de chercher à ternir la réputation d'Estelle.

« Me Genteur. — Je ne ternis rien, je défends mon client.

« M. le Président. — La question de savoir, après tout, si Estelle H... était plus ou moins digne de l'amour de D... est subsidiaire au procès. Tout cela, en le supposant vrai, n'excuse pas le crime commis. »

L'avocat insiste et son client ne trouve rien à dire ; il laisse faire, avouant ainsi sa complicité dans ce système de défense. Si on lui disait que son silence est une lâcheté et ajoute à l'odieux de son crime, on le surprendrait. Mais croit-il avoir commis un crime ? C'est fort douteux ; il a voulu seulement éviter *les critiques des autres jeunes gens*.

On entend le second témoin de Me Genteur, le sieur F..., marchand de journaux. Il déclare avoir vu, il y a *dix-huit mois*, un homme insultant et frappant une jeune fille à l'entrée d'un bal public ; il ne connaissait pas cette jeune fille, mais depuis il l'a aperçue à une fenêtre et il affirme que c'est Estelle.

Le président, évidemment indigné de la tournure que la défense donne au débat, demande à D... ce qu'il pense d'une telle déposition. Il répond :

« Je suis étranger à la déposition que vous venez d'entendre. Mais ma mère a pris des informations ; ma mère veut me sauver, elle fait tout son possible pour y parvenir ; et, bien que j'aie essayé de me séparer d'elle en me suicidant, elle veut me sauver de ce procès et me réunir à elle en me conservant. »

Et pas un mot de protestation! Il ne demande même point que l'on mette fin à ces diffamations à l'aide desquelles *sa mère veut le sauver*.

Des témoins honorables déclarent qu'Estelle n'a jamais été au bal désigné par le sieur F... Celui-ci reproduit sa déposition. Citons, pour la fin de cet incident, le compte rendu de la *Gazette des Tribunaux* :

« Estelle se dirige vers la barre des témoins, elle est très-émue et se dispose à prendre la parole.

« Le Président. — Modérez-vous, Mademoiselle, ces dépositions-là n'ont pas un caractère de certitude ; mais répondez-nous franchement, fréquentiez-vous le bal Rigault?

« Estelle, avec fermeté. — Non, jamais.

« Le Président. — Un homme vous a-t-il maltraitée rue Dauphine?

« R. Jamais, et je demande des preuves de ce qu'on vient de dire. Voilà mon honneur perdu, et on vient m'accuser ici quand je suis innocente. (*Mouvement.*)

« Le président. — La loi permet de tout dire contre les témoins. Mais tant que la preuve des faits qu'on vous impute n'aura pas été produite, vous sortirez de cette enceinte comme vous y êtes entrée : ce n'est pas avec des dépositions ou des reconnaissances comme celles-là qu'on déshonore une jeune fille.

« Estelle. — Mais moi, Monsieur, je demande les preuves.

« Le président. — Votre famille avisera; elle verra si elle doit exercer des poursuites; mais en ce moment la Cour ne peut rien faire. »

7*

Votre famille avisera. Pour aviser, c'est-à-dire pour faire un procès en faux témoignage et en diffamation, il faut de l'argent. Quant à *la Cour, elle ne peut rien;* non, elle ne peut rien; elle ne peut empêcher surtout que les dépositions des témoins de Me Genteur reproduites par les journaux et entendues par le public présent à l'audience, par ce public qui riait tout à l'heure en voyant un père protester de la bonne conduite de sa fille calomniée par son assassin, ne soient livrées à tous les commentaires de la malignité publique.

Jusqu'ici, les développements donnés à ce procès ne sont-ils pas étranges? Grâce aux garanties inhérentes à la publicité des débats judiciaires, qui donc est moralement frappé du crime ou de l'innocence, de l'assassin ou de l'assassinée?

Mais attendons, le jury va parler; et où trouver, pour une semblable cause, des juges plus aptes que douze honnêtes bourgeois qui, tout à l'heure, vont déposer leur caractère judiciaire pour rentrer, simples citoyens, près de leurs femmes et de leurs filles.

« M. Chevrier, avocat général, soutient l'accusation qui est combattue par Me Genteur.

« Après *cinq minutes de délibération,* l'accusé est déclaré non coupable.

« Il se jette en pleurant dans les bras de sa mère et de son défenseur. »

Cinq minutes! c'est-à-dire juste le temps de compter les voix. O défenseurs et représentants de la famille!

Nous n'ajouterons rien; il y a chose jugée. Mais

que nos lecteurs se portent par la pensée à la sortie de l'audience. Voilà une jeune fille qui cherche en pleurant à se dérober aux regards insolemment avides de la foule; son père et sa mère pleurent avec elle. Qu'a-t-elle fait? Elle a résisté à la séduction; elle a survécu à l'assassinat et l'on vient de la frapper dans son honneur pour mieux défendre son meurtrier.

Ne faites pas d'observations; inclinez-vous, au contraire, devant les bienfaits de la publicité en matière criminelle, et reconnaissez que les peuples où cette publicité n'est pas aussi complète que chez nous sont fort à plaindre.

Du reste, ce tableau a un contraste. Voilà un jeune homme que ses amis félicitent et que sa mère montre avec bonheur. A son tour, qu'a-t-il fait? On l'accuse de tentative de séduction; il avoue un assassinat; il a tenté de se suicider; il a trouvé un avocat pour faire calomnier sa victime, et le jury vient, *sur son honneur et sa conscience*, de le déclarer innocent.

Ne dites rien, ou mieux, reconnaissez la haute sagesse de l'institution du jury et l'inconcevable aveuglement de ceux qui ne l'admirent pas en tout et pour tout!

Mais quelle consolation reste-t-il à cette pauvre fille et à sa famille? Aucune peut-être; car les hommes auxquels nous devons ces progrès judiciaires ont appris, même à l'humble et honnête ouvrier, à ne plus chercher un refuge aux pieds de Celui qui juge les justices.

ROME ET LES ENFANTS JUIFS

Août 1864.

Les journaux de la libre pensée, qui sont toujours un peu ceux de la Synagogue, croient avoir trouvé une redoutable machine de guerre contre Rome. Ils prétendent qu'un enfant juif a été frauduleusement enlevé à ses parents, sur l'ordre ou avec l'assentiment de l'autorité pontificale, et enfermé dans la *prison* dite du *catéchuménat* où il sera fait chrétien malgré lui. Ils partent de là pour se répandre en injures brutales et ineptes contre la Papauté.

Prise en elle-même, cette question est uniquement religieuse ; mais la plupart des journaux veulent lui donner un autre caractère. De là tout ce tapage. Essayons de replacer le débat sur son véritable terrain, le terrain des faits, de l'histoire et des principes.

Voici d'abord le récit sommaire et très-exact de l'incident si étrangement dénaturé :

Joseph Coën, enfant juif âgé de onze ans, avait été mis en apprentissage chez un cordonnier catholique. La conduite de son maître et les relations qu'il put avoir avec d'autres personnes lui donnèrent la pensée de se faire chrétien. Il demanda instamment à entrer au catéchuménat, qui n'est pas une *prison*, mais un lieu d'asile et une école religieuse, comme l'indique son nom. Après quelques jours d'attente et sur des instances nouvelles, son maître se rendit à ses prières et le conduisit, en compagnie de trois autres personnes, dont un prêtre, chez le recteur des catéchumènes. Celui-ci était absent, et l'enfant attendit seul son retour. Lorsque le recteur rentra, Joseph Coën donna la raison de sa présence, soutint avec beaucoup de calme et de persévérance un examen rigoureux, déclara de nouveau bien positivement qu'il voulait être chrétien et fut admis. Le recteur eût manqué aux devoirs de sa charge s'il l'avait repoussé.

On ne s'en tint pas là. Un des cardinaux préposés à la direction de l'établissement fit venir le jeune Coën à Frascati, pour sonder encore une fois sa volonté, constater la valeur de sa détermination et en prendre acte. Ce nouvel examen eut lieu devant le gouverneur de Frascati, un notaire et deux membres du barreau. Les personnes que l'on pouvait soupçonner d'avoir influencé Joseph Coën n'étaient point là, et par conséquent, sa volonté était, de toute évidence, complétement libre. Il répéta qu'il n'était mû ni par suggestions, ni par intimidation, ni par promesses ; qu'il voulait être chrétien pour obéir à un sentiment profond de son âme. Les témoins que le cardinal avait convoqués déclarèrent qu'aucun doute n'était possible sur la résolution ferme, libre et réfléchie de cet enfant ; son admission fut maintenue.

Ce n'est pas encore tout. Le père de Joseph Coën et le secrétaire de la communauté juive furent invités, selon les règles, à être témoins d'un troisième examen. Le père refusa de venir et le secrétaire ne vint que pour notifier ce refus.

L'enfant est resté au catéchuménat. Devra-t-il y rester toujours? Cela dépendra de lui. D'autres examens auront lieu encore, et, si les choses n'ont pas été faites régulièrement, si sa volonté faiblit, il sera rendu à ses parents. Sinon toutes les clameurs du monde seront inutiles. Le Pape ne refusera pas de sauver une âme pour faire plaisir aux journaux.

Voilà les faits.

Comme on le pense bien, il y a une autre version. Les journaux antireligieux du Piémont et à leur suite toutes les feuilles juives, protestantes, libres penseuses et solidaires de l'Europe ont prétendu et prétendent encore que Joseph Coën a été conduit par surprise au catéchuménat, qu'il y est retenu malgré ses pleurs et ses protestations. Écoutez le *Temps* : « La « liste des rapts d'enfants juifs commis à Rome vient « de s'enrichir d'un nouveau nom.... Joseph Coën est « enfermé au catéchuménat, cette horrible maison, « moitié couvent, moitié prison, où l'on parfait les « conversions ébauchées, où on les commence lors- « qu'il y a tout à faire, sépulcre vivant où celui que « vous pressiez naguère dans vos bras est à jamais « mort pour vous.... » Le *Siècle* tient le même langage déclamatoire, lourd et faux ; il ne veut pas douter que la violence ait seule fait entrer et que seule elle retienne

Joseph Coën dans ce *sépulcre;* il exige que l'Europe
fasse justice d'un pareil *crime.*

Tout cela est mensonger, tout cela est absurde.

Le récit que nous avons résumé a été donné par les
journaux de Rome ; c'est le récit officiel et c'est le récit
vrai. Il dit tout, il précise tout, et porte un cachet
de véracité que l'on ne pourrait méconnaître, même
si la source dont il émane ne garantissait point sa
parfaite exactitude. La plupart de ceux qui exploitent les versions des correspondants anonymes à la
solde des ennemis de l'Eglise sont, au fond, de notre
avis. Ils sentent très-bien que la vérité est là, et qu'elle
y est tout entière. Mais Voltaire, leur maître, a dit un
mot et donné un ordre qu'ils n'ont pas oublié. Le mot
c'est : *Mentons!* l'ordre c'est de toujours calomnier
l'Église.

Nous disons que ces accusations de violences et de
rapt son absurdes. Une simple observation suffit à le
prouver. On compte à Rome quelques miliers d'enfants
juifs. N'y sont-ils pas libres, et leurs parents, qui
pourraient si facilement s'en aller ailleurs, songent-ils
le moins du monde à quitter cette terre hospitalière?
Pourquoi aurait-on enlevé Joseph Coën? Le journal *le
Temps* parle d'une liste de *rapts;* mais il ne la donne
pas et ne la donnera pas, parce qu'il n'y en a pas. Si
l'on faisait entrer les juifs de force au catéchuménat,
n'aurait-on depuis de longues années que deux faits à
citer, tous deux faux? Enfin, il conviendrait de reconnaître au Saint-Siége quelque sagesse humaine. Or
l'affaire Mortara est encore dans tous les souvenirs et

il ne pouvait ignorer que *l'affaire Coën* serait terrible-
ment exploitée contre lui, qu'elle devrait lui susciter
des embarras de toutes sortes et ferait répandre un
flot d'injures, de blasphèmes contre les choses saintes.
Il savait tout cela ét cependant il a passé outre. Osera-
t-on dire qu'il n'a pu résister au plaisir de prendre un
enfant juif, parmi quelques milliers d'autres, pour
l'enfermer dans le *sépulcre du catéchuménat?* Ce serait
par trop absurde. Il faut chercher une autre raison, et
si l'on y met un peu de bon sens et de bonne foi, on
verra qu'il n'y en avait qu'une, mais péremptoire et
toute puissante : le devoir de donner la vérité à qui la
demande et de sauver une âme.

Cette raison, il est trop évident que les rédacteurs des
feuilles *anticléricales* ont le malheur de s'en soucier
fort peu. Mais sont-ils donc si enfoncés dans le matérialisme et l'ignorance qu'ils n'en puissent sentir ni la
puissance, ni l'autorité, ni la grandeur? Ne peuvent-
ils écarter du débat toute cette grossière fantasmagorie
de rapt, de pleurs, de cris, de sentimentalité? Ne peuvent-ils voir les faits tels qu'ils sont, consulter les lois
de l'Eglise et porter le débat sur les principes?

Non, ils veulent tromper et passionner la foule
ignare; il leur faut du mélodrame, et ils continueront
de dire que le Saint-Siége s'empare violemment des
enfants juifs, les emprisonne et en fait de force des
chrétiens.

Ici, comme en toutes choses, on agit à Rome d'après
des règles prévoyantes et fermes, qui ne méconnais-
sent aucun droit, mais que domine l'amour des âmes.

La législation de l'Eglise a toujours protégé la liberté religieuse des juifs, toujours elle a défendu sous des peines sévères de baptiser leurs enfants par force ou par ruse; elle défend même de les instruire avant l'âge où ils peuvent se rendre bien compte des enseignements qui leur sont donnés. Dans une autre circonstance le *Siècle* lui-même a soutenu cette thèse et reproduit avec éloges un décret de l'Inquisition daté du 20 mars 1776. Voici les passages essentiels de ce décret rendu « en exécution des ordres suprêmes de notre Saint-Père le Pape Pie VI :

« Très-expresse défense est faite aux habitants de toutes les villes, villages et bourgs du Comtat-Venaissin de baptiser les enfants juifs, ni de parler ou menacer de les baptiser, ou menacer de dire de les avoir baptisés; et en outre, fait inhibition et défense à toute personne, de quelque état et qualité qu'elle soit, d'enlever de leurs parents les enfants juifs sous prétexte de baptême, ou sur la déclaration que quelqu'un pourrait avoir faite de les avoir baptisés et sous prétexte de les faire instruire dans la religion catholique, sous peine corporelle, même de la galère pour les hommes et de fouet par les rues publiques pour les femmes, encourable sans aucune rémission par tous ceux qui oseront baptiser les enfants juifs ou menacer de dire de les avoir baptisés, voulant et ordonnant que cette publication et affiche publique serve de personnelle intimation. »

Ce seul document suffit à faire justice de toutes les déclamations de la presse irréligieuse sur l'intolé-

rance, les violences et les cruautés de l'Eglise envers
les juifs, sur les prétendus encouragements qu'elle
donne aux *rapts d'enfants*, etc.

La question n'était pas plus nouvelle en 1776 qu'elle
ne l'est aujourd'hui. Saint Thomas d'Aquin, pour ne
pas remonter plus haut, l'avait traitée. A cette question : « Doit-on baptiser les enfants des juifs et des
autres infidèles malgré leurs parents? » Il avait répondu non, et donné à l'appui de sa réponse des arguments que l'Église a toujours ratifiés. Et puisque
nos adversaires invoquent le droit paternel, rappelons
que saint Thomas défend justement aux chrétiens de
baptiser les enfants des infidèles contre la volonté de
leurs parents afin de sauver ce droit. « A toutes ces
« objections, dit-il, je réponds qu'il ne faut faire d'in-
« justice à personne. Or on ferait injustice aux juifs si
« on baptisait leurs enfants malgré eux ; car alors ils
« perdraient sur leurs fils devenus fidèles le droit de
« la puissance paternelle. »

Exposant autre part la même doctrine, il dit :

« Les enfants des infidèles ne doivent pas être baptisés malgré leurs parents :

« 1° Parce que la coutume de l'Église de Dieu, qui doit
être suivie en tout, n'a jamais approuvé cette conduite ;

« 2° Parce que cela répugne aussi à la justice naturelle : il est de droit naturel que l'enfant, avant
d'avoir l'usage de la raison, soit sous la garde de
son père, d'où il suit qu'il serait contraire à la justice
naturelle d'enlever l'enfant aux soins de ses parents
avant qu'il ait l'usage de la raison ;

« 3° Parce que la foi pourrait être par là mise en péril : si, en effet, ces enfants recevaient le baptême avant de jouir de l'usage de leur raison, lorsque ensuite ils arriveraient à l'âge de raison, ils pourraient être facilement amenés par leurs parents à abandonner la religion qu'ils auraient reçue sans la connaître, ce qui tournerait au détriment de la foi (1). »

Le Docteur angélique reconnaît expressément, d'ailleurs, le droit de baptiser, malgré leurs parents, les enfants même mineurs, des juifs et des infidèles, s'ils le désirent, ayant atteint l'âge de raison. Alors, ajoute-t-il, l'enfant commence à être maître de lui-même ; il peut, par conséquent, user, sans le consentement de ses parents, des droits que lui donnent le droit divin et le droit naturel.

C'est précisément le cas actuel. Le jeune Coën n'a pas été soustrait à ses parents, et, quoique mineur, il est d'âge à savoir ce qu'il demande en demandant le baptême. D'ailleurs, il a déjà subi divers examens et il en subira d'autres encore, qui éclaireront son jugement et sa volonté. De plus, il est évident qu'il ne pourrait rentrer dès à présent dans sa famille sans y être exposé à de continuelles embûches, à d'incessantes persécutions. Les partisans de la liberté de conscience nous paraissent oublier ce point important. Mais depuis longtemps la liberté des consciences catholiques est rayée de leur programme.

L'opinion de saint Thomas sur l'obligation de donner le baptême, quelle que soit la volonté des parents,

(1) In 2. 2. Q. X, art. 12.

à tout enfant juif qui le réclame, pourvu qu'il ait l'âge de raison, n'est pas une opinion isolée ; c'est l'opinion générale, c'est la pratique de l'Église. Citons encore quelques autorités :

« Si l'un ou l'autre des parents, le père ou la mère, consent au baptême, on doit le donner malgré l'opposition de son conjoint. Cela a été arrêté par le quatrième concile de Tolède (cap. LXIII), parce que la volonté, juste et favorable à l'enfant, de l'un des parents, doit être préférée à la volonté injuste et nuisible de l'autre (1). »

« Le baptême est licite si l'enfant, ayant l'usage de la raison, demande le baptême malgré ses parents, parce qu'alors l'enfant, pour ce qui est de la religion, est en son propre pouvoir (2). »

Tournély, Collet, Nicole, etc., etc., soutiennent la même doctrine.

Mais, reprend-on, pourquoi ne pas laisser dans sa famille l'enfant baptisé ?

Un théologien français, que son gallicanisme devrait faire accepter du *Siècle*, Billuard, répond :

« S'il arrive que des enfants infidèles aient été baptisés malgré leurs parents, on doit les en séparer à cause du danger d'apostasie.

---

(1) *R. P. Thomæ ex Charmes Theologia dogmatica*, édition nouvelle publiée par M. J. A. Albrand, supérieur du séminaire des Missions étrangères. — Vivès, éditeur, t. IV, p. 29.

(2) *RR. PP. Societatis Jesu Theologica, dogmatica, polemica*, etc. Édition nouvelle. Chez J. Lanier. Paris, 1853. — T. V, p. 219.

« En ce cas-là le droit de la puissance paternelle ne fait pas obstacle, parce que le droit que l'Église a acquis par le baptême doit prévaloir; l'exercice de ce droit sauvegardant l'intérêt de l'enfant et l'honneur de Dieu, de la religion et du sacrement qui souffriraient une grave atteinte par l'apostasie future de l'enfant, apostasie moralement certaine (1). »

La même réponse est donnée par le canon suivant du quatrième concile de Tolède, qui se trouve au corps du droit :

« De peur que les fils et les filles des juifs ne soient par eux imbus de leurs erreurs, nous décrétons qu'ils seront séparés de leurs parents, envoyés dans les monastères, ou confiés soit à des hommes, soit à des femmes craignant Dieu, afin que sous leur direction ils apprennent le culte de la foi et que, élevés plus convenablement, ils fassent des progrès sous le rapport de la foi et sous le rapport des mœurs. »

Écoutons maintenant Benoît XIV. Ce pape dont les philosophes ont vanté la tolérance et auquel ils auraient fait volontiers une réputation d'esprit fort, a rendu le 28 février 1747 un décret sur la question qui nous occupe. Que dit ce décret? Il expose et approuve la doctrine de saint Thomas; il rappelle qu'il n'est « licite de baptiser des enfants juifs sans le consentement de leurs parents, que si ces enfants sont à l'article de la mort, » puis, il déclare que régulièrement l'âge où les enfants des infidèles peuvent en vertu de leur propre volonté et nonobstant l'opposition de leurs

(1) Billuard, *De Baptismo*, dissert. 3, art. 1.

parents, recevoir le baptême, est l'âge de sept ans.
C'est aussi l'âge indiqué par saint Thomas et par les
théologiens français nommés plus haut.

Et ces enfants baptisés malgré leurs parents, à qui
devront-ils être confiés? Benoît XIV répond :

« Si les enfants infidèles avaient déjà reçu le sacrement de baptême, on doit ou les retenir ou les retirer
des mains de leurs parents juifs, et les confier à des
fidèles, pour qu'ils soient élevés d'une manière pieuse
et sainte. »

Comme on le voit, sur cette question l'Eglise a constamment admis une pratique qu'aucun catholique ne
saurait improuver sans une témérité extrême. Mais
pour qu'un catholique improuvât cette pratique, il
faudrait qu'il eût perdu la notion du baptême. Peut-
être, hélas ! s'en trouve-t-il dans ce cas, même parmi
ceux qui sincèrement se déclarent *catholiques sincères.*
En leur qualité d'hommes sages ils ne comprennent
pas que le Pape s'expose à tant de difficultés, tant de
périls peut-être, pour qu'un enfant juif puisse devenir
chrétien, et d'autre part, ils ne sont pas éloignés de
trouver que l'Église , la mère commune, empiète sur
l'autorité de la famille naturelle. Comme ces chrétiens
doivent souffrir, quand ils rencontrent ces paroles de
Notre-Seigneur : « Je suis venu séparer le fils du père,
« la fille de la mère... Celui qui aimera son père ou sa
« mère plus que moi n'est pas digne de moi, et celui
« qui aimera son fils ou sa fille plus que moi n'est pas
« digne de moi. » Dom Guéranger, commentant cet
enseignement divin, a dit :

« Le Christ venait-il anéantir les liens de la famille?
Loin de là; les faits prouvent assez que la famille, au
contraire, doit sa conservation, son rétablissement au
christianisme, qu'elle périssait sous la loi païenne.
Comment donc s'est-elle relevée? Par l'application du
principe surnaturel, qui, en proclamant les droits absolus de Dieu sur toute créature humaine, a corroboré
les relations naturelles et les a réglées en les soumet-
tant au bon plaisir de Celui de qui l'homme tient tout. »

Peut-on demander aux écrivains de la presse libre-
penseuse de s'élever jusqu'à comprendre ce langage
et cette doctrine? Ils ne tiennent nullement, d'ailleurs,
à la conservation de la famille. Tout au contraire ceux
d'entre eux qui, pour le moment, crient le plus fort,
ont positivement travaillé à détruire la famille dans
son essence. M. Jourdan, du *Siècle*, et M. Guéroult,
de l'*Opinion nationale*, n'ont-ils pas combattu sous les
drapeaux du saints-imonisme? N'ont-ils pas demandé,
avec M. Enfantin, que la femme fût *affranchie*, c'est-à-
dire dispensée du lien conjugal, afin que la *chair* pût
être *sanctifiée* dans le *plaisir*? N'ont-ils pas été les
adeptes et ne restent-ils pas les défenseurs officieux et
sympathiques d'une école qui aboutissait au communisme complet « par l'abolition de l'héritage et de la
« famille, par l'attribution conférée à un pouvoir irres-
« ponsable de disposer des biens et des personnes, par
« des théories sur la femme libre, qui conduisent di-
« rectement à la promiscuité des sexes? » Enfin ne
disent-ils pas, comme les hommes de la Terreur, que
l'enfant doit appartenir à l'État? A côté d'eux, nous

reconnaissons d'anciens phalanstériens. Ceux-là proposaient autrefois de remplacer *l'organisation familiale* par des *corporations amoureuses*. Quant aux enfants, comme ils eussent gêné *l'essor passionnel* de *leurs auteurs*, ils devaient appartenir aux phalanges, et de vieilles femmes, qui auraient eu ce goût-là, se seraient chargées de les élever. Puis, s'ils étaient devenus trop nombreux, on aurait pu rétablir l'équilibre *harmonien* au *moyen de l'infanticide*. Fourier, le chef de l'école, a du moins recommandé cette *coutume salutaire*.

Voilà quels avocats se donnent mission de défendre aujourd'hui contre l'Église la famille, l'autorité paternelle, les droits de l'enfance! Il y en a d'autres? dira-t-on. Oui, il y a les sectaires de toutes sortes : les ennemis absolus de la Papauté, les docteurs du *Charivari*, journal cher aux dames du demi-monde, ces dames qui ont leurs mères pour domestiques et qui n'ont pas d'enfants. Il y a aussi certains sages, venant d'un ton gourmé plaider une thèse d'entre-deux. Ces prétendus sages sont plus déplaisants que les ennemis notoires. Quoi! aucune passion ne les emporte, aucune haine ne les aveugle, et cependant ils concluent, au fond, comme M. Jourdan! Et ce n'est pas là de leur part simple tactique. Ils ont perdu la notion chrétienne de la paternité et veulent, sans se l'avouer, faire rentrer l'enfant dans les conditions du droit païen. On les étonnerait en leur disant que Dieu s'est réservé sur nos enfants les droits de père et de maître, que nous devons les élever pour lui; que l'Église, en nous rappelant ce devoir, nous aide à le remplir, et que ses enseignements sont pour l'enfance comme pour l'autorité paternelle la plus efficace des garanties. Ils ne connaissent pas cette parole : *Prends cet enfant et nourris-le-moi ; je te donnerai ta récompense ;* ni celle-ci : *Honore ton père et ta mère.* Ils se croient dévoués à la famille et acceptent des doctrines qui la perdraient.

Que de choses il faudrait ajouter ! Cependant nous croyons en avoir dit assez pour montrer, qu'au fond de toutes ces déclamations, il y a beaucoup d'ignorance et beaucoup d'hypocrisie.

Deux mots maintenant sur l'incident relatif à Joseph Coën.

De tout ce que nous avons dit sur la question en elle-même, il nous semble résulter avec évidence :

1° Que la législation catholique ne menace nullement la liberté religieuse des juifs ;

2° Que le cas relatif au jeune Coën est parfaitement défini.

On peut donc indiquer sûrement dès aujourd'hui le dénoûment de cette affaire.

Si Joseph Coën, contre toute probabilité, a subi une pression quelconque, s'il a obéi à quelques suggestions qui l'ont intimidé, il sera de nouveau pressé de le dire, et, s'il renonce pour ce motif ou pour tout autre à demander le baptême, les portes du catéchuménat lui seront ouvertes. Mais, s'il persévère, s'il veut être régénéré par l'eau baptismale, il sera baptisé ; et sa mère, la sainte Eglise, le protégera jusqu'au jour où il pourra, sans péril pour sa foi, se retrouver seul en face de ses parents.

7**

LE GÉNIE ANGLAIS DANS L'INDE

Nous devons à **M.** Villemain une fantaisie littéraire sur *le génie anglais dans l'Inde*. Ce titre promet beaucoup, l'article ne tient rien. Après avoir lu ces quinze pages d'une prose aimable, on ne sait qu'une chose, mais on la sait mal, c'est que l'Angleterre a eu dans l'Inde deux fonctionnaires qui aimaient la littérature et la cultivaient en amateurs. L'un était grand-juge à Calcutta en 1783 ; il compulsait les coutumes locales et faisait des vers, traduisant du bengali en anglais, de l'anglais en bengali, du grec en latin, du latin en arabe, et n'ayant pas écrit une bonne page ; l'autre, un évêque, représentait l'Église anglicane à Bombay en 1824 ; il a laissé d'assez jolis vers sur les tourments d'un cœur épris retenu loin de l'objet aimé. Tourments légitimes d'ailleurs et rares, car le révérend Heber était marié et faisait ordinairement ses tournées pastorales en compagnie de sa femme et de ses enfants, avec une suite royale. M. Villemain le compare à Fénelon.

L'évêque Reginald Heber et le grand-juge William Jones représentent *le génie anglais dans l'Inde* à peu près comme M. Villemain, fourrant partout ses petites allusions politiques et ses épigrammes effarouchées,

représente aujourd'hui en France le génie de Brutus.
William Jones avait des connaissances comme juris-
consulte, il aimait ses devoirs et s'est occupé avec zèle
d'une compilation utile, bien que très-incomplète et
souvent fautive ; il a réuni et annoté une partie des
lois hindoues et musulmanes. Ce travail, que d'autres
avaient commencé, que d'autres ont continué, n'offre
rien de caractéristique. Il était imposé aux vainqueurs
par leur situation et leurs intérêts. Des juges français
l'eussent entrepris plus vite et terminé plus tôt ; surtout ils en eussent fait au profit des indigènes une application plus générale, plus généreuse et plus féconde.
M. Villemain, tout en attribuant à William Jones plus
que sa part dans ce nouveau *Digeste*, a grand soin
d'insister sur le principal mérite de son héros : il
était homme de lettres et on lui doit une traduction
du *Sacountala* ; voilà le trait qui « complète sa grandeur originale » et qui lui vaut l'honneur d'être cité
aujourd'hui comme l'un des deux représentants par
excellence du génie anglais dans l'Inde. Poussant
jusqu'au bout cette fantaisie, M. Villemain montre
William Jones et son ami, le gouverneur Teingmouth,
comme « deux sages, deux enthousiastes de la science
« et de la liberté, veillant sur ce peuple immense qui
« leur est soumis, rêvant pour lui la paix et le bien-
« être, et y travaillant par mille efforts trop tôt per-
« dus dans cet océan de vices et de misères. » Voilà
certes des vues nouvelles, et il était temps d'établir que
l'Angleterre a tout fait pour donner aux Indiens la
paix, le bien-être et la liberté. William Jones était en

effet, d'après M. Villemain, le type même du génie
anglais, l'expression accomplie des projets que nour-
rissaient les conquérants. Ses qualités exceptionnelles
ont seulement rendu plus éclatantes chez lui les pensées de tous. Si quelques faits viennent infirmer cette
affirmation générale, il ne faut pas s'y arrêter; ce ne
sont que des *exceptions* sans importance, *procédés iné-*
vitables de la conquête, fautes de *quelques chefs, rigueurs*
OBLIGÉES *de quelques percepteurs;* des vétilles, enfin.
M. Villemain termine par un trait où brille toute la
vivacité de son imagination. William Jones, dit-il,
« mourut jeune encore, emportant les regrets *des*
« *peuples* auxquels il semblait un génie protecteur,
« une *incarnation céleste* qui leur *rendait leurs vieilles*
« *lois.* » Voilà ce que l'on gagne à traduire le *Sacoun-*
tala! M. Villemain a le droit de sacrifier un peu la
vérité historique à la littérature, et ce système lui a
trop bien réussi pour qu'il y renonce; cependant le
goût de la phrase ne devrait pas lui faire méconnaître
à ce point le vrai et le vraisemblable.

Mais l'article de M. Villemain ne serait-il pas simplement une œuvre littéraire où l'on ne peut, sans injustice, chercher autre chose que la grâce du style?
Non, c'est une œuvre d'histoire, et d'après M. Paradol,
on n'a rien écrit de plus sensé sur les affaires de
l'Inde; il y retrouve ses propres opinions. M. Villemain, dit-il, *juge comme nous les avons jugés* les derniers événements, et il est « d'accord avec tous ceux
qui connaissent quelque chose de l'histoire de l'Inde
sous le gouvernement anglais. »

M. Paradol et le *Journal des Débats* félicitent particulièrement M. Villemain d'avoir reconnu dans Reginald Heber un second Fénelon. « M. Villemain ne
« pouvait mieux faire que de rapprocher de Fénelon
« ce jeune évêque nourri de l'antiquité, plein de goût
« pour les lettres, doué d'une imagination si belle et
« si douce. » Même au point de vue littéraire, ce pa-
rallèle choque ; mais M. Villemain a été plus loin encore, il l'étend aux hommes et parle « de leur amour
de Dieu et de l'humanité, » comme si Fénelon avait eu
la foi accommodante de l'évêque anglican et rationa-
liste.

Il est, d'ailleurs, impossible de découvrir, même
dans l'article de M. Villemain, à quel titre Heber représente le génie anglais dans l'Inde. William Jones
avait pris part au gouvernement, et son nom reste attaché à une œuvre importante ; on peut donc, à la rigueur, le désigner parmi les fondateurs de l'empire
anglo-indien ; mais cet évêque hérétique, père de famille et auteur de petits vers, quel rôle a-t-il joué qui
puisse faire illusion sur son importance ? Il n'a con-
verti personne et n'a rien fondé ; s'il est mort jeune, ce
n'est pas par suite de ses souffrances comme missionnaire, car jamais le moindre péril ne l'a menacé, et
lorsqu'il voyageait, c'était avec toutes les facilités que
donnent l'opulence et la domination. Mais de même
que William Jones avait traduit en vers anglais le *Sacountala,* Reginald Heber a rimé des églogues et des
élégies ; voilà pourquoi il représente le génie anglais
dans l'Inde.

7***

M. Villemain affirme que les *missions* du tendre
prélat *faisaient vaguement supposer* aux indigènes
quelque sainteté dans une religion dont il était l'apôtre.
Comment le sagace académicien a-t-il découvert cette
vague supposition ? On l'ignore. Il ne cite en l'honneur
de son héros aucun acte de missionnaire, mais il nous
fait connaître les pensées qui l'occupaient dans ses
courses apostoliques. Écrivant à sa femme, il lui disait :

« Si tu étais à mon côté, ô mon amour! combien,
sous le bosquet de palmiers du Bengale, la soirée pas-
serait vite à écouter le rossignol!

« Si toi, ô mon amour! tu étais à mon côté, mes
petits enfants sur mes genoux, combien notre barque
glisserait joyeuse sur cette mer du Gange !

« Je te cherche à l'aube naissante, lorsque, penché
sur le tillac, j'étends mon corps dans un oublieux repos et que j'aspire la fraîcheur de la brise.

« Je te cherche, lorsque sur le vaste sein du fleuve
je dirige mes courses dans le crépuscule.... »

Je veux bien admirer le mari, tout en le soupçon-
nant d'avoir pris quelque plaisir à voyager sans sa
femme ; mais M. Villemain prétend qu'il faut aussi admirer l'évêque, et au moment même où il cite cette
pièce, il parle de *l'ardeur d'un apostolat impérieux*.
C'est trop plaisant. Heber, ne pouvant oublier comme
poëte qu'une parole pieuse fait bon effet dans une
pastorale, dit avec l'accent religieux de M. Jourdan :

« Lorsque l'étoile du matin et celle du soir me
voient agenouiller, je sens (ô mon amour!) que malgré

la grande distance qui nous sépare, tes prières, à la
même heure, montent aux cieux pour moi. »

Voilà toute la part de Dieu dans cet épanchement
intime d'un évêque en mission ! Ne lui parlez pas de
pousser plus loin ; il ne forme qu'un vœu, il n'a qu'une
aspiration : revoir Bombay, où sont ses amours :

« Tes tours, ô Bombay ! s'élèvent resplendissantes
au-dessus de la bleuâtre obscurité de la mer ; mais il
n'exista jamais cœurs si contents et si heureux qu'il
s'en rencontrera bientôt dans tes murs. »

On prétend que M. Villemain brille surtout par le
goût. Qu'est-ce donc que le goût, s'il ne fait pas sentir
combien il est ridicule et malséant d'appliquer les
noms de missionnaire et d'apôtre à l'auteur de ces
miévreries ? M. Villemain parle cependant à chaque
ligne de l'apostolat de Reginald Heber ; il voit des
missions dans ces voyages faciles qu'aucune conversion ne signalait ; il ose même comparer son évêque
anglican, en quête de rime, à ces apôtres irlandais qui,
dans les premiers siècles du christianisme, allaient
chercher la mort sur les rives du Rhin et dans les fo-
rêts de la Thuringe, afin de gagner à l'Évangile les
peuplades de la Germanie. Ce rapprochement incroyable n'a d'ailleurs aucun sens ; mais il prêtait à la
phrase en promettant d'opposer « les diamants de
Golconde » et « les palais des princes indiens » aux
huttes éparses » des Germains encore sauvages. Oh !
l'antithèse !

Reginald Heber, esprit aimable et cultivé, était un
pauvre évêque, même aux yeux des anglicans fermes

et zélés dans leur croyance. M. Villemain reconnaît qu'il avait des idées larges, de quoi il le loue. « Chré- « tien fervent et convaincu, il invoquait parfois, dit-il, « le *simple déisme* comme *un port plus facile* contre « tant de vices, dont il voudrait à tout prix débarras- « ser les âmes. Sectaire tolérant, il embrasse dans sa « pieuse fraternité *toutes les formes du christianisme*, « tous les genres d'apostolat. « Heber comprenait peut- être en esprit tous les genres d'apostolat, mais dans la pratique, il s'arrêtait au genre anglican, qui lui per- mettait de voyager soit en palanquin avec quelques douzaines d'esclaves et de porteurs, soit mollement étendu *dans un oublieux repos*, rêvant à ses amours, sur le tillac de sa barque impériale. « Ce beau carac- tère de prosélytisme, » poursuit M. Villemain, s'alliait chez Heber à toute la délicatesse du goût le plus ex- quis; il était né pour la poésie et l'éloquence. Que fallait-il de plus pour rappeler les vertus et les travaux des missionnaires qui, depuis dix-huit siècles, donnent à l'Église le témoignage du sang ? Rien, selon M. Vil- lemain, car Heber, « ce noble et gracieux génie, dans « la foi romaine, eût mérité d'être un saint. » Nous prions les collaborateurs de M. Villemain au *Corres- pondant* d'apprendre à cet homme d'esprit que, par de telles inconvenances, il tombe dans le jourdanisme, et s'expose, malgré son joli style, à se faire confondre avec M. Havin, « homme d'élite. »

Le tendre évêque de Bombay n'oubliait pas d'ail- leurs les devoirs de son état : il a écrit des poésies religieuses qui ont contribué, comme sa doctrine accommodante, à le faire aimer « dans toutes les communions protestantes. » M. Villemain cite quelques versets de ces hymnes pieux et les commente avec une admiration que le lecteur ne peut partager. Il compare Heber à Grégoire de Nazianze ; nous trouvons qu'il serait plus sage de lui comparer M. Houssaye, ce berger d'une Arcadie où règnent le brouillard et les rhumes de cerveau.

Puisque le *Journal des Débats* a reconnu dans le travail de M. Villemain des qualités historiques et politiques, il pourrait peut-être nous dire à quel titre, par quel côté Reginald Heber doit être regardé comme l'un des hommes qui résument le mieux les qualités particulières du génie anglais dans l'Inde. Ce point de vue nous échappe absolument. Cet évêque anglican, confit en tendresses matrimoniales, amoureux de ses aises, coulant sur la doctrine et piqué de littérature, n'a aucun des caractères de la force. Qu'il ait été doux, bienveillant et même poëte, nous n'y faisons pas d'objections ; mais si l'on veut connaître le génie anglais dans l'Inde, il faut étudier d'autres personnages. Les hommes qui ont conquis ce pays à l'Angleterre et ceux qui luttent aujourd'hui pour le lui conserver, forment un contraste absolu avec William Jones et Reginald Heber. Depuis Clive et William Hasting, jusqu'au capitaine Houdson, tuant de sa propre main, après qu'ils ont rendu leurs armes, les descendants du Grand-Mogol, le génie anglais ne s'est guère montré aux Indiens et à l'Europe que par des œuvres de pillage et de sang. L'ensemble offre l'aspect de la gran-

deur ; les détails sont toujours affreux et souvent ignobles. Néanmoins, on comprend les illusions ou même
le parti pris des écrivains et des politiques qui, voués
à la glorification de la puissance anglaise, prétendent
tout expliquer, tout justifier, et font apparaître les
héros et les hommes d'Etat sous les auteurs de tant
d'actes atroces et honteux ; mais l'idée de représenter
les Anglais dans l'Inde comme des philosophes, des
philanthropes, des poëtes pleins d'amour pour les indigènes, pleurant sur leurs souffrances, aspirant à leur
donner la liberté, plus occupés de littérature que de
trafic et songeant à civiliser plutôt qu'à conquérir,
cette idée dépasse les limites les plus reculées de la
fantaisie. M. Villemain a puérilement cédé à l'un des
travers les plus agaçants des lettrés de ce temps-ci,
acharnés à établir que tout Trissotin est penseur et
homme d'Etat ; trouvant deux rimeurs parmi les Anglais de l'Inde, il en a fait des modèles pour les conquérants et des dieux pour les vaincus. Cela honore
peut-être ses sentiments d'homme de lettres ; mais
quelle épigramme contre le système gouvernemental
qui fit de cet académicien-né un ministre et presque
un personnage politique !

II.

Montrons maintenant le *génie anglais dans l'Inde*
sous son véritable jour. C'est une page d'histoire qu'il
convient d'opposer aux fantaisies de M. Villemain.

. L'une des thèses favorites de la presse anglaise, c'est
que l'Angleterre est une puissance essentiellement

colonisatrice; et comme preuve on cite l'Inde. L'argument est tenu pour bon, même en France. Nous demandons à le contrôler.

L'exploitation facile et fructueuse d'un pays n'est pas un acte de colonisation, c'est simplement un acte commercial. Coloniser, c'est améliorer, c'est civiliser. Quels progrès moraux ou seulement matériels l'Inde a-t-elle faits sous la domination anglaise? Ses vainqueurs lui ont laissé les superstitions qui la condamnent à une irrémédiable infériorité et ont ruiné son industrie. Autrefois l'Inde possédait de nombreuses manufactures et les arts y florissaient. Arts et industrie ont disparu.

Quand les apologistes de la politique britannique veulent produire des arguments à l'appui de leur thèse, ils nous montrent les Anglais creusant des canaux, faisant des routes, établissant la télégraphie électrique, traçant des chemins de fer et introduisant le gaz à Calcutta.

Ces améliorations, très-surfaites, datent d'hier, et n'ont pas toutes une grande valeur pour les indigènes. Croit-on que l'Indien trouve avantage et plaisir à savoir, quand il le sait, que les villes où trônent les Anglais sont éclairées au gaz? Mais l'amélioration des voies de communication, n'est-ce pas là un profit pour tous? S'il s'agissait d'un pays habité par des populations de même race, vivant sous l'égalité des même lois, il faudrait répondre affirmativement. Mais dans l'Inde, les travaux de cette sorte, nommés ailleurs travaux d'utilité publique, ne sont, en général, que des moyens d'exploitation et d'oppression. Les indigènes n'éprouvent guère le besoin de faire dix lieues à l'heure, et il n'est pas absolument dans leur intérêt que les régiments qui les tiennent en respect puissent être transportés avec rapidité partout où le maître a besoin d'eux. Les canaux, les routes et les chemins de fer sont pour les Anglais des outils et des armes; ils en subordonnent le parcours aux nécessités de leur trafic et de leur domination. Si le pays en profite, c'est par surcroît. Ce n'est donc pas là une œuvre de colonisation dans la vraie et chrétienne acception du mot. Pourquoi ne pas dire aussi que c'est dans l'intérêt des Hindous que l'Angleterre a discipliné les cipayes et placé de superbes canons sur les murs de Delhi?

Tant que les Anglais ont pu tirer de l'Inde beaucoup d'argent sans grandes dépenses, ils ne se sont occupés ni des routes, ni des canaux. Tout a dépéri jusqu'au jour où l'étendue même de leur empire et l'appauvrissement des contrées livrées les premières à l'exploitation leur ont fait sentir la nécessité de rendre les communications plus faciles. Un écrivain dont les partisans de l'Angleterre ne récuseront pas le témoignage, car il est des leurs, M. de Valbezen, dit :

« Jusqu'à ces dernières années, si quelque événement imprévu et terrible avait mis fin à la domination anglaise dans l'Inde, elle eût laissé derrière elle bien peu d'empreintes sur le sol, et le voyageur des siècles futurs, qui eût rencontré à chaque pas les splendides ruines qui témoigneront longtemps encore de la puissance des empereurs mogols, eût à peine trouvé dans

quelque fort démantelé un fusil à piston ou un canon
Paixhans, souvenir de ces Européens auxquels le dieu
des batailles avait octroyé l'empire de l'Inde. »

Après être entré dans quelques explications sur les
projets récemment formés par les Anglais, M. de Valbezen reprend :

« Les neiges de l'Himalaya offrent à des canaux
irrigateurs des réservoirs inépuisables, dont les merveilleuses ressources n'avaient pas échappé à la saga-
cité des empereurs de Delhi. Aux noms de Feroze-
Schah et de Schah-Jehan se rattachent des travaux de
canalisation qui ont perpétué leur souvenir parmi les
populations reconnaissantes. Le canal de Feroze, ouvert dans le xvᵉ siècle, sur la rive ouest de la Jumna,
féconda jusqu'au milieu du siècle dernier les campagnes de Hissar et de Hurrianah. Le canal de Delhi,
qui prend sa source sur la rive gauche de la même ri-
vière, apporta son flot vivifiant de 1626 à 1752 aux
terres desséchées qui s'étendent des montagnes Sir-
wahi aux environs de Delhi (1). »

Les Anglais ne prirent même pas la peine d'entretenir les ouvrages de canalisation laissés par les empereurs mogols. Bientôt on n'en vit plus que les ruines.
Mais le pays s'appauvrissait, et les bénéfices des conquérants diminuaient ; on entreprit de refaire ce qu'on
n'avait pas su conserver. En 1821, l'eau reparut dans
le canal de Feroze, et vingt-sept ans plus tard on se
mit à l'œuvre pour creuser le canal du Gange. Peut-on

(1) Les *Anglais dans l'Inde*, p. 302.

8

trouver là, sérieusement, un sujet d'éloge et s'extasier sur la grandeur de ces *hommes justes et sages venus de loin* ? La route qui doit relier Calcutta à Delhi, Lahore et Peshawer, n'a été commencée qu'en 1836. Son tracé indique clairement qu'elle a surtout un but stratégique.

Il y a loin, du reste, des travaux reconnus indispensables et alignés sur le papier aux travaux exécutés. M. Bright, discutant en 1853, à la Chambre des Communes, le privilége de la Compagnie, établissait combien les moyens de communication étaient imparfaits : il dénonçait des fondrières et des étangs là où la carte indiquait des routes. De plus, il montrait par un exemple décisif où en étaient la canalisation et l'irrigation :

« Le ministre a parlé de la question des irrigations: il tenait à la main le rapport de la commission qui a fait une enquête à ce sujet ; or ce rapport dit : « La perte *du revenu*, produite par la famine de 1832-1833, *occasionnée par la sécheresse*, est évaluée à 25,000,000 de francs. La perte de propriété a été bien plus considérable, au moins de deux cent mille têtes de bétail dans le Gunntor seulement ; outre la ruine de soixante-dix mille maisons, il est mort de deux à trois cent mille personnes. »

Les travaux qui pouvaient prévenir ces catastrophes étaient depuis longtemps reconnus nécessaires et réclamés. Mais, grâce à l'emploi de la torture, les impôts rentraient bien ; il n'y avait donc pas lieu de diminuer les dividendes de « l'honorable Compagnie » en faisant arriver de l'eau dans ces campagnes arides.

A ces faits, qu'oppose-t-on ? Des généralités ayant pour but d'établir que les populations de l'Inde soumises depuis des siècles à toutes les dévastations de la guerre entre barbares, à toutes les cruautés de la conquête asiatique ont en somme, dans les Anglais, les meilleurs maîtres qu'elles aient jamais eus. C'est une affirmation ; il faudrait des preuves. La domination d'une puissance chrétienne devait certainement transformer l'Inde, et les apologistes de l'Angleterre avouent la faiblesse de leur cause, lorsque, plaidant les circonstances atténuantes, ils se bornent à dire : « Le régime britannique est, tout compte fait, préférable aux régimes antérieurs. » Mais on ne peut pas même leur accorder cette fiche de consolation. Ecoutons M. Bright parlant à la Chambre des Communes :

« Personne n'a jamais essayé de contredire le fait que la condition des paysans du Bengale est presque aussi misérable et dégradée qu'il est possible de le concevoir. Ces malheureux vivent dans de misérables huttes, à peines bonnes pour faire des niches à chiens. Ils ne peuvent se procurer plus d'un repas par jour pour eux et leur famille..... Si on connaissait la condition réelle de ceux qui produisent des récoltes sur lesquelles nous prélevons 75 ou 100 millions par an, on reculerait d'horreur et d'épouvante..... Ils sont dans un tel état de dénûment qu'ils sont obligés d'emprunter de l'argent à 40 ou 50 0/0 pour acheter les grains dont ils ont besoin. »

Et remarquez que M. Bright citait les renseigne-

ments fournis au comité de l'Inde par des agents de la
Compagnie. Devant de tels chiffres, il est difficile d'admettre que le sort des paysans indiens ait été amélioré
depuis la conquête anglaise. Une misère plus grande
eût entraîné la dépopulation absolue du pays et « l'honorable Compagnie, » au lieu d'y trouver 200 millions
d'esclaves, eût régné sur un désert.

Nous pourrions, on le sait, multiplier les exemples ;
nous voulons seulement rappeler quelques faits carac-
téristiques et généraux, afin de montrer comment l'Angleterre entend la colonisation. Que l'on compare ses
travaux dans l'Inde, depuis un siècle, à ceux que nous
avons accomplis depuis vingt-cinq ans en Algérie, dans
des conditions autrement difficiles. La colonisation de
l'Algérie ne date pas, en effet, de 1830 ; elle n'a réellement été entreprise qu'en 1840. Jusqu'à cette époque,
nos troupes, condamnées aux expéditions les plus
rudes, ou prisonnières dans les postes qu'elles occupaient, décimées par les fièvres, les privations, la nos-
talgie, ne pouvaient exécuter ou protéger de grands
travaux. Néanmoins on n'a pas attendu l'achèvement
de la conquête pour entamer l'œuvre de la colonisation. La Mitidja assainie, le Sahara fertilisé, des villes,
des villages, des ports créés là où nous avions
trouvé le désert, les routes qui sillonnent tout le pays
disent assez qu'un peuple civilisateur a mis la main
sur cette contrée barbare. La Kabylie est conquise
d'hier, et déjà nous la transformons. Combien la transformation serait plus prompte et plus efficace si l'esprit catholique, qui nous donne tant de force encore,

malgré son affaiblissement, servait de règle à l'individu
et à l'Etat !

Les Anglais prétendent volontiers qu'ils ont donné
à l'Inde une administration et des tribunaux. Rien
n'est plus vrai, si l'on s'en tient au fait. Mais quand
on examine les choses de près, on trouve une administration uniquement préoccupée de la collecte des impôts et une justice dont la vénalité et le faux témoignage sont les principaux instruments. L'*Univers* a
publié, au mois d'août 1857, des renseignements qui
ont mis cet état de choses en pleine lumière. Le témoin
parfaitement impartial et sûr auquel il les devait, ne
prévoyait nullement la révolte de l'Inde. Il avait
écrit sans passion contre les Anglais, songeant à les
éclairer et non à les combattre. Son but était de faire
connaître la véritable situation, les souffrances inouïes
de ces malheureux Hindous, qu'il connaît mieux que
leurs maîtres, car au lieu de les exploiter il leur a voué
sa vie. Rappelons ses conclusions sur la moralité de
l'administration et de la justice anglaises dans l'Hindostan.

« Le Gouvernement devrait faire à ses fonctionnaires un devoir rigoureux de rechercher avec le plus
grand soin les concussions, les injustices, les vénalités,
les exactions exercées par les Mounsiffs, les Dasildars,
les Maniagars, les Kanaken ou Karnunes et les autres
officiers indigènes et les punir avec la plus grande
sévérité. Or, tous ces crimes et délits demeurent
impunis.

« On aurait dû également faire des lois et porter des

peines très-sévères contre le faux témoignage ; tous les jours on pouvait acquérir la preuve que les tribunaux étaient remplis de faux témoins appelés par les avocats eux-mêmes. Le Gouvernement avait pris diverses mesures trop modérées à ce sujet, l'exécution a été plus modérée encore... Plus d'une fois ces vénalités et ces faux témoignages sont arrivés par la voix publique à la connaissance des juges anglais ; ils se contentaient de s'en plaindre avec leurs amis et ne faisaient rien pour en acquérir la preuve complète et les réprimer. »

L'administration a toujours eu pour système absolu « de défendre envers et contre tous ses agents anglais ou indigènes, quelles que fussent leurs fautes. » De là une exploitation tyrannique et impudente au plus haut degré. Des voleurs notoires, des meurtriers connus n'ont rien à craindre de la justice : ils peuvent payer les juges ou sont juges eux-mêmes.

Ce scandale est si général et si patent, que M. de Valbezen, malgré ses complaisances pour les Anglais, le signale en termes sévères ; il déclare que l'administration de la police, qui se rattache à toute l'organisation administrative et judiciaire, « est la honte du Gou- « vernement comme la plaie du pays, et demande les « plus radicales réformes. » La terreur qu'inspirent les agents de l'autorité est telle « que les natifs s'abstien- « nent souvent, et avec raison, de poursuivre celui « qui les a volés et maltraités. » M. de Valbezen entre dans quelques détails d'organisation, et ajoute :

« L'imagination la plus noire ne saurait rêver les révoltantes iniquités qui accompagnent ces pre-

miers procédés judiciaires : la parjure pratiqué dans
des proportions heureusement inconnues en dehors
de cette terre classique du mensonge ; l'accusé sur
lequel pèsent les plus fortes charges, relâché le plus
souvent lorsqu'il peut satisfaire la cupidité des daro-
gahs et de ses subordonnés ; maisons livrées au pillage ;
innocents soumis sciemment à de véritables tortures
qui doivent leur arracher des aveux.... Un pareil
tableau semble dépasser de beaucoup les limites du
vraisemblable ; ce n'est toutefois qu'une reproduction affaiblie de ce qui se passe journellement dans
l'Inde. »

M. de Valbezen cite quelques exemples pour justifier
cette vue d'ensemble. Nous lui empruntons la déclaration suivante, faite il y a une quinzaine d'années
devant le Comité d'enquête de Londres :

« Je pense que du darogah au péon le plus infime,
tout l'établissement de la police est gangrené et que
l'on ne saurait, dans un seul cas, obtenir justice sans
acheter à prix d'argent la protection de ses officiers. »

A cette question : « Les résidents européens de
l'Inde ont-ils recours, pour protéger leurs intérêts, à
des moyens frauduleux? » le témoin répondit : « Oui,
je suis obligé d'avoir recours à ces moyens frauduleux,
et les résidents européens de l'Inde doivent faire
comme moi. »

Et que produisit l'enquête? Rien, rien, rien : système parlementaire.

Le colonel Sleeman, qui a dirigé les mesures destinées à extirper l'abominable secte des *thugs* ou *étran-*

gleurs, célébrée par M. Eugène Sue, a donné un témoignage que nous devons également citer :

« Lorsque des officiers de police ne peuvent découvrir l'auteur d'un crime, ils n'hésitent pas à arrêter des innocents, et ils leur arrachent des aveux par de véritables tortures. Ont-ils été gagnés par les coupables et veulent-ils qu'un crime reste inconnu, ils imposent silence par des menaces aux parties plaignantes. »

Qu'on ne s'y trompe pas, il s'agit ici d'une organisation d'origine anglaise placée *sous le contrôle direct du Gouvernement* (1). Cette forme d'exploitation et de démoralisation, au nom et par la force de la justice, a pour auxiliaire un autre établissement de police judiciaire plus vicieux encore, s'il est possible, emprunté aux traditions des gouvernements natifs et plus ou moins perfectionné par « l'honorable Compagnie. »

Il faut le répéter, ces faits, ces crimes ont reçu le visa d'enquêtes officielles. Quelles mesures l'autorité a-t-elle su prendre pour mettre un frein au mal, pour tarir cette source permanente de misère et de corruption? Aucune. On a élaboré un projet quelconque et on l'a laissé sans application. Il ne fallait pas admettre que les agents du Gouvernement pussent avoir tort. D'ailleurs, les indigènes étaient si dociles, ils payaient si régulièrement l'impôt, et tout en disant : — « l'homme blanc mange et boit tout le jour ; l'homme « noir a le ventre vide, il dévore le misérable, sa faim « avec sa honte, » — ils paraissaient si habitués à leur

(1) Les *Anglais dans l'Inde*, p. 66.

sort qu'on ne voyait pas la nécessité de modifier un système dont le résultat final était de bons dividendes.

Mais l'Angleterre n'a-t-elle pas fondé dans l'Inde des écoles de diverses sortes? Oui, elle a établi des écoles pour les sujets anglais et encouragé les écoles indigènes dans la mesure où elle espérait y trouver profit. Quant à élever l'enseignement, quant à en faire un moyen de civilisation, elle n'y a pas songé. Empruntons à M. de Valbezen quelques-unes des maximes philosophiques qui forment la base de l'enseignement indo-britannique.

« Un homme doit être aimable pour son ennemi, si par son assistance il peut se délivrer d'un autre ennemi, de même qu'il ôte l'épine qui a percé son pied à l'aide d'une autre épine.

« L'argent pourvoit à toutes les nécessités de la vie.

« Posséder bon appétit, bonne nourriture, force virile, belle femme, cœur généreux et beaucoup d'argent, etc., sont les véritables signes qu'un homme a bien mérité du ciel dans sa vie antérieure. »

Et ce sont là relativement des choses innocentes ; M. de Valbezen, qui ne se pique point de pruderie, déclare dans son livre, si favorable aux Anglais, que « la décence ne permettrait pas de citer certains pas- « sages d'exercices donnés à des enfants, passages « qui doivent laisser dans de jeunes esprits des taches « ineffaçables. »

L'honorable Compagnie des Indes n'a jamais voulu voir ce danger. Les Hindous lui paraissaient d'autant plus faciles à gouverner, à exploiter, qu'ils étaient

8*

énervés et abrutis par un culte chargé de corruptions. Le commerce allait bien ; donc, tout était pour le mieux.

Une nation catholique eût-elle toléré un pareil enseignement ? eût-elle consenti, comme l'a fait l'Angleterre, à protéger les pratiques odieuses, immondes des brahmanes, à humilier la Croix devant les symboles du paganisme ? Non, non ; elle eût essayé de conquérir les indigènes à l'Eglise. On peut soutenir que l'entreprise eût échoué ; on ne justifiera jamais l'Angleterre de ne l'avoir pas tentée.

Je crains bien que M. de Montalembert n'ait cédé à un mouvement oratoire lorsqu'il s'est écrié :

« Depuis un demi-siècle que la guerre s'est portée exclusivement vers le nord de l'Hindostan, *l'exploitation pacifique* de ce colossal empire nous offre le spectacle d'une *immense école*, où des hommes *justes et sages*, venus de loin, *implantent au cœur de l'Orient*, sans *violence*, et par la seule force *expansive du bien*, les arts, les lois, les *mœurs* honnêtes et simples de l'Occident... (1). »

Quelques mois plus tard, le *Times* reconnaissait que l'Angleterre n'avait rien fait pour inspirer le respect de la religion chrétienne « à ces misérables païens, « dupes des plus ridicules inventions et de la plus « abjecte idolâtrie. » Il ajoutait qu'il était temps d'introduire la Bible dans les écoles indigènes, et « d'in- « tervenir pour empêcher les scandaleuses indécences « qui forment une si grande partie des rites religieux

---

(1) *De l'Avenir politique de l'Angleterre.*

« du brahmanisme. » Au même moment les sociétés
bibliques demandaient au gouvernement anglais de
prouver enfin aux Hindous que l'Angleterre avait une
religion et une *conscience*.

Cette preuve n'a pas encore été faite. Voilà un siècle
que l'Angleterre exerce dans l'Inde une prépondérance
absolue. Si cette longue domination avait été employée
à propager l'Évangile, et si cette œuvre avait été confiée, non pas à des pères de famille ayant une femme
à distraire, des fils à surveiller, de filles à établir,
mais à des prêtres, des religieuses, de vrais missionnaires, à des sœurs de charité, l'Inde ne serait plus
tout entière païenne et musulmane. Nos arts, nos lois,
nos mœurs, auxquels les indigènes sont restés absolument étrangers, se seraient *implantés au cœur* de
l'Hindostan à l'abri et comme fruit de la prédication
évangélique. L'Inde compterait une population chrétienne par la foi, européenne par les mœurs et les besoins, dévouée par conséquent à l'Angleterre. Nous ne
prétendons pas que la conversion eût été générale ;
nous disons seulement qu'une puissance chrétienne,
c'est-à-dire catholique, eût dans l'Inde comme partout
fait des chrétiens.

Vision ! s'écrient les anglomanes. Les Hindous ne
changent jamais de religion. L'histoire fait justice de
cet argument. Les conquérants mogols ont pu propager l'islamisme dans l'Inde, où il compte vingt-cinq
millions de fidèles ; plus tard le nanekisme et d'autres
sectes, nées des religions dominantes, y ont fait de
nombreux prosélytes. Devant ces exemples, on ne peut

mettre en doute que le christianisme ne se fût développé depuis un siècle si l'Angleterre ne s'était pas
souciée uniquement de ses négoces, si les représentants du pouvoir, occupés du soin de leur fortune et
de leurs plaisirs, n'avaient pas montré le plus profond
mépris pour les intérêts spirituels des peuples placés
sous leur domination? Bien que Londres dépasse en
corruption toute autre ville européenne, on vante volontiers la sévérité des mœurs anglaises. Cette sévérité, dont je doute, est souvent mise de côté dans
l'Inde. Qu'on lise certains récits, ceux de Jacquemont
entre autres, et l'on verra quels exemples suivent et
donnent, dans bien des cas, les agents européens de
« l'honorable Compagnie. » Non, les Anglais n'ont
pas offert aux Hindous le spectacle *d'hommes justes et
sages venus de loin* pour les élever à un état meilleur. Ils ne pouvaient fonder une *immense école* de
civilisation qu'en propageant l'Evangile, qu'en travaillant à l'œuvre de Dieu par des mains vraiment apostoliques ; et, de leur propre aveu, ils n'ont pas même
tenté avec suite de répandre leurs bibles falsifiées. Les
cipayes qui embrassaient le christianisme étaient
chassés de l'armée comme indignes. Les révérends
ministres dirigeaient surtout leur propagande contre
les catholiques de l'armée anglaise. On respectait le
culte du cipaye pour la vache, on l'autorisait à placer
partout des emblèmes d'une monstrueuse impureté ; et
en même temps, les mêmes hommes accusaient d'idolâtrie les soldats irlandais coupables de prier Marie
immaculée.

L'ANGLETERRE

ET LES NATIONS CATHOLIQUES AUX COLONIES

L'étude qui précède nous a montré sous son vrai jour le *génie anglais dans l'Inde*. C'est une des plus tristes pages de l'histoire des nations chrétiennes. Qu'importe, diront les anglomanes et les utilitaires, il n'en reste pas moins prouvé que l'Angleterre possède le génie colonisateur ; c'est un fait. Non ! c'est simplement l'un des lieux communs de la polémique. Les ennemis de l'Eglise l'exploitent contre les nations catholiques, et les révolutionnaires de toutes nuances, depuis le gentilhomme parlementaire jusqu'au brutal adepte des sociétés secrètes, l'utilisent de leur mieux contre l'ordre monarchique. Cependant l'histoire condamne ces affirmations absolues et rogues. L'Angleterre est simplement une nation commerciale ; elle ne sait pas coloniser, elle sait trafiquer. Même avant la dernière révolte des cipayes, un écrivain très-favorable aux Anglais, mais chez qui la passion n'exclut pas toute lumière et toute justice, faisait ressortir l'importance capitale de l'Inde en disant : « Il ne faut pas une longue étude de l'histoire coloniale de l'Angleterre pour arriver à cette conclusion, que l'Inde est la seule des colonies britanniques qui ait réellement prospéré pendant les cinquante dernières années. Aux Indes occidentales, la belle colonie de la Jamaïque descend, comme prospérité commerciale, au niveau de Haïti; l'établissement du Cap, avec ses éternelles guerres contre les Cafres, engloutit sans profit, même sans résultat pacifique, les trésors de la métropole (1). »

Cette colonie du Cap, dont les Hollandais tiraient bon parti et où les Anglais n'ont rien pu faire encore, est une des conquêtes que ces grands colonisateurs doivent à la Révolution. Ils l'ont occupée une première fois en 1795, puis en 1806; elle leur a été régulièrement concédée, par les traités de 1815. Voilà soixante ans qu'ils y font preuve d'impuissance.

La Jamaïque, aujourd'hui en pleine décadence, était très-prospère sous les Espagnols; elle n'a d'ailleurs accepté la domination anglaise qu'après une longue lutte, marquée par les insurrections de 1690, 1700, 1795 et diverses autres tentatives moins vigoureuses. Maintenant elle est bien soumise, mais elle meurt.

Les colonies de l'Australie, où l'Angleterre prit pied en 1788 par l'établissement d'un pénitencier, paraissent appelées à de grands développements; déjà, grâce à leur position maritime et à la richesse exceptionnelle de leur territoire, elles possèdent une notable importance. Mais ce sont là des possessions bien nouvelles. L'état légal et politique de l'Australie an-

(1) Valbezen. *Les Anglais et l'Inde.*

glaise n'a été régularisé qu'en 1823 et 1834. Dès 1854
une première révolte a eu lieu. L'Angleterre parvien-
dra difficilement à conserver vingt ans encore Mel-
bourne et ses dépendances.

Le Canada, bien que devenu depuis longtemps pos-
session anglaise, est resté, en grande partie, français
par le cœur, les mœurs, les tendances et l'organisation
administrative. L'empreinte du génie français et catholique a été si profondément marquée sur cette terre,
sur ce peuple, qu'après un siècle de domination, l'Angleterre est encore pour les bas Canadiens et la population catholique du haut Canada une puissance
étrangère. Elle n'a pas même réussi à s'assimiler les
descendants des colons irlandais. De nombreux avertissements lui ont prouvé d'ailleurs le peu de solidité
des liens qui rattachent le Canada à la métropole. Il
n'y a rien dans tout cela qui justifie les tirades orgueil-
leuses dont on nous fatigue.

Si l'œuvre de la colonisation consiste seulement à
bien exploiter une situation favorable, à gagner de
l'argent, à réduire des peuples en servitude, à détruire les races rebelles, les Anglais ont le génie de la
colonisation. Mais si le chrétien doit se proposer un
autre but, s'il a pour mission de civiliser et de
convertir les barbares, les sauvages, les païens, l'Angleterre a partout méconnu son rôle. Nulle part elle
n'a su relever les indigènes. Ou elle travaille à les re-
fouler au loin, à les anéantir comme en Amérique, en
Australie et chez les Cafres, ou elle les réduit à la
plus misérable des conditions, comme dans l'Inde.

Des libres penseurs peuvent admirer ce triomphe odieux de la force; mais des catholiques devraient reconnaître qu'une nation dont les établissements portent partout la mort ou l'esclavage ne fait pas œuvre de colonisation. Comment les Anglais convertiraient-ils des Hindous, des Peaux-Rouges, des Cafres, des Australiens? Ils ne réussissent pas même, malgré la puissance des faits accomplis, la communauté d'intérêt et quelquefois de religion, à s'assimiler les descendants des colons européens. Les Hollandais du Cap, les Espagnols de la Jamaïque, les Portugais de l'Inde sont, comme les Français du Canada et de l'Ile Maurice, restés fidèles à leur nationalité.

Cependant, parce que l'Angleterre, tirant parti de sa situation maritime, exploitant les dissensions des autres nations européennes, profitant des folies de la Révolution comme elle avait profité des lâchetés du règne philosophique de Louis XV, a planté partout son drapeau, on admire sa puissance colonisatrice; parce que ses possessions sont étendues, on refuse de voir qu'elle ne peut ni s'assimiler les populations civilisées, ni civiliser les peuples barbares! Nous demandons quel bien elle a fait aux races inférieures dépossédées de leur sol par ses marins et ses marchands; on nous montre les comptoirs qu'elle a créés et les forts qui les protégent. Cet argument vaut celui des terroristes dépouillant et guillotinant quiconque paraissait douter de leur zèle pour le bien de l'humanité.

Il suffit, d'ailleurs, d'un peu de justice et de réflexion pour reconnaître que l'Angleterre perd ses co-

lonies plus vite que toute autre puissance, bien qu'elle
dispose, pour les défendre et les conserver, de ressources exceptionnelles. Est-ce bien là une preuve de
génie colonisateur? Rappelons quelques faits. L'Angleterre s'est établie en Amérique longtemps après les
Espagnols et les Portugais; elle en a été chassée beaucoup plus tôt. C'est par ses établissements que la révolte a commencé. On parle de ce qu'elle a conservé;
il faut voir aussi ce qu'elle a perdu et comment elle
l'a perdu. Lorsque les feuilles révolutionnaires signa-
lent avec dédain la situation des anciennes colonies
espagnoles, elles oublient trop que l'Espagne est restée
pendant trois siècles maîtresse tranquille et respectée
des plus vastes domaines coloniaux que jamais nation
ait possédés. Nous n'en exceptons pas les Indes, car
ces contrées n'ont jamais formé une colonie, et d'ailleurs l'œuvre de la conquête n'a été achevée (si elle
l'est) qu'en 1855, date de l'annexion du royaume
d'Oude. On rappelle volontiers les violences commises
par les Espagnols contre les populations américaines;
mais on publie qu'en somme les conquérants du
Mexique, du Pérou, du Chili, etc., ont conservé la race
indigène, tandis que les Anglais l'ont détruite. Malgré
leurs fautes, les Espagnols et les Portugais ne perdi-
rent jamais de vue qu'ils devaient christianiser les populations placées sous leur empire. La métropole n'oubliait pas qu'elle avait charge d'âmes. Le résultat a
sans doute laissé beaucoup à désirer; cependant un
bien immense a été accompli. On nous objecte l'état du
Mexique et de quelques autres parties des anciennes

colonies espagnoles et portugaises. L'objection tourne contre nos adversaires. Voilà quarante ou cinquante ans que ces pays sont en révolution, qu'ils ont le droit de tout dire et de tout imprimer, qu'ils suivent les leçons et les exemples des libres-penseurs européens, et l'on s'étonne qu'ils en soient a peu près venus à la liberté de tout faire, que de progrès en progrès ils s'enfoncent dans l'anarchie, la barbarie, la sauvagerie. Si l'on veut opposer les colonies de l'Espagne catholique aux établissements anglais, qu'on prenne le Mexique en 1810, à la veille de la première révolte, et qu'on le compare à l'Hindostan de 1856. Jamais rapprochement n'aura mieux prouvé la fécondité de l'Eglise pour toutes les œuvres de véritable progrès, qu'il s'agisse de l'ordre matériel ou de l'ordre moral, et l'impuissance absolue du protestantisme.

On ne doit pas oublier d'ailleurs que l'Amérique espagnole ne s'est pas soulevée en haine de la mère patrie, comme les Etats-Unis, ou sous la pression d'intolérables souffrances comme l'Inde. Conquis en 1521, le Mexique est resté fidèle jusqu'en 1810, date du mouvement insurrectionnel qui, après des phases diverses, devait triompher absolument en 1829. Le Pérou et le Chili, occupés quelques années après le Mexique, se révoltèrent à peu près à la même époque et furent indépendants quelques années plus tôt. Mais ignore-t-on quel était alors l'état de l'Espagne ? Joseph Bonaparte régnait à Madrid sous la protection des baïonnettes françaises; l'Espagne, déjà affaiblie par les fautes de ses derniers princes, s'épuisait dans une guerre d'in-

dépendance ; les colonies soumises à l'influence de
l'Angleterre et n'ayant plus rien à attendre, pas même
des ordres et une direction de la métropole, cédèrent
à l'esprit de séparation. Et cependant bien des
années encore s'écoulèrent, avant que la rupture fût
le vœu général. Au fond, l'Espagne, atteinte dans
ses forces vives par ses luttes énergiques contre l'Empire et plus encore par le développement des idées libérales, laissa tomber sa couronne d'outre-mer. Mais
cette chute ne doit pas faire oublier que la domination
espagnole, après avoir duré trois siècles, a laissé assez
de principes de vie pour préparer l'avenir de ces pays
que la Révolution a tant appauvris et abaissés. L'Angleterre, au contraire, dont les établissements datent du
xvii° siècle, avait à se défendre dès 1773 contre la
révolte qui devait la vaincre. Il n'y avait pas un siècle
que Charles II avait donné à Guillaume Pen le territoire qui devint la Pensylvanie lorsque le drapeau
anglais y fut renversé. Néanmoins il restera établi,
pour MM. Jourdan et Paradol et pour le *Times*, qu'en
Amérique, comme partout, l'Angleterre s'est montrée
supérieure aux nations catholiques dans l'œuvre de la
colonisation.

La domination espagnole avait de telles assises qu'il
eût probablement suffi de quelque virilité chez l'un des
princes de la famille royale pour conserver sinon à l'Espagne, au moins à la dynastie, les conquêtes de Pizarre
et de Fernand Cortez. L'esprit de séparation eût été
dominé au Mexique et au Pérou comme il le fut à la
même époque au Brésil. Forcée de quitter le Portugal

envahi par les Français, la maison de Bragance se réfugia dans ses possessions d'Amérique, et la colonie devint un empire où la dynastie portugaise est solidement établie. De l'aveu des historiens, un résultat identique eût pu se produire au profit des Bourbons d'Espagne ; mais assurément toute la famille royale d'Angleterre eût tenté sans succès d'arrêter la révolte des Etats-Unis.

La France n'a pas plus que l'Espagne à redouter la comparaison avec l'Angleterre. Lorsque celle-ci aura fondé quelque part en trente ans un empire comme celui que nous possédons en Algérie, nous pourrons, sauf examen, permettre au *Journal des Débats*, au *Siècle* et à tous les servants du parlementarisme d'invoquer contre les Français et les catholiques la supériorité des Anglais. Nous n'admettons nullement, d'ailleurs, que le passé dépose contre nous. La France, compromise par les ministres philosophes de Louis XV, n'a définitivement cédé la prééminence maritime que sous la Révolution. Avant 89, tout pouvait être relevé encore, et l'on y songeait. La Révolution nous a fait perdre Haïti, colonie plus prospère alors qu'aucune des colonies anglaises; elle a ruiné notre marine et et nous a forcés de vendre la Louisiane. L'Angleterre, maîtresse de la mer, a étendu ses possessions coloniales même aux dépens de ses alliés, sans avoir à redouter aucune entrave, aucun contre-poids. Mais en quoi ces succès de la force prouvent-ils un génie colonisateur? Nous prions les libéraux qui, debout *ou accroupis*, *distillent* en l'honneur de l'Angleterre un

encens adulateur, de nous dire quels peuples elle a
civilisés, quelles peuplades elle a fait passer de l'idolâtrie au christianisme ? Sur tous les points de l'Amérique du Nord où la France s'était établie, elle a laissé
des tribus indigènes converties et en voie de civilisation.
Ni les Anglais, ni leurs héritiers des Etats-Unis n'ont
pu continuer l'œuvre commencée. Ils ont entrepris
l'extermination de ces races malheureuses, et aujour-
d'hui encore, sur les confins du Canada et dans les
vastes contrées presque désertes de l'Union, les pro-
tecteurs des derniers indigènes, les hommes qui, à
travers mille obstacles et mille périls, se vouent au
salut de ces victimes d'une politique abominable, sont
des prêtres catholiques et français.

UNE MISSION RUSSE EN PALESTINE

Sous le titre même que porte cette étude, M. René
Taillandier a publié dans la *Revue des Deux-Mondes* un
compte rendu très-développé de l'ouvrage de M. Constantin Tischendorf intitulé : *Aus dem heiligen Lande*.
Dans cet ouvrage, M. Tischendorf donne toutes sortes
de détails, quelquefois puérils, quelquefois précieux,
sur le voyage qu'il a fait en Syrie et en Palestine, aux
frais de la Russie et sous le patronage direct du grand-
duc Constantin, l'appui et l'espoir des *orthodoxes*
russes. Un résultat important a signalé cette mission
scientifique, politique et religieuse : M. Tischendorf a
découvert dans un monastère du Sinaï l'un des deux
plus anciens manuscrits, aujourd'hui connus, de
l'Evangile. Les journaux ont parlé à diverses reprises
de cette découverte ; mais nulle part on n'a donné
les détails circonstanciés, officiels, que contient le
volume de M. Tischendorf. Il y a là non-seulement
des faits intéressants, mais aussi des dissertations, des
aveux, des révélations dont il faut prendre note. Bien
que M. Tischendorf soit allemand et protestant, il a
tout le dévouement d'un *orthodoxe*, sujet du Czar, pour
la *sainte Russie..*

M. Taillandier analyse ce volume avec sympathie.

Il fait sans doute çà et là quelques légères critiques ; mais visiblement M. Tischendorf le charme tout à la fois comme savant passionné et comme chrétien aux idées larges. M. René Taillandier, qui s'est canonisé et signe *Saint-René,* n'a, en sa qualité de catholique libéral, qu'une crainte : c'est que M. Tischendorf ne finisse par se rattacher trop étroitement à une communion quelconque. Il lui conseille de se tenir dans le grand milieu où toutes les Eglises chrétiennes doivent se réunir, et où elles auront, j'imagine, la collection de la *Revue des Deux-Mondes* pour *Credo.*

Ce langage ne blessera point M. Tischendorf. L'amour des textes paraît en effet beaucoup plus ferme chez lui que l'amour des principes. Comme le dit gravement M. Saint-René Taillandier, quoique *protestant fidèle,* il s'accommode de toutes les formes du christianisme. Aussi l'a-t-on vu travailler à Paris pour une publication catholique, sous la direction de M. l'abbé Jager, et le voit-on servir aujourd'hui avec zèle l'orthodoxie russe, qui n'est pas tout à fait l'orthodoxie grecque. Rien de tout cela, d'ailleurs, ne l'empêche d'être un *protestant fidèle,* puisque personne, sauf peut-être M. Taillandier, ne sait d'une façon précise en quoi consiste la fidélité protestante.

Mais s'il est difficile de classer M. Tischendorf comme chrétien, on peut le mettre comme savant au rang des maîtres : c'est un helléniste-paléographe des plus distingués. Avant de travailler pour le Czar, il avait acquis une grande autorité par l'activité et le succès de ses recherches dans toutes les bibliothèques

riches en palimpsestes. De plus il s'était assez scrupuleusement renfermé jusqu'ici dans le rôle que lui
assignaient ses connaissances spéciales ; et, si l'on ne
pouvait accepter toutes ses notes, toutes ses vues,
toutes ses explications, on devait au moins reconnaître
en lui un homme absolument dévoué à la science. —
Cherchons les textes anciens, disait-il, donnons-en de
bonnes éditions, étudions-les bien à fond, et plus tard
on les discutera. Aussi, tandis que M. Alexandre de
Humboldt lui écrivait : « J'ai lu votre nouveau travail
avec autant de joie que d'étonnement; vous savez
combien j'admire l'activité de votre riche carrière; »
Pie IX lui disait : *Quis posset immanem laborem tuum
satis admirari ?* Mais il y a lieu de craindre que les rou-
bles russes n'aient un peu entamé ce caractère de vrai
savant. Certes, nous ne soupçonnons pas M. Tischendorf d'être homme à sacrifier un texte pour plaire à
ses patrons ; nous voulons dire seulement que la
Russie, en lui facilitant ses recherches et en lui
donnant le moyen de les publier avec éclat, lui a fait
entrer dans l'esprit une assez vive sympathie pour le
schisme grec. S'il y a doute, ne verra-t-il pas volontiers les choses à travers les lunettes d'or du Saint-
Synode? Son dernier ouvrage est celui d'un Russe.
M. Saint-René Taillandier lui-même le constate avec
une certaine inquiétude.

Notons ici qu'avant de recevoir les encouragements
de Pie IX, M. Tischendorf, qui en était alors pour ainsi
dire, à ses débuts, avait reçu ceux de Grégoire XVI.
'était en 1846, quelques mois avant la mort du saint

et courageux Pontife. M. Tischendorf était à Rome et avait facilement obtenu communication de toutes les richesses de la bibliothèque du Vatican, sauf d'un manuscrit de la Bible, que l'on gardait sous triple clef, à cause de son importance. Le cardinal Lambruschini, tout à la fois ministre d'Etat et chef de la bibliothèque, avait péremptoirement refusé de confier ce trésor à l'helléniste allemand. L'ambassadeur de France et le ministre de Saxe avaient vainement insisté pour faire lever ce refus. Sur ces entrefaites, M. Tischendorf eut une audience du Pape. Je cite son récit, en l'abrégeant, d'après la traduction de M. René Taillandier :

« Le Pape nous reçut debout, et resta debout pendant toute la visite qui ne dura pas moins de trois quarts d'heure. Je lui adressai la parole en latin, en me conformant de mon mieux à la prononciation italienne : il m'interrompit et m'obligea de lui parler italien. Je lui remis la lettre de l'archevêque Affre ; il la lut à haute voix. Je lui offris ensuite mon édition du Noüveau Testament, d'après le texte de la Vulgate, en lui faisant remarquer le but de mon travail, qui était de faciliter aux théologiens catholiques de France et d'Italie l'étude directe du texte primitif des apôtres. Là-dessus, il me demanda si je connaissais un ouvrage, — de Bonaventure de Magdalano, je crois, — pour la défense de la Bible latine. Je lui répondis que moi aussi je préférais la traduction latine de saint Jérôme au texte grec publié par Robert Etienne, mais qu'il s'agissait maintenant de demander aux témoins grecs les plus anciens les expressions mêmes employées par

8**

les apôtres, et qu'un texte grec comme celui-là était au-dessus de toutes les traductions. Le Pape me demanda si, en me proposant une pareille tâche, je ne craignais pas d'être contredit par les théologiens, et me rappela l'exemple de saint Jérôme. Comme il cherchait dans sa mémoire les paroles de ce dernier, je lui fis observer qu'elles étaient citées dans le préface même de mon livre : il les y trouva aussitôt et les lut à haute voix...

« Pour me prouver combien il était peu étranger à une entreprise comme la mienne, il me raconta que lui-même, quelques années auparavant, avait projeté une rectification critique du texte hébraïque de la Bible. Il avait réuni dans cette vue un comité de savants ; mais ni les uns ni les autres n'avaient voulu s'en mêler : *nolevano impegnarsi*. Il alla prendre sur des rayons une vieille Bible hébraïque reliée en velours rouge et me demanda si je la connaissais. Je vis avec étonnement que c'était l'édition de Leipzig donnée par Reineccius. Je fis un juste éloge de mon compatriote, en ajoutant toutefois que la critique du texte hébraïque offrait encore bien plus de difficultés que celle du texte grec. En entrant aussitôt dans cette idée, Sa Sainteté me signala *tanti punti* du texte hébreu...

« Le Pape revint ensuite à mon édition du *Nouveau Testament*, et, pour en prendre une connaissance plus intime, il lut plusieurs passages des diverses préfaces ; il lut aussi la dédicace, sur le désir que je lui en exprimai. Il approuva sans réserve, à plusieurs reprises, mes principes de critique, et déclara entre autres

choses que, pour l'étude du véritable texte de saint
Jérôme, les documents les plus anciens devaient être
préférés. A ces mots de la dédicace où j'exprimais
l'espoir de mettre au jour les plus anciens manuscrits
du texte sacré, en fouillant à fond les plus fameuses
bibliothèques de l'Europe, il manifesta son admiration, fit allusion à ma jeunesse, à l'énormité de l'entreprise, et me demanda enfin à quel point j'en étais.
Je lui répondis qu'en France, en Hollande, en Angleterre, en Suisse, j'avais obtenu tout ce que je désirais,
mais qu'il me manquait encore les manuscrits romains. Le Pape dit aussitôt : — Mon Laureani (l'un
des custodes de la bibliothèque) sera tout à votre
service. »

M. Tischendorf, qui espérait cette parole, fit bien
vite connaître au Souverain Pontife le refus si absolu
du cardinal Lambruschini.

« Non-seulement, ajoute notre savant, ce refus, on
le voyait assez, ne venait point du Pape, mais le Pape
ne pouvait se l'expliquer. *Forse,* je cite ses paroles
mêmes, — *forse perchè passano adesso tanti forestieri.*
C'était en effet le temps de Pâques, où Rome, comme on
sait, ne manque pas de visiteurs. Il attribua donc la
mesure de Lambruschini, mesure générale et tempo-
raire, à la nécessité de défendre le Vatican contre les
importuns. Je lui dis dans les termes les plus vifs
quelle serait ma reconnaissance si Sa Sainteté dai-
gnait intervenir elle-même dans cette affaire, et il me
parut en effet que telle était son intention. Ses derniers
mots adressés au ministre saxon qui m'accompagnait,

furent ceux-ci : *Ho tanto piacere di conoscere questo bravo signore professore.*

« Et quel fut le résultat de cette audience? Le même jour, Sa Sainteté se rendit à la bibliothèque du Vatican auprès de « son Laureani, » et s'informa de ce qui me concernait. C'est alors qu'il apprit l'attitude prise par Lambruschini. Le lendemain matin, Laureani et Molza me racontèrent cette visite du Pape. Bien que la défense faite par Lambruschini ne pût être complétement rapportée, on me confia cependant le précieux manuscrit deux jours de suite pendant trois heures; ce qui me permit d'en examiner plusieurs passages et d'en prendre un *fac-simile* exact, le premier qui ait vu le jour. »

M. Tischendorf avait compulsé, contrôlé, copié dans les bibliothèques européennes des manuscrits gardés avec soin, bien que les dépositaires n'en connussent pas toujours toute la valeur; à Rome, il avait trouvé, dans leur plus complète expression, le respect, l'intelligence et l'amour des vieux textes. Ce fut autre chose en Orient. Il eut de grands efforts à faire pour vaincre l'indolence des moines schismastiques, possesseurs ignorants et indifférents de véritables trésors. « Des deux bibliothèques du Caire l'une était fermée ou plutôt murée depuis longues années; M. Tischendorf ouvrit ces catacombes où étaient enfouies tant de reliques littéraires d'un prix inestimable. Que de pages précieuses dormaient également, inutiles et dédaignées, chez les moines coptes ou chez les cénobites géorgiens, dans les couvents de Jérusalem, au cloître

du Sinaï, au monastère de Saint-Saba! En pareil lieu,
ce n'était pas assez de feuilleter, de transcrire, de
prendre des *fac-simile*; il fallait arracher ces documents à une atmosphère de mort. » La moisson fut
abondante. M. Tischendorf put recueillir des manuscrits du moyen âge, des temps bysantins et du
IVe siècle.

De nouveaux voyages, de nouvelles découvertes
vinrent accroître la réputation et l'autorité de M. Tischendorf. La Russie eut alors la pensée, très-politique,
de protéger un savant dont les travaux sur les textes
grecs des Écritures lui paraissaient pouvoir favoriser
ses prétentions *comme gardienne de la tradition orthodoxe de l'Église universelle*. En conséquence, le gouvernement russe fit proposer à M. Tischendorf une
nouvelle expédition scientifique en Palestine au nom
et aux frais du czar Alexandre II. M. Tischendorf
s'empressa d'accepter. C'était tout simple : car l'attache
officielle de la Russie lui assurait de larges ressources
et allait lui ouvrir toutes les portes. Quel supérieur
de couvent, de n'importe quelle secte, ne s'estime-
rait heureux d'être agréable au protégé de l'empereur
orthodoxe! Mais si M. Tischendorf devait accepter,
s'il devait être reconnaissant, il pouvait se dispenser
de prendre en tout la livrée russe. Nous montrerons
plus loin qu'il n'a pas su éviter cet écueil. Quant à
présent, suivons le savant.

M. Tischendorf se rendit tout droit au Sinaï : c'était là,
c'était dans le monastère de Sainte-Catherine qu'il espérait trouver quelque trésor. « Le Sinaï, avec son cloître,

s'écrie-t-il, bien que je l'eusse déjà visité deux fois, le Sinaï me faisait signe, le Sinaï m'appelait! » Ses recherches furent d'abord infructueuses ; et, pour reprendre courage, il voulut gravir la sainte montagne. Il y a de l'éloquence, du sentiment, et même des aspirations religieuses dans la description qu'il en donne, mais on y sent aussi l'absence de tout principe ferme.

« Ce qui m'environne ici, aussi loin que mes regards peuvent porter, n'a pas d'analogue sur la terre. C'est un désert de rochers, le plus sublime et le plus grandiose qui se puisse voir. A des lieues de profondeur et presque de tous côtés se dressent des masses de granit entremêlées de gouffres ou d'arêtes, sombres masses où pas un bois, pas un champ, pas un pré, pas même le fil argenté d'un ruisseau ne fait apparaître le sourire de la végétation. Image de rudesse et de sublimité tout ensemble, image de la gravité qui écrase. Aucun signe de floraison, aucune trace de dépérissement ne signale ici la marche des années ; on dirait que le temps s'est arrêté sur ces cimes, on dirait que le passé s'y élance, s'y enfonce dans le présent avec la force irrésistible des grands phénomènes cosmiques, et apparaît avec sa sainteté devant qui tout s'efface. C'est donc ici, s'écrie-t-on involontairement, c'est donc ici que le Seigneur a proclamé sa loi au milieu des coups de foudre et des éclairs ; il semble que l'inflexible « tu feras, tu ne feras point, » soit toujours inscrit sur ces rochers par une griffe d'airain. Des mains pieuses ont bâti deux chapelles sur les sommets du Sinaï, une chapelle chrétienne, une chapelle mahométane, dont il

reste encore quelques ruines; mais la piété n'a pas
besoin de ces secours : la montagne elle-même est un
autel, un sanctuaire impérissable élevé par la droite
de l'Eternel. N'a-t-on pas vu, pendant des milliers
d'années, des pèlerins sans nombre, venus de toutes
les zones, s'arrêter ici, plongés dans la contemplation
et la prière? N'a-t-on pas vu les juifs, les chrétiens,
les mahométans, malgré les barrières qui les séparent,
trouver ici un lieu propice pour une même piété? »

Le chrétien, mais le chrétien qui n'a pas de règle,
pas d'église, se montre ensuite par une exclamation
empreinte de tristesse, presque de doute :

« Chose extraordinaire! cette parole de la loi, avec
ses avertissements et ses menaces terribles, de même
qu'elle a retenti pour tous, pour tous aussi elle a été
intelligible, à tous elle est demeurée chère, tandis que
la parole de la promesse joyeuse, céleste, la parole de
la consommation libératrice est devenue pour beaucoup une occasion de méprises pernicieuses et une
cause de divisions pour les peuples de la terre. »

Les moines de Sainte-Catherine, quoique pleins de
bon vouloir pour M. Tischendorf, ne pouvaient l'aider
dans ses recherches. Le bibliothécaire lui-même, un
érudit, un docteur venu du Mont-Athos, se souciait
fort peu des richesses qu'il devait cataloguer: sa
grande affaire était d'illustrer de vers de sa façon les
portes et les murs du couvent. Cependant M. Tischendorf cherchait toujours, il aspirait surtout à retrouver
certaine corbeille pleine de vieux papiers, de parchemins rongés par le temps, où il avait découvert, lors

de son premier voyage, plusieurs fragments d'un ancien manuscrit de la Bible. La corbeille avait disparu,
et la bibliothèque ne s'était pas enrichie des papiers
qu'elle contenait. Le savant désappointé songeait enfin à
partir, lorsqu'un beau jour le 4 mai 1859, l'économe
du couvent fait entrer le voyageur dans sa cellule pour
y prendre des rafraîchissements. On cause, et naturellement M. Tischendorf parle de vieux manuscrits ;
l'économe lui répond qu'il possède une Bible manus-
crite des Septante. Voyons-la, s'écrie le savant. On lui
remet les parchemins qu'il se rappelait avoir vus dans
la corbeille vouée aux papiers de rebut ; il y jette un
coup d'œil de maître, rapide, éclairé, passionné, et les
emporte bien vite dans sa cellule. C'était un trésor. Il
avait aperçu le commencement et la fin des Évangiles,
l'*Épître de Barnabé*, et ce n'était pas tout. Laissons-le
parler :

« Quand je fus seul dans ma chambre, je m'aban-
donnai à l'élan de joie et d'enthousiasme que me causait cette découverte. Le Seigneur, je le savais, le
Seigneur venait de remettre en mes mains un trésor
inestimable, un document de l'importance la plus haute
pour l'Église et pour la science. Mes espérances les
plus hardies étaient de beaucoup dépassées. Au milieu
de l'émotion profonde que me faisait ressentir cet événement providentiel, je ne pus me défendre de cette
pensée : A côté de l'*Epître de Barnabé*, ne pourrais-je
trouver aussi le texte du *Pasteur ?* » Je rougissais déjà
de ce mouvement d'ingratitude, de cette demande nouvelle en présence d'une telle grâce, quand mes yeux

s'arrêtèrent involontairement sur une page presque effacée. Je déchiffrai le titre et demeurai frappé de stupeur. Voici ce que j'avais lu : *Le Pasteur*. Comment décrire ma joie ? J'examinai alors ce que renfermaient ces pages ; il y en avait trois cent quarante-six, et du format le plus grand. Outre vingt-deux livres de l'Ancien Testament presque tous complets, c'était le Nouveau Testament tout entier sans la moindre lacune, puis l'*Épître de Barnabé* et la première partie du *Pasteur*, d'Hermas. Dans l'impossibilité de fermer l'œil, je me mis à transcrire immédiatement l'*Épître de Barnabé* en dépit d'une mauvaise lampe et de la froide température ; je bondissais de joie en pensant que j'allais faire don à la chrétienté de ce texte vénérable. La première partie de cette Épître n'était connue jusqu'ici que par une traduction latine très-défectueuse et si on avait pour la seconde quelques manuscrits en langue grecque, c'étaient des manuscrits de date récente et n'inspirant qu'une confiance médiocre. Cependant l'Église des deuxième et troisième siècles accordait volontiers à cette lettre, inscrite sous le nom d'un apôtre, le même rang qu'aux Épîtres de saint Paul et de saint Pierre. Outre l'*Épître de Barnabé*, je transcrivis encore dans le cloître des fragments du *Pasteur*, ouvrage non moins considérable aux yeux de la primitive Église. »

Il n'y a pas lieu de rappeler ici les discussions auxquelles l'épître dite de S. Barnabé et le *Pasteur* d'Hermas ont donné lieu. Seulement nous devons noter deux points essentiels.

1° Un texte du *quatrième siècle* ne saurait trancher cette question capitale : la *lettre de S. Barnabé* est-elle l'œuvre du compagnon de S. Paul, ou celle d'un chrétien d'Alexandrie qui l'aurait écrite au commencement du *deuxième siècle?* La même observation s'applique au *Pasteur*, d'Hermas. Ce livre est-il de l'Hermas apostolique dont il est question dans S. Paul, ou bien d'Herma ou Hermas, frère du pape Pie Ier, qui l'aurait écrit dans la seconde partie du deuxième siècle?

2° Il est inexact de dire que l'*Epître de S. Barnabé* avait, dans l'Église, aux deuxième et troisième siècles, le même rang que les Épîtres de saint Paul et de saint Pierre ; et il est tout à fait faux de donner également cette grande autorité au *Pasteur*, d'Hermas.

Les moines du Sinaï sont incapables de lire les manuscrits qu'ils possèdent et ne songent pas le moins du monde à se guérir de leur incapacité ; mais ces documents, qu'ils ne savent ni mettre en ordre, ni préserver de la destruction, ils refusent obstinément de les vendre. M. Tischendorf connaissait, par expérience, cette anomalie. Aussi demanda-t-il simplement la permission de copier les textes qu'il venait de découvrir. C'était une grosse affaire. Il ne pouvait entreprendre seul une pareille besogne, et aucun des moines n'était de force à l'aider. Il fallait donc obtenir l'autorisation de transporter au Caire le précieux manuscrit ; il l'obtint, et, grâce au concours de copistes assez habiles, après deux mois de travail, il avait terminé son œuvre. L'influence de la Russie lui permit plus tard de faire mieux encore. Le manuscrit lui fut remis de nouveau

avec permission de l'emporter à Saint-Pétersbourg,
pour y être reproduit dans un *fac-simile* monumental.

Le texte que nous devons à M. Tischendorf est-il
vraiment le plus *ancien texte* aujourd'hui connu du
Nouveau Testament? Pas précisément, puisqu'il date
du quatrième siècle comme celui du Vatican, et que
Londres et Paris possèdent deux manuscrits, remon-
tant aussi haut; mais tous deux, il est vrai, sont
incomplets. « Le manuscrit de Paris ne contient
« qu'une moitié du nouveau Testament; il manque
« au manuscrit de Londres tout le premier Évangile,
« deux chapitres du quatrième et presque toute la
« seconde Épître de saint Paul aux Corinthiens ;
« quant au manuscrit du Vatican, le plus ancien et le
« plus important des trois, les *Desiderata* embrassent
« quatre Épîtres de saint Paul, les derniers chapitres
« de l'Épître aux Hébreux et l'Apocalypse. On com-
« prend la valeur d'un texte grec égal par l'ancienneté
« au manuscrit du Vatican, et le seul complet entre
« tous ceux qui, du cinquième siècle au quinzième,
« ont échappé aux ravages des années. » Comme on
le voit, nous acceptons ici purement et simplement
les appréciations de M. Tischendorf. Nous ne pensons
pas, en effet, qu'il y ait lieu d'élever le moindre doute
sur la partie scientifique de son œuvre; dans tous les
cas, ce ne serait pas à nous de le faire (1).

(1) Comme M. René Taillandier n'observe pas sur ce point
notre réserve, nous reproduisons ici certain paragraphe que lui
a consacré une publication qu'il connaît bien, les *Etudes*, revue
publiée par les Pères de la Compagnie de Jésus :

« Voici, entre mille autres que l'on pourrait citer, un petit

Nous l'avons dit en commençant, chez M. Tischendorf, le savant est doublé d'un missionnaire russe et
même d'un courtisan. Montrons notre heureux chercheur sous ce nouvel et fâcheux aspect.

Il devait rejoindre à Jaffa le grand-duc Constantin,
afin de l'accompagner à Jérusalem. Je crois vraiment
qu'il eût abandonné le *Codex sinaiticus* plutôt que de
manquer à ce rendez-vous. Le prince russe, que sa
femme accompagnait, fit en grande pompe son entrée dans le port de Jaffa. Il montait une frégate qu'es-
cortaient une autre frégate et un vaisseau de ligne. Le
personnel des consulats russes alla au-devant de lui,
en mer, dans une barque portant le drapeau national ;
l'archevêque schismatique de Petra et son entourage,
le caïmakan de Jaffa et le commandant de la garnison
le reçurent lorsqu'il mit pied à terre, et l'on se dirigea

exemple assez piquant qui montre qu'il ne suffit pas d'être un
homme d'esprit (pure politesse) pour parler sans inconvénient
des doctrines de saint Augustin. M. Saint-René Taillandier
publiait, il y a quelques mois, dans la *Revue des Deux-Mondes*,
un compte rendu très-flatteur de l'ouvrage de M. l'abbé Flottes,
(sur la philosophie de saint Augustin). Venant à discuter le sens
donné par saint Augustin au fameux texte de saint Luc : *Compelle
intrare*, l'honorable professeur insinue fort gravement que ces
mots pourraient bien avoir une autre signification dans le texte
grec et dans le *texte hébreu* (sic). Notez bien que le texte grec
semble plus explicite encore que celui de la Vulgate. Pour ce
qui est du texte hébreu, le malheur est qu'il n'existe pas : personne n'ignore que saint Luc a écrit son Evangile en grec.
Notez encore que M. Saint-René Taillandier est un des théologiens de la *Revue des Deux-Mondes*, et qu'il s'est plus d'une
fois prononcé sur de graves questions d'exégèse. »

immédiatement vers la cathédrale grecque, où l'on chanta le *Te Deum*. Le soir du même jour, le grand-duc et la grande-duchesse donnèrent un festin somptueux aux membres du corps diplomatique, aux autorités de la ville, à tous les notables du pays. Et que faisait M. Tischendorf? Hélas! il était arrivé à Jaffa au jour convenu; mais il y avait alors quelque crainte de peste ou de choléra, et l'infortuné savant faisait quarantaine au lazaret. Il dut se contenter d'adresser ce billet à son patron : «... *Notre mission* n'aura pas « été vaine : une grande chose en consacrera le souve- « nir. Je vais mettre au jour, *grâce à vous*, le *plus an-* « *cien* manuscrit connu de l'Évangile. »

M. Tischendorf put quitter le lazaret assez tôt pour rejoindre le grand-duc sur la route de Jérusalem. Voici dans quel équipage le prince et la princesse russe accomplissaient leur pèlerinage. Nous citons M. Tischendorf :

« En tête de la caravane marchait un escadron bien équipé. C'était l'archevêque de Petra en costume ecclésiastique, le caimakan de Jaffa, le commandant de la garnison, suivi d'une troupe de cavalerie régulière et de *bachi-bouzouks*, dont les armes brillantes et les uniformes de toute couleur étincelaient au soleil. Le grand-duc montait un cheval blanc de pur sang arabe que le pacha, gouverneur de Constantinople, avait envoyé pour lui à Jaffa. La grande-duchesse était en palanquin turc, également envoyé par le pacha : c'était une sorte de calèche traînée par deux mules, que conduisaient deux Arabes. Quatorze soldats de marine, de la

9

garde particulière du grand amiral (le grand-duc), formaient l'escorte de la noble dame... La suite du grand-duc se composait d'une centaine de cavaliers. »

M. Tischendorf nomme ici les fonctionnaires, dignitaires, etc., qui suivaient le prince, et reprend :

« Une troupe à pied fermait la caravane : c'étaient trois cents hommes de l'escadre, tous portant l'uniforme de marin, blanc des pieds à la tête, la carabine Minié sur l'épaule, avec un tambour au milieu des rangs. On voyait aussi marcher à pied l'excellent aumônier du grand-duc ; il avait fait vœu de ne pas voyager autrement tant qu'il foulerait le sol de la Terre-Sainte.

« Cette caravane, déroulant ses lignes à travers la plaine, selon les sinuosités de la route, offrait un spectacle magique. Bien que la grande route des pèlerinages conduise tous les ans au même but, objet de tant d'amour, des milliers et des milliers d'hommes venus de tous les points de l'univers, je ne pense pas qu'elle ait vu pareil cortége depuis les croisades. Les croisades ! ah ! le souvenir de ces merveilleuses explosions du grand patriotisme chrétien s'éveilla spontanément au fond de mon âme... »

Ce souvenir des croisades, évoqué par un protestant au profit du schisme grec, produit un singulier effet. On s'étonne d'une pareille maladresse, et, ne pouvant croire à tant d'audace, l'on croit à une inadvertance. Du tout, c'est un calcul. La *Sainte-Russie* se pose en héritière des croisades. Si elle ne prétend pas les avoir faites, elle prétend au moins les avoir continuées et ne

doute pas de les terminer. C'est elle qui couronnera
cet édifice. Tel est le mot d'ordre donné depuis longtemps aux écrivains russes. M. Tischendorf l'a ponc-
tuellement suivi.

L'entrée de la caravane princière à Jérusalem fut
magnifique et de nature, comme tout le voyage, à
frapper l'esprit des populations. A quelque distance
de la ville sainte, s'avança le patriarche grec, heureux
de donner au prince sa bénédiction. *Béni soit celui
qui vient au nom du Seigneur!* dit-il d'une voix émue.
Un peu plus loin, on vit apparaître le patriarche d'Ar-
ménie, l'évêque de Syrie, une députation du clergé
copte et abyssin. Plus loin encore, aux abords de la
ville, trois tentes avaient été dressées pour les céré-
monies de la réception officielle. Les nobles voyageurs
avaient pris soin de changer de costumes. Au moment
où le grand-duc, portant l'uniforme d'amiral avec le
cordon bleu de Saint-André, conduisit la grande-
duchesse et son jeune fils dans la tente du pacha, gouverneur de Jérusalem, des salves d'artillerie éclatè-
rent au milieu des roulements des tambours et des
fanfares des clairons. Les consuls de France, d'Angleterre, d'Autriche, de Prusse, d'Espagne, l'*évêque
anglican*, les premiers ulémas de Jérusalem, étaient
groupés autour du pacha et furent présentés au grand-
duc. Les Juifs eux-mêmes vinrent rendre hommage au
frère du Czar. A l'escorte officielle qui suivait le prince
s'était jointe une multitude de pèlerins russes transportés d'enthousiasme en voyant le frère de leur souverain venir s'agenouiller avec eux dans les sanctuaires

de la ville sainte. Des jeunes filles jonchaient de fleurs
le chemin de la grande-duchesse. Le prince, fidèle à
l'exemple donné par Godefroy de Bouillon, descendit
de cheval à la porte de Jaffa, et se rendit à pied au
Saint-Sépulcre. Les rues étaient couvertes de fleurs et
arrosées d'essences ; toutes les fenêtres, toutes les ter-
rasses, tous les toits regorgeaient de spectateurs. Et
le patriarche russe, recevant au seuil de l'église les
trois membres de la famille impériale, rappelait, dit
avec joie M. Tischendorf, que cette famille était la
protectrice de la *sainte Église, par qui est maintenue la foi à la divine Trinité*. M. Tischendorf a
grand soin d'ajouter, — toujours sur le ton de l'enthousiasme, — que depuis les croisades, aucun prince
chrétien n'avait été reçu avec tant d'honneur et d'éclat
dans Jérusalem. Il ne manque pas d'y voir un heureux
présage. Il prétend même que si les autres Églises
chrétiennes, les *Églises sœurs*, n'avaient pas laissé paraître leur hostilité, les musulmans auraient compris
que l'islamisme cesserait bientôt de régner à Jérusalem.

M. Tischendorf n'oublie pas toujours, d'une façon
absolue, qu'il est protestant. Il cesse alors de parler
en pur *orthodoxe* et devient fusioniste, sans oublier
cependant les intérêts russes. Position oblige ! En effet
tout en prêchant l'union, la fusion, il laisse voir que
ce compromis devrait s'accomplir sous le patronage
de la Russie. C'est là ce qu'il appelle du *patriotisme
chrétien*, par opposition à l'esprit de secte. « L'auguste
« voyageur que j'accompagnais à Bethléem, s'écrie-t-il,
« caressait l'espérance de voir Jérusalem devenir un

« jour la capitale de la fédération chrétienne. Hélas !
« que nous sommes loin de cette création grandiose !
« que nous sommes loin de ce patriotisme chrétien ! »
Nous croyons sans peine que la *fédération chrétienne*,
dans une ville dont elle aurait les clefs, suffirait, quant
à présent, à la Russie. Mais si naïf et si pensionné
que soit M. Tischendorf, il ne peut ignorer que le but
du Czar, comme représentant de l'*orthodoxie*, est de
posséder Jérusalem : il sait donc que la ville sainte,
devenue capitale de la *fédération chrétienne* sous ce
redoutable protectorat, serait bientôt une ville russe
où le schisme régnerait. Il parle d'union ; il voit *l'unité
du christianisme se reformant à Jérusalem :* « Les peu-
« ples, comme les troupeaux séparés, s'y retrouveraient
« au bercail ; un nouvel Évangile y serait annoncé
« au monde, l'Évangile de la paix de l'Église. » Cette
phraséologie sentimentale et embarrassée prouve que
M. Tischendorf n'arrive pas à se donner les illusions
qu'il voudrait propager. En parlant d'union, de tolérance, de paix, à propos de la Russie, il se rappelle
que de nos jours nulle puissance n'a plus violemment
ni plus habilement persécuté l'Église ; en parlant
d'*unité*, il s'avoue que le schisme gréco-russe ne peut
que perpétuer la division, œuvre de ses fondateurs.

Nous n'insistons pas. Toute discussion sur les faits
et les doctrines serait inutile. M. Tischendorf et ses
patrons n'ont nul besoin d'être éclairés, et d'autre
part, ce n'est pas en France qu'ils feront des dupes,
ou, si l'on veut, des prosélytes. M. René Taillandier
lui-même refuse de suivre M. Tischendorf sur ce ter-

rain. Il ne reproche au savant helléniste ni d'oublier
l'histoire, ni de méconnaître les principes, ni de faire
bon marché même de la science, en glorifiant cette
Église *orthodoxe*, dont les membres les plus purs et les
plus zélés, ceux qui se vouent au service de Dieu,
pourrissent dans l'ignorance et laissent détruire les
plus précieux manuscrits. Ses objections sont d'un
autre ordre. Il parle d'abord, pour la forme, de la
question polonaise ; puis de ce détail, de cet accident,
il passe au point fondamental, à la question de principe. C'est là qu'il donne sa mesure. Au projet de
M. Tischendorf demandant avec embarras, en termes
détournés, l'union des diverses communions sous le
protectorat du représentant armé de l'Église gréco-
russe, M. Taillandier oppose la *fusion* de toutes les
croyances chrétiennes au nom de la *civilisation*, de
l'humanité, de la *société moderne* et de *l'esprit invisible*
(c'est le sien). Citons ce morceau lourd et soigné, où
l'impuissance et l'outrecuidance s'équilibrent dans une
parfaite proportion.

« M. Tischendorf affirme que le jour où Jérusalem
deviendra la capitale d'une fédération chrétienne, on
verra se préparer la rénovation du christianisme; pour
moi, je soutiens que cette rénovation ne dépend pas
des destinées de la Jérusalem réelle, et que nous devons la chercher en nous-mêmes. L'avenir du christianisme n'appartient pas aux peuples qui domineront
dans Jérusalem affranchie ; il appartient aux peuples
qui appliqueront le mieux aux intérêts immortels de
la religion les *principes immortels aussi de la société*

moderne. La vraie Jérusalem, la ville sainte d'où *sor-*
tira, comme dit M. Tischendorf, un *Évangile nouveau*,
c'est le respect des croyances chrétiennes qui la *rebâ-*
tira tôt ou tard. Ce grand architecte attendu des nations, ce sera la civilisation chrétienne intégrale, non
pas celle des sectes, mais *celle de l'humanité ;* non pas
celle qui se borne à la tradition d'un livre, mais celle
que l'*esprit invisible développe au cœur du genre hu-*
main, celle *qui s'est complétée par la France, par*
l'Allemagne, par l'Angleterre, par le XVIIIe *siècle, par*
la Révolution ; — ce sera, en un mot, le christianisme
père de la société moderne et glorifié par elle. Que les
Églises chrétiennes rivalisent de charité, que le *catho-*
licisme romain renonce aux traditions des âges grossiers
et rejette hors de son sein tout ce qui offense l'Évangile,
que le luthéranisme suédois déchire le code barbare
qui le déshonore, que la politique russe efface, s'il se
peut, les crimes commis au nom de la foi orthodoxe
contre les catholiques de Pologne, afin que l'humanité chrétienne poursuive ses destinées agrandies sous
le soleil vivifiant de la justice, alors, alors seulement
on pourra dire avec le poëte :

« Jérusalem renaît plus charmante et plus belle. »

Dans les *Mystères de Paris*, roman malpropre où
sont glorifiés les principes de la société moderne,
M. Eugène Sue fait servir à l'un de ses héros un *arle-*
quin. C'est un ramassis faisandé des aliments les plus
disparates : des ortolans et des tripes, de la choucroûte
et des fraises, du cervelas et de la crème. M. René

Taillandier s'entend, lui aussi, à fabriquer l'arlequin ;
seulement, comme il est penseur, il offre au public
l'arlequin philosophique, et religieux. C'est un plat
que l'on rencontre très-souvent dans la *Revue des Deux-
Mondes*, où il est fort goûté. Rarement il y a été mieux
réussi. Il faudrait cent pages pour relever les contradictions, les puérilités, les absurdités, les blasphèmes
que renferment ces vingt lignes. L'auteur, perdu dans
sa période, parle d'un édifice qui n'a pas encore existé
et que l'architecte de l'avenir *rebâtira ;* il dit que cet
édifice devra s'appuyer uniquement sur les *croyances
chrétiennes ;* puis il lui donne aussitôt pour fondement
le dix-huitième siècle et *la Révolution.* Voilà Voltaire,
Diderot, Helvétius. l'*Encyclopédie.* Chaumette, Robes-
pierre, Marat, Volney, c'est-à-dire l'athéisme, le matérialisme et la corruption sous toutes leurs formes, la
négation absolue et systématique du christianisme,
appelés à nous donner *la civilisation chrétienne intégrale.* Cette fois notre docteur restant logique, range
parmi ses constructeurs l'Angleterre et l'Allemagne à
côté de la France et de la Révolution. Pourquoi l'Italie
et l'Espagne sont-elles exclues ? Évidemment parce
qu'elles sont restées catholiques, tandis que l'Angleterre et l'Allemagne devenaient protestantes et que la
France était viciée par le philosophisme. Leur fidélité
à l'Église les a empêchées de travailler à la confection
de l'*Évangile nouveau ;* elles les a privées de ces se-
mences de l'*esprit invisible* qui, en détruisant la foi et
les mœurs, *développent au cœur du genre humain* le
vrai christianisme.

Et comme s'il craignait que l'on ne comprît pas la seule pensée qu'il ait su expliquer clairement, M. Saint-René Taillandier a soin de déclarer que le *catholicisme romain* doit être réformé. Il reproche à l'Eglise de conserver les *traditions des âges grossiers*, d'enseigner le faux, d'*offenser l'Évangile*. Quant à lui, il le respecte, tout en reconnaissant que nous avons besoin d'un *Évangile nouveau*.

Les expressions manquent pour exprimer les sentiments qu'excite cette outrecuidance. On a beau en sentir le ridicule et la misère, on ne peut se défendre d'une certaine irritation. N'est-il pas insupportable d'entendre ce pauvret déclarer d'un ton capable et serein, au nom des *croyances chrétiennes*, que l'Eglise est infidèle à sa mission, qu'elle devrait enfin renoncer à ses vieilles traditions, pour enseigner la vérité à la suite de lui, Saint-René Taillandier, apôtre de la *civilisation chrétienne intégrale* ?

Mais pourquoi se fâcher ?... Quand il est si évident qu'un homme ne sait pas ce qu'il pense, il faut lui montrer de l'indulgence, dans la pensée qu'il ne sait pas ce qu'il dit.

9*

LA BELLE ANTIQUITÉ

La Révolution aurait dû mettre fin aux doctrines de la Renaissance comme le ver met fin à la pourriture dont il est sorti. Cette compensation nous a jusqu'ici fait défaut. 1793 aura été l'un des résultats, mais non pas le dernier fruit de ce réveil de *l'intelligence humaine*. Les esprits, assez longtemps indécis, sont ouvertement rentrés dans l'ornière si profonde creusée par l'étude ou plutôt par l'admiration de « la belle antiquité. » Les idées païennes sont de nouveau en pleine floraison. Elles règnent dans les arts et pénètrent de plus en plus les mœurs. Si vous en doutez, visitez les expositions consacrées aux œuvres du jour, étudiez le caractère de nos fêtes privées et publiques, suivez la littérature des théâtres et des salons, parcourez nos livres de classe, et votre doute cessera. Les splendeurs malsaines du paganisme nous éblouissent plus que jamais. Nous admirons les héros de la Grèce et de Rome, nous croyons à leurs vertus, nous cherchons des leçons de goût et de morale dans ces « maîtres de l'esprit humain » qui ont pratiqué et glorifié tous les vices. Les classiques païens, un instant ébran-

lés, grâce aux « clameurs de quelques fanatiques, »
ont repris tout leur empire. Certains catholiques, qui
se tiennent pour de grands adversaires du césarisme,
se glorifient d'avoir contribué à ce résultat. La passion
a mis un tel bandeau sur les yeux de ces littérateurs,
qu'ils ne peuvent plus voir que césarisme et paganisme
sont choses inséparables. Ils se croient les ennemis de
César et sont césariens.

L'auteur des *Deux Paganismes* (1), M. Eugène Loudun, ne tombe pas dans ce travers. Que César ait eu
tort ou raison de détruire la république romaine, qu'il
ait été moralement inférieur ou supérieur à ses rivaux,
cela l'inquiète assez peu. Le rôle des individus disparaît pour lui dans l'ensemble des faits et des doctrines.
C'est le paganisme même qu'il étudie. Et son étude
n'est pas une œuvre d'archéologue ; il demande au
passé des leçons pour le présent. Il établit que nous
revenons au paganisme et rappelle ce que le paganisme avait fait de l'humanité. M. Loudun sait, comme
tout chrétien, que ce retour ne saurait être complet,
que « les portes de l'enfer ne prévaudront pas : » mais
il sait aussi qu'il peut nous mener bien loin, bien bas,
et il tente d'éclairer les abîmes où nous courons.

« Comme au temps de saint Augustin, dit-il, la lutte
est entre les deux cités : la cité de la terre, « qui ôte
l'homme au vrai désir, » et la cité fidèle, « voyageuse
sur la terre, » où l'homme vit en vue de Dieu. Autrefois la première s'appelait le paganisme, aujourd'hui

(1) Un volume in-18.

le panthéisme ; elle a changé de nom, car l'erreur prend incessamment des figures différentes ; l'autre est demeurée invariable : le christianisme. »

Afin de bien démontrer que le panthéisme moderne est une forme nouvelle de l'ancien paganisme, M. Loudun indique son point de départ et ses progrès en traçant les étapes du mal dans les sociétés chrétiennes. Cet exposé, qui remonte à Philippe le Bel, se termine par quelques pages très-fermes sur le caractère et l'inévitable aboutissement des doctrines que propagent aujourd'hui nos libres penseurs. Après ce rapide coup d'œil sur le présent et sur l'avenir, M. Loudun aborde de front son sujet : il demande aux écrivains et aux législateurs de la Grèce et de Rome de nous faire connaître l'antiquité grecque et romaine. Il cite, en effet, beaucoup plus qu'il ne discute. De nombreuses preuves appuient toutes ses assertions.

L'idée religieuse se trouve à la base de toutes les sociétés. Rome, ce refuge de bandits, avait à ses débuts une notion assez élevée de la Divinité. Il en avait été de même en Grèce. Aussi trouve-t-on çà et là dans les philosophes et les poëtes la trace des grandes lois émanées de Dieu. Mais ce souvenir des premiers enseignements du Créateur était dès lors à peu près sans action sur les mœurs et ne tarda pas à paraître complétement étouffé. Il y avait des pratiques religieuses ; il n'y avait véritablement pas de religion. Les dieux n'étaient que des hommes plus heureux et plus puissants que leurs adorateurs, ayant toutes leurs passions, par conséquent tous leurs vices. Les sages, ceux qui parlaient le mieux de la puissance divine, étaient les moins attachés au culte. Si la tradition leur avait transmis quelques restes de vérité, toute certitude leur faisait défaut, et les erreurs les plus grossières se mêlaient dans leur esprit à quelques idées assez justes mais vagues sur Dieu, l'âme, la vie future. En somme, ils en étaient, comme la foule, à l'idolâtrie et au panthéisme. De là une ignorance absolue de la morale, un mépris complet de l'homme.

Ce résultat était général. Le vulgaire, ayant donné ses vices aux dieux, restait vicieux en toute sécurité de conscience : cela le rapprochait de la divinité. Quant aux sages, ne croyant qu'à leur sagesse, chacun d'eux agissait suivant ses passions. Or l'homme abandonné à lui-même est nécessairement l'ennemi de l'homme : il ne peut jouir qu'en asservissant le prochain ; et il veut jouir.

Mais quelques philosophes et quelques poëtes n'ont-ils pas eu l'idée nette de l'unité de Dieu, et cette croyance ne s'est-elle pas manifestée chez eux par de beaux préceptes, des préceptes presque chrétiens ?

« Sans doute, dit M. Loudun, les poëtes et les hommes éclairés se figuraient vaguement, parmi ces dieux, un Dieu supérieur, mais ils ne se le figuraient pas possédant tous les attributs du vrai Dieu. D'abord, il n'est pas meilleur que les divinités auxquelles il commande : voyez comme ils le font parler et agir. Il est partial, injuste, ambitieux ; Eschyle le représente jaloux de l'homme ; Homère lui donne des désirs voluptueux, et le fait séduire par Junon. « Jupiter, dit Euripide, médite un vaste dessein : il allume entre les Grecs et les Phrygiens une sanglante guerre, afin que la terre, notre commune mère, soit soulagée du fardeau d'une multitude inutile, et que la puissance des Grecs soit connue de tout l'univers. » Ainsi le plus insolent mépris de l'espèce humaine : *soulager* la terre du *fardeau* d'une multitude *inutile*, et l'intérêt exclusif d'une petite nation, voilà les pensées du Dieu souverain. C'est un Dieu dur, étroit et qui raisonne comme un chef de barbares, *cruel* et *Grec.* »

M. Loudun cite d'autres exemples ; il aurait pu en citer bien plus encore : ils abondent. Mais on peut être bref : car personne n'ignore que Jupiter, le maître des dieux, le Dieu suprême, très-grand, très-bon, *maximus optimus,* avait tous les vices des hommes vicieux. Du reste, pour ceux mêmes qui célèbrent sa puissance, il semble, comme les hommes, soumis à une force suprême : il relève du Destin, de la Fatalité. Sa force et son intelligence ont des limites. Il se trouve parfois dans les embarras les plus cruels. Il doit alors penser avec Chrysippe, que *l'arrêt irrévocable de la nécessité* domine tout, et dire comme Tacite : Le hasard nous emporte, cédons au hasard. *Fatis agimur, cedite fatis !* C'est au moins le langage que lui fait tenir Homère au sujet de Sarpédon, l'un des bâtards du roi des dieux : « Le destin a donc arrêté que Sarpédon périra. »

Licence de poëte, dira-t-on. Non, c'est l'idée générale. On la retrouve, même chez les philosophes, qui, laissant de côté ce vil Jupiter, cherchent en dehors de l'Olympe le dieu idéal. Citons M. Loudun :

« Dieu est impuissant sur les événements ; bien plus il les ignore : on trouve parfois un philosophe qui accorde à Dieu la clairvoyance parfaite. Il y a dans Xénophon un mot admirable, le plus beau de sa philosophie : après avoir prouvé l'existence de Dieu par le spectacle de l'univers, Socrate le définit ainsi : « Telle est la grandeur de l'Etre suprême qu'il voit tout d'un seul regard, qu'il entend tout, qu'il est partout, qu'il veille à la fois sur toutes choses ; » et il ajoute : « Ne faites donc rien d'impie, d'injuste, de honteux, même dans la solitude, parce qu'aucune de nos actions n'échappe à Dieu. » Rien ne fait plus d'honneur à Socrate qu'une telle pensée ; mais ce n'est là qu'une opinion, et elle n'est même pas partagée par les plus grands philosophes : « S'il est vrai, dit Aristote, que les *dieux mêmes ne peuvent tout savoir*, quelque éclairés qu'ils soient, à plus forte raison les hommes. » Ce passage, remarque Voltaire, fait bien voir quelle était l'opinion de la Grèce et probablement de l'Asie, et montre évidemment qu'on n'accordait pas alors l'omniscience à la divinité. » Ajoutons que Socrate lui-même ne tenait pas à l'unité de Dieu. Xénophon lui fait dire « tantôt qu'il n'y a qu'un Dieu, tantôt qu'il y en a plusieurs, tantôt que le soleil est Dieu. »

Mais Platon, mais Cicéron ? Ils ont de belles paroles, de grandes définitions qui étonnent et séduisent. Allez plus avant, pressez leurs phrases, poursuivez l'idée et vous ne trouverez qu'un désir vague, indéfini, incomplet. « Dieu, dit Cicéron, doit être remercié quand nous devenons grands, riches, que nous évitons un danger, etc., parce qu'il y a là une gloire qui ne nous appartient pas; mais de ce que nous sommes gens de bien, nous n'en devons rien à Dieu; on ne lui demande ni la justice, ni la tempérance, ni la sagesse... » D'ailleurs Cicéron n'est-il pas entré en matière par une phrase qui dénote la plus parfaite et la plus tranquille incrédulité ? « La plupart des philosophes croient qu'il y a un Dieu, *ce qui est très-vraisemblable.* » Il va donc examiner une *probabilité* sans prétendre *rien dire de certain* et sans attacher grande importance à ce qu'il dira.

L'indifférence que montrait Cicéron, Platon l'avait également montrée.

En quelques endroits, Platon donne de Dieu une idée sublime qu'il dit tenir des traditions des Egyptiens, et par les Egyptiens des Hébreux, sans doute : « Dieu est la juste mesure de chaque chose ; Dieu, tenant en sa main le commencement, le milieu et la fin de tous les êtres, marche toujours sur une ligne droite, la justice le suit... Dieu soutient et dirige le monde ; il voit, il entend tout, rien ne peut lui échapper... »

C'est bien Dieu ; mais Platon ne s'arrête pas là.

« Aussitôt après ces belles paroles, examinant s'il faut honorer Dieu : *Suivez les lois de votre pays,* comme dit l'oracle, il s'applique à des divisions des *dieux célestes, souterrains, génies, héros,* etc.; aux uns on offrira les parties droites, aux autres les parties gauches, à celle-ci en nombre pair, à celle-là impair : il veut qu'on prenne garde de ne pas confondre le culte des dieux *souterrains* avec celui des dieux *célestes,* les divinités subalternes du ciel et celles des enfers, etc. Et les dieux mêmes, il ne sait ce qu'ils sont, ce qu'est pour eux l'homme : l'ont-ils fait pour s'amuser ou pour un dessein sérieux? » Autant vaut le mot du poète comique : « Nous sommes des balles dont les dieux jouent. »

Aristote, si précis et si ferme d'ordinaire, oscille comme les autres sur le point fondamental : « Tour à tour, pour lui, Dieu est séparé du monde, le monde est Dieu, le feu du ciel est Dieu, etc. » Pline a tiré la conclusion de toutes ces hypothèses : « Au milieu de ces contradictions, la seule chose certaine, c'est qu'il n'y a rien de certain. »

Enfin, il résulte des écrits apologétiques des premiers siècles que le monde païen ne comprit jamais la puissance divine. Minutius Félix nous montre dans l'*Octavius* un païen instruit ne pouvant s'expliquer la croyance des chrétiens à un Dieu *qui est partout, qui assiste à tout ce que l'on fait*, etc. M. Nisard, peu suspect en ces matières, a donc très-bien résumé la question par ces mots : « La Providence n'avait pas même de nom chez les païens. »

Où manque l'idée de la Providence manque aussi l'idée claire et formelle de l'âme. Tous les païens ne disaient pas comme Sénèque : « Après la mort il n'y a rien, » ou comme Lucrèce : « La mort, c'est l'absorption dans le sein de la nature, » ou comme César : « La mort est la fin de tous les maux ; après elle, il n'y a plus rien, ni soucis, ni plaisirs. » Cet abject matérialisme, bon nombre de philosophes en Grèce comme à

Rome, l'avaient repoussé. Homère parle des âmes des morts, il décrit les *ombres* errant dans l'Elysée, où elles s'ennuient beaucoup. Pythagore, Platon, Cicéron vont plus loin, s'élèvent plus haut; ils trouvent de belles définitions, ils en trouvent aussi d'absurdes, puis ils tombent sans atteindre le but. Après avoir dit que l'âme est immortelle, ils ne savent qu'en faire. Platon s'en débarrasse par la métempsycose. Il confine l'âme d'Orphée dans un cygne, celle d'Ajax dans un lion, celle de Thersite dans un singe. De plus les âmes complétement pures, les âmes des justes peuvent se reposer mille ans. « La plus haute faveur à laquelle puisse prétendre l'homme pur, dit saint Augustin résumant la doctrine de Platon, c'est de remonter libre de tout souvenir aux régions célestes, avec le désir nouveau de rentrer dans les biens corporels, c'est un cercle éternel de mort et de renaissance; l'âme ne peut demeurer sans corps : ainsi l'homme pur retourne aux travaux et aux souffrances humaines après un court séjour dans les astres, et le méchant qui n'y aura pas fait séjour revient dans des corps de brutes ou même d'hommes (1).

Cicéron trouvait ce système un peu compliqué, et, comme Socrate et tant d'autres sages, il aboutissait au doute. Voici le résumé de sa doctrine : « Il se peut que l'on ne perde pas tout sentiment en mourant; dans ce cas ce n'est pas la mort, mais l'immortalité. Rien n'est moins certain, répliquez-vous. J'en con-

(1) *Cité de Dieu*, liv. xiii.

viens ; mais, si l'on est privé de sentiment, on n'a plus de misères et l'on n'est plus à plaindre. »

M. Loudun résume avec justesse, par ces quelques mots, les idées de l'antiquité sur l'immortalité de l'âme : « Quelques-uns la niaient, la masse n'y croyait pas, le reste en doutait. »

Si les Grecs et les Romains, dans de telles conditions, ne croyant ni à l'action de la Providence ni à l'immortalité de l'âme, avaient eu la grandeur et les vertus que des chrétiens prétendent nous faire admirer, les sophistes auraient beau jeu. Mais, au contraire, c'est surtout quand il s'agit des mœurs et de toute l'organisation sociale que la thèse des fauteurs du paganisme apparaît dans sa révoltante fausseté.

M. Loudun a examiné de près les grands hommes de « la belle antiquité, » les modèles que dans beaucoup d'écoles religieuses on propose à nos enfants ; il a étudié en chrétien ces institutions que l'ignorance et la passion déclarent admirables, et il démontre, par les faits comme par le raisonnement, que les Etats de la Grèce et de Rome n'ont connu ni la pureté, ni le respect de l'humanité, ni l'honneur.

On s'exclame sur la beauté de certains préceptes formulés par les sages de la Grèce. De beaux préceptes, on en trouve dans toutes les religions, dans toutes les philosophies ! Comme le remarque Platon, jamais les sages et les prêtres chez aucun peuple, dans aucun temps n'ont prêché le vice sous son nom de vice. D'ailleurs l'humanité, nous l'avons déjà dit, en se courbant sous la loi du diable, conservait une idée confuse de la loi de Dieu. Ce débris, qu'elle ne voyait pas, était tout son soutien.

Il ne s'agit donc pas de proclamer des axiomes; il s'agit de comprendre l'ensemble des doctrines, d'en saisir la pensée fondamentale, d'en montrer les résultats. Or, quelle était chez les Grecs la loi supérieure des actions? C'était l'*utile*. Les institutions immolaient l'individu à l'utilité de l'Etat, et l'individu, de son côté, sacrifiait toujours le prochain à son utilité particulière. Aristippe, exprimant l'opinion et la pratique générales, disait : « Le vrai sage doit tout rapporter à lui, car nul n'est plus digne de tous les biens... Il faut estimer ses amis, parce qu'on a besoin d'eux, comme les membres sont utiles au corps, etc. »

Les sages du paganisme devaient raisonner ainsi, puisqu'ils voyaient dans le plaisir la fin de l'homme. Ils recommandaient la vertu dans la mesure où elle était profitable, elle devait être une spéculation et non pas un sacrifice. Soyez prudent, soyez sage, repoussez les mauvais avis, les mauvais exemples, disait Pythagore : « *c'est ainsi que vous mènerez une vie délicieuse.* » Le respect des dieux devait être lui-même une sorte de placement en vue du temps et non de l'éternité. « Honorez les dieux, disait Hésiode, afin que ce soit vous qui achetiez le champ des autres, et non les autres votre patrimoine. » Horace y mettait moins de façon : « Je demande à Jupiter la vie, les richesses, etc.; pour la vertu, je m'en charge; » c'est-à-dire je m'en moque. Personne n'espérait rien d'autrui; la sagesse c'était l'égoïsme.

On vantait volontiers le charme de l'amitié ; mais,
selon l'expression de Plutarque, l'*utilité réciproque*
était le *lien nécessaire* de toute intimité. L'intérêt gou-
vernait le cœur. Écoutons Socrate : « Obligez vos amis
et même vos ennemis, mais attendez qu'*ils en aient
grand besoin : vous les tiendrez mieux.* » M. Loudun
a donc le droit de dire que ces sages n'avaient pas le
sentiment de la pure justice. « Qu'on les presse, qu'on
les fouille, il y a un mot qu'on ne trouvera jamais, la
Charité, car il y a une vertu qui était ignorée du monde
entier avant le Christ, l'*amour.* Leurs actions les plus
belles en apparence ont toujours un point où elles
sonnent creux, où retentit le gouffre de l'avide intérêt. »
N'oublions pas enfin l'observation de Lactance, que
dans cette morale il n'y avait rien ni pour les femmes,
ni pour les esclaves, ni pour les pauvres. Il semble que
l'homme riche, libre et fort, ait seul le droit de vivre.
Malheur aux faibles ! malheur à ceux qui souffrent !
C'est la loi païenne. Concluons sur ce point en citant
une seconde fois M. Nisard :

« Des prescriptions, des conseils, la menace du ridicule, voilà toute la morale païenne. Ces grands philosophes n'ont pu s'élever plus haut... Qu'on ne s'y
trompe pas, ce qui semble un dernier degré à franchir
pour que les deux morales (chrétienne et païenne) se
confondent est un abîme ! On a dit à tort que la morale de Platon était un acheminement à la morale chrétienne ; car acheminement signifie qu'on arrivera, *et
on ne serait pas arrivé.* »

Voyons les grands hommes. Peu d'entre eux,

dans une société chrétienne, eussent évité le
bagne.

« Solon, un des sept Sages de la Grèce, se permettait toutes les jouissances qui contribuent à une vie
délicieuse, les jouissances licites et illicites. Plutarque,
son biographe, parle de son goût pour l'argent et la
volupté, de son luxe, de sa sensualité, de la licence de
ses poésies. Devenu vieux, il ne se livra que davantage
au plaisir et à la bonne chère ; ce législateur faisait de
petits vers érotiques : Je vis pour le vin, les Muses et
Vénus, disait-il. »

« Des soupçons indignes pèsent sur Aristote : on
l'accuse d'avoir fourni le poison qui fit périr Alexandre. Du reste, on le trouve à la cour d'un tyran, où il
est allé « attiré par quelque raison de libertinage ; » il
épouse la concubine du tyran, et sa passion pour elle
est tellement folle, qu'il lui fait des sacrifices comme à
une déesse. »

Laissons Thalès, trop habile spéculateur, et Bion,
qui mourut de ses débauches, et Xénocrate, l'ivrogne,
et Périandre, qui parlait comme un sage et vivait
comme un enragé, et Aristippe, l'amant de Laïs ;
rappelons que Socrate allait en bien des cas jusqu'au
cynisme, que Platon malmenait les tyrans en paroles
et acceptait avec joie leurs présents ; rappelons aussi
que tous ces sages étaient en proie à un vice infâme.

Et maintenant parlons de Thémistocle, dont Cicéron
a dit : « La Grèce a-t-elle un plus grand homme ? »
M. Loudun relève cette parole et étudie en détail le
personnage si absolument glorifié. Il donne des textes,

il précise des faits, et le Thémistocle classique disparaît. Au lieu du patriote dévoué à son pays, nous
voyons tout de suite un ambitieux, un hypocrite, un
concussionnaire; et ce ne sera pas tout. L'avidité de
Thémistocle est si connue, que de tous côtés on lui
offre de l'argent. « Pour de l'argent il exile, il rappelle
« de l'exil pour de l'argent. A la veille de Salamine,
« l'armée grecque allait quitter les côtes de l'Eubée :
« les habitants de cette île, effrayés, apportent trente
« talents (cent cinquante mille francs) à Thémistocle
« pour le décider à rester. Thémistocle en donne
« cinq à Eurybiale, général des Lacédémoniens,
« trois à Adimante, général des Corinthiens, et
« garde le reste pour lui (1). Un autre moment, il
« descend dans l'île d'Andros, alliée d'Athènes, avec
« des troupes : « Il me faut de l'argent, dit-il, et je
« viens à vous avec deux divinités, la Persuasion et la
« Force. »

Aristide, le juste Aristide, qui n'aimait pas Thémistocle, par suite d'une rivalité honteuse, si nous en
croyons Plutarque, disait en parlant de lui : « Il faut
regarder à ses mains. » Il est certain qu'il devint fort
riche.

Le mensonge, l'intrigue, la corruption étaient pour
lui des armes ordinaires et régulières. Il affectait de
croire aux dieux et se riait des dieux au point de dicter
à la Pythie de Delphes ses oracles. Le droit des gens,

(1) Est-il nécessaire de rappeler que l'argent avait alors une
toute autre valeur qu'aujourd'hui? Les vingt-deux talents que
garde Thémistocle représentaient une somme énorme.

la loyauté, le respect des engagements lui étaient inconnus; mais quel Grec les connaissait? Ce peuple manquait essentiellement de sens moral. Toute sa littérature et toute son histoire en font foi.

L'orgueil de Thémistocle, ses excès de pouvoir, la
jalousie inhérente aux démocraties, particulièrement
à la démocratie athénienne, soulèvent l'opinion contre
lui. Il est exilé. Que fait-il? Il demande asile au roi des
Perses, à l'ennemi de son pays, et lui dit : « Si j'ai
combattu et vaincu votre père, j'ai empêché les Grecs
de profiter de ma victoire ; je lui ai donc rendu de
grands services ; je puis vous en rendre de plus grands
encore : si vous voulez suivre mes conseils, les Grecs
ne pourront tenir contre vous et vous les soumettrez à
votre domination. » Puis, joignant les actes aux paroles,
le républicain se prosterne aux pieds du grand roi et
l'adore. Artaxerce le comble d'honneurs, de richesses,
de présents ; il en fait un satrape, et Thémistocle enivré dit à ses enfants en leur montrant sa table servie
avec luxe : « Mes amis, nous étions perdus, si nous
n'avions été perdus. » Il avait le vin gai. Du reste,
même à jeun, il était homme d'esprit. Et sous ce rapport ses émules ne lui cédaient en rien. Tous ces Grecs
avaient le trait heureux et la phrase prompte. Aussi
ont-ils laissé une collection de paroles vives et grandes,
qui éblouiront encore longtemps le vulgaire.

Plutarque, admirateur du suicide et grand ami des
situations dramatiques, prétend que Thémistocle, resté
patriote grec quoique serviteur d'Artaxerce, s'empoi-
sonna pour ne pas aider les Perses dans une guerre

contre Athènes. Cette version a triomphé dans l'enseignement classique. Malheureusement Thucydide, Athénien comme Thémistocle et presque son contemporain, le fait mourir dans son lit. Du reste Plutarque ne tient pas essentiellement à toute sa version et il admet que la crainte de ne pas réussir put entraîner le vainqueur de Salamine à se suicider. C'est à peu près l'avis de Cicéron. Bref, il est prouvé que le patriotisme de Thémistocle était subordonné à ses intérêts. Et combien de ces héros païens en étaient là! Alcibiade n'a-t-il pas servi Sparte contre Athènes et donné au roi de Perse des conseils nuisibles à la Grèce?

Esquissons maintenant deux types de Romains. Voici Cicéron, *père de la patrie*. On sait qu'il fut superbe contre Catilina. « Bien avant de conspirer, Catilina est impliqué dans un procès : « Pour qu'il ne fût « pas condamné, écrit Cicéron à Atticus, il faudrait « que les juges déclarassent qu'il ne fait pas jour en « plein midi. » Puis, dans la lettre suivante, il annonce qu'il va plaider pour ce misérable : *Hoc tempore Catilinam defendere cogitamus.* Pourquoi? parce qu'un avocat peut honorablement défendre tout accusé, même un Verrès, comme le fit l'honnête Hortensius? non, parce qu'il voit dans Catilina un appui : » Si je le fais « absoudre, j'espère qu'il s'entendra avec moi pour « nous faire nommer tous deux consuls. *Spero si* « *absolutus erit, conjunctiorem illum nobis fore in* « *ratione petitionis.* » Disons en passant que la loi défendait ces coalitions.

Ainsi, en vue de ses seuls intérêts, Cicéron ne pre-

9**

nait pas seulement la défense d'un malhonnête homme,
dont il reconnaissait la culpabilité ; il voulait, en outre,
faire donner à cet homme la direction des affaires publiques. Il sacrifiait du même coup sa conscience et
son pays. Nous reconnaissons d'ailleurs que la plupart
des amis et des adversaires de Cicéron lui étaient moralement inférieurs. Quand on l'étudie après avoir
étudié Pompée, César, Clodius, Antoine, etc., on lui
trouve une sorte d'honnêteté ; mais sorti de ce milieu
et jugé d'après les lumières chrétiennes, il est répugnant.

Voici un autre sage, Sénèque ; « il nous est peint par
« Tacite comme un hypocrite, jaloux, envieux, avare,
« usurier, qui, en quatre ans, avait amassé trois cents
« millions de sesterces (cinquante-neuf millions de
« francs), qui prêtait à usures énormes, épiait les
« testaments, circonvenait les vieillards sans en-
« fants, etc. » Sa conduite politique fut d'une insigne
lâcheté. Il rédigea la lettre par laquelle Néron pré-
tendit se justifier près du sénat d'avoir fait assassiner
sa mère. On a dit que dans cette circonstance il avait
cédé à la peur. Nous ne prétendons pas qu'il n'ait pas
eu peur : nous prétendons qu'il était ignoble et lâche ;
et de plus nous reconnaissons, avec la plupart des
historiens, qu'il faut le regarder comme l'un des
hommes les moins corrompus de son temps.

Les institutions que de tels hommes avaient établies
et qui faisaient de tels hommes, pouvaient-elles exercer sur la masse une *influence féconde et salutaire*
comme l'a dit un orateur catholique, pouvaient-elles

protéger les mœurs et donner la liberté? Evidemment
non. A défaut de tout renseignement historique, le
bon sens seul trancherait la question. Mais les renseignements abondent, et il faut en être à la rhétorique
du « bon Rollin » sur l'histoire ancienne pour parler
de liberté à propos des Grecs et des Romains. « La
démocratie n'est pas une république, disait Platon,
c'est une tyrannie. » Ce jugement, on doit l'appliquer
à toutes les *peuplades de la Grèce antique*. Non-seulement elles avaient l'esclavage pour base ; mais le
citoyen lui-même, l'homme libre ne s'appartenait pas.
L'Etat faisait peser sur lui un joug que ne connaîtront
jamais les pays chrétiens. Et l'Etat c'est presque toujours la multitude jalouse et basse. « Bien qu'il possé-
dât le pouvoir, dit M. Loudun, le peuple redoutait
sans cesse ceux à qui il le déléguait : leur succès, leur
bonheur, leur réputation, leur gloire dérangeaient
l'égalité républicaine ; plus ses orateurs, ses généraux,
ses magistrats lui rendaient de services, plus il les
abhorrait. Athènes surtout, cette ville qui avait un
hibou pour emblème, s'offusquait, comme cet oiseau
de ténèbres, de l'éclat des victoires de ses généraux.
Elle frappait d'amende, de prison, d'exil, ses plus
illustres citoyens. L'envie était son génie inspirateur ;
même au moment où, à bout de forces, elle agonisait,
elle saisit de sa main crispée le dernier de ses défenseurs, Phocion, et le livra au bourreau. Toutes les
républiques de la Grèce l'imitaient, et l'imitaient
parce qu'elles étaient animées de la même passion. »

Et à Rome, sous quel régime, à quelle époque y voit

on la liberté? Ce sont de continuelles entreprises d'une classe sur l'autre, de continuelles luttes. On n'y peut jamais compter sur le lendemain. Rien n'est solidement établi. Le pauvre et le faible sont toujours sacrifiés. Qui est sans force est sans droit. Le mépris de l'humanité, voilà, en toutes choses, le dernier mot du paganisme.

Puisqu'on nous a parlé des exemples salutaires que les peuplades de la Grèce ont donnés au monde, il faut rappeler quelques-uns de ces exemples. Le patriotisme des Grecs ne dépassait guère les limites de la ville natale. Athènes haïssait Sparte, Thèbes voulait détruire Platée. Platon avait beau dire que toute guerre entre Grecs était une guerre civile, on ne cessait pas de se battre. Les passions les plus étroites, les plus basses, provoquaient ces conflits, et le mépris absolu de l'humanité les signalait. Les Achéens s'emparent de Mantinée ; ils renversent la ville, tuent les magistrats et les notables, enchaînent les hommes, les conduisent en Macédoine et les vendent, ainsi que les femmes et les enfants, comme esclaves. Puis il amènent dans la ville de nouveaux habitants, et pour couronner leur vengeance, décident que Mantinée s'appellera désormais Antigonée. Ne serait-ce pas là une exception? Non, des faits identiques marquent chaque page de l'histoire. Les Athéniens et les Lacédémoniens sont en lutte, c'est la guerre du Péloponèse. « Règle générale, quand « une ville est prise, on en chasse les habitants et on « la donne à d'autres ; les exemples abondent de tous « côtés, tous semblables avec cette seule différence,

« de temps en temps : au lieu de chasser les habitants,
« on les tue. Les Athéniens s'emparent de l'île d'Egine,
« en expulsent les Éginètes, hommes, femmes et en-
« fants, et établissent des Athéniens à leur place ; les
« Lacédémoniens recueillent ces malheureux à Thyrée,
« près d'Argos ; quelque temps après, les Athéniens,
« descendent à Thyrée, la prennent, l'incendient, et,
« cette fois, ne chassent pas les Éginètes, ils les
« égorgent tous : « car, dit Thucydide, les Éginètes
« haïssaient mortellement les Athéniens. » Les habitants d'Hycare sont réduits en esclavage, ceux de
Sicyone sont mis à mort. Nulle pitié, nulle loyauté
non plus. Les Lacédémoniens avaient commencé la
guerre en jetant dans des précipices plusieurs marchands d'Athènes, pris sur mer contre le droit des
gens. Les Athéniens s'étaient emparés des ambassa-
deurs de Sparte, et, sans vouloir les entendre, les
avaient tués et jetés à la voirie.

Les Platéens, après une longue résistance, se rendent aux Lacédémoniens à la condition qu'on gardera
envers eux les formes de la justice. « Des commissaires
« arrivent de Sparte et appellent devant eux les Pla-
« téens ; on les interroge un à un : Avez-vous rendu
« quelque service aux Lacédémoniens ? Non, répon-
« dait chacun d'eux, qui venait, au contraire de se
« battre contre Sparte : on l'égorgeait ; *on n'en épar-*
« *gna pas un*, dit Thucydide. » N'était-ce pas faire justice que de punir des ennemis ? Agésilas s'empare, en
pleine paix, de la citadelle de Thèbes : « Il est beau, dit-
il, de faire spontanément ce qui est dans l'intérêt de

9***

Sparte. » Plus tard, un émule de ce héros tâche de surprendre le Pirée. « Cela eût été, s'écrie le même Agésilas, une action *plus belle et plus glorieuse encore* que la prise de la citadelle de Thèbes. » Et les admirateurs de l'antiquité de s'écrier : quelle grandeur d'âme! il met le projet de son rival au-dessus de ses propres actions. Le Spartiate Lysandre résumait toute la morale des Grecs en disant : « Il faut tromper les enfants avec des osselets, et les hommes avec des serments. » Il y a un autre mot, tout différent, nous dira-t-on ; c'est celui d'Aristide faisant repousser une proposition de Thémistocle, que seul il connaissait, par ces belles paroles : « Ce serait utile, mais injuste. » Il s'agissait simplement, on le sait, de brûler par surprise, au lendemain de Salamine et dans la joie du triomphe, toute la flotte grecque alliée d'Athènes, cette flotte grâce à laquelle Thémistocle venait de battre les Perses. L'anecdote est-elle vraie? Il y a doute, Thémistocle était homme à concevoir un semblable projet; mais Aristide était-il homme à le repousser? Ce juste, dans une autre circonstance, sut conseiller l'injustice. Notons que les panégyristes des anciens tiennent l'histoire pour vraie quand ils parlent d'Aristide, et la trouvent suspecte lorsqu'ils parlent de Thémistocle.

On a célébré souvent la douceur des Athéniens pour leurs esclaves. Il faut s'entendre : ils accordaient à certains esclaves des facilités matérielles qui allégeaient le joug; mais c'était là un simple calcul. En Grèce, comme à Rome, l'esclave n'était pas un homme, c'était une chose. Le maître pouvait se permettre tous

les excès ; et quels excès ne se permettaient pas ces
païens, sanguinaires et corrompus au delà de toute
expression ! Les Athéniens, pour utiliser plus tranquillement leurs prisonniers de guerre réduits en esclavage, « leur coupaient le pouce de la main droite : cela
« les empêchait de se servir désormais de la pique,
« mais ne les empêchait pas de ramer. N'est-ce pas
« ingénieux ? Et ces prisonniers n'étaient pas des
« Barbares, c'étaient des Grecs. A Sparte, on ne se
« contentait pas d'exciter les jeunes gens à tuer les
« ilotes, à les chasser comme des cerfs ou des san-
« gliers ; quand ils étaient trop bien faits, on les
« défigurait : il fallait qu'un esclave eût toutes les
« marques de l'infériorité. » Voilà quelques-uns des
exemples que les *immortelles peuplades de la Grèce
antique* ont donnés au monde. J'hésite à les croire
féconds et salutaires.

Les Romains allèrent plus loin encore que les Grecs.
Aux esclaves ils joignirent les gladiateurs ! On en fit
d'abord paraître quelques couples dans l'arène, puis
des centaines, puis des milliers. Le sage Titus, *délices
du genre humain*, livra au cirque cinq mille gladiateurs pour les funérailles de son père.

Mais, dira-t-on, il y avait un code de l'esclavage.
Sans doute, la matière était trop importante pour
échapper aux législateurs. M. Loudun résume très-
bien les lois qui réglaient les rapports du maître et de
l'esclave : *Tout pour l'un, rien pour l'autre.* Le droit
d'user et d'abuser, inhérent au droit de propriété, était
ici en pleine vigueur.

Parlerons-nous des mœurs privées? entrerons-nous dans l'intérieur de la famille? Non, ces preuves nous échappent à cause même de leur force. Laissons donc les mœurs et reproduisons simplement le résumé de l'auteur des *Deux Paganismes* sur la situation que la loi et l'opinion faisaient à la femme.

« On comprend ce que devait être la femme pour des hommes envahis par de telles préoccupations. Elle engendrait des enfants, elle n'était elle-même qu'un enfant : être inférieur, imposé à l'homme par nécessité, on la considérait avec une sorte de pitié; toute la littérature antique porte les marques de ce dédain : les philosophes la jugeaient de haut, les poëtes en faisaient des risées, « tous les législateurs la dégradaient, la gênaient, la maltraitaient, » dit Joseph de Maistre.»

La servitude était son lot et le mariage n'y changeait rien.

« Elle était fille de son père, elle devenait fille de son mari : *filiæ locum obtinebat.* »

Le mari était maître de sa personne et de ses biens, « comme si la conquête l'eût mise entre ses mains. » Nulle autorité sur ses enfants : ils n'ont pas même besoin de son consentement pour se marier. Pas de permission d'acquérir, d'hériter, de tester; son mari meurt, cette mort ne lui donne pas la liberté, elle retombe sous la surveillance d'un tuteur nommé par son mari dans son testament : « *nunquàm exuitur servitus mulieris*, » disait un tribun du peuple, jamais elle n'est libérée de la servitude. Et les historiens, les philosophes et les jurisconsultes en donnent la raison :

« Y a-t-il rien de si vague et de si mobile que la volonté
de la femme? le vrai caractère de la femme, c'est la
faiblesse de l'intelligence, *imbecillitas mentis*, la légè-
reté de l'esprit, *levitas animi*. »

Les femmes prenaient diverses revanches. Vers l'an
de Rome 423, par exemple, une sorte de peste sembla
frapper les hommes mariés : ils mouraient en très-
grand nombre. La chose parut singulière. On fit une
enquête. Des femmes de tout rang s'étaient entendues
pour se débarrasser de leurs maris. « On en arrêta
« d'abord vingt, dont deux patriciennes, et on les força
« à boire les breuvages qu'elles avaient préparés et
« qu'elles disaient être des médicaments; puis, des
« révélations annoncèrent la découverte d'une quantité
« d'autres, et *cent soixante-dix* subirent la peine capi-
« tale. » Cela remit momentanément un peu d'union
dans les ménages.

Quand la mère n'est rien, l'enfant n'est ni respecté
ni aimé. Il en était ainsi chez les Grecs et chez les Romains. La puissance paternelle avait pris un caractère
odieux. L'enfant chétif, mal conformé, était voué à
l'exposition, à la mort. C'était le droit du père, presque
son devoir : car il devait fournir à l'Etat des citoyens
robustes. Aussi faisait-on ces sortes d'exécution le plus
tranquillement du monde : « Nous châtions les crimi-
« nels, disait un philosophe, nous tuons les chiens
« enragés, nous étouffons les monstres, nous assom-
« mons les bœufs farouches, nous noyons nos enfants
« mal conformés : tous ces actes, nous les accomplis-
« sons avec tranquillité, sans nous emporter; nous

« obéissons à la raison ; nous séparons ce qui est inu-
« tile de ce qui est sain : *Non ira sed ratio est e sani*ˢ
« *inutilia secernere* (1). »

« Je demande, disait Tertullien, à ce peuple qui a
soif du sang des chrétiens, à ces juges même, combien il y en a parmi eux qui n'ont pas tué leurs enfants
dès qu'ils sont nés ! Les uns les noient, les autres les
exposent dans la rue, où ils meurent de froid, de faim ;
d'autres les donnent à manger aux chiens (2) ! »

Est-il nécessaire d'établir que le sentiment de la so-
lidarité humaine, la fraternité, ne pouvait exister là où
n'existait pas le sentiment de la famille ? Le mépris de
l'homme, la haine de l'homme, c'est la loi du paganisme. *Il vaut mieux se venger de ses ennemis que se
réconcilier*, disait le sage des sages, le *divin* Platon.
Si d'Athènes nous passons à Rome, nous entendons le
vertueux Caton dire à son fils : « Ce n'est pas le sang
des victimes qu'il faut faire couler, mais les larmes et
le sang de ses ennemis ! » Nous le répétons : ce n'étaient
là ni de vaines formules ni des mouvements de colère ;
c'étaient des préceptes sortis des mœurs. Quand ils les
formulaient, les Grecs et les Romains se bornaient à
maximer leurs pratiques. Citera-t-on quelques exceptions ? On en citera peu et elles ne prouveront rien.
Nous savons bien que l'intérêt opérait des rapprochements, que la communauté des goûts créait des inti-
mités auxquelles la rhétorique donnait les couleurs

(1) Senec., *de Ira.*, I. 15.
(2) Apolog., 11.

de l'affection. Qu'importe! la défiance et l'hostilité n'en
étaient pas moins générales. Et il n'en pouvait être
autrement, car l'homme n'avait qu'un but : jouir. Or,
la recherche exclusive de la jouissance détruit nécessairement tout sentiment généreux et élevé. Les belles
actions des héros de l'antiquité que l'on nous fait admirer en classe, et qui toutes ne sont pas belles, ne
sauraient infirmer cette loi.

L'ignorance et le mépris de Dieu, par conséquent le
mépris de l'homme et l'ignorance de toutes les vertus
qui peuvent constituer la véritable grandeur de l'humanité, tel fut le caractère fondamental de la société
païenne. M. Loudun a donc raison de résumer ainsi
les enseignements de son livre : « Il faut rendre aux
mots leur vrai sens et aux actes leur vrai nom, et, sans
se laisser imposer par les réputations, appeler *crimes*
des actions louées pendant des siècles, et *scélérats* des
hommes trop longtemps glorifiés. »

CROQUIS ET TRAITS DE MŒURS

Les rapides esquisses que nous donnons sous ce titre : *Croquis et traits de mœurs*, complètent, à beaucoup d'égards, les chapitres précédents. Ce ne sont que des traits détachés; mais ces traits appartiennent tous à la même physionomie.

10

INFORTUNES DRAMATIQUES DE M. ABOUT.

Durant la première quinzaine de 1862, Paris et la France se sont plus qu'amusés d'une aventure littéraire plus qu'étrange. Il y a peu d'exemples du traitement infligé par le public à M. Edmond About, à l'occasion de son drame de *Gaëtana*, représenté sur le théâtre de l'Odéon. Rédacteur de plusieurs journaux et en dernier lieu du *Constitutionnel*, auteur de plusieurs livres, entre autres de la *Question* romaine et de l'*Homme à l'oreille cassée*, M. About avait déjà été plusieurs fois malheureux au théâtre. Cependant, jusqu'ici le parterre s'était borné à le siffler, destin commun à beaucoup d'autres gens d'esprit; cette fois, on a refusé de l'entendre. Les sifflets ont commencé au lever du rideau; ils ont accompagné fidèlement la pièce jusqu'à la fin; même musique à la seconde représentation; même musique à la troisième, avec cette seule différence que la troisième représentation n'a pu être achevée. Dans l'intervalle des trois représentations, plusieurs journaux et M. About lui-même avaient prié le public d'être plus clément, ou, tout au moins, plus patient, d'écouter un peu. M. About, moitié plaisant, moitié sérieux, mal plaisant et mal sérieux, disait que cette rigueur pouvait lui donner envie de se noyer ou lui ôter l'appétit; M. Sarcey, son ami, feuilletoniste de l'*Opinion nationale*, faisait valoir d'autres considérations et invoquait les principes de l'immortelle Révolution française. Le

public n'a rien voulu entendre. Il est même resté insensible au beau trait de M. About, demandant la mise
en liberté de quelques siffleurs trop bruyants. Plaintes,
sarcasmes, appels aux idées progressives, générosité,
tout est resté inutile. Le public a sifflé, sifflé, et tué la
pièce, sans l'avoir entendue.

Mais voici le plus curieux : la pièce tuée, les impi-
toyables siffleurs ont encore voulu l'enterrer et lui
faire des funérailles historiques. Sortant du théâtre, au
nombre d'un millier, ils se sont rendus en bel ordre,
au domicile de l'auteur à l'autre bout de Paris. Là,
sous les fenêtres de M. About, en grand chœur, et de
grand cœur, ils ont chanté un couplet de leur composition :

> Gaëtana est morte,
> Mironton, mironton, mirontaine ;
> Gaëtana est morte,
> Est morte et enterrée!

La rime n'est pas riche et le ton en est vieux, mais le
succès a été immense et tout Paris a chanté cela. La
bande funèbre a fait entendre ses accents lugubres
devant deux théâtres qu'elle rencontra sur sa route, et
elle en donna une troisième audition, avant de se dis-
perser, sous les fenêtres du *Constitutionnel*. Voilà
l'enterrement de *Gaëtana*, unique en son genre, et qui
fait à M. About une place sans pareille dans l'histoire
des auteurs sifflés.

Quant aux raisons de ce dur traitement, elles sont
peu connues. Il y a tant de versions qu'on ne sait à
laquelle s'arrêter. Sans doute ce jeune auteur, qui a

touché quantité de sujets et qui prétend faire preuve
d'une aptitude universelle, a écrit quantité de choses
répréhensibles. Il a été injuste, indécent, par-dessus
tout frivole. Il n'est pas le seul à qui l'on puisse adresser de pareils reproches, beaucoup d'autres les méritent depuis longtemps, et l'on ne s'attendait pas que
la justice, une justice si rigoureuse, viendrait du
quartier Latin. Toujours est-il qu'elle est faite. Nous ne
prétendons pas qu'il y ait rien de trop, mais il y a le
compte.

M. About a publié sa pièce avec une préface qui
était assez curieusement attendue. Il y donne peu de
lumières sur les causes de son désastre, dont il se plaint
beaucoup et qu'il ressent davantage, malgré ses essais
d'attitude dégagée, bien pardonnables en semblable
passe. Il a un air moulu, mêlé d'efforts pour rire et
coupé de mouvements de rage.

Tout cela forme un morceau très-plaisant où la nature se montre mieux que dans aucune autre composition de l'auteur. Certainement, M. About a le droit de
n'être pas content, mais s'il croit cacher ce qu'il
éprouve, il se trompe.

La préface de *Gaëtana* est précédée d'une dédicace
aux honnêtes gens de toutes les opinions. Cela a paru
libre; c'est un trait d'ahurissement qui rappelle les
vers fameux de M. Hugo :

> Je suis émerveillé
> Comme l'eau qu'il secoue aveugle un chien mouillé.

Néanmoins tout en déclinant pour notre part l'appel

de M. About, nous nous sentons apitoyé. Il nous
semble que M. About n'est pas loin d'entrevoir la
principale et unique cause de son malheur : elle, comme
on le lui a déjà dit, « n'est autre que son propre génie,
« lequel excelle premièrement à se rendre insuppor-
« table partout. Qu'on l'expulse ou qu'il prévienne
« l'expulsion par une sage retraite, il ne peut, nulle
« part, se faire longtemps accepter. » S'il veut regarder
cette vérité bien en face, elle lui sera plus salutaire encore qu'amère, et il finira par faire meilleur usage d'un
joli germe de talent. Ne se rappelle-t-il point les avis
que lui donna un jour M. Louis Veuillot, sur la pente
de son esprit ? S'il veut réfléchir au chemin qu'il a par-
couru depuis lors, il reconnaîtra, que ce jour-là, il
entendit des vérités qui auraient pu lui être fort utiles.

Pour ce qui est du drame de M. About, il justifie am-
plement les cruautés de ceux qui ont refusé de l'entendre. Au point de vue de l'art, on ne peut rien ima-
giner de plus faux ; au point de vue de la morale, on
ne saurait guère écrire rien de plus condamnable. Evé-
nements, caractère, langage, tout flotte du trivial à
l'impossible, de la platitude à l'emphase, sans se tenir
jamais dans la vérité pratique. L'héroïne, beaucoup
trop ingénue au premier acte, est à la fin madrée
comme une vieille actrice, sans rien perdre de sa vertu.
Rendons pourtant à M. About cette justice de dire
qu'il a voulu en faire une honnête femme. Quant aux
hommes, le seul qui soit honnête et qui ait de l'esprit
fait profession de voler et d'assassiner pour vivre, et
il n'en a pas le moindre scrupule. On l'appelle assas-

sin ; il répond *avec philosophie (sic)* « qu'est-ce qu'un
« assassin ? Le contraire d'un accoucheur. L'un aide
« les gens à venir au monde, l'autre leur donne la mort
« pour en sortir. » C'est ainsi qu'il a de l'esprit.

La censure a coupé *ce trait* et quelques autres que
M. About reprend et conserve jalousement, en indiquant par des notes, au bas de la page, le tort que la
censure a voulu lui faire.

Ces notes sont une comédie plus curieuse que le
drame. On s'amuse à voir la colère de M. About contre les services véritables que la censure lui rend parfois. Elle a mis *sbire* où il avait mis *gendarme;* il se
fâche de cela. La couleur locale le voulait pourtant,
puisqu'on est à Naples. L'assassin Birbone, se proposant d'assassiner le mari de Gaëtana, dit qu'il brû-
lera deux cierges à saint Janvier. La censure biffe cette
impiété grossière. M. About crie qu'on l'assassine. Au
dernier acte, le jeune homme qui aime Gaëtana la
presse de quitter son mari et de le suivre. Il lui peint
le bonheur dont ils jouiront au milieu de bons paysans
qui « l'adoreront comme la *patronne de leur église* et la
providence de leur foyer. » La censure biffe les mots
soulignés et laisse les autres et toute la scène, ce qui
peut sembler assez large. M. About pousse un cri
comme si on lui arrachait le cœur : « Coupé! »

En d'autres endroits, les ciseaux se sont montrés
plus bénins encore. Le jeune homme, épris de Gaëtana,
lequel est un héros de l'indépendance italienne, lui
dit : « Honneur, devoir, réputation, le salut même,
« tout cela pâlit et s'efface à la lumière éblouissante

« de l'amour !... Il n'y a point de douleur qu'il ne
« console, point de danger qu'il ne brave, point
« de *crime* qu'il ne justifie ! » La censure dépense son
encre rouge pour effacer *crime* et mettre *action*, et
M. About n'est pas content.

Telle est l'œuvre que M. About, avec une certaine
candeur, a dédiée *aux honnêtes gens de toutes les
opinions.*

SCIENCE CLÉRICALE DE M. HUGO.

Les beautés abondent dans le roman humanitaire de
M. Hugo, les *Misérables;* mais aussi que d'imperfec-
tions, d'excentricités, de lourdeurs, de sottes calomnies,
mélange d'ignorance et de haine, déparent cette œuvre
vraiment grande par divers côtés. Que de fois aussi
M. Hugo, voulant faire rire des personnages qu'il met
en scène, fait simplement rire de lui. Les *Misérables*
contiennent, par exemple, quelques traits dignes de
figurer parmi les bévues les plus signalées où soient
tombés les grands écrivains qui ont voulu parler sa-
vamment de ce qu'ils ne connaissaient pas parfaitement. C'est un des péchés mignons de M. Hugo.

Sous ce rapport, un chapitre du premier volume des
Misérables qu'il a consacré à peindre l'ambition cléricale, est particulièrement divertissant. M. Hugo explique les belles positions où peut parvenir un prêtre
qui a l'esprit de se mettre bien avec l'évêque d'un diocèse important. « Car de même qu'il y a ailleurs de

gros bonnets, il y a dans l'Eglise de grosses mitres. »

Autour de ces gros évêques, on voit « une patrouille « de chérubins *séminaristes* qui fait la ronde dans le « palais et monte la garde autour du sourire de Mon- « seigneur » M. Hugo croit manifestement que les sé- minaristes font un service d'honneur à l'évêché. — « Agréer à un évêque, c'est le pied à l'étrier pour un « sous-diacre. » Il croit que le sous-diacre a besoin de la faveur épiscopale pour arriver au diaconat, et pro- bablement aussi il croit que le diaconat est un pre- mier pas dans la voie de la fortune ecclésiastique. Il sera surpris d'apprendre qu'un diacre est tout juste dans la situation d'un étudiant en droit qui vient de passer son cinquième examen. Il lui reste à soutenir sa thèse et à faire son stage. Après quoi il pourra devenir substitut à Barcelonnette, ou juge suppléant à Lavaur. De là à la cour de cassation il y a encore loin.

Heureux les prêtres qui approchent les évêques influents. « Gens en crédit *qu'ils sont*, ils font *pleuvoir* « autour d'eux sur les empressés et les favorisés, et « sur toute *cette jeunesse* (les séminaristes ci-dessus) « qui sait plaire, les grosses paroisses, les prébendes, « les archidiaconats (on dit les archidiaconés), les au- « môneries, et les fonctions cathédrales, en attendant « les fonctions épiscopales. » Quelle belle et plantu- reuse carrière est ouverte à ces séminaristes qui n'ont qu'à plaire ! Voyez-vous pleuvoir sur eux les grosses paroisses et les prébendes, les *archidiaconats* et les fonctions cathédrales ! Qu'est-ce que les fonctions ca-

thédrales? que donne une prébende? quel est le produit d'un archidiaconat? Voilà ce que M. Hugo serait
bien embarrassé de dire et bien étonné d'apprendre.
Quant aux aumôneries, ce sont d'excellentes places
dont les émoluments varient entre 800 et 2,000 fr.;
mais elles ne laissent guère le temps de faire autre
chose.

Poursuivons.

« Un évêque qui sait devenir archevêque, un arche-
« vêque qui sait devenir cardinal vous emmène
« comme *conclaviste*, vous entrez dans la *Rote*, vous
« avez le *pallium*, vous voilà *auditeur*, vous voilà
« *camérier*, vous voilà *monsignor!* »

Il est fâcheux que M. Hugo ne puisse pas sentir le
haut comique de cette gradation, il en rirait lui-même
de tout son cœur. L'entrée dans le tribunal romain de
la Rote pour avoir été conclaviste, le *pallium* affecté
à la fonction de juge ou d'auditeur de Rote, sont des
choses véritablement délicieuses. Le pallium est un
ornement pontifical propre aux évêques et plus ordinairement accordé aux métropolitains, car tous les
évêques et archevêques n'ont pas le droit de le porter.
La qualité de *monsignor* est attribuée aux moindres
prélatures ; on commence par là. Un camérier surnu-
méraire, prélat fort inférieur à l'auditeur de Rote et
au protonotaire apostolique, qui ne sont pas évêques,
est déjà monsignor. M. Hugo n'aurait pas été plus
amusant si, parlant de l'avancement dans l'armée, il
avait dit : un maréchal de France vous emmène
comme secrétaire, vous devenez membre du conseil

10*

d'administration, vous avez la plume blanche du général en chef, vous voilà sous-intendant, vous voilà
capitaine, vous voilà caporal.

M. Hugo, ayant à peindre un sainthomme d'évêque
dont le diocèse « était sans issue sur le cardinalat, »
assure « qu'à peine sortis du séminaire, les jeunes
« gens ordonnés par lui se faisaient recommander aux
« archevêques d'Aix ou d'Auch et s'en allaient bien
« vite. » Oui, mais pour qu'un jeune prêtre puisse quitter
son diocèse d'origine et se faire incorporer dans un
autre, il faut que l'évêque qui l'a ordonné et dont il
est *le sujet*, suivant le langage de l'Eglise, lui en
accorde la permission. Or, si le saint évêque de
M. Hugo laissait ainsi partir tous ses prêtres, comment
faisait-il pour pourvoir aux besoins des paroisses de
son diocèse? et s'il ne prenait point ce souci, quel
saint évêque était-ce là, qui négligeait son premier
soin !

Dans le second volume, M. Hugo veut peindre deux
sœurs de charité : il en abîme une un peu plus qu'il
ne faut, — et cela est d'un goût et d'une moralité
médiocres, à un écrivain si retentissant, de rallier une
sœur de charité. Il trace de l'autre un charmant portrait, sauf qu'il lui fait faire deux ou trois petits mensonges, mais contre les habitudes de l'aimable sœur
et pour le bon motif. A propos de la sœur maltraitée,
sœur Perpétue, « hardie, honnête et rougeaude, » il dit
que les ordres monastiques acceptent volontiers cette
lourde « poterie paysanne, aisément façonnée en
« *capucins* ou en *ursulines*. » Pour un ami du peuple

et qui ne voit pas aisément de vertus ailleurs, la remarque est un peu leste. Il ajoute : « Ces rusticités
s'utilisent pour la grosse besogne de la dévotion. »
Les grosses besognes de la dévotion sont de soigner les
malades dans les hôpitaux, dans les camps, dans les
bagnes ; de tenir école dans les villages et dans les
faubourgs, de porter la foi du Christ, c'est-à-dire la
régénération, aux sauvages, dans les glaces et dans les
sables. Grosses besognes, en effet ! et l'on doit remercier Dieu de susciter encore des rustres pour s'en
charger. Mais, chose étrange, ces besognes ne se font
guère qu'avec un esprit fort délicat. M. Hugo, l'ami
du peuple, a trop l'air de mépriser les pieds nus, la
bure et les gros souliers ! Il dit encore : « La transi-
« tion d'un bouvier à un carme n'a rien de heurté ;
« l'un devient l'autre sans grand travail ; le fond com-
« mun d'ignorance du village et du cloître est une
« préparation toute faite, et met tout de suite le cam-
« pagnard de plein pied avec le moine. » Tout de suite
est un peu prompt !

Je ne sais pas non plus jusqu'à quel point M. Hugo
a bien le droit de parler de l'ignorance du moine. Il y
a sans doute des moines qui ne savent pas parfaitement en quoi l'auteur de *Lucrèce* diffère de l'auteur
d'*Hernani*, et qui pourraient prendre la prose d'Octave
pour celle d'Alfred. Mais il y a de grands poëtes qui
ne savent pas en quoi le séminariste diffère du prêtre,
.e pallium de la soutane et le bouvier du carme ou du
capucin. Chacun a ses ignorances, il est difficile de
prouver que l'on sait tout, même dans un roman en

dix volumes. Pour qu'un paysan devienne moine, il
faut qu'il ait perdu beaucoup de sa rusticité première;
il faut même qu'il soit né avec une certaine disposition
à perdre cette rusticité première et à en prendre une
autre toute différente. Les religieux franciscains, —
qui ne sont pas moines, — furent fondés par un jeune
homme qui avait été le plus raffiné des élégants
d'Assise, et beaucoup de capucins, à l'exemple de leur
fondateur, n'avaient jamais porté le sarreau, lorsqu'ils
ont pris le froc. Le nombre des franciscains, capucins
et autres, qui ont fait des livres, dépasse quelques
milliers ; on ne peut compter celui des orateurs qu'ils
ont fourni. Saint Bonaventure, Duns Scot, Roger
Bacon et tant d'autres à peine moins célèbres apparte-
naient à cette famille franciscaine dont les capucins
sont une illustre branche. Un capucin fait communé-
ment dix ou douze années de théologie, et sa vie entière est une longue étude. Il n'y a pas de maison de
capucins qui ne renferme une bibliothèque ; chez eux
les livres sont mieux logés que les hommes. On en
peut dire autant des carmes. Saint Jean de la Croix,
l'ami de sainte Thérèse et l'un des princes de la littérature espagnole, était carme. En France, cet ordre
religieux nous a donné un nombre considérable de
savants ; il est aujourd'hui composé d'hommes fort
distingués et dont aucun, je crois, n'est de la *grosse
poterie paysanne*, ce qui ne veut pas dire que les paysans ne puissent être carmes à la condition de se dé-
grossir et de quitter leurs sabots pour marcher pieds
nus ; ce qui est chose plus difficile peut-être à un pay-

san qu'à un grand seigneur. Il faut immensément de distinction native pour se résoudre à marcher pieds nus et il y a dans les couvents de carmélites plus de filles de la noblesse et de la bourgeoisie que de filles des champs. Rien ne ressemble moins à un bouvier que le Père Hermann.

Je ne sais pas du tout ce qui anime M. Hugo contre les *Ursulines*, et probablement qu'il ne le sait pas davantage. Ce nom d'Ursulines lui aura paru bizarre, et il n'a pu s'en expliquer la signification. Il signifie simplement que les très-saintes et très-douces religieuses qui le portent ont été fondées en l'honneur et sous le patronage de sainte Ursule, ce qui est bien naturel puisqu'elles devaient se vouer à l'éducation des vierges chrétiennes. Au XVIIe siècle, les ursulines ont élevé la plus grande partie des femmes françaises. On a vu des générations moins brillantes. Frappées par la Révolution, les ursulines n'ont pas repris leur ancien éclat, mais elles tiennent encore beaucoup de pensionnats excellents où les petites familles de la bourgeoisie sont fort heureuses de placer leurs filles. Si les ursulines manquaient, les Fantines, qui déjà ne sont pas rares, pourraient se multiplier considérablement. M. Hugo ne devrait pas oublier qu'il travaille à relever les petits. Qu'il ménage donc ceux qui l'aident humblement à atteindre ce noble but. Pour y arriver, ce n'est pas trop du concours de toutes les forces, et les ursulines fournissent leur appoint.

Après les bévues — et je me borne à une idée et à un chapitre, — les excentricités de langue méritent bien un regard. Je n'en jetterai qu'un seul, et quand il serait aisé de nouer des gerbes, je ne ramasserai qu'un épi. Écoutez cette phrase, tirée de la description d'un homme qui se noie.

« Il est dans l'eau monstrueuse. Il n'a plus sous les
« pieds que de la fuite et de l'écroulement. Les flots
« déchirés et déchiquetés par le vent l'environnent
« hideusement, les roulis de l'abîme l'emportent, tous
« les haillons de l'eau s'agitent autour de sa tête, une
« populace de vagues crache sur lui, de confuses
« ouvertures le dévorent à demi ; chaque fois qu'il
« enfonce, il entrevoit des précipices pleins de nuit ;
« d'affreuses végétations inconnues le saisissent, lui
« nouent les pieds, le tirent à elles : il sent qu'il
« devient abîme, il fait partie de l'écume, les flots se
« le jettent de l'un à l'autre, il boit l'amertume, l'Océan
« lâche, s'acharne à le noyer, l'énormité joue avec son
« agonie. Il semble que toute cette eau soit de la
« haine. »

Hélas !

La description continue ainsi pendant quatre pages. Il y a certainement de beaux traits, et un certain effet d'horreur est obtenu ; mais, encore une fois, hélas !

Un trait de gaieté pour finir :

« — Tholomyès, fit Bacherelle, contemple mon calme.

« — Tu en es le marquis, répondit Tholomyès. »
Holà !

UN HUMANITAIRE.

M. H. de Pène, qui, ne pouvant être écrivain, s'est fait chroniqueur, a raconté dans la chronique de la *France*, à propos des *Misérables*, que M. Victor Hugo déplorait, en 1848, de ne pouvoir être à l'Assemblée nationale le représentant des galériens. Voici à quelle occasion il manifesta ce regret. On eut en 1848 diverses idées, principalement celle de *spécialiser* les candidatures. Chaque profession voulait faire corps et présenter son candidat. M. Cousin aspira même à devenir le candidat des domestiques. Les gens de lettres, artistes, auteurs dramatiques eurent, eux aussi, des réunions préparatoires. Trois noms sortirent du scrutin : Michelet, Alphonse Esquiros, Victor Hugo. Le jour où il obtint ce premier succès, M. Victor Hugo, loin de se montrer triomphant, paraissait très-abattu ; il sortit tout pensif, l'œil morne et la tête baissée. Ses amis lui demandèrent d'où venaient les ombres qui voilaient son vaste front. Je cite M. de Pène :

« C'est que j'aurais voulu, reprit le poëte d'une voix profonde comme sa méditation, arriver à l'Assemblée, non comme le représentant des auteurs dramatiques... belle gloire !... J'aurais voulu que l'on eût fait voter les bagnes, oui les bagnes, et être le candidat choisi par les galériens de France. »

Les auditeurs d'Olympio, bien qu'habitués à ses

excentricités calculées, furent ébaubis et même ahuris.
Les bras leur tombèrent, dit M. de Pène.

« Oui, continua à peu près le poëte, suivant l'étrange
sentier où l'on s'effrayait de le voir, ce sont les bagnes
que j'aurais voulu représenter. Il y a des hommes dans
les monstres qui les peuplent. Il n'y a pas de monstres
incurables. Dieu n'a pas pu le vouloir. Relevez ces
fronts abaissés, ignorants, abrutis. Faites-leur regarder le ciel. Ils sont hommes, vous dis-je, mais ils ne le
savent plus, ou ne l'ont su jamais. Dites-leur qu'ils
sont hommes ; dites-leur qu'ils sont citoyens ; faites-les
voter avec tout le peuple, et je vous dis que le lendemain il y en aura de guéris. Quant à moi, si j'avais
l'honneur d'être l'envoyé de ces misérables à la Chambre, dût-on m'asseoir dans un coin à part, plus obscur,
inférieur ; sur un siége différent, plus bas, dont mes
collègues s'écarteraient, je me sentirais fier de ma
mission, et c'est ce que j'eusse accepté des deux mains
avec enthousiasme. »

En parlant ainsi, M. Hugo songeait, comme toujours,
à étonner, et, de plus, il récitait un chapitre des *Misérables*. Il y a longtemps, en effet, que l'ancien pair de
France a commencé ce roman ; il y a longtemps même
qu'il eût pu le publier. Mais, malgré son dévouement
aux misérables, il a tenu en portefeuille le livre qui
devait les réhabiliter, afin d'en tirer plus d'argent.
Le fait a été rapporté par plusieurs de ses amis ou
admirateurs. Je cite l'un d'eux :

« Victor Hugo a été long à faire les *Misérables*, plus
long à les publier. Une raison matérielle, une question

d'intérêt, retenait le manuscrit dans l'ombre jusqu'à cette année 1862. Lorsque parut, voilà trente ans, *Notre-Dame de Paris*, l'écrivain, en cédant son premier grand poëme en prose à l'éditeur Gosselin, lui vendit en même temps, par avance, au prix de trois mille francs le volume, tous les romans qu'il pourrait publier pendant une période de trente ans, à dater du traité.

« Vint le succès mémorable de *Notre-Dame de Paris*, qui augmenta de cinquante pour cent la valeur du poëte en librairie.

« A trois mille francs le volume! l'auteur de *Notre-Dame de Paris!!* Et voyager trente ans, ses trente plus belles années, dans de pareilles conditions, c'est-à-dire le pot de terre à côté du pot de fer, l'homme de génie, sans profit pour lui et les siens, exploité, rançonné, brisé par l'homme de spéculation!!! Cela révolta M. Victor Hugo, et, plutôt que de laisser l'éditeur ou ses ayants cause profiter du traité trop beau qu'il lui avait consenti, il garda ses *Misérables* jusqu'en 1862. Il fit des poésies, des drames, des voyages. Plus de roman, rien qui ressemblât à un roman. Gosselin l'aurait eu à trop bon marché. »

Ces détails prouvent que M. Hugo entend la science économique mieux que la sience cléricale. Le poëte sait compter. Il a très-bien esquivé les charges d'un contrat dont il comptait accepter les bénéfices. Croit-on qu'il n'eût pas publié de romans si le prix de trois mille francs eût été plus avantageux à l'auteur qu'à l'éditeur? Comme écrivain humanitaire, comme

réformateur et rédempteur, il a fait attendre quinze
ou vingt ans ses clients, parce que cette attente qui,
dans sa pensée, devait prolonger leurs souffrances,
accroissait ses profits. On reconnaît là ces prétendus
amis du peuple, flatteurs de populace, ennemis de
l'Eglise.

UN PEINTRE DE MŒURS.

La Presse parlant un jour de M. Arsène Houssaye
l'a déclaré l'un des écrivains qui connaissent le mieux
et savent le mieux peindre la société actuelle prise
dans « ses sphères les plus distinguées. »

L'auteur de cette forte *réclame* produisait, comme
preuve, les titres de quelques romans publiés, par
M. Houssaye. Mieux valait s'en tenir à l'affirmation. Les
romans de M. Houssaye donnent tout à la fantaisie, une
fantaisie maladive. Ses personnages n'ont jamais vécu
et ne vivront jamais. Cependant le milieu où ils se meu-
vent, sans être vrai, n'est pas non plus complétement
imaginaire. S'il ne rappelle aucune fraction de la
société distinguée et honnête, on y devine quelques
traits de ce monde équivoque et interlope dont Paris
est le quartier général. Ce monde-là a pour peintre
ordinaire, non pas M. Houssaye, mais M. Dumas fils.
On y rencontre des noms sonores, quelquefois même
des noms anciens, des généraux étrangers, des diplo-
mates de divers pays, particulièrement des pays lointains, des enrichis de tous les trafics, des blessés de

toutes les aventures, des artistes, des feuilletonistes, des
nécromanciens, des acteurs célèbres, des femmes à la
mode, généralement veuves ou séparées du mari, des
bas-bleus émancipés, des actrices en renom. Au fond,
c'est une collection de viveurs, d'ennuyés, de déclassés
et d'aventuriers. Les étrangers y sont plus nombreux
que les Français. Comme quelques-uns de ces représentants de la vie libre sont vraiment riches, ils donnent des fêtes splendides et l'on y va. Du moins les
hommes y vont, car il est reçu que les hommes peuvent aller partout. Quant aux femmes appartenant à la
société française et régulière, elles s'abstiennent généralement de hanter ces salons cosmopolites. Celles
qui s'y hasardent, ou ne connaissent pas le terrain ou
prennent soin de dire qu'elles ont voulu se passer un
caprice.

M. Dumas fils a peint en connaisseur, d'une main
ferme quoique complaisante, cette brillante bohème de
la société parisienne. Il a eu soin de montrer que ces
viveurs de toutes sortes s'accrochent d'un côté au monde
réputé honnête, mais de mœurs faciles, et sont liés de
l'autre au demi-monde. Tel personnage de M. Dumas
appartient à la *société*, tel autre n'y est plus attaché
que par un lien très-faible, tel autre sort des bas-fonds
et y rentrera. Ses principales héroïnes sont des aven-
turières chevronnées ou d'aimables personnes marchant ouvertement aux aventures. Il en résulte que
ses comédies, sans être réellement des comédies de
mœurs, représentent néanmoins l'un des accidents du
tohu-bohu contemporain.

M. Arsène Houssaye procède différemment. Il nous montre, en les couvrant de fleurs artificielles, les mêmes personnages que M. Dumas ; mais il les prend et veut les faire prendre pour des types accomplis du meilleur monde. Il leur donne des titres, des châteaux, des chevaux, et reste convaincu qu'il a mis en scène la société la plus distinguée et même la plus honnête. Soyons exact, et reconnaissons que, s'il laisse aux personnages de M. Dumas leurs allures et leurs mœurs, il y joint, sous prétexte de poésie, une petite dose d'enthousiasme et même de religiosité.

Le dernier roman de M. Arsène Houssaye, celui qui transporte *la Presse*, le *Roman de la Duchesse* est, d'après ce que nous en avons lu, tout entier dans cette donnée radicalement fausse.

L'héroïne, charmante jeune fille, douée de toutes les vertus et de toutes les grâces, a des propos et des à-propos de dessalée ; ses traits d'esprit sentent l'élève du Conservatoire qui s'est frottée de littérature dans les œuvres de Paul de Kock et les petits journaux. Sa tante vient de lui dire que bientôt le roman de son cœur lui fera oublier les romans qui amusent son esprit. Voici les jolies choses qu'elle échange à ce sujet avec sa femme de chambre.

« — Est-ce que vous avez entendu ce que me disait ma tante ? demanda d'un air distrait Jeanne à sa femme de chambre.

« — Oui et non, mademoiselle.

« — Traduction libre : vous n'avez pas perdu un mot ; avez-vous compris ?

« — Oui et non, mademoiselle.

« — Eh bien, dites-moi pourquoi vous avez compris et pourquoi vous n'avez pas compris?

« — Eh bien, j'ai compris qu'il y avait quelque mari à l'horizon pour mademoiselle.

« — Un mari? voilà un mot qui me gâte Lionel. Je commencerais comme tout le monde, par un mari! — Mais se marier avant d'avoir le temps d'aimer et d'être aimée, ce n'est pas faire un roman, c'est l'*Histoire universelle* de Bossuet! »

« Mᴸᴸᵉ de Riancourt s'était dit cela à elle-même — que ne se disent pas aujourd'hui les jeunes filles! — mais la femme de chambre, qui avait écouté, osa hasarder cette réflexion :

« — Mais, mademoiselle, on peut commencer comme tout le monde et ne pas finir comme tout le monde.

« — Cette fille n'est pas trop bête, pensa Jeanne. »

M. Arsène Houssaye ne manque pas de dire que ses héroïnes ont fait leur éducation au Sacré-Cœur. Il est vrai qu'au moment où il s'en empare, elles ont déjà eu le temps de lire beaucoup de romans, d'aller seules çà et là, de courir le parc ou la prairie en cueillant des fleurs rustiques avec Pierre ou Paul. Ce complément insolite d'éducation a pu les former assez vite. Et quels romans lisent-elles? Tous les romans, notamment ceux de Mᵐᵉ Sand et de M. Hugo. Ecoutez, par exemple, la suave et séduisante Jeanne. Sa tante lui demande si ses lectures *l'amusent bien*.

« — Non, ma tante, tout m'ennuie. Je me trompe,

car il y a une chose qui m'amuse encore mieux que
George Sand ou Victor Hugo, ce sont les contes que
vous contez si bien.

« — Ah! oui, moi je conte les romans que j'ai vus
et non les romans que j'ai lus; ce sont là les vrais
romans, ma belle amie.

« — Vous m'en direz un ce soir, quand tout le
monde sera couché, n'est-ce pas, ma tante?...

« — Non, c'est fini : je n'en sais plus.

« — Oh! ma tante, que voulez-vous que je devienne?
J'ai lu toute votre bibliothèque en commençant par
les livres que vous m'aviez défendus. Si nous restons
encore ici six semaines, je vais être forcée de lire les
*Voyages du jeune Anacharsis en Grèce au milieu du
IV* *siècle avant l'ère commune.* Chaque fois que je
cherche un livre amusant, celui-là me tombe sous la
main. »

Aussi Jeanne de Riancourt est-elle plus forte sur les
finesses de l'amour que le cousin Lionel, un roué
cependant :

« Quand Mlle Jeanne de Riancourt entra dans la
salle à manger, trois jeunes gens qui depuis le matin
avaient fait la chasse aux grives, le duc Lionel***, le
comte Georges d'Ormancey et Gaston Vivien allèrent
au-devant d'elle et lui voulurent baiser plus ou moins
amoureusement la main, car tous les trois étaient un
peu, beaucoup, passionnément amoureux d'elle.

« Quand ce fut le tour de son cousin Lionel, elle
retira sa main et rougit.

« Un philosophe de l'amour eût bien vite deviné que

Lionel était le seul qu'elle aimât. Elle l'aimait trop pour lui donner une main toute chaude encore du baiser des autres.

« — Eh bien, ma cousine, je ne comprends pas!

« — Mon cousin, c'est précisément parce que vous ne comprenez pas. »

Il me semble que rien de tout cela n'est bien spirituel, et j'affirme que tout cela est faux.

Je supprime, notez-le, d'autres traits qui font par trop d'honneur à la pénétration amoureuse de mademoiselle Jeanne.

Si, de l'héroïne pure et même candide, nous passons à d'autres personnages féminins, ce sera bien autre chose. Ne parlons pas de cette Léa qui représente le demi-monde; mais signalons cette tante, femme riche, sage, vertueuse et titrée, qui raconte à sa nièce des histoires amoureuses et scandaleuses à faire pâlir les romans de Mme Sand. Si M. Houssaye a rencontré quelque part une semblable tante, il fait confusion en disant qu'elle appartenait à la *bonne société*. C'est une tante d'actrice.

Cependant il y a là une réserve dont il faut tenir compte à M. Houssaye. Il a pensé qu'une jeune personne aussi facilement abandonnée à elle-même que Jeanne de Riancourt ne pouvait pas avoir de mère. Il l'a donc placée sous le gouvernement d'une tante. C'est tout de même faux, archi-faux. Dans le monde où il prétend introduire ses lecteurs, — et ce n'est pas celui qu'il décrit, — la tante qui remplace la mère en accepte tous les devoirs, en partage toutes les sollicitudes et toutes les délicatesses. Elle ne livre pas à elle-même la jeune personne qu'elle doit surveiller et guider. A défaut de toute autre raison, de tout autre sentiment, les seules convenances, les seuls usages le lui défendraient. Et je parle ici des gens qui vivent correctement selon le monde. Combien le faux apparaîtrait davantage si nous opposions aux fantaisies que M. Houssaye donne comme peintures de mœurs, les coutumes, les règles de cette fraction de la société où l'on tient encore aux préceptes de la vie chrétienne ! Or, ce sont des chrétiennes qu'il croit peindre. Je lui garantis qu'aucune des délurées qu'il a montrées jusqu'ici, jeune personne, femme mûre ou douairière, ne répond à son programme.

Ses héros ne sont pas plus vrais que ses héroïnes. Assurément l'on compte aujourd'hui grand nombre de jeunes gens de bonne famille vivant en désœuvrés. Il est également certain que la plupart de ces oisifs deviennent vicieux. Mais pourquoi leur donner de l'esprit, du savoir, de la virilité? Ils savent saluer, mettent gentiment leur cravate, possèdent un petit caquetage de salon, propre à dire pendant dix minutes des riens capables d'éblouir une pensionnaire et d'étonner un collégien. C'est tout. Sortez-les des chevaux, de la chasse, des commérages, ils restent muets; et c'est le mieux qu'ils puissent faire : car, quand ils parlent, la nullité et la vulgarité éclatent dans toutes leurs paroles. Ils ne savent rien, ne lisent rien, ne s'intéressent à rien. Ils n'ont pas même, en eux, assez d'étoffe pour s'abandonner à une passion : car toute passion exige des sacrifices, et l'idée de se sacrifier dans une mesure quelconque ne leur viendra jamais. D'ailleurs, pour se passionner, il faut penser ; ils ne pensent pas. M. Arsène Houssaye a donc tort de leur donner des amours violents, généreux, prêts à tout. Ils n'aiment qu'à bon escient. Leur cœur ne se laisse prendre définitivement qu'aux charmes des jeunes personnes bien dotées. Les autres, ils peuvent les trouver ravissantes, les courtiser, s'en amuser, les compromettre et même les perdre ; mais les épouser, jamais ! La recherche d'une dot c'est leur grande affaire, la seule où ils puissent apporter du zèle, de la passion, de la persévérance. Si la dot est très-belle, ils atteindront à l'habileté ; si elle est magnifique, ils auront du génie... — une sorte de génie — et de la bassesse. Après tout, ils se rendent justice. Comment élèveraient-ils leurs enfants et maintiendraient-ils leur position si l'argent de la femme n'y pourvoyait pas ! Réduits à leurs seules ressources, aidés de leur seul mérite, ils devraient s'interdire le mariage, par impuissance de soutenir une famille.

Mais si M. Houssaye donne indûment à ces pauvrets de l'esprit et des passions désintéressées, il leur fait tort du côté de la politesse. Ils n'ont pas, avec les femmes et les jeunes filles de *leur société* le ton qu'il leur prête. Ils conservent les formes extérieures du savoir-vivre. Or, c'est y manquer que de se permettre envers une jeune personne des familiarités qui doivent l'embarrasser, et dont les témoins pourraient, à bon droit, s'étonner. De pareilles allures sont de mise avec

10**

les déclassées du monde interlope dont nous par-
lions plus haut, mais dans le vrai monde elles ne
sont pas reçues. Sans doute, les héroïnes de M. Houssaye sont à peu près livrées à elles-mêmes, et cette
situation irrégulière provoque bien des hardiesses.
Néanmoins, même en admettant ce point de départ
faux, la note reste fausse.

Si nous contestons le mérite de M. Houssaye comme
peintre de mœurs, nous reconnaissons, d'autre part,
que ses livres offrent un certain attrait. Ils échappent
à la vulgarité courante. C'est chiffonné, maniéré, pein-
turluré, musqué ; mais au milieu de tout cela se trouve
une certaine grâce mignarde ; et, de plus, si l'on sub-
stitue l'aristocratie de la bohème parisienne aux personnages du vrai monde, que l'auteur a prétendu
montrer, on a des tableaux où se joue un reflet de la
vérité. Ce sont, d'ailleurs, de vilains tableaux.

SAINT FRANÇOIS DE SALES ET LE BAL.

Nous avons remarqué la phrase suivante dans une
de ces feuilles plus ou moins littéraires qui donnent
la chronique du *monde élégant :* « Bien que nous tou-
« chions à l'été, nous auronse ncore quelques réunions
« dansantes, et les dévotes, fatiguées du carême, pour-
« ront se reposer en prenant un plaisir que d'étroits
« esprits peuvent condamner sous prétexte de religion,
« mais que saint François de Sales recommandait. »
Il y a longtemps que l'on met le bal sous le patro-

nage de saint François de Sales, mais jusqu'ici on
s'était contenté de dire qu'il le *permettait*, on va plus
loin aujourd'hui, et l'on prétend qu'il le *recommandait*. Quelque chroniqueur plus hardi dira bientôt
qu'il y assistait. Rétablissons la vérité, disons dans
quelle mesure et dans quelles circonstances le grand
évêque de Genève *tolérait* le bal.

Il a traité cette question dans l'*Introduction à la vie
dévote*, et l'a effleurée dans deux de ses lettres. C'est
sous l'autorité de ces lettres que les chrétiennes crain-
tives se réfugient pour polker en toute sûreté de conscience. Que disent donc ces fameuses lettres? L'une
est adressée à Mme de Chantal. Le saint s'y félicite du
bon esprit de la société d'Annecy, et ajoute que quelques dames lui ayant demandé la permission de *faire
des bals*, il l'a donnée, ne voulant pas *leur être dur*,
puisqu'elles-mêmes *sont bonnes avec grande dévotion*.
L'autre lettre est adressée à la femme d'un magistrat
de province, qui hésitait à mener sa fille au bal. Le
Saint lui répond : « Votre prudence doit juger de cela
« à l'œil, et selon les occurrences ; mais la voulant
« dédier au mariage, et elle ayant cette inclination, il
« n'y a pas de mal de l'y conduire, tant souvent que
« ce soit assez et non pas trop. »

Avant de reproduire l'opinion définitive de saint
François de Sales sur le bal en lui-même, précisons le
caractère et la portée de ces autorisations accidentelles.

Les lettres de l'Évêque de Genève ont deux cent
cinquante ans de date, et depuis cette époque il y a eu
quelque changement dans les habitudes sociales. Il est

certain, par exemple, que les danses d'alors n'avaient pas la suprême indécence de celles d'aujourd'hui. Que voit-on de commun entre le menuet ou la contredanse, — l'ancienne contredanse, — et les polkas, les mazurkas, les *galopades*, les révoltantes familiarités du *cotillon ?* Autrefois danseurs et danseuses se donnaient le bout du doigt ; maintenant les *cavaliers* tiennent les jeunes personnes dans leurs bras, presque couchés sur leurs poitrines, etc. Si je complétais ma description, les mères qui permettent ces danses et les filles qui les acceptent m'accuseraient d'inconvenance. On ne voudrait pas lire, même en termes voilés, le détail des divertissements et rapprochements que l'on se permet sans voile et surtout sans collerette, souvent même, à peu près, sans corsage. Revenons à notre texte.

Il ne s'agissait pas dans les lettres du Saint de ces bals où le personnel est tout à la fois mêlé et nombreux, ou la jeune fille polke et valse et cotillonne, loin des oreilles et même des regards maternels, avec des inconnus. Il s'agissait de réunions intimes dans une petite ville de province où la société était restreinte, choisie, et d'une rigoureuse tenue. Enfin le Saint ne donnait pas cette liberté à tout le monde, et, quand il voulait traiter la question même du bal, abstraction faite des circonstances et des personnes, voici ce qu'il disait :

« Je vous dis des danses, Philothée, comme les médecins disent des potirons et des champignons : les meilleurs n'en valent rien, disent-ils, et je vous dis

que les meilleurs bals ne sont guère bons. Si néanmoins, il faut manger des potirons, prenez garde qu'ils
soient bien apprêtés : *si, par quelque occasion de laquelle vous ne puissiez pas vous bien excuser, il faut aller
au bal,* prenez garde que votre danse soit bien apprêtée.
Mais comment faut-il qu'elle soit accommodée? De
modestie, de dignité et de bonne intention. »

Il dit ensuite que « les bals, les danses, et telles
assemblées ténébreuses attirent ordinairement les
vices et péchés qui règnent en un lieu » ; il parle « des
regards impudiques, » de tout ce que l'on peut voir
et entendre de nature à *empoisonner le cœur*, et s'écrie:
« O Philothée! ces impertinentes récréations dissi-
« pent l'esprit de dévotion, allanguissent les forces,
« refroidissent la charité et réveillent en l'âme mille
« sortes de mauvaises affections. »

En résumé saint François de Sales disait : les bals
sont extrêmement mauvais, et si je ne les interdis pas
absolument, c'est parce qu'il peut se présenter pour
certaines personnes *quelques occasions où elles ne peuvent pas s'excuser d'y aller.* Et de plus son texte prouve
que s'il avait eu à juger les danses et les costumes de
nos jours il n'eût rien permis du tout.

Notez qu'aux réserves déjà indiquées il joignait des
instructions recommandant aux danseuses de songer
que pendant qu'elles dansaient « plusieurs âmes brûlaient au feu d'enfer pour les péchés commis à la
danse ou à cause de la danse. » Ce sujet de méditation
n'était pas le seul qu'il conseillât ; il y en avait quatre
ou cinq encore de même nature.

10*

Nous pourrions produire d'autres textes ; nous n'en ferons rien, ceux qui précèdent suffisent à prouver que si la polka et les polkeuses ont besoin d'un patron, saint François de Sales ne fait pas leur affaire ?

Mais, nous dira-t-on, condamnez-vous absolument le bal ?

Ce n'est pas la question. Notre seul but est de prouver que saint François de Sales n'a pas tenu le langage qu'on lui prête. Quant à prononcer une condamnation, ce n'est nullement notre rôle et notre affaire. Nous croyons, d'ailleurs, que la danse n'est pas nécessairement par elle-même chose mauvaise. Dans un milieu sûr et restreint où l'œil maternel voit tout, entre personnes honnêtement vêtues, qui se connaissent et se respectent, danser est assurément un plaisir inoffensif. Est-ce ainsi que l'on comprend les choses ? J'en doute fort, et pour m'en assurer je n'irai pas rechercher quelles danses on peut tolérer, quelles danses il faut proscrire. Une pareille recherche offrirait diverses difficultés et, de plus, elle serait inutile. Les *mondaines*, comme on disait autrefois, n'auraient cure de nos opinions, et, quant aux chrétiennes, elles font généralement trop peu de cas, en pareille matière, d'avis plus autorisés que le nôtre, pour que nous ayons la sotte prétention de les influencer.

En effet cette question n'est pas nouvelle. On l'a même beaucoup discutée depuis quelques années à cause du développement des danses hasardées et du raccourcissement des corsages. De vénérables prêtres, de saints évêques se sont élevés dans les ouvrages de direction, dans des écrits sur les mœurs, contre la licence et les dangers du bal moderne. Il n'est pas un sermon sur les plaisirs du monde où ce divertissement tel qu'il est compris aujourd'hui, ne soit condamné. Les prêtres qui parlent ainsi n'ont rien vu, mais ils en savent beaucoup plus que ceux qui ont vu. Leur œil a pénétré plus avant que celui de la mère qui était là, faisant tapisserie, causant ou sommeillant ; ils ont entendu les confessions. C'est au confessionnal qu'ils ont apprécié les fruits de la danse et du décolletage. Eh bien, je n'ait jamais rencontré pour ma part un prêtre ferme, pieux, intelligent qui, consulté bien à fond, n'ai défendu le bal. Ainsi, au point de vue des principes, la défense est générale, et cela dit assez qu'elle est juste. Le prêtre ne condamne pas les plaisirs du monde par caprice ou par envie, ou par esprit morose. Il les condamne par devoir. Ce n'est pas le plaisir qu'il proscrit, c'est le mal.

Ne fait-il pas des exceptions? Il en fait sans doute. Selon les personnes et les situations, il tolère quelque chose, le moins possible ; il fait la part du feu, non sans craindre que l'incendie ne consume tout. C'est ainsi que le médecin agit avec certains malades que leurs mauvaises passions menacent de mort, mais qui n'y peuvent tout de suite renoncer.

Les protestations et condamnations que je rappelle ici ne sont ignorées d'aucune des personnes qui mènent ou veulent mener la vie chrétienne. Cependant peu d'entre elles en tiennent compte. On se classe de son autorité privée dans les exceptions, on se croit soumis à une grave nécessité, et le plus souvent on ne consulte pas. C'est la substitution du sens individuel, de la passion personnelle au jugement, aux avis, presque aux ordres de ceux qui ont mission d'enseigner ; en d'autres termes, c'est une insufflation de l'esprit protestant.

Et la grande raison, la grande excuse, quand on veut bien en donner une, c'est qu'il faut *faire comme les autres,* se conformer aux usages, subir les nécessités de son temps. Si les premiers chrétiens avaient adopté ce raisonnement, Jésus-Christ serait mort inutilement pour les hommes ; et si nous le faisons longtemps, si nous en subissons les conséquences, le monde matérialisé retombera sous le joug du paganisme.

Nous n'en sommes pas là, dira-t-on. C'est vrai ; mais nous y marchons d'un assez bon pas. Et parmi les mauvais signes du temps, il faut surtout compter cette lâche soumission des chrétiens aux habitudes du monde, même lorsque ces habitudes tuent la pudeur, proscrivent la pureté, sont manifestement contraires aux enseignements du Christianisme. Il plaît au monde d'accepter des danses intronisées dans les bals publics par des piqueuses de bottines émancipées, — et bientôt ces danses si imprégnées de leur origine, sont pratiquées le soir par des femmes et des jeunes filles chrétiennes, qui ont communié le matin. Ces mêmes espèces auxquelles on doit la polka, inventent des modes extravagantes, malhonnêtes ; — on les adopte. D'autres personnes qui appartiennent à la société se décollètent plus qu'il ne conviendrait à une nourrice ; — on

ne rogne pas autant qu'elles sur le corsage, mais on
se croirait déshonorée si l'on portait une robe
montante. L'indécence est permise, la modestie ne
l'est pas. On la proscrit au nom même des *conve-*
nances. C'est inouï! Le temps du carême n'arrête
pas les bals, même pour tous les chrétiens, et l'on
se croit le droit de violer la loi du jeûne parce que
l'on passe la nuit à danser. On s'autorise d'un écart
pour commettre une faute. Je doute que cette autorisation soit valable. De tels faits se répétant tous les
jours, avec une sorte de régularité tranquille, sont
plus dangereux pour le sens chrétien que les violences de la passion. Ils tendent à transformer les
pratiques religieuses en simple habitude matérielle;
ils établissent que s'il faut entendre dévotement la
parole de Dieu, on n'est pas forcé de s'y soumettre.
Mieux vaut le pécheur qui a le sentiment de son irré-
gularité.

Outre les raisons déjà indiquées, d'autres encore
sont produites en faveur des bals. Nous ne prétendons pas qu'aucune de ces raisons ne puisse être
admise; mais nous croyons que les avocats honnêtes
et pieux de la danse confondent souvent le général et le particulier. Par exemple, lorsqu'une personne dont la parole défend le doute, vous dit : « J'ai
été souvent au bal, et je n'y ai rien fait, rien pensé de
blâmable, » l'argument est irréfutable en ce qui la
concerne, mais au fond et pour les autres, il a tout
juste la valeur du propos d'un soldat qui prétendait
qu'on ne court aucun danger à la guerre parce qu'il

est revenu sain et sauf de plusieurs batailles. Il faut,
si l'on veut raisonner sérieusement, faire entrer en
ligne de compte les différences de temps, de lieu, de
costumes, de personnes et de danses. Saint François
de Sales aurait approuvé les bals d'Annecy, en 1615,
qu'on serait mal venu à retrancher derrière son appro-
bation les bals actuels de Paris. Et que de personnes
enfin peuvent prendre très-innocemment part à ces
derniers bals, sans qu'on soit fondé à dire qu'ils sont
inoffensifs. Telle piqûre imperceptible, ignorée même
de la victime, ne peut-elle pas introduire dans le corps
un virus mortel? On l'ignore aujourd'hui, on en
mourra demain. De même pour l'âme. Ne raisonnons
donc pas sur les exceptions; il s'agit du fait général

Eh bien, sous ce rapport, l'opinion unanime des
directeurs de consciences, les seuls juges tout à
fait compétents, tranche la question. — Je sais bien,
mesdemoiselles, que le bal ne saurait vous entamer;
mais je sais aussi que votre confesseur interrogé en
conscience, vous dirait : « Si vous n'êtes pas absolument forcée d'y aller, n'y allez pas, et si vous devez
y aller, n'y polkez pas. »

LA MUSIQUE DE SALON. LES ROMANCES.

M. Proudhon a écrit sur l'art tout un volume fort
ennuyeux où des observations assez justes sont mêlées
à beaucoup d'idées fausses. N'est-il pas dans le vrai,

par exemple. lorsqu'il soutient que la musique doit
être *en situation*, c'est-à-dire qu'elle doit répondre à
une pensée dominant tout l'auditoire. Il ajoute :

« Je ne comprends pas la musique de concert et de
salon ; je ne m'explique pas qu'elle amuse et fasse
plaisir. Ce sont des leçons qu'on répète, et je ne suis
pas professeur. Autant j'aime le *Stabat* à l'église, dans
les soirées de carême, le *Dies iræ* à une messe de
mort, un oratorio dans une cathédrale, un air de chasse
dans les bois, une marche militaire à la promenade,
autant tout ce qui est hors de sa place me déplaît. Le
concert est la mort de la musique.

« Lorsque, par hasard, à une grande cérémonie ou
solennité publique, il y a de la musique, elle est sans
rapport avec l'objet de la réunion. A une distribution
de prix on jouera l'ouverture de la *Dame blanche;* à
une érection de statue, une symphonie de Beethoven ;
à un comice agricole, un air de la *Favorite;* dans une
assemblée d'actionnaires, rien du tout. »

M. Proudhon paraîtra trop sévère pour la musique
de concert. Sans doute il y a là une recherche,
un apprêt, un entassement d'œuvres qui nuisent au
libre développement de la pensée. La spontanéité fait
défaut, l'esprit est surchargé. L'amateur qui écoute
pendant trois ou quatre heures des morceaux variés
et même fort disparates se succédant au hasard, peut
être un mélomane, ce n'est pas un artiste. Cependant
la part de l'art existe dans les concerts et l'on peut s'y
sentir remué.

Quant à la musique de salon, c'est presque toujours

la négation absolue et impertinente de l'art. M. Proudhon ne comprenait pas qu'elle *pût amuser* et faire
plaisir. Il faut s'entendre. Si la musique doit *amuser*,
c'est surtout dans les salons qu'elle atteint son but.
Elle y paraît au même titre que le whist et les
conversations banales ; elle repose même de ces plaisirs en les interrompant ; bref, elle a pour but essentiel
de *tuer le temps*. Si ce n'est pas tout à fait un amusement, c'est au moins une distraction. L'art n'a rien à
voir là-dedans. Aussi se tient-il parfaitement à l'écart.
Les exécutants peuvent d'ailleurs se livrer à leurs exercices avec un vrai plaisir, sans avoir au fond le moindre
sentiment artistique ; de même qu'un enfant, qui ne
comprendrait rien à un tableau de Raphaël, peut trouver une grande jouissance à barbouiller des bons
hommes sur un chiffon de papier. Il ne faut pas confondre le goût d'un divertissement avec le sentiment
de l'art. Quant aux auditeurs, ils sont surtout des
spectateurs, car ils écoutent peu ; mais ils applaudis-
sent beaucoup. En agissant ainsi ils sont en règle.
La politesse commande les compliments, elle ne pres-
crit pas l'attention.

Qu'on ne s'y trompe pas. Nous sommes loin de protester avec M. Proudhon contre ces distractions. Elles
sont préférables aux caquetages, elles ont même un
reflet intellectuel qui prête un peu, — très-peu — à
l'illusion. On pourrait presque y voir de l'art, si
lorsque le chant se met de la partie on n'était pas
forcé d'entendre les paroles. Oh ! alors toute illusion
devient impossible. L'art n'est plus seulement absent,

il est profané. Sous prétexte de musique, on vous donne des charges, des parodies.

Quant aux romances sentimentales, c'est vraiment le triomphe de la platitude, de l'ineptie, de l'inconvenance. Oui, de l'inconvenance! et l'on ne s'en garde pas toujours, même dans les plus honnêtes salons. Est-il donc convenable d'entendre un godelureau chanter devant des jeunes filles :

> Le nom de celle que j'aime
> Je le porte dans mon cœur,
> Nul ne le sait que moi-même,
> C'est mon secret, mon bonheur.

Et cette jeune personne est-elle dans son rôle en roucoulant la bouche en cœur, les yeux dolents de tels aveux :

> Ma main tremblait dans sa main
> Quand il me disait : demain !
> Mon cœur brisait mon corsage.
> Non! non! il n'est pas volage.

Convient-il qu'elle écoute cette confession :

> Dans un délire extrême
> On veut fuir ce qu'on aime ;
> On prétend se venger,
> On jure de changer.
> On devient infidèle,
> On court de belle en belle ;
> Et l'on revient toujours
> A ses premières amours.

Aimerait-on qu'elle suivît ce conseil :

> Malgré les regards jaloux
> Aimons-nous, ô ma Sylvie!

11

Méprisons tous les courroux :
L'amour doit remplir la vie.

Voudrait-on qu'elle répondît à cette invitation :

La nuit étend son voile,
C'est l'heure des amours;
Venez! ô mon étoile, etc.

Il est vrai qu'il y a aussi les conseils de la sagesse :

Plaisir d'amour ne dure qu'un moment.
Chagrin d'amour dure toute la vie.

Et j'ose dire que j'ai choisi parmi les romances les plus supportables, parmi celles que se permettent les délicates et même les prudes... Elles en entendent bien d'autres dans les salons, les jeunes personnes du monde. Si quelque barbare fait une objection, on lui répond : « Qu'importent les paroles dans les romances, on n'écoute que la musique. » Vraiment! vous croyez que cette jeune fille devant qui l'on chante l'amour, encore l'amour, toujours, l'amour n'aura d'oreilles que pour les sons. Peut-être aussi croyez-vous que ses yeux éviteront toujours les regards qui se fixeront sur elle lorsque la situation sera le plus accentuée... Arrêtons-nous : on peut entendre et chanter ces choses-là, même dans un duo avec Arthur ou Oscar, mais il est mal de demander pourquoi on les entend, pourquoi on les chante.

Soit! je passe condamnation sur tous ces points; mais je maintiens que la musique de salon n'est guère de la musique et n'est pas du tout de l'art. J'accorde d'ailleurs que c'est un amusement, me bornant à regretter que cet amusement n'ait pas l'honnêteté qu'il pourrait avoir.

Peut-être nous accuse-t-on d'exagération. Eh bien, entrons maintenant dans un monde un peu plus mondain et cependant honnête, celui où l'on critique encore les excès de la société tout à fait élégante, laquelle professe à son tour du mépris pour cette luxueuse bohème que M. Houssaye confond avec le grand monde. Cette fois nous prendrons un guide qu'on ne saurait accuser de puritanisme : c'est M. Alphonse Karr. Il a écrit à l'adresse des jeunes personnes bien des pages qu'elles auraient tort de lire ; il leur permet assurément de chanter l'amour, mais il voudrait qu'elles y missent quelque délicatesse. Citons-le :

« Je me trouvais l'autre soir dans un salon où étaient réunis — pour parler comme les chroniqueurs — des gens « du meilleur monde. » La conversation languissait, on pria une jeune fille de se mettre au piano et de chanter.

« C'était une fort jolie fille, blonde avec des grands yeux bleus voilés par de longs cils ; elle avait ce charme poétiquement virginal, qui est la plus grande beauté de la femme. Sa peau transparente et unie, d'une teinte un peu pâle, devenait rose quand elle parlait, et d'un rose plus vif quand on lui parlait. — Elle se leva et se dirigea lentement vers le piano ; elle avait encore ces formes indécises qui font ressembler une femme à une apparition, à un être éthéré qui glisse sur la terre sans presque la toucher.

« Elle s'assit au piano ; — il se fit alors un grand

silence, elle leva au plafond un touchant regard bleu —
elle préluda, puis d'une voix... rauque et avinée, elle
chanta quelque chose dont je n'ai retenu que le re-
frain :

> « Et qui fit joliment son nez ?
> « C'est le jeune homme empoisonné.

« Les auditeurs attendirent impatiemment la fin du
premier couplet pour faire éclater leur enthousiasme
et leurs applaudissements. — Au second couplet, la
jeune fille, encouragée, ajouta quelques gestes ; alors
l'admiration ne put se contenir : on trépigna : c'était
du fanatisme, du délire.

« On entoura l'heureuse mère : C'est ravissant, lui
disait-on, c'est parfait.

« Ah ! dit la mère, croyant devoir à un pareil succès montrer un peu de modestie, — c'est par Thérésa
qu'il faut entendre ces chansons-là (1).

« On demande alors une autre chanson à la vierge
aux yeux bleus. — On en obtint deux. — L'une de
ces compositions, le *Pied qui r'mue*, — et l'autre,
Fallait pas qu'y aille, — puis on cita toutes les
grandes dames qui font leurs délices de ces ordures,
— on parla d'une partie de traîneaux et de patins au
bois de Boulogne, — et on cita des noms, des titres,
des illustrations — qui fredonnaient ces turpitudes —
de si grands noms, de si hauts titres, de si respectables illustrations que je ne puis les répéter ici.

« J'avais déjà lu quelque chose de cela dans les

---

(1) Thérésa, chanteuse d'estaminet, était alors très-célèbre ;
peut-être l'est-elle encore.

journaux, entre autres dans un joli article du *Figaro*, sous le titre de *Violette*, qu'un des collaborateurs du *Figaro* a bien voulu m'adresser; mais je supposais de l'exagération.

« On nous eût rudement jetés à la porte d'un salon dans notre jeunesse, si nous avions chanté devant les femmes ce que les jeunes filles chantent aujourd'hui devant nous. »

Bien des personnes qui admettent les niaiseries sentimentales et égrillardes que nous avons signalées, trouveront, en revanche, que M. Karr parle d'or et partageront son indignation. Ce sera un défaut de logique. Les romances qui permettent à Oscar et à Dulcinée de chanter, en y mettant le ton, ce qu'on ne voudrait pas leur laisser dire, les chansonnettes comiques où l'on insulte l'art en ridiculisant les sentiments vrais, préparent la voie aux compositions grossières que dénonce M. Karr. On est sur la pente, on la descend. Et que de gens font ce chemin sans s'apercevoir qu'ils avancent! Comme le dit la sagesse des nations : il n'y a que le premier pas qui coûte. Puis à ce jeu toutes les délicatesses s'émoussent. Du décolleté on passe au déshabillé, de la romance risquée à la chanson grivoise et grossière. C'est logique. Pourquoi la femme du monde qui *invite* Thérésa à chanter dans son salon, ne permettrait-elle pas à sa fille de l'imiter?

L'ART DRAMATIQUE.

Voici comment M. Jules Janin juge le goût qui règne aujourd'hui au théâtre :

« Si quelque jour, quand ce siècle aura disparu (hélas !
et trop vite il disparaîtra), un philosophe, un historien,
un moraliste s'avise de juger les créatures vivantes
aujourd'hui par la comédie et par les déclamations
que la comédie amène avec elle, à coup sûr nos neveux
diront de leurs aimables grands-pères : C'étaient des
pleutres, c'étaient des bandits, c'étaient un tas de biographes ! Comment donc ! non contents d'être les plus
vils jouets des plus abominables filles de joie, ils
étaient leurs esclaves, ils étaient leurs complices ; leur
plus grande joie et leur plus vif orgueil consistaient à
épouser ces drôlesses quand elles daignaient y con-
sentir. Voilà ce que diront nos neveux, pour peu qu'ils
prennent au sérieux le fameux axiome, à savoir *que le
théâtre est l'école des mœurs !* Jolie école, ouverte à la
débauche, au jeu sans frein, à l'orgie, au duel, à l'injure ? — Ils étaient ainsi faits, diront les sages de 1960
en parlant de nous autres leurs ancêtres ; ils apparte-
naient corps et âme au demi-monde, au monde en-
detté, flétri, enivré de luxure, au monde en deçà
et au delà des honnêtes gens. Ainsi ils diront ; et
comme en toute chose il faut une preuve, écoutez-
les, ils invoqueront le témoignage de la dame aux
camélias, pleurée à la façon des vierges martyres,
le témoignage de la fille de marbre, un vautour de
Cythère ; le témoignage de la baronne d'Ange,
une chauve-souris de Paphos ; et l'exaltation publique
de toutes les baronnes et princesses du pavé de
Paris. »

Il faut que les choses soient poussées loin pour que

le feuilletoniste du *Journal des Débats* réclame si fort. C'est d'ordinaire un juge tolérant.

M. Janin accuse les auteurs dramatiques et défend le public; cependant le public va voir ces pièces où les *drôlesses* et la *luxure* triomphent; il les fait vivre, il les applaudit. N'en doit-on pas conclure que si le théâtre est « une école ouverte à la débauche, « au jeu sans frein, à l'orgie, au duel, à l'injure, » le public n'en est pas innocent? Quant aux auteurs et acteurs qui flattent et servent ce penchant, ils sont libres de croire avec M. Hugo et M. Vacquerie « à la grandeur de leur profession. »

Mais peut-être M. Janin était-il dans un jour de mauvaise humeur. Il se fait vieux, l'Académie ne veut pas lui donner un fauteuil, elle lui a préféré M. Doucet; voilà de quoi faire prendre le théâtre et le monde en horreur. Eh bien, donnons le témoignage d'un feuilletoniste trop content de lui, trop heureux de son rôle et trop dégagé de préjugés pour n'être pas disposé à l'indulgence. Ecoutez M. Sarcey, moraliste de l'*Opinion nationale* :

« Le public ordinaire du théâtre n'est arrivé pru-
« demment que pour la troisième pièce, *la pièce à*
« *femmes.*

« L'affiche était bien engageante : on y lisait, outre
« les noms d'Alphonsine, Ferreyra et Dupuis, qui sont
« célèbres, ceux d'Hélène, Lucy, Eugénie, Clémence,
« Léonie, Colombe, Mignonne, Gabrielle, Flore,
« Félicie, etc., etc., sans compter dix-huit danseuses.
« Tout le calendrier y passait. Chacune de ces grandes

« artistes a un mérite qui lui est particulier ; l'une est
« là pour son bras, l'autre pour sa jambe, une autre
« pour sa poitrine, et elles ne cachent rien de leur
« mérite. Vous pensez si ce devait être un spectacle
« agréable de voir toutes ces dames sur le pont. Elles
« ont droit aux sincères compliments de la critique ;
« elles se sont trémoussées comme il faut ; il y a même
« une demoiselle Félicie qui a ravi toute la salle ; elle
« a un certain art de laisser voir sa poitrine en décou-
« vrant ses jambes, qui la classe bien haut parmi ses
« camarades. Le public a redemandé son pas avec
« transport. Le goût n'est donc pas encore perdu en
« France. »

Cette intention d'ironie semble annoncer une critique ; elle ne vient point. Le moraliste de l'*Opinion nationale* loue très-fort Mlle Alphonsine et ajoute : « C'est
toujours, sous d'autres noms et avec d'autres costumes,
l'éternelle exhibition que le théâtre des *Variétés* nous
donne tous les ans ; *il fait bien puisque cela lui réussit.* »
A ce dernier mot, M. Cousin, qui a prêché avec foi la
morale du succès, a dû reconnaître un de ses disciples.

Le théâtre du Palais-Royal a donné, lui aussi, une
pièce à femmes. M. Sarcey n'a point pour celle-ci la
même indulgence que pour celle-là. Sa critique n'est
nullement inspirée, d'ailleurs, par le rigorisme ; il
blâme parce qu'il s'est ennuyé. Si les calembours
lui avaient paru moins froids et l'intrigue moins vulgaire, moins pesante, il n'aurait que des applaudissements. Il craint d'être trop sévère et se rassure en

s'écriant : « Mais cela est si ennuyeux ! Au moins,
« m'étais-je amusé la veille aux *Variétés*. »

Le feuilletoniste et moraliste du *Constitutionnel*,
feuille officieuse et conservatrice, entre en matière
d'un ton courroucé. « Je vous avoue, s'écrie-t-il,
« dussiez-vous prendre mon étonnement pour une
« naïveté de M. Prudhomme, que je ne sais plus où
nous allons. » Va-t-il se rappeler certaine circulaire
de M. Billault contre les excès de la petite littérature et protester au nom de la morale? Quelle
simplicité! Il va protester au nom de l'*art;* si le mot
morale se trouve dans son réquisitoire, ce sera un
accident ou une recherche de phrase ; il viendra là
pour servir « d'ombre et de nombre. » Parler de
l'*art* à propos des produits de nos vaudevillistes et
dramaturges me paraît une énormité. Ces produits
attaquent plus ou moins grossièrement le beau et
le bien, c'est-à-dire le vrai; jamais ils ne remplissent les conditions d'une œuvre d'art. Les maîtres du
genre, ayant de l'esprit et un vague sentiment des
convenances, ont réussi à masquer cette lacune dont
les moralistes du feuilleton ne se doutaient point. Mais
l'art ne va jamais loin sans la morale, et lorsqu'il fait
absolument défaut, l'abrutissement doit venir; il est
venu.

« L'abrutissement nous gagne et la marée du créti-
nisme me paraît monter, monter toujours, s'écrie
le critique du *Constitutionnel*. Je n'ai jamais vu de
confusion pareille ni un tel abaissement dans les
théâtres de genre. Où cela s'arrêtera-t-il? Les bouf-

fonneries font place aux parades et les parades aux
tours de force et d'équilibre, au désossement et à la
dislocation des acteurs. Ce n'est plus le mot qui fait
rire, mais le gloussement, l'éternument, le ronflement,
le coup de pied, le coup de poing, le saut de carpe et
le grand écart. Nous avions des grotesques, nous n'aurons plus bientôt que des acrobates. Tout se réduit à
une exhibition d'épaules maigres et de faux mollets,
avec accompagnement de couplets égrillards, chantés
sur des airs connus. »

Le *Constitutionnel* demande *où cela s'arrêtera*. De la
part d'un journal officieux, la question est singulière : il y a une censure dramatique et rien ne paraît
sur les théâtres qu'avec permission de l'autorité. Ainsi
cela s'arrêtera quand la censure le voudra.

Comme le vaudeville, le mélodrame emploie une
langue particulière connue de tous les dramaturges,
et qui n'est pas précisément la langue française. Le
vaudeville parle une sorte d'argot ponctué de glousse-
ments, d'éternuments, de nazillements ; le drame
déclame et tonne ; l'auteur doit accompagner sans
cesse sa déclamation de roulements caverneux et de
hoquets. Il en résulte que le style et le débit sont,
comme le sujet et les sentiments, d'une fausseté et
d'un grotesque inexprimables ; c'est une insulte systématique au sens commun. Le *Constitutionnel* indique
assez rigoureusement le caractère spécial de ce
produit dramatique si cher au public parisien, qui
donne par là l'exacte mesure de son goût et de son
esprit.

« J'avoue, dit-il, qu'après vingt ans d'habitude, je ne puis me faire au jargon vide et retentissant de certains dramaturges qui se croiraient déshonorés s'ils employaient le mot propre une fois par hasard. Ce sont des phrases empanachées, des images incohérentes, des métaphores absurdes, un galimatias incompréhensible, et, ce qu'il y a de plus mortel et de plus assommant, je ne sais quel rhythme lourd, cassé, uniforme, qui vous tombe sur le crâne à chaque point ou virgule comme un marteau sur l'enclume. Quand on sort de ces pièces, on a la fièvre et le délire. On se surprend à parler un patois bizarre, on ne sait plus demander un verre d'eau sucrée sans jurer sur le salut de son âme, et on dit « merci, mon Dieu! » à l'ouvreuse qui vous tend votre paletot. »

Le peuple, qui raffole de ce spectacle, se tient, et est assez généralement accepté, pour le peuple le plus spirituel du monde.

UN APOTRE DE LA LIBERTÉ.

Depuis quelques années, M. Guéroult, rédacteur en chef de l'*Opinion nationale* et député de la Seine, vise ouvertement à prendre la direction du mouvement antireligieux. Il fait sans cesse de violentes sorties contre les *cléricaux*, et je crois, vraiment, que, si le *parti clérical* n'avait qu'une tête, M. Guéroult voudrait la cueillir pour assurer plus vite le triomphe de la libre pensée.

On a prétendu à ce sujet que le rédacteur en chef de l'*Opinion nationale* manquait de logique et donnait un démenti à ses doctrines. C'était une erreur. M. Guéroult est l'un des représentants de l'école saint-simonienne ; or cette école est essentiellement ennemie de la discussion. Elle pose en principe que la foule doit obéir absolument, sans réserve d'aucune sorte aux *hommes de génie*, et que ceux-ci doivent être les très-humbles serviteurs du *nouveau Messie*, de *l'élu suprême de l'humanité*. C'est au fond la doctrine de tous les socialistes modernes. Afin de réformer plus facilement l'humanité, ils veulent d'abord étouffer, au nom de la pensée libre, toute pensée dissidente. Pour atteindre ce but suprême, aucun moyen n'est mauvais. On peut, selon les occurrences, soutenir le pour et le contre et changer de drapeau. M. Guéroult a suivi cette tactique, et voilà pourquoi il est d'autant plus fidèle à lui-même qu'il semble se contredire. C'est l'application à la vie publique des doctrines d'Hégel sur l'identité des contraires.

Que voulait-il en 1832, lorsqu'il prêchait le Saint-Simonisme non pas sous la tunique de l'apôtre, mais sous le long habit bleu clair du disciple ? Il voulait enlever à l'Eglise le gouvernement des esprits pour le donner aux *hommes de génie*. Voici quelques lignes de la révélation qu'il annonçait alors ; c'est Dieu qui parle à Saint-Simon.

« *Rome renoncera à la prétention d'être le chef-lieu de mon Eglise ;* le pape, les cardinaux, les évêques et les prêtres cesseront de parler en mon nom ; l'homme rougira de l'impiété qu'il commet en chargeant de tels imprévoyants de me représenter.

« J'avais défendu à Adam de faire la distinction du bien et du mal, il m'a désobéi ; je l'ai chassé du paradis, mais j'ai laissé à sa postérité un moyen d'apaiser ma colère : qu'elle travaille à se perfectionner dans la connaissance du bien et du mal, et j'améliorerai son sort ; *un jour viendra que je ferai de la terre un paradis.* »

M. Guéroult veut toujours faire de la terre un paradis. Quand on est l'ouvrier d'une pareille œuvre, on a parfaitement le droit de tergiverser sur les questions de détail, et de chercher un passage à droite s'il devient trop difficile de passer à gauche. Voilà pourquoi, après la dispersion des Saints-Simoniens, M. Guéroult entra au *Journal des Débats*, qui les avait sifflés. N'était-il pas d'une bonne tactique d'infiltrer l'*idée* chez l'ennemi ? Il fit, d'ailleurs, disparaître assez complétement l'utopiste et le démocrate sous le conservateur pour devenir consul de France au Mexique puis à Jassy. La révolution de 1848, qui l'avait trouvé fonctionnaire royal, le vit bientôt républicain socialiste. En apparence, l'évolution était forte, mais, au fond, il restait fidèle à l'*idée*. Il avait même le mérite de braver l'étonnement frondeur des petits esprits qui tiennent à ne pas changer de parti. Les événements de décembre 1851 vinrent tromper encore une fois ses prévisions. Il disparut, mais pour reparaître bientôt avec un nouvel éclat. On pourrait, j'imagine, trouver de notables différences, sur certains points assez importants, entre les articles du républicain socialiste de 1848 à 1852 et ceux du démocrate impérialiste et *autoritaire* d'aujourd'hui. Qu'importe! s'il continue de servir l'*idée!* s'il songe toujours à *faire de la terre un paradis* en propageant, ou, tout au moins, en infiltrant les doctrines saint-simoniennes !

Je crois qu'on ne peut pas lui refuser cette sorte d'unité. M. Guéroult est, comme en 1832, un disciple de Saint-Simon. Il suffit de lire ses articles sur les questions religieuses pour en être convaincu. On y reconnaît une haine de sectaire. Ce n'est pas le simple incrédule qui parle ainsi ; c'est l'homme qui, dans son ignorance et dans son orgueil, a rêvé de réformer, de transformer l'humanité et de substituer une loi nouvelle à la loi du Fils de Dieu. Il est d'autant plus violent que sa foi n'est plus entière. L'héritage du maître lui paraît lourd à porter ; il y a des articles qu'il rejette, il y en a d'autres qu'il n'oserait pas accepter sans réserve. Bref, il ne sait pas très-bien ce qu'il veut, mais il sait parfaitement ce qu'il repousse : il repousse l'Eglise. Il la hait parce qu'elle est forte et aussi parce qu'il s'avoue sa puissance et ne peut songer sans confusion qu'il a ridiculement entrepris de la renverser.

Peut-être suis-je dans l'erreur en disant que M. Guéroult n'accepte plus tous les enseignements de Saint-Simon, et qu'il a raturé le *Credo* de Ménilmontant. Il est possible que tout en pactisant, pour le bon motif, avec les Philistins, il soit encore de ceux qui attendent la résurrection de Newton, car c'est Newton qui doit avoir un jour le *commandement des habitants de toutes les planètes.* Nous n'inventons rien. Voici, sous ce rapport, ce que M. Guéroult a cru et enseigné; ce qu'il croit peut-être encore, bien qu'il ne l'enseigne plus.

Dieu, s'adressant à Saint-Simon, en *apparition ou en rêve,* lui dit :

« Apprends que j'ai *placé Newton à mes côtés;* que je lui ai confié la direction de la lumière et le *commandement des habitants de toutes les planètes.* »

Newton, ayant à s'occuper des habitants de toutes les planètes, fera gouverner les *terriens* par des délégués au nombre de 21. Voici comment sera organisé le conseil dont M. Guéroult nourrit sans doute l'espoir de faire partie :

« La réunion des vingt-un élus de l'Humanité prendra le nom de conseil de Newton ; *le conseil de Newton me représentera sur la terre;* il partagera l'humanité en quatre divisions, qui s'appelleront Anglaise, Française, Allemande, Italienne. Chacune de ces divisions aura un conseil en chef. Tout homme, quelque partie du globe qu'il habite, s'attachera à une de ces divisions, et souscrira pour le conseil en chef et pour celui de sa division. »

Le continuateur de Saint-Simon, M. Enfantin, a complété et perfectionné cette révélation en y mêlant la très-vieille doctrine de la métempsycose. Beaucoup de penseurs de notre temps ont découvert cette nouveauté, et ils en sont très-fiers. M. Enfantin savait, pour sa part, qu'il avait *vécu en d'autres* dans le passé, qu'il *vivrait en d'autres* dans l'avenir, et que tous ces

autres, qui n'étaient plus et qui ne sont pas encore,
étaient lui, car ils ne faisaient qu'un avec lui. Il disait
tout cela du ton particulièrement pénétré de l'auteur
qui s'entend peu et que l'on n'entend pas. Voici, du
reste, son propre style :

« La vie est un échange perpétuel entre le moi et le
« non-moi, se modifiant l'un par l'autre. Il est évident
« que *vous* (c'est M. Enfantin qui souligne) pouvez ne
« pas avoir confiance de votre identité avec *elle*, sans
« que cela l'empêche, *elle*, de se sentir perpétuer *en*
« *vous*, qui seriez *elle*, mais *elle* développée dans un
« milieu nouveau, lequel milieu serait le vôtre, et non
« celui de qui que ce soit au monde, autre que vous. »

Si cela ne vous paraît pas clair, voici le commentaire
qui doit tout illuminer :

« A l'origine de l'humanité, son appareil nerveux
« dont j'étais le cent-millionième élément, ne valait pas
« grand chose ni moi non plus, par conséquent. Aussi,
« n'en ai-je gardé ni transmis qu'un souvenir très-
« confus, d'autant plus qu'à cette époque, l'humanité
« n'ayant pas de passé, n'avait ni souvenir ni tradition.
« Mais ce que je me rappelle avec joie, ce sont les pas
« que *nous* avons faits depuis cette époque, pas aux-
« quels le *système nerveux* a une très-grande part, et
« moi aussi, par conséquent. »

Et c'est ainsi que M. Enfantin, selon l'expression
discrète de M. Guéroult, a été le *contemporain de tous
les siècles*.

C'est là l'élément comique, mais le hideux dans le
Saint-Simonisme se mêlait au grotesque. M. Guéroult,

si prompt à outrager les catholiques, à leur prêter
des tendances dont ses lecteurs doivent s'indigner et
frémir, M. Guéroult mériterait vraiment que l'on mît à
son actif les doctrines saint-simoniennes, telles qu'elles
se sont produites à l'époque où il les propageait ; alors
que les écrits de M. Enfantin, son maître, étaient condamnés pour *outrages aux mœurs.* Nous ne le ferons pas.
Cependant il convient de rappeler en deux mots que
le Saint-Simonisme aboutissait au communisme complet en toutes choses ; il y aboutissait, a dit un écrivain
très-modéré : « par l'abolition de l'héritage et de la fa-
« mille, par l'attribution, conférée à un pouvoir irres-
« ponsable, de disposer des biens et des personnes,
« par les théories sur la femme libre, qui conduisent
« directement à la promiscuité des sexes. » Et naturellement ce pouvoir irresponsable avait droit absolu
sur les idées ; il aurait fermé la bouche aux dissidents,
surtout aux catholiques. M. Guéroult est au moins
resté fidèle à cet article-là.

PROPOS D'AVOCAT.

I.

Me Chaloupin, du barreau d'Angoulême, plaidant
contre Me Jules Favre, est entré en matière par un
compliment, comme doit le faire tout avocat de province ayant pour « partie adverse » une célébrité
parisienne. Nul doute que Me Chaloupin n'ait voulu

être aimable. Cependant, si l'on prenait son compliment à la lettre on y pourrait voir une épigramme assez drue, s'égarant sur les frontières de l'impertinence. Mᵉ Jules Favre venait d'abîmer très-fort la cliente de Mᵉ Chaloupin. Il l'avait attaquée dans sa famille et dans ses mœurs ; il l'avait même vieillie de sept ou huit ans. Mᵉ Chaloupin se lève et s'écrie :

« Ah ! si jamais j'ai désiré la puissance incomparable de parole de mon illustre adversaire, c'est au moment où je me lève devant la Cour comme défenseur de cette malheureuse femme. Ah ! si mon illustre adversaire se *trouvait à ma place avec quelle noble éloquence il plaiderait cette affaire !* Mais ce qui me rassure, c'est qu'il y a quelque chose de plus fort que le talent, c'est le droit, c'est l'équité, c'est la justice. »

Cette phrase n'a pas deux sens ; elle n'en a qu'un ; elle dit clairement que dans l'opinion de Mᵉ Chaloupin, Mᵉ Jules Favre peut indifféremment plaider le pour ou le contre ; qu'il eût, par exemple, proclamé volontiers la vertu et la jeunesse de « cette malheureuse femme, » qu'il a notée d'infamie... et d'âge mûr.

Je le répète, en parlant ainsi, Mᵉ Chaloupin n'a eu aucune intention d'épigramme ; il n'a voulu diriger aucune critique contre « l'illustre adversaire. » Son compliment seul concerne Mᵉ Jules Favre ; sa critique, — critique involontaire, — s'adresse aux habitudes professionnelles de la gent avocassière. Prétendez-vous donc, nous dira-t-on, que l'avocat, même illustre, plaide toutes les causes, même en matière civile, et peut servir, jusqu'à l'injure inclusivement, les passions

de son client ? Nous ne prétendons rien de semblable ;
nous établissons seulement que telle paraît être l'opinion de Mᵉ Chaloupin, homme du métier.

Dans ce procès, comme dans beaucoup d'autres,
les personnes interrogées pendant l'enquête n'ont
guère été moins malmenées que les plaideurs. Voici
comment l'un des avocats a classé les témoins qui le
gênaient. « Il y a deux catégories parmi les témoins
« qu'on a fait figurer devant vous ; il y a, d'une part,
« les amis de notre adversaire, des ivrognes comme
« lui, et les honnêtes gens qu'il a trompés ; » c'est-à-
dire d'honnêtes imbéciles.

L'adversaire avait parlé le premier et on lui rendait
ce qu'il avait donné. Des deux côtés on a multiplié les
portraits. Pères, mères, frères, sœurs, amis, simples
connaissances, tout y a passé.

Ecartons cette affaire et disons deux mots, en thèse
générale, des licences du barreau.

Le légitime exercice du droit de l'avocat doit-il
aller jusqu'à vilipender, sur les désirs d'un plaideur
ou d'après de louches informations, tous ceux dont le
témoignage peut le gêner ou dont l'abaissement peut
le servir ? Au point de vue des principes, tout le monde
j'imagine, répondra non ; mais au point de vue des
faits tout le monde, aussi, reconnaîtra qu'il y a
souvent abus. La difficulté, dira-t-on, serait d'empêcher l'abus sans gêner la défense ; et l'on conclura
qu'il faut s'en rapporter à la sagesse, au savoir-vivre,
à la délicatesse de l'avocat. Les intéressés aimeraient
mieux d'autres garanties. Pourquoi toute personne

biographiée par un avocat n'aurait-elle pas le droit de faire à son tour la biographie du biographe ? Naturellement, on suivrait l'exemple de ces messieurs ; on prendrait comme eux des renseignements de toutes mains, et les journaux où leurs esquisses auraient paru, devraient donner la parole aux plaideurs et surtout aux témoins mêlés innocemment à l'affaire. Cette petite innovation rendrait, je crois, M⁰ Moustique et M⁰ Aspic et M⁰ Venin plus réservés.

Puisque nous avons parlé de M⁰ Chaloupin, constatons que son plaidoyer est d'ailleurs l'œuvre d'un homme de talent. Il l'emporte incontestablement au point de vue des principes sur celui de « l'illustre adversaire. » Nous y avons, en outre, remarqué des traits heureux et surtout une piquante analyse d'un rapport médical. L'auteur de ce rapport, médecin *aliéniste*, a décerné au héros du procès un certificat de folie dont voici en deux mots, la conclusion : « Il boit, et quand il boit il devient ivre, et quand il est ivre, il perd la raison. » Les médecins de Molière n'ont rien dit de plus joli.

II.

Les journaux rendent compte de la condamnation d'un sergent qui a tué par jalousie une malheureuse entraînée par lui dans la débauche et dont il était resté l'amant. Il la battait beaucoup et l'avait longtemps menacée de faire pis. Un soir, il l'attendit à la porte d'un bal, la vit sortir au bras d'un autre, tira sur elle un coup de pistolet, la manqua, la poursuivit et l'attei-

gnit enfin d'un second coup, qu'il voulait primitive-
ment, a-t-il dit, réserver pour lui-même. Arrêté, il
avoua son crime. En présence des juges, il a nié la
préméditation établie par beaucoup de témoins. Il
avoue simplement avoir mâché les balles de ses pistolets.

Il a été défendu par un avocat nommé Nogent-
Saint-Laurens, lequel, disent les journaux, « a présenté la défense dans un langage élevé. » Voici, toujours d'après les journaux, un échantillon de ce langage
élevé :

« Me Nogent-Saint-Laurens, dans une péroraison
des plus touchantes, présente cet homme d'un cœur
bon, généreux, sous le coup d'une passion vraie, sincère, trompé indignement. Son crime est celui de toutes
les âmes nobles, élevées, et l'on pourrait dire de l'accusé, dit le défenseur, ce que Shakespeare dit d'Othello :
« C'est un honorable assassin. »

Le jury, écartant la préméditation et admettant les
circonstances atténuantes, a condamné l'honorable et
amoureux assassin à dix ans de réclusion.

Le président des assises, M. de Vergès, avait parfaitement résumé toute l'histoire du meurtrier et de la
victime en disant qu'elle commence par une séduction
et finit par un assassinat. Mais quand donc les prési-
dents de cours d'assises sauront-ils brider les avocats ?

SOUVENIRS D'UN AUTRE TEMPS

Nous avions fait autrefois au jour le jour une collection de traits de mœurs empruntés aux années 1848 et 1849. Quelques-uns de ces traits ont vieilli ; d'autres pourraient passer pour nouveaux, tous restent instructifs. Néanmoins, nous les écartons pour la plupart, dans la crainte que cette critique rétrospective du passé ne paraisse une apologie indirecte du présent. Sept ou huit seulement de ces esquisses trouveront place dans notre volume, à titre de renseignements sur une phase des mœurs contemporaines.

PROUDHON ET HENRIETTE.

Les années 1848 et 1849 furent particulièrement
fécondes en banquets. Il y en eut de toutes sortes. Les
femmes libres, les *femmes humanitaires*, les *vésuviennes*
et autres vénusiennes banquetèrent avec passion. Et
que de discours! M. Proudhon s'éleva contre ces drô-
leries, il donna aux banqueteuses d'excellents avis,
qu'il n'avait guère le droit de donner et qui furent fort
mal reçus. Voici comment l'*Univers* jugeait ce débat :

7 *janvier* 1849.

Les dames trinqueuses de la barrière du Maine et
autres lieux ne pardonnent point à M. Proudhon les
conseils moraux, mais rétrogrades, qu'il leur a donnés.

En voici encore une qui lui déclare la guerre au
nom de tout l'escadron. Elle se nomme Henriette et
écrit dans le journal de M. Considérant (1). Si elle est
aussi avancée en âge qu'en principes, c'est une adversaire bien respectable. Quelques passages de ce défi
amuseront nos lecteurs, bien que tout cela ait aussi
son côté triste et ne soit pas si nouveau qu'on le pourrait croire. Il y avait déjà des libres-penseuses avant
la Révolution de Février ; elles dînaient déjà aux guin-
guettes, faisaient déjà des livres, rédigeaient déjà des
journaux, pratiquaient déjà diverses doctrines communistes, et, par une conséquence naturelle, profes-
saient déjà différents cultes plus ou moins phalansté-

(1) La *Démocratie Pacifique.*

riens. Ce qui est nouveau, c'est de voir des législateurs encourager leur essor. Ces législateurs, il est vrai, sont eux-mêmes d'une espèce nouvelle. Diderot, personnage assez dégarni de préjugés, avait une amie nommée mademoiselle Jodin, moitié actrice, moitié fille entretenue, à qui il donnait des conseils que l'on trouverait aujourd'hui réactionnaires : « Je ne vous demande pas les « mœurs d'une vestale, écrivait-il, mais celles dont il « n'est jamais permis à personne de se passer, un peu « de respect pour soi-même. Il faut mettre les vertus « d'un galant homme à la place des préjugés auxquels « les femmes sont assujetties. » Quel capucin !

Madame ou Mademoiselle Henriette ne brille pas par l'esprit; elle n'est point impunément phalanstérienne et il faut convenir que Ninon avait plus de littérature. Néanmoins cette personne démocratique et pacifique est logique dans son genre; nous ne voyons pas trop ce que M. Proudhon saura lui répondre. Pourquoi serait-on possesseur plus légal d'une femme que d'une terre ou d'un capital? Si les commandements de Dieu sont abrogés avec tout le bagage des vieux codes, pourquoi la femme serait-elle esclave des préjugés masculins? Pourquoi, comme dit cette aimable Henriette, conserverait-on le monopole *sous sa forme affective?* M. Proudhon ne peut plus invoquer que le droit du plus fort, cela est clair. Par malheur, il est homme à s'en contenter. C'est inique, s'écrie Henriette. — Oui, ma bonne; mais ne vous fiez pas à la justice de votre cause. Partout où Dieu ne sera pas plus fort que l'homme, l'homme sera plus fort que vous et vous fera faire le ménage. Ce droit unique de la force se trouve excellent lorsqu'il est seul et il a singulièrement pesé sur la femme partout où le Christianisme ne l'a pas anéanti. Quand il n'y aura plus de Christianisme, il n'y aura plus d'engagement éternel, et peut-être plus de remords, en cas d'infraction aux engagements temporaires ; mais des coups, êtes-vous sûre qu'il n'y en aura plus ? Les pays où règne le divorce sont ceux aussi où la plus belle moitié du genre humain est le plus battue. Voilà ce qu'il faut considérer lorsqu'on se met en travail de réforme. Si le confesseur est gênant et ridicule, il a pourtant cet avantage qu'il préserve du bâton.

Laissons parler Henriette :

« A Monsieur Proudhon,

« Mauvais chrétien, socialiste haineux, vous poursuivez le monopole sous sa forme matérielle et particulièrement saisissable, ce qui est bien ; mais, quand on veut l'attaquer sous sa forme affective, vous vous mettez à la traverse et criez au scandale ! Vous voulez de la dignité et de l'égalité des hommes, et vous repoussez la dignité et l'égalité des sexes ! La femme, dites-vous, n'a rien à prétendre de plus, et son devoir est de rester dans la retraite pour laquelle la nature l'a créée.

« Pitié de vos sophismes ! honte à vos idées de résignation quand même ! Dans ce temps révolutionnaire, où les voix de tous les opprimés crient, la voix de la femme s'élèvera courageuse et soutenue, sans crainte d'être couverte par la vôtre, entendez-vous, monsieur Proudhon ?

« Sur la scène lyrique, les femmes ne furent admises à prendre leur place que lorsqu'il fut bien constaté, par le courage de quelques-unes, que leur voix recélait en elle une force particulière que rien ne pouvait remplacer. Ce principe d'exclusion n'offre plus qu'un exemple dans notre temps, et vous savez, sans doute, ce qu'il en coûte au sentiment d'humanité pour maintenir dans certaine sainte chapelle le défi orgueilleux et impie jeté aux prérogatives de la femme. (?)

« Place donc partout à la femme, car sans elle il n'y a pas de concert possible et agréable à Dieu. Les sphères supérieures de toutes les harmonies nous réclament, et nous apparaîtrons au concert spirituel comme au concert politique et social.

« Notre mysticisme vous déplaît, ô saint Proudhon ! Eh bien ! encore un peu de temps et il naîtra, j'en suis sûre, une sainte Proudhonne qui, le courage à toute épreuve et la foi robuste, viendra plonger plus avant son regard scrutateur dans notre société. Sainte Proudhonne découvrira sans doute cette autre propriété qui a échappé à la vue de son patron. Sainte Proudhonne nous dira, en termes clairs et précis, que la femme et son essence particulière, l'amour, à force de s'être vendus, de s'être sacrifiés en pure perte et de s'être usés dans les institutions où vous les avez parqués, font maintenant la honte et le malheur de l'humanité. Sainte Proudonne verra bien que l'amour réglé par vous, et devenu le droit le plus fort, constitue la plus inique des propriétés, et, sous l'empire de ses convictions, s'emparera de votre plus audacieuse formule. Sainte Proudhonne démontrera clairement au monde et à ses sœurs, qu'en amour, LA PROPRIÉTÉ, C'EST LE VIOL.

« O saint Proudhon! le combat sera rude alors entre l'homme-force et la femme-amour, et le monde inerte regrettera ce bon temps où, par le mysticisme seul, les femmes communiquaient avec l'esprit nouveau.

« Maître Proudhon... je m'arrête! Puissent ces quelques mots vous faire regarder à deux fois à ces choses que vous voulez fouler aux pieds !

« La question des femmes ne vous porte point bonheur, tous vos antécédents à cet égard le prouvent. Eh bien! c'est un malheur que l'amour d'une femme eût pu peut-être conjurer. En attendant, croyez-moi, abstenez-vous à leur égard, et, si les champions religieux auxquels vous avez prêté main-forte, vous demandent la raison de votre silence, répondez.... n'importe quoi, la chose même la plus banale, et dites-leur pour en finir.... qu'après tout les femmes ne vous regardent pas.

« HENRIETTE..., artiste. »

ANCIEN PAIR DE FRANCE ET SOCIALISTE.

16 Janvier 1849.

M. le comte d'Alton-Shée, ancien pair de France, qui se vantait, sous la monarchie, de n'être ni catholique, ni chrétien, a bien de la peine à devenir quelque chose. Cet homme si avancé se trouve en retard. Le peuple ingrat ne lui a su gré d'aucun de ses reniements. Quoique républicain de la veille, il n'a pas été jugé d'une naissance assez irréprochable et d'un sang assez pur. On lui a dit : « Vous êtes gentilhomme. » Quelle cruauté! Et les orateurs du club l'ont appelé « *Monsieur le comte.* » Porté sur la liste du *National*, lors des premières élections de Paris, il est resté au fond de l'urne. Il s'est fait rouge vif pour les secondes élections, et il s'est enfoncé dans les limbes. Il s'est fait rouge ardent pour les troisièmes élections, et, alors, en vertu de l'axiome *à tout seigneur, tout honneur*, on lui a signifié de céder le pas à M. Thoré. Pour toute compensation, il a obtenu la vice-présidence de la petite table dans les grands banquets. Hélas! cette gloire même fut jugée trop haute pour lui. Accusé de quelque connivence avec M. Louis Bonaparte, le malheureux *ci-devant* a dû solliciter de MM. Bareste et Ribeyrolles des certificats de civisme que ces citoyens ne lui ont pas délivrés de bonne grâce, et la *Révolution démocratique et sociale* en a fait si peu de cas, qu'enfin M. d'Alton-Shée s'est trouvé dans la triste nécessité de venir se justifier devant ses pairs, au club de la *Fraternité*, où on ne laissait pas de lui montrer les dents. Malgré le compte rendu bienveillant de la *République*, il ne semble pas y avoir été accueilli avec beaucoup de faveur; on a eu tout l'air de vouloir lui faire regretter la Chambre des pairs.

Le citoyen Hervé présidait, et le citoyen Lefebvre

11***

s'est porté accusateur. « Nous avons toute raison, a-t-il
« dit, nous vieux soldats de la démocratie, qui, depuis
« dix-huit ans, militons pour son avénement, de nous
« défier de ces républicains encore couverts de la tache
« monarchique. »

Cet exorde d'un homme qui pouvait se vanter de
n'avoir jamais été autre chose qu'insurgé et conspira-
teur, fut suivi de diverses allégations redoutables que
nous indiquerons suffisamment en donnant quelques
extraits de la réponse de l'accusé.

« Seul, à la Chambre des pairs, je me suis déclaré
républicain avant février, et j'ai traité les despotes
couronnés avec une énergie qui n'avait pas de précé-
dent, même de la part des plus vigoureux athlètes de
la Chambre des députés. »

L'accusé rappelle encore sa belle conduite à l'occasion du projet de banquet qui fut le prétexte de l'in-
surrection, puis il ajoute :

« Le 23, j'avais été désigné par mes collègues (les
pairs de France) pour être arrêté, cela est significatif,
et ce n'est pas pour exalter ma conduite que je viens
vous rappeler que, comme beaucoup de bons citoyens,
je suis descendu avec mon fusil dans la rue. Celui qui
s'est conduit ainsi n'avait pas besoin de la clémence du
peuple.

« On a dit que j'avais été page sous Louis XVIII et
garde du corps. C'est alors que j'ai eu tort, j'en con-
viens, d'interrompre mon interlocuteur ; mais enfin,
devant l'annonce d'un fait matériellement faux, on
n'est pas maître de soi. J'ai été page sous Charles X,

mais je tiens à constater que je n'avais que quinze ans et qu'alors je n'ai pas fait un acte politique.

« J'arrive à la véritable question, et je résume l'accusation en ces termes : c'est que j'ai été l'agent de Napoléon depuis quelques mois. »

M. d'Alton rappelle que ses premiers rapports avec le prince Louis-Napoléon eurent lieu en 1840.

« J'eus à le juger, dit-il (comme pair de France), et sur 200 membres, je fus le seul, au grand scandale de mes collègues, qui prononça la peine capitale... Tel a été mon premier acte d'agent napoléonien. »

L'ex-juge, aujourd'hui accusé, affirme que s'il a consenti à voir le citoyen Louis-Napoléon, c'était dans l'unique intérêt de la république et de la liberté ! Il en donne pour preuve que l'entrevue a eu lieu chez la citoyenne princesse Belgiososo.

Eh bien ! tout ce que M. d'Alton a raconté n'a pu le faire accepter pour bon républicain. La *République*, un des journaux rouges qui le patronnent ou plutôt qui ne le rejettent pas, annonce en termes assez secs qu'il aura lieu d'exercer encore son éloquence sur le même sujet : « Nous aurions désiré que le citoyen « d'Alton-Shée eût donné tout d'abord ces explications « dans les journaux de la démocratie sociale : cela lui « aurait évité les interpellations qui lui ont été faites « au club de la Révolution *et celles qu'on doit lui faire* « *dans d'autres clubs.* » Voilà un langage qui n'exprime pas la plus vive tendresse. Ce n'est point ainsi qu'on parle des grands et des purs, des Lacambre, des Vinçard, des Greppo, de cent autres. Mais M. d'Alton se

consolera s'il veut réfléchir. Ce refus presque général
de l'accepter lui crée une situation en harmonie parfaite avec les sentiments qu'il a souvent manifestés.
Un homme né gentilhomme et chrétien, et qui a
repoussé si parfaitement son sang et son baptême,
devait naturellement devenir une sorte de Juif-Errant.
Il se présente partout, et partout il s'entend dire :
« Marche ! marche ! (1). »

ÉLANS PATRIOTIQUES.

17 Octobre 1849.

Il existe, à Bordeaux, un journal rougeâtre, bien moins
démocratique et social toutefois que certaines feuilles
de Paris, de Lyon, de Toulouse. Ce journal a ouvert une
souscription afin de couvrir les frais qu'entraîne le
besoin de soutenir le candidat adopté par le parti
avancé dans l'élection prochaine. Les bons républicains ou, selon le style progressiste, les *démocs-socs*
de la Gironde profitent de l'occasion pour joindre à
leurs offrandes (presque toutes de la plus grande mo-
dicité) quelques qualifications qui témoignent de l'ardeur et de la pureté de leur patriotisme. Voici quelques-
uns de ces témoignages :

Une jeune femme communiste quand même.   25 c.
Marie L..., qui aime Dieu et Ledru-Rollin.   05

(1) M. d'Alton continua de marcher et n'arriva point.

Un rouge âgé de quinze mois............... 10 c.
S..., qui aime Jésus-Christ, Socrate, Blan-
qui et Ledru-Rollin..................... 10
Tremblez tyrans, votre chute est prochaine. 20
Un exterminateur des despotes........... 30
Une femme, mère ou grand'mère de vingt-
deux rouges........................... 05
Un vainqueur de la Bastille, combattant de
1830, de 1848 et de 185.................. 10

C'est assez démocratique et progressiste ; cependant on a vu mieux encore dans une liste de souscription publiée sous *le tyran*, en faveur du *National*.
Voici ce trait qu'on ne surpassera point : « Une jeune
fille éclairée et l'innocente créature qu'elle porte dans
son sein : 25 centimes. »

L'ANACRÉON DE LA MONTAGNE.

Août 1848.

On ne chante guère en France depuis le 24 février ;
les muses du caveau se sont enfuies, le deuil a pénétré dans le cuisines du Parnasse. Cependant, il reste
quelques hommes forts qui savent accompagner d'un
air de guimbarde, les flons-flons de la clarinette de
cinq pieds. Entre le champ de bataille et l'ambulance,
M. Etienne Arago, directeur général des postes et vau-
devilliste, ne sent point son génie ébranlé. Il est gai,
il festoie, il fredonne tout en distribuant nos lettres

encadrées de noir, et ne trouve point que les choses aillent si mal. Voici un petit chef-d'œuvre que ses fonctions publiques et ses méditations sur la future Constitution française lui ont laissé le temps d'improviser. Nous l'empruntons au compte rendu imprimé du quatrième banquet annuel des anciens élèves de l'école de Sorrèze, célébré à Paris le 11 mai 1848. Si le temps ne nous manquait pas, et surtout si nous avions la prodigieuse envie de rire qui émoustille M. Etienne Arago, nous parlerions bien de ce compte rendu lui-même; mais ce n'est pas le moment de s'arrêter aux farces trop longues et nous nous bornons à détacher la vignette où l'on voit le citoyen directeur général des postes, représentant du peuple, peint par lui-même : *Air du Charlatanisme.*

Amis, quel triomphe immortel !
De notre France grande et fière,
La liberté, fille du ciel,
Relève la noble bannière.
Conduit par le peuple vainqueur,
Aux *postes*, secouant mes guêtres,
Je fus acclamé directeur...
Et grâce à ce *poste* flatteur,
Je suis deux fois... homme de *lettres* (1).

(1) Ce couplet contient une *erreur* qu'il faut relever. Le *peuple vainqueur* ne songeait guère à donner à M. Etienne Arago la direction des postes, mais cet avocat songea très-bien à la prendre. Le dictionnaire Vapereau, très-favorable aux hommes de 1848, constate ainsi le fait : « Dans l'après-midi du 24 février, il (M. Arago) s'était emparé, de son autorité privée, de l'hôtel des postes et installé à la place du directeur général. »

Des *boîtes* que partout je mets,
Ne vous effrayez pas, de grâce ;
Car *la boîte aux oublis* jamais
Dans mon cœur ne trouvera place.
Je me souviens des lieux chéris
Où nous apprenions la syntaxe ;
Aussi d'oublier mes amis,
Quoique *taxant* les lettres à Paris,
Je ne crains pas que l'on me *taxe*.

Redoutez plutôt, entre nous,
D'attraper un grain de folie,
Car je pourrais vous *timbrer* tous,
Si j'en avais la moindre envie.
Mais je ne suis pas si méchant ;
Ici, calmez-vous à la ronde,
Je ne souhaite assurément
De *mal* à personne, et pourtant
J'en puis fournir à tout le monde,
J'ai des *malles* pour tout le monde.

Et c'est heureux, en vérité,
Car aujourd'hui qu'avec audace
On postule de tout côté,
A tous je réserve une place,
Place à payer... entendons-nous.
Mais venez sans peur des ornières ;
De vous mener je suis jaloux ;
Par moi les voyages sont doux...
Je ne *verse*... que dans les verres.

Trop habituée aux *relais*,
Ma muse se montre revêche ;
Et je tremble que mes couplets
Ne sentent un peu la *dépêche*.
A ce sujet il se pourra
Que la critique me riposte ;

Mais non, l'amitié m'inspira
Et, j'en suis sûr, ma chanson passera...
Tout comme une lettre à la poste.

On assure que M. Etienne Arago, se sentant un génie particulier pour la littérature de postillon, prépare certain recueil d'épigrammes qu'il publiera aussitôt la Constitution faite. Le public aura le plaisir d'y retrouver quelques morceaux qui ont déjà couru sous différents noms, et entre autres celui-ci, tout à fait dans le goût de la pièce précédente :

Sur un carrosse de couleur amarante donné à une dame de mes amies..

Lorsque tu vois ce beau carrosse
Où tant d'or se relève en bosse,
Qu'il étonne tout le pays
Et fait pompeusement triompher ma Laïs,
Ne dis plus qu'il est amarante :
Dis plutôt qu'il est de ma rente.

Si le peuple français est le plus spirituel de la terre, nul ne contestera que M. Arago n'en soit le plus digne représentant.

UN DRAME DÉMOCRATIQUE.

2 Octobre 1849.

On a joué samedi, à la Porte-Saint-Martin, un drame intitulé : *Rome.* Les journaux d'aujourd'hui nous donnent l'analyse de la pièce et les détails de la représentation. Nous n'avons pas le courage de les reproduire. Les auteurs ont eu la prétention de représenter la vie de Pie IX, telle que la racontent d'imbéciles légendes, et on voit le souverain Pontife sur la scène depuis sa jeunesse jusqu'à ces derniers temps. Voilà les exemples que donne la France. Quand les ministres du Grand-Turc exposent l'empire pour ne pas manquer aux devoirs de l'hospitalité, les ministres de la République française permettent qu'un souverain vivant, le souverain Pontife, le chef de la religion du pays devienne le jouet des histrions.

Cette indécence inepte et sauvage, cette brutalité sans nom et sans exemple a reçu immédiatement une première punition. La représentation a été une émeute et a réveillé dans le peuple les passions qui ont dressé les barricades de juin. Une scène retrace l'assassinat de M. Rossi, le peuple a applaudi le meurtre. Une autre scène, l'entrée des Français dans Rome, a été tellement sifflée qu'il a fallu baisser la toile. Ces sifflets s'adressaient à l'uniforme français. D'un gouvernement qui a de telles complaisances et d'une populace qui a de tels sentiments, que peut-on attendre?

Nous espérons qu'il se trouvera dans l'assemblée un catholique pour interpeller M. Dufaure, ministre de l'intérieur, sur l'ignominieuse offense dont le souverain Pontife vient d'être l'objet. Enfants de l'Eglise, nous avons besoin de savoir ce que c'est que ce parti de l'ordre, auquel on veut nous lier et dont les chefs autorisent contre l'Eglise de si dégradantes indignités (1).

(1) Le gouvernement fit d'abord supprimer la scène de l'assassinat et une autre scène en l'honneur de Mazzini ; puis, après la troisième représentation, comme le tumulte continuait, la pièce fut absolument interdite.

12

UN ACTE DE FOI.

17 Février 1849.

Voici quelques échantillons de la littérature conservatrice empruntés au feuilleton de la *Presse*. Après
comme avant la Révolution, c'est toujours le même
feuilleton, le même lieu de mauvais renom et de mauvaises odeurs, où M. Théophile Gautier donne des
études d'art qui semblent être la perpétuelle description d'un musée secret, où certaine dame de lettres
faisait ces études du cœur qui scandalisaient les lecteurs de M. Gautier (1). La *Presse*, malgré ses écarts,
a bien sujet de se proclamer un journal *conservateur*.
Aucune autre feuille ne peint mieux cette grande ma-
jorité de l'espèce bourgeoise qui combat le socialisme
avec tant de fureur et qui lui fournit des armes avec une
si folle prodigalité. A la tribune et dans le premier
Paris, on défend la religion, la famille, surtout la propriété. A la maison, dans les théâtres, dans les romans,
dans le feuilleton, on insulte Dieu, on conspue la
morale, on réhabilite les courtisanes, on ridiculise le
mariage, on met la lime de la raillerie et du scepticisme à tous les liens sociaux. Personne ne s'acquitte
mieux de cette besogne que les beaux esprits de profession attachés pour la partie des intermèdes, à l'en-

(1) Cet écrivain n'appartient plus à la rédaction de la *Presse* ;
il écrit dans le *Moniteur*.

treprise de M. de Girardin. Ils ont un cachet d'impiété
plate et prétentieuse dont ils marquent tout ce qu'ils
écrivent et qu'on ne retrouve point ailleurs. Ils font
même des progrès. Jadis ils se contentaient d'étaler
leur matérialisme. Voici maintenant qu'ils prennent
la mode des socialistes, et qu'au matérialisme devenu
fade, ils ajoutent le blasphème. M. Gautier décrit
avec toutes sortes de complaisances l'*Antiope* du
Corrége. Sa description finie, il ajoute pour dernier
trait : « On ne peut que se mettre à genoux devant cette
« toile comme devant le *saint-sacrement de la pein-*
« *ture.* »

Dans le même article, article savant, où Fra Barto-
lomeo est appelé l'*ange de Fiesole,* le même érudit,
entreprend de réfuter le dogme du péché originel et
nous donne son *Credo.* Nous sommes étonné de ne
l'avoir pas relu encore dans le journal des fouriéristes :

« Les gens qui ne voient que l'écorce des choses et
qui pleurent d'attendrissement aux sentimentalités
bêtes, ont accusé et accusent Paul Véronèse d'être
froid, de manquer de cœur, de n'avoir point de passion, d'être sans idée et sans but. Jamais peintre n'en
eut un plus grand. Cette fête éternelle de ses tableaux
a un sens profond ; elle place sans cesse sous les
yeux de l'humanité le vrai but, l'idéal qui ne
trompe pas — le bonheur — que *des moralistes inin-*
telligents veulent reléguer dans l'autre monde. Paul
Véronèse *rappelle aux peuples souffrants* que le paradis
peut exister sur cette terre ; il plaide la cause de la
beauté, de la jeunesse, du luxe, de l'élégance, de

l'harmonie, contre les maigres déclamations au visage chafouin et au teint rance; il montre que Dieu, qui est bon, puisqu'il est puissant, après nous avoir chassés du jardin de délices, n'en a pas si bien fermé la porte qu'il ne puisse la rouvrir.

« Rassemblés dans un sentiment de bienveillance et de fraternité autour de la table de la communion du pain et du vin, les hommes retrouvent aisément des félicités plus enivrantes que celle du couple solitaire de l'antique Eden. N'ont-ils pas les femmes, les fleurs, les parfums, l'or, le marbre, la soie, le vin, la musique, la pensée, l'art, cette fleur de la pensée, l'échange de l'idée ou du sentiment avec un être pareil à soi, et pourtant dissemblable, la vérité dans l'harmonie; l'admiration, cet amour de l'esprit; l'amour, cette admiration du cœur qui vous élève et vous prosterne, la conscience de faire partie de cet homme perpétuel et collectif avec qui Dieu cause dans le silence de la création pour se désennuyer de l'éternité ?

« Gloire donc à Paul Véronèse, qui fait briller à nos yeux les éléments de bonheur que la bienveillance divine a mis à notre disposition. Une terre où il y a plus de vingt mille espèces de fleurs ou plantes de pur ornement, où la décoration des couchers de soleil est changée tous les soirs, où la forme superbe est si splendidement habillée par la couleur, ne peut être une vallée de misère. Oui, si on le voulait, l'eau des *Noces de Cana* pourrait se changer perpétuellement en vin, et les parfums de la courtisane en aromes célestes ! »

Il ne faut pas raisonner avec M. Gautier. M. Gautier
dirait, comme uu autre Monsieur célèbre, qu'il n'est
ni catholique, ni chrétien. Il adore le jeu, le vin, les
belles, voilà ses seules amours ; — et aussi ses seules
opinions politiques et sociales. Mais nous le demandons aux hommes sérieux de la *Presse,* aux conservateurs qui la rédigent et qui la lisent, qu'ont-ils à répondre, en conscience, lorsque les ouvriers et les pauvres
viennent, le fusil à la main, sommer la société de leur
donner le paradis sur la terre et de les faire vivre
comme on vit dans les tableaux de Paul Veronèse ?

FIN.

TABLE DES MATIÈRES

Pages.

Le Christianisme romanesque 1
Sur le Mariage. 33
De la Liberté matrimoniale. 51
Sur la Toilette. 62
Le Roman-Feuilleton. 81
Le Mercantilisme littéraire. 102
Les Mémoires d'un Poëte. 122
Un Concours académique. — Le Cardinal de Retz et ses
  récents Biographes. 148
Le Père Lacordaire et l'Académie. 190
Un Saint de la libre pensée. 205
Un Procès criminel et la Publicité judiciaire. 216
Rome et les Enfants juifs. 228
Le Génie anglais dans l'Inde. 242
L'Angleterre et les nations catholiques aux Colonies. . 265
Une Mission russe en Palestine. 275

CROQUIS ET TRAITS DE MOEURS :

La belle Antiquité. 298
Infortunes dramatiques de M. About. 326

Pages.

Science cléricale de M. Hugo. 331
Un Humanitaire. 339
Un Peintre de Mœurs. 342
Saint François de Sales et le Bal 350
La Musique de salon, les Romances. 358
L'Art dramatique. 365
Un Apôtre de la Liberté. 371
Propos d'avocat. 377

SOUVENIRS D'UN AUTRE TEMPS :

Proudhon et Henriette. 384
Ancien Pair de France et Socialiste. 388
Élans patriotiques. 392
L'Anacréon de la Montagne. 393
Un Drame démocratique. 396
Un Acte de Foi. 398